A Guerrilheira

João Felício dos Santos

A Guerrilheira

O ROMANCE DA VIDA DE

Anita Garibaldi

2ª edição

JOSÉ OLYMPIO
EDITORA

© *Herdeiros João Felício dos Santos, 2006*

Reservam-se os direitos desta edição à
EDITORA JOSÉ OLYMPIO LTDA.
Rua Argentina, 171 – 3º andar – São Cristóvão
20921-380 – Rio de Janeiro, RJ – República Federativa do Brasil
Tel.: (21) 2585-2060

Printed in Brazil / Impresso no Brasil

Atendimento e venda direta ao leitor:
mdireto@record.com.br
Tel.: (21) 2585-2002

ISBN 978-85-03-00849-5

Capa: HYBRIS DESIGN / ISABELLA PERROTTA

Texto revisado segundo o novo Acordo Ortográfico da Língua Portuguesa.

CIP-BRASIL. CATALOGAÇÃO-NA-FONTE
SINDICATO NACIONAL DOS EDITORES DE LIVROS, RJ

S235g
2.ed.
Santos, João Felício dos, 1911-1989
  A guerrilheira: romance da vida de Anita Garibaldi / João Felício dos Santos. – 2.ed. – Rio de Janeiro: José Olympio, 2011.

  Contém glossário
  ISBN 978-85-03-00849-5

  1. Garibaldi, Anita, 1821-1849 – Ficção. 2. Brasil – História – Guerra dos Farrapos, 1835-1845. 3. Romance brasileiro. I. Título. II. Título: Romance da vida de Anita Garibaldi

11-0764
CDD: 869.93
CDU: 821.134.3(81)-3

Sumário

Breve notícia da Guerra dos Farrapos   11

PRIMEIRA PARTE
A Terra   15

SEGUNDA PARTE
A Guerra   137

Glossário   373

Sobre o autor   381

O carinho de Maria Luiza Castello Branco
e a visualização* de Wlademir Dias Pino
deram mais vida a esta novela.

---

*Na linguagem antiga, por carência de recursos de reprodução, os escritores eram obrigados a inventar (uma) visualização da palavra, como um todo, para ampliar o sentido até então muito limitado dos compromissos orais. Por isso, introduziam em seus escritos, além de acepções figuradas em sua força simbólica, outras funções experimentais de visualidade: se um romancista escrevia "peixes dourados", se entendia que ele estava se referindo a peixes de cor tirante a ouro. Mas quando W. D. P. completa a expressão "(peixes dourados) por sim prateados" mostra ao leitor uma cena viva, com muitos peixes se deslocando rapidamente, num fazer cintilar alegre de reflexos metálicos. Com essa visualização, Wlademir consegue traduzir em movimento a cor de origem dos peixes.

A história é o fato de quebrar a linha
entre o exemplo e a esperança. Nunca no
meio certo para provar que não existe
semelhança numa comparação.
Escrevê-la, mesmo em forma de romance,
é juntar os pedaços como ponteiros.
Mas a escolha do tamanho
depende da ideologia.

Breve notícia da Guerra dos Farrapos

No dia 20 de setembro de 1835, um caudilho irrequieto chamado Bento Gonçalves, filho de portugueses radicados na província do Rio Grande, deu início a um movimento emancipatório contra a Regência do Império do Brasil. Com isso, arrumou a maior e mais demorada guerra interna do país.
O imperador dom Pedro II tinha apenas 10 anos de idade.
Vinte e dois dias depois, o padre Diogo Feijó, paulista que se jactava de se declarar filho de pais desconhecidos, passou a exercer a Regência única, em substituição à trina, até então efetiva e dirigida por um traidor: Lima e Silva; um homem muito doente: Bráulio Muniz e Costa Carvalho, o mais ilustre dos três.
Aquele foi um período altamente conturbado de nossa história: três partidos políticos se digladiavam, literalmente, levando a nação, ainda menor em sua independência, às mais inseguras e perigosas futurições.
Com Evaristo da Veiga e Vergueiro, os chimangos apoiavam irrestritamente a nova Regência; José Bonifácio e seus amigos caramurus, convencidos de que a restauração seria

o único caminho certo para o restabelecimento da ordem e da paz interna, exigiam dom Pedro I de volta ao trono; por fim, os exaltados, já veteranos da Revolução fracassada de 1832, queriam a imediata proclamação da República, uma Constituição liberal, a extinção da escravatura e outras medidas fundamentais, de alcance e de inteligência. Evidentemente, este era o partido dos Farrapos.

Já a Revolução completara um ano quando, a 6 de novembro de 1836, com seu expressivo pavilhão tricolor, os Farroupilhas (alcunha pejorativa logo transformada em honrosa adjetivação) proclamaram a República do Piratini, compreendendo parte das províncias do Rio Grande (do Sul) e de Santa Catarina.

Essa guerra, bastante violenta em suas guerrilhas, só terminou na noite de 28 de fevereiro para 1º de março de 1845, quase dez anos após seu começo, com a intervenção de Caxias.

Figura lendária de cavaleiro romântico, fugitivo da Europa onde, por motivos políticos, estava condenado à pena capital, muito herói e um pouco impostor, Giuseppe Maria Garibaldi, mal chegou ao Brasil, uniu-se entusiasticamente aos revolucionários de Bento Gonçalves e Canabarro.

Numa operação bélica na província de Santa Catarina, precisamente na vila de Laguna — a "Cidade Juliana" dos revolucionários —, Garibaldi conheceu a personagem principal desta novela: Ana Maria de Jesus Duarte, morocha de excepcional personalidade, ainda adolescente, mas já casada com o sapateiro-remendão Manuel Duarte de Aguiar.

Guerrilheira nata, consciente e singularíssima, desde muito cedo apaixonada pela insurreição e suas promessas, Anita consagrou ao fascínio de um amor extraordinária-

mente novelesco toda a sua admiração pelo aventureiro sedutor. E partiram os dois, sempre juntos, lutando pela mais sublime e sagrada das aventuras: a liberdade.

Abandonando tudo, inclusive lar, Anita seguiu seu ídolo (não como chefe ou líder, coisa que seu temperamento anárquico abominaria, mas como símbolo-companheiro de paixão, de rebeldia e de independência) até o fim de sua curta vida. Anita viveu menos de trinta anos. Seu filho primogênito — único nascido no Brasil — chamou-se Menotti. O parto se deu em meio a uma batalha, em plena campanha.

Terminada a Guerra dos Farrapos, Anita acompanhou Garibaldi ao Uruguai, ainda em busca do ideal comum. Lá, possivelmente já viúva do sapateiro, casou-se com seu turbulento companheiro.

De Montevidéu, após novos e rápidos fracassos, partiram para a Itália, cada qual por sua vez. Juntos, por fim, combatendo contra as tropas invasoras franco-austríacas, a guerrilheira destemida morreu de uma febre maligna, contraída em ação, num sótão da feitoria Guiccioli, durante a tarde do dia 4 de agosto de 1849, em pleno cerco de Roma.

Primeira Parte

A Terra

1

— Tchê... putcha a la vida! Bicho malevo é o padreco aquele...
(...)
Lama só.
E chuvascas. Pancadas o dia inteiro.
A noite inteira.
Vento aos tirões que o minuano cortava duro desde o Rio Grande.
Na carreira. Como que de lançante abaixo.
Era em 1835, por aí assim.
(...)
— Zorro de padre! Cascudo rançoso.
(...)
Entre umas quantas árvores peladas, Morrinhos, na província de Santa Catarina, estava que era um gelo.
Quem não sabe que inverno, no Sul, mesmo perto do mar, castiga que é uma barbaridade?
— Filho duma china guasca comida e rolada! Aquilo, doutor, me dê sua licença, mas é um padre mui desavergonhado! — Era o Chaves. Farmacêutico-droguista, chimango dos sete costados, criticava zangado o Diogo Feijó. — O diabo é essa Regência paradona que não se acaba mais. Tomara que o imperador mancorne logo, bem-seguras, as guampas do governo, com suas próprias mãos...

A botica do Chaves, onde o serão ia animado como de costume, ficava na rua dos Mascates, única com largura decente em toda a vila.

— Ora, Chaves, o menino ainda está com 10 ou 12 anos... — doutor Teodoro interrompeu o discurso para informar pacificações.

Médico da terra, formado em Portugal fazia meio século ou quase, doutor Teodoro, por nome inteiro Teodoro d'Azevedo Maia (com aquele apóstrofo bonito e indispensável), estava sentado num canto da loja, em um desses tamboretes de tiras de couro cru, feito por algum curioso. Talvez o Manuel Duarte de quem, em tempo, se falará.

Foi assim que, rodando entre as pernas o cabo do guarda-chuvão que, desde Coimbra, não abandonava nunca, o doutor rebateu as iras do amigo num mar de tranquilidades:

— E depois, companheiro, és o primeiro chimango do mundo a meter o pau na Regência. Esta tem graça, mira!

— Na Regência, não! Alto lá, meu amigo! — o droguista ressalvou em fervuras de cólera. — No regente! Veja o amigo que não é a mesma coisa. Desanco, e desanco com muito gosto, o vacal do padre aquele. Sou pela Regência, é claro! Como todo homem de bem, sou meio moderado, seu doutor. Sou chimango, como dizem vocês, caramurus saudosistas. Se grito contra o borra do Feijó é precisamente porque o pamonhão não ata nem desata. Esta Revolução, seu doutor, esta desordem, já está tomando conta de toda a nossa província. Já tomou o Sul e, se não abrirmos os olhos, essa canalha farroupilha vai à Corte... à Bahia... ao Amazonas... a puta que os pariu, com perdão da má palavra! Ufa!

— Sim... concordo, companheiro. Os farroupilhas vão por aí além... Mas, quem sabe, não será bom? Estás enganado é quanto ao padre, Chaves. Veja o amigo — Teodoro era paciente por natureza —, desde que o Feijó substituiu aqueles três desencontrados — o médico referia-se à Regência Trina do Lima e Silva, do Costa Carvalho e do Bráulio Muniz —, desde então, como dizia eu, o padre tem feito um monte de coisas acertadas. Isso, tu não podes negar. Mira, companheiro, só arreglar compadrices de exaltados e conservadores nesta política suja... escreva o que te digo, Chaves, não é brincadeira de criança! Tu sabes o que é um político, companheiro, sabes? Eu, que lá em Portugal já fui deputado, te explico. Globalmente, digamos assim, o político, em geral, é um fenômeno típico. Fenômeno de amouquismo procaz muito mais profundo do que a própria desonestidade ou, no mínimo, da dignidade humana. Não! Por favor... não estou exagerando. Bem os conheço a todos! Por outro lado, a corte, ou melhor, o Brasil, é um chão mui vasto, companheiro. Bem cuidar da cabeça de tão grande monstro — e esclareceu: — no caso, a Corte, com todos os seus problemas peculiares, já é grande trato, não te parece? — Teodoro fez uma pausa para examinar o cabo do guarda-chuva que resvalava entre suas pernas finas. Deixou que as exclamações irritadas do farmacêutico se esvaíssem nos bufos violentos, assoprados para cima. Então falou mais: — Quanto aos farroupilhas que tanta água te põem na moleira, companheiro, não me parece que sejam trastes ruins, sabe? Sinceramente, não me convenço que o sejam! Claro que não escondo minhas simpatias por esses guris do Rio Grande. Perdoa-me, Chaves, mas são tipos violentos e desavorados como potros haraganos. Ainda que te pesem nas iras, meu caro, mira: são homens idealistas. Querem a República. São guerreiros mui distanciados dos tais políticos da Corte. Começam seu barulho aqui pelo Sul. É natural! Mais tarde hão de querer a Bahia, Pernambuco e o Amazonas, como tu aventaste. Não sei! Dizem que são separatistas. Também eu acho bastante difícil amar-se uma terra gregariamente, desde que essa terra seja por demais vasta como esse Brasil sem-fim. Não te escandalizes, mas me diga: que coisas de comum, coisas de fraternidade, me entende?, existem entre um índio amazonense e um gaúcho? Por acaso existem algumas mais do que entre um gaúcho e um chinês? Há alguma diferença, companheiro? Em todo caso, os guris farroupilhas têm suas concepções. A mim, parece que são emancipatórios e não, propriamente, separatistas. Que mal vai nisso? Não aceitam tronos, coroas, títulos... é um princípio! São contrários à escravidão, no que fazem muito bem! Corcoveiam... escoiceiam... aí está, companheiro!

Chaves pulou, arramalhando zangas já impossíveis de serem contidas:

— Baderneiros opiniáticos é o que são! Juro, doutor. O que merecem, e merecem imediatamente, é uma boa forca. Todos! Esfarrapados nojentos... nojentos! — Chaves sacudia em volta os punhos fortemente fechados. — E o senhor doutor ainda acha justo que os canalhas queiram fragmentar o Brasil! Essa é muito boa! O Império é um só, Teodoro. Vasto. Não importam comunidades... O Brasil é indissolúvel!

Passado o acesso de raiva, sempre de pé entre os dois grandes frascos ruanos em forma de ânfora sobre o balcão, cheios de água com tinta azul e encarnada, enfeite indicativo das boticas de antigamente, o droguista, brabo como galo pitoco, voltou a embolar o lenço no nariz, não fosse recair da esquinência que o aporrinhava, assim o tempo esfriasse.

O escrivão de feitos Galdino Capolo, sombra do Chaves e infalível em todos os serões, antes de interferir na discussão, apressou-se a derramar o resto do café no pires, para sorvê-lo de um gole:

— Tem razão o Chaves! Muito bem diz o Chaves. Baderneiros. Opiniáticos! Bem merecem uma boa forca, imediatamente. — A cadeira encostada ao balcão da drogaria, equilibrando-se apenas nas duas pernas de trás, o homem pontificou, com sua voz cheia de embófia.

Embora pampeiro guasco, Galdino não suportava o chimarrão tão ao gosto da roda. — "Bebida de chiru madraço!" — dizia, sempre reacendendo o palheiro forte de fumo crioulo, sempre apoiando o Chaves. Tomado o café, o escrivão prosseguiu com sua fala enfática, de prosélito, assim como quem precisa ficar livre de alguma coisa:

— O Feijó, doutor, é um paradão. — Repetia as palavras do droguista. — Parece que tem medo dos de cá. Será que não há quem, com caroços de macho, dê uns trompaços nesses farroupilhas desavergonhados? É como o Chaves costuma dizer muito bem: que adiantou agarrarem o caudilho aquele se ninguém mais tem garra para fazer a barba ao Garibaldi, esse um chatim metediço; ao Canabarro, tipo da mais baixa extração, e a mais uns quantos cajetilhas que andam por aí mascarados de republicanos, de abolicionistas ou idiotas, como se negro dos outros fosse gente livre... como se não tivessem custado um dinheirão a seus donos. Sim! lutam pela libertação dos escravos porque eles mesmos não têm nada a perder; não possuem um moleque estropiado... Assim não fosse, não seriam tão liberais com o patrimônio alheio. No fundo, são uns ladrões da nossa propriedade. O doutor me perdoe, mas o Chaves é que é!

— Companheiro. — O médico gozava o fanatismo do escrivão pelo Chaves. — Companheiro velho, tu és uma ancila! — Pensava no Bento Gonçalves, recém-prisioneiro na Bahia e a quem o escrivão havia se referido há pouco como "o caudilho aquele que os legalistas agarraram". — Se ao invés do Chaves, dás de te apaixonar pelo Garibaldi, vês que belo secretário a Revolução havia de arrumar... Lindo! Caramba! — Batendo ao de leve nas costas do amigo, por trás do espaldar da cadeira inclinada, aconselhou com seriedade: — Mira! Desenverga-te companheiro. Se és contra ou a favor de alguma coisa, grite. Mas por ti. Não apoies ninguém. Nem o Chaves. Sejas tu mesmo! Tu e só tu, ainda que daqui por diante queiras que todos os farroupilhas sejam garroteados e todos os escravos devam andar de quatro, antes de morrerem espancados, capados, enforcados e queimados...

Chateado com a lição ser um tanto áspera, Galdino se refugiou acariciando seus dois cachorros enormes que sabujavam mansidões a seus pés, como de hábito, durante todo o tempo que durassem os serões na farmácia da rua dos Mascates.

2

Na loja, desde o princípio da noite, proseavam os amigos de todo dia. Mesmo com as desavenças ocasionais, de cada momento, os amigos também eram os do costume. Ultimamente, como não poderia deixar de ser, o assunto principal era a Revolução dos Farrapos, estalada fazia mais de ano, na província do Rio Grande e já bem-alastrada pela de Santa Catarina.

Neste ponto é necessário especificar os frequentadores mais assíduos aos serões diários do Chaves, o brigão.

Além do médico e do escrivão — com seus cachorros imensos, tão idiotas que, no dizer do médico, passavam uma noite inteira ladrando à lua quando calhava estar cheia —, os companheiros noturnos ainda não falados nesta novela eram: o padre João Antônio, um paulista dado a literaturas e que, então, sumira ninguém sabia aonde mas, na certa, conspirando contra o Império, contra a Regência, contra os legalistas ou contra qualquer outra coisa que lhe cheirasse a ordem constituída; era o Melquisedec, um pernambucano carbonário muito do sonhador, adeleiro de livros velhos e ideias novas que só aparecia, borrifando amizades, quando o tempo estivesse bem seguro e a noite quente, aberta em estrelas. Não havia quem não soubesse por ali (e os do governo faziam vista grossa) que o livreiro, amigo toda a vida de Frei Caneca, o tremendo aquele assassinado com seus companheiros pelos sabujos do rei, andava desgarrado no Sul, fugindo do pega pra capar estalado com o desmantelamento da Confederação do Equador, coisa de dez ou doze anos antes. Por fim, completando a meia dúzia efetiva do cavaco noturno da rua dos Mascates, o juiz Anacleto Belchior Torres Novas, um das coxas grossas e cavanhaque em ponta grisalha, a mão sempre acavalada por trás ora de uma, ora de outra orelha, por via de uma surdez apanhada com a idade.

O juiz não faltava. Nem com temporal. Agora mesmo estava ali, embora caladão, enfiado dentro dele mesmo. Desde que os revolucionários, já meio dominando a política local, não haviam ainda mexido em seu cargo, Anacleto pouco se importava com as conversas. Gostava era de ficar por ali como uma luz distante, aproveitando o entardecer, só cevando o seu mate para sorvê-lo em quietos goles, pouco se lhe dando derrotas ou vitórias governamentais.

Por causa de sua pouca ou nenhuma audição, era comum dizer disparates. Mas isso também não lhe afetava. Não lhe fazia mossas. Pouco se importava que o ouvissem, se rissem ou lhe respondessem. O que não admitia era ver, vazia, sobre o fogareirinho ao pé do balconete, a chaleira de água para o amargo ou o poronguito se demorar girando em mãos alheias, no geral pouco apressadas, sobretudo nas do Chaves, que falava pelos cotovelos, mais do que um bando de maitacas em goiabeira carregada... Isso, sim. A demora o inquietava.

3

Justo naquela noite, já a prosa se acabando sozinha com a vinda do sono a todos, aconteceu que o serão foi interrompido com a chegada de um visitante inesperado. É que a porta externa da loja já estava fechada, ainda que só no trinco, fazia duas ou três horas. Mas o homem foi empurrando a porta devagar e entrando cambarito. Fachadão de bonito poncho e sapatos cortesãos, o tipo morenaço, quarentão, era, via-se logo, meio chegado a cerimônias.

Dando com o Chaves do lado de dentro do balcão, sempre endireitando ou corrigindo a posição de um de seus frascos de água colorida, partiu para ele, identificando-o naturalmente como o dono do estabelecimento. Isso, depois de olhar em roda rápidas inseguranças. Como que pedindo desculpas por incomodar, apresentou-se, maneirão, em palavras de ausência:

— Ainda que não tenha sido perguntado, digo aos amigos que sou o Tancredo Escobar — e explicou que era estancieiro em Santo Ângelo, cunhado do Xavier Neves, o governador revolucionário da parte da província em mãos farroupilhas. — Buenas, senhores!

Todos olharam curiosidades na figura do recém-chegado. Até o juiz, abrindo um olho de sono, sacudiu-lhe a cabeça em forma de cumprimento.

— Buenas, amigo! — Escobar dirigia-se, agora, diretamente ao Chaves, já em atentas expectativas. — Não vê o amigo que, embora desconhecido na terra, sou irmão de Micas, e o Xavier pediu-me que viesse por aqui atrás de um certo doutor Teodoro. Não vê que... — Com os olhos acanhados, o estancieiro apotrado procurava descobrir qual dos presentes seria o médico no salão malo-malo penumbroso pelo tal gás, novidade então que fedia mais do que iluminava.

Foi quando Teodoro, prestativo, levantou-se apoiando calmas em seu guarda-chuvão de cabo torto:

— O Teodoro sou eu, companheiro. Às suas ordens. Que se passa com o Neves?

— É com a mana. — Escobar corrigiu. — Não vê o amigo que, esta tarde, depois da sesta logo em seguida, a Micas sentiu-se malito. Encarreirando, deram-lhe cãibras nos pés e umas dores por aqui assim. Aqui deste lado — corrigiu, empurrando o gesto. — Felizmente as dores passaram com um pouco d'água de melissa que a sogra lhe eu. — Escobar aproveitou a referência feita à sogra, dona Nevinha, para explicar num parênteses: — Bueno, como os amigos já devem saber, que em lugar pequeno tudo se espalha ligeiro, estamos todos, da família, em casa de dona Nevinha para o casamento do filho... o João... o caçula. Mas, voltando à mana, agora, com o cair da noite, a Micas jantou. Foi um ensopado de frango... Jantou e piorou outra vez. Em seguida, como que os pontaços tornaram mais fortes. Deram de lhe puxar por uma perna. Doem-lhe os olhos, as juntas, tudo. Um horror! Diz que...

Teodoro, já de pé, meio atrapalhado com o poncho e o guarda-chuva, tropeçando sem jeito num dos cachorros do Galdino, atalhou:

— Pois vamos ver as manhas da Micas! Diga-me, companheiro, que coisas aborreceram-na hoje? É que tu, menino, não conheces a tua irmã... — O doutor aproveitou para largar sapiências: — Mira: isso é coisa antiga na Micas. Hafalgesia. Dores histéricas, tu me entendes? — E repetiu: — Hafalgesia!

4

— Este a que vem, ó Galdino? — Pela primeira vez, no serão, ouvia-se o vozeirão do juiz Anacleto Belchior Torres Novas, o das coxas grossas e cavanhaque em pontas grisalhas. — Quem é o tipo? — Anacleto que, desde a chegada de Escobar, não fazia outra coisa senão chupar gulosamente sua bombilha, resolveu segredar ao escrivão: — Este quem é? — e a mão acavalou-se mais por detrás de uma orelha a esperar explicações.

— Vem do Neves. É um cunhado do Neves... — Galdino estava encabulado como se fosse ele o inconveniente. Evitava pronunciar o nome do visitante. — A mana está doente... a mana.

— Lama? Claro que, lá fora, está tudo cheio de lama. Quem diz o contrário? Mas que tem a ver a lama com este menino? Borrou-se? — Debruçado sobre o escrivão de feitos, Anacleto não lhe largava o botão do casaco.

— Lama, não, doutor! Mana. Mana... irmã, me entende? Este moço é um cunhado do Neves. Veio chamar. A Micas está doente. — Galdino sorria contrafeito, empurrando com superioridade um gesto de quem pede, em redor, um pouco de tolerância. Ao mesmo tempo, diligenciava por soltar o botão preso nas mãos do juiz, coisa que lhe aumentava a humilhação. — Não há de ser nada... — Queria que compreendessem toda a sua paciência, temendo que o visitante o tomasse por surdo também.

— Gente do Neves? É boa... é! Grande bisca! — A afirmação pretendia ser um segredo ao escrivão, mas Anacleto falava tão alto que todos o ouviam, inclusive o Tancredo Escobar.

O juiz continuava com a mão atrás da orelha e o botão do casaco do Galdino entre os dedos insistentes. Percebendo que ninguém lhe respondia, prosseguiu:

— O Neves é mau político. Não presta! Não cheira nem fede. Por isso, tanto de um lado como do outro, seu prestígio anda em fanicos. Aqui como no Desterro...

Anacleto terminou sua fala com uma gargalhada gostosa, encantado com suas próprias palavras. Mas, vendo que o médico queria sair, forçando Tancredo que resistia olhando-o espantado, perguntou diretamente ao forasteiro:

— Que aconteceu, menino? Que há com o Neves? Olha... não te aborreças, se falo assim do Neves é porque somos amigos de outros tempos, já viu? Mas não te iludas: com tal chefe, os farroupilhas podem limpar as mãos à parede.

Chaves é que, levantando impaciências ao notar a pressa do doutor Teodoro, debruçou-se na orelha do juiz, respondendo pelo estancieiro e dando a cena por terminada:

— Nada, doutor!... O Neves está na terra. É isso. Não há nada com ninguém!

Anacleto interessou-se. Não era fácil derrotá-lo:

— O Neves não passa bem? Há de ser do tempo. Um resfriado... O frio anda bárbaro. É dar-lhe limão bravo. O Chaves, avia-lhe um xarope de mastruço e limão bravo... — Depois, encolheu-se casmurro, ruminando maus humores. — É uma bosta! Tudo... Tudo é uma bosta!

Teodoro, que durante todo o desencontro provocado pelo juiz e sua irremediável surdez diligenciava por sair, apertou o nó da manta, envolveu o guarda-chuva debaixo de um braço e recomendou da porta:

— Chaves, não te vás ainda... Espera um rato. Talvez tenhas de aviar alguma poção. Mando-te a fórmula em seguida. Mira: há de ser algum brometo ou, por outra, tens ainda daquele benzoato composto de Forest? Podes ir adiantando alguns grãos. Junte um pouco de magnésia como da outra vez. Assim, vai bem. — Mas vendo que Chaves oferecia de novo a cuia de amargo a Escobar, seguida pelos olhos gulosos do juiz, falou pro estancieiro: — Não te apures, companheiro. Toma teu mate sossegado. Vou indo na frente que conheço bem o caminho. Isto aqui não é nenhuma Lisboa. Ninguém se perde, mesmo na escuridão. Depois, até é melhor que te demores, menino. Assim, já levas a droga ou alguma coisa mais que eu mande pedir para a Micas. De lá, vou direto pra casa, que já é tarde. Não me esperem mais. Buenas pra todos e até amanhã.

Agarrando a maçaneta da porta, mas sem pressa de abri-la, pilheriou para Escobar:

— Fica tu no meu lugar, companheiro. Mas não permitas que esses cascudos maltratem demais os coitados dos farrapos. É que o companheiro, sendo cunhado do Neves e natural de Santo Ângelo, há de ser republicano por força...

Apesar da timidez, Escobar abriu-se num largo gesto de concordância. O médico é que mal chegou a terminar a frase: uma lufada fria encheu a sala de repente. Vindo-lhe por cima, a porta abriu-se de súbito, empurrada pelo lado de fora.

— Lindo! Buenas no geral, gente macanuda! — A saudação atropelava num ar sadio de decisões. — Eu, que vinha passando gelada que o pampeiro está de doer, vi luz. Sorte a minha, putcha a la vida! Saltei tão ligeiro que mal e mal amarrei o pingo. Coitado do meu pingaço que não tem a sorte de teus cães, Galdino, que, por serem sabujos, ganham agasalho espalhando pulgas. E tu, Chaves, como vais?

Chaves franziu a cara aborrecido, já desconfiando abusos. De fato, a provocação veio na amizade:

— Ainda que tenha de aturar todos os garbos aos rengos do teu governo, chico, dava um queijo para tomar um mate fervendo. Tomarei o melhor chimarrão da província na cuia do meu querido nobreco dom Chaves de Orleães e Bragança. Começo dando um viva ao Império brasileiro. Ganho o mate?

Só então Ana Maria de Jesus, a futura Anita Garibaldi desta novela, deu com a presença do estancieiro...

5

"No más que 16 años! E como prepondera!" — Escobar calculou de seu canto, olhos de espanto pregados em Anita que, assim, entrava festividades na loja. Logo, gostou de lhe ver o jeito patateado de enxugar a saia do chuvisco de fora com pequenas pancadas do seu rebenque de couro largo, preso ao pulso bonito. Morocha — constatou —, e que graça lhe davam aqueles cabelos mui fartos, negros e lisos, apanhados atrás, por baixo do chapelinho mole, de um azulado feio.

— Guarde seu queijo, menina! Nem seja por isso...

Assombrado da própria ousadia, Escobar, com jeito teatino, passou a Anita-vivaracha o porongo recém-recebido das mãos do boticário:

— Aqui está o mate, tchê! Mas se a dona não se molestar, dê seu viva à República do Piratini. Assim, fica tudo arregiado.

— Gracias, senhor! — Outra vez Anita demorou os olhos no forasteiro. — Ainda que mal lhe pergunte, o amigo não é daqui, pois não? Nem de Laguna ou Imbituba que, se fosse, já o teria visto por estas bandas...

Escobar achou graças no desembaraço da moça. Tão despachada ainda não vira nenhuma. Nem mesmo no Desterro ou em Porto Alegre, lugar que tinha fama de ser mui desimpedido e suficiente:

— Não, minha prenda! — Escobar respondeu. — Venho de muito mais longe. Sou como que fronteiriço. Meus pagos, dona, ficam lá pras bandas do rio Ijuí. Vancê conhece aquilo por lá?

Anita chupou a bombilha com desempacho:

— Dizem que o Rio Grande é muito lindo... muito lindo mesmo, chico!...

O olhar adoçou-se na presença sonhada de como seriam belas as coxilhas dos valentes farroupilhas, ao pôr do sol de inverno ou, quem sabe?, nas madrugadas sangrentas de forte peleio. Sim! Anita-fantasia gostaria de ver os pampas. Os pampas eram o sem-limites... o infinito! Ali, sem dúvida, seria a melhor rinha onde seu povo guaxo, estourado como ar comprimido, se atirava em desprendimentos e heroísmos contra o cinismo de um governo desonesto, injusto e prepotente, só preocupado em engrandecer uma nobreza podre, inteiramente inerte, exploradora de negros e brancos.

Súbito, Anita-turbilhão mudou bruscamente o tom da conversa, olhos triscando satisfações na certeza de uma agradável confirmação:

— Se o amigo é gaúcho, se é farroupilha peleador, há de ter notícias frescas do Canabarro... do Garibaldi... — E toda sua personalidade lançava sobre o estancieiro pontaços de esperança.

— Isso é que é capar o gato! — Escobar concordou intimamente com as falas embandeiradas da moça.

6

Já sem a presença do doutor, ficaram apenas os quatro mirando o frio através dos vidros onde a geada açoitava bolinhas nevadas.

Uma hora depois, enquanto esperavam todos pela ordem do médico para o Chaves aviar a receita de seus brometos para a Micas, o que já tardava, os amigos escutavam a prosa alegre do gaúcho, mais colorida do que o arco-íris.

É que, encorajado pela desenvoltura de Anita, Escobar foi desatando a língua despacito para narrar mil casos políticos e da guerra: intrigas, valentias, fuzilamentos, combates...

Contou, por fim, inspiração colorindo ainda mais o vigor das palavras, as estripulias de Garibaldi ao atravessar a restinga que separa a lagoa dos Patos do mar aberto, com seus pesados lanchões, o *Rio Pardo* e o *Seival*, além de outras embarcações menores, mas também armadas, tudo puxado areal afora, até a barreta, já no oceano, 18 léguas, por mais de 200 juntas de bois. A incrível manobra foi a burlar o cerco dos legalistas chefiados pelo terrível coronel Moringa, um que mandava decapitar todos os prisioneiros que fazia...

— Lindo! A la fresca! Taura é o tipo aquele, sim senhores! Um tipaço! — Anita-toda-cores saudou algazarras de entusiasmo na façanha garibaldina. — Grande o gringo! Mui grande o chico aquele! — E Anita era sincera.

Num agravo à carantonha do Chaves, enfiado na manipulação das pílulas recomendadas por Teodoro para o mal da Micas, como num recurso para evitar algum insulto, Anita não se conteve. Provocou:

— Dom Chaves, que se passa, chico? Parece que viu boitatá na estrada...

Mas quando, logo a seguir, Escobar contou o naufrágio desastrado da goleta *Rio Pardo*, depois de todos os impossíveis, logo na saída da barreta fatídica, em Araranguá, o dia nem havia ainda amadurecido, Anita revoltou-se veramente ante o fracasso inesperado. Mas só conseguiu falar quando Escobar contou que, no desastre, ainda morreram os italianos, todos farroupilhas, Nadonne, Mutru, Carniglia e outros amigos de Garibaldi, todos nomes já bem-conhecidos dos guerreiros sulistas.

— Vejam mecês. — A voz de Anita tremia de emoção. — A vida, às vezes, é um pouco bêbada também... Não é assim, Galdino? — terminou, com raiva.

Carregando nas ironias, o escrivão rebateu a provocação:

— Mas como sempre tem acontecido, dona Ana de Jesus, morrem todos os destemidos... os verdadeiramente combatentes... só o grande herói José Garibaldi escapa... escapa sempre! E escapa sem um arranhão.

— É que o gringo é como o Chaves: tem o corpo fechado! — Anita-quizila enfureceu-se com a observação muito justa do escrivão. Arrependeu-se de tê-lo açulado. Por isso, insistiu: — Ou, quem sabe?, tem cães sabujos iguais a esses teus para o guardarem como tu fazes ao Chaves...

É que Anita, como toda gente, sabia muito bem do fanatismo do escrivão pelo droguista. Na vila, corriam até anedotas sujas sobre isso, na verdade sem nenhum cabimento.

Aconteceu que, desde o princípio de tanta conversa sobre vitórias e naufrágios, enriquecida pela parcialidade de

Escobar e pelo delírio de Anita, Galdino, embora de índole de natural pacífica, já não tinha mais muita mão em si de tanta revolta impotente. Só olhando solidariedades no droguista, também esforçava-se para se manter alheio, ouvindo tamanhas petas àquele lindeiro estúpido que se atrevia a provocar o amigo, escudado no apoio vazio daquela sirigaita metida a gente que, ali, fazendo coro ao parlapatão, não se cansava de exclamar tolices revolucionárias, numa descarada afronta à ordem legal e ao respeito devido à casa amiga.

7

Apesar de tudo, e com o decorrer da conversa, que o diabo da receita não chegava, Galdino não podia era deixar de admirar o brilho com que Escobar ilustrava sua prosa colorida nas quinas de muita movimentação.

Com os elogios generosos que o forasteiro havia feito a seus cães de pura raça, já não havia mais como deixar de simpatizar com ele.

Só o recriminava ainda por não perceber logo que Anita era uma destrambelhada, uma cabeça de vento, uma doida que o coitado do dom Rafael jamais conseguira educar a preceito já que, com a morte cedo do pai, o paulista Bentão, o nobre velho (que dom Rafael era neto de conde) tomara conta de Anita, ainda quase que de mama. Dela, da irmã mais velha, a Manuela, muito mais dócil de ser levada, e de uma outra irmã que, agora, andava noivando com um tipaço da Armada Real.

Dizia o povo, principalmente os legalistas ferrenhos, tradicionalistas despeitados com o avanço da Revolução; aqueles que, com a guerra, haviam perdido suas sinecuras; que, na verdade, o que dom Rafael nunca soubera fora quebrar nas costas da irrequieta enteada umas quantas varas de marmelo. A mãe — comentavam com tristeza —, a Maria Antônia de Jesus, aquela pobre mulata sempre doente que todos conheciam na vila por sua moleza para com as filhas, que poderia fazer ante tanta arrogância da terrível caçula?

8

Galdino se demorou em seus pensamentos a acariciar seus cachorros. Como podia aquele estancieiro tão inteligente, tão acostumado a lidar com a peonada valente, aceitar o gás de uma tola como a Ana de Jesus? Será que Escobar não percebia que aquela inflação revolucionária sem pés nem cabeça só podia ser loucura da menina desarranjadinha do juízo? Saberia o estafermo da doidinha o que era a guerra? A miséria de uma guerra qualquer? Teria uma ideia do respeito que todos devemos ao sagrado de um trono, de uma coroa, de um imperador, ainda que menino?

Galdino ficou pensando no passado: o diabrete da Ana já havia nascido com aquela sina ruim, de desordeira. Não fora ela que, aos 13 anos, agredira com um chicote o rosto de um plantador, na serra onde dera seus primeiros passos, sem considerações com a força ou com a idade do ancião? E, isso, depois de outras tantas desordens anteriores que, lá, já teria arrumado a três por dois... Ainda com menos idade, era sabido, costumava agredir e ofender com as palavras mais duras os honestos donos de escravos, comprados dentro da mais absoluta legalidade... Por fim, a doidivanas temperamental não achou de agredir o pároco da terra a pontapés? Foi precisamente esse incidente o que obrigou a família a mudar-se para Morrinhos, a ocultar a vergonha do escândalo. E por que a briga ocorrida, por incrível, na sacristia? Porque o pároco, um amigo de dom Rafael, fora obrigado a negar à pequena desordeira a comunhão, que Anita se apresentara, como foi público e notório, de bombachas, botas e lenço ao pescoço à mesa da Eucaristia...

Agora, Galdino prosseguia a cozinhar suas recordações enquanto escutava o ronco do juiz que dormia profundamente, apoiado ao balconete da farmácia: agora mesmo, já em Morrinhos, não fazia um ano de nova residência, só porque um grande cão de raça (naturalmente muito inferior aos seus — ressalvou mentalmente), cão do Moniz Ferreira, um comerciante que metia medo a toda a população da vila pela sua truculência, avançou-lhe sem pra quês e, apenas de raspão, mordeu-lhe um calcanhar, Anita, que não tolera cães (o que já é forte indício de péssimo caráter...), estourando o explosivo de seu mau gênio, puxou pela faquinha que trazia sempre metida no cós da saia que era obrigada a usar por sobre as bombachas e sangrou imediatamente o animal de luxo.

Não satisfeita com o despropósito, invadiu o quintal do português importante para sangrar também os dois outros mastins que, felizmente, se puseram em fuga.

Quando o pobre do dom Rafael, um nobre, sim senhores!, levou a enteada à força para pedir desculpas ao Moniz Ferreira, a menina terrível, um trapo a resguardar-lhe o calcanhar ferido, não só não pediu desculpa nenhuma como prometeu, aos berros, fazer o mesmo ao amigo do padrasto se tentasse açular-lhes os cães quando calhasse de passar por ali outra vez. E foi *pé de chumbo* a menor ofensa que lhe atirou por cima, recomendando-lhe, ao mesmo tempo, que se fosse queixar ao bispo, senão ao regente...

Enquanto Galdino pensava estas e outras coisas mui fermentadas em dormidas mágoas, olhou com raiva a tranquilidade com que o juiz Anacleto, cotovelo apoiado ao balcão, a mão esquerda esquecida atrás da orelha, o palheiro apagado, meio esquecido entre os dedos encardidos pelo sarro do fumo virgem, dormia a bom dormir, tão distante da conversa como das aventuras do Garibaldi.

Então, fervendo solidariedades ao amigo farmacêutico, na verdade mais para agradá-lo do que mesmo por convicção, Galdino achou que era o momento de dar início a um protesto de energias inexistentes:

— Que a menina Ana diga seus disparates, vá lá! Todos por aqui já a conhecemos bem... — Os olhos apressaram-se-lhe em saltar do riso de Anita para a figura de Escobar. — Mas isso que o amigo nos conta é de espantar. Creia-me, por favor! Esse tal de Garibaldi... tipo ruim é que é! Também por cá, já conhecemos sua fama. Covarde e fujão. Desses peleadores que só aparecem no fim do entrevero para comer os doces... Depois, é claro que se trata de um salteador e ladrão de gado. O amigo mesmo confessou isso ao descrever a passagem dos lanchões para o mar, puxados por centenas de bois alheios... O Garibaldi, meu amigo, é um aventureiro que não vale uma urtiga! É um desordeiro, caramba!

— Disfarçadamente, o escrivão vigiava Anita, em guarda temerosa. — Me digam vosmecês: que coisas tem o diabo do corno italiano, um criminoso fugitivo da justiça da Europa, a ver com... com... — Não encontrando, de imediato, com que coisas Garibaldi nada teria a ver, pediu aflitivamente:

— Diga-lhe, Chaves! Diga aqui pro amigo Escobar quem é o gringo aquele, tu que sabes. Diga, por favor. Diga pra que não cresçam mais caraminholas na cabecinha de vento da senhora Ana de Jesus. Diga, Chaves. Arrase-o!

Fingindo-se reconfortado com a solidariedade, Chaves, naturalmente chateado com os excessos, mas vaidoso com a subserviência costumeira do escrivão, suspendeu a pílula que, por detrás do balcão, enrolava muito superiormente e derramou por ali além um olhar mui pesado, mui responsável, abrangendo de uma só vez, Escobar, Anita e Anacleto. Sem se importar com o ligeiro ar de troça que trafegava em agilidades marotas entre o estancieiro e a moça, vincou a testa como num esforço duro, a procurar palavras para pulverizar o gringo definitivamente. Chegou mesmo a esboçar um adjetivo profundo mas, demorando os olhos no juiz que dormia, limitou-se a levantar o peito com ufania. Depois, sacudiu com veemência os punhos postiços, presos à camisa com vastas abotoaduras de ouro e, com um gesto másculo, enérgico, fundo, breve como uma sílaba, gesto que encheu de puro gozo o escrivão, fez, com a mão em cutelo, como se degolasse rapidamente o próprio pescoço.

— Vês, amigo? — Anita riu-se abertamente para o revolucionário. — Tem ou não tem razão o Chaves nas suas pompas? Não será isso mesmo que o gringo macanudo, o ladrão de cavalos do Galdino, há de fazer a todos os cascudos e senhores de escravos que encontrar no seu caminho de libertador? E tu, Galdino, fica seguro que o homem que tens como um poltrão, chegando à Corte, degola até o borrão do rei, conforme os pavores do coronel França, o legalista...

— França? Os realistas? Sim... ora, ora, meninos, isso foi na França, mas já lá se vão cinquenta anos! — Por ter-lhe escapado o cotovelo do balcão e, com o choque, a mão fugir-lhe da orelha, o juiz Anacleto acordou sobressaltado, aborrecido por ter sido apanhado no sono. Fingiu atenção exagerada como se, arreglando o cigarro de palha, viesse compartilhando da conversa desde o princípio. — Na França, guilhotinaram o rei... é verdade. Diz bem a guria. Foi uma vesânia, sem dúvida! Mas, aqui no Brasil, nunca se chegará a tais extremos... Em guerra, batalhando-se, sempre morrem alguns peões ou chirus. Mas é só! Somos uns literatos... uns poetas... Isto é uma terra de artistas! Com esse sangue que temos, tudo termina em nada. Ou melhor: em brindes! Em elogios mútuos... em cumprimentos e barretadas! Vocês hão de ver que esse movimento farroupilha... esse barulho todo, acaba já e daqui a pouco. A Regência manda uma comenda pro Canabarro, um título pro Bento Gonçalves, o hábito de Cristo pro Garibaldi... Não tarda e o governo federal enche o Rio Grande de benesses e sinecuras...

— Enche de sangue, doutor! Mas não será só de sangue de chirus e peões... — Anita repetiu, gritando-lhe no ouvido surdo, interrompendo a gargalhada fácil e postumeira com que o juiz terminava todas as frases que dizia. — Enche de sangue!

— Bueno, guria! Com isso, concordo eu! Que o gaúcho tem sangue, ninguém contesta. Não há dúvida! — Anacleto trocou a mão por trás da orelha. — E sangue mui nobre. Mui nobre, caramba! Todos. Sejam monarquistas ou republicanos...

Escobar apoiou com a cabeça, com muita circunstância:

— Mirem os amigos: o senhor juiz torceu tudo. Trocou as bolas e as tintas mas, mesmo assim, acertou. As distorções, às vezes, são belas, tchê!

Só o Galdino ficou acariciando um de seus cães, deitado a seus pés. Estava era doido por chegar em casa e procurar no seu velho Viterbo o que queria dizer a palavra "vesânia", empregada pelo meritíssimo senhor juiz, ao se referir à Revolução Francesa...

9

O diabo é que a receita do Teodoro não vinha — o chasque Ferrabraz, cria da casa de Micas, não aparecia —, e já se havia passado mais um bom estirão de tempo. Que teria acontecido?!

— Pois, amigos, não lhes conto nada! — Pouco se importando com a hora, que a prosa ia divertida e a menina o atraía deveras, Tancredo Escobar partiu para outra aventura dos farroupilhas, a batalha de Taquari.

Cada vez mais dominado pela presença de Anita, o estancieiro só queria abrir plumagem de encanto. Mas sua prosa se dirigia a Galdino.

— Não te acoquines, amigo. Mira que é fato conhecido. O *Constitucional Rio-Grandense*, do Pedro Boticário, deu tudo direitinho, tintim por tintim... Coisas de guerra lá do Rio Grande. Fazia frio aquela madrugada... com a breca! No jeito que está agora. O Canabarro, com um bruto resfriado, parou num galpão sem dono, chefiando uma coluna de assim como 30 lanceiros escolhidos a dedo. No más! Os legalistas do general Melo Albuquerque já desciam no alcance de um berro. Foi quando o general em pessoa...

Não foi assim que, interrompendo a prosa estralejante, o carrilhão inglês dos fundos da farmácia bateu as nove e meia, com solenidade, como se estivesse em Londres.

Todos, menos o juiz que já dormia de novo, olharam para o mostrador, muito surpreendidos, como se ouvissem o carrilhão pela primeira vez.

Através da vidraça embaciada pela friagem de fora não se via mais nenhum vulto transando na rua. Só o brasino de Anita, o Fidélis, amarrado defronte da porta, repisava impaciências de espera, fazendo mais lama. Um pouco além, uma cabra transida retouçava catando, no chão, alguma casca de fruta. Mas, do médico, nem sinal! Ora, vejam vocês!...

Para encher o tempo, Escobar recomeçava, sem-fim, as passagens de seus casos movimentados.

Foi quando Ferrabraz, o tal saci negrinho, cria da Micas, entrou estabanado com o aviso do médico. O recado era que o doutor Teodoro dispensava a prontidão dos companheiros de serão:

— San Sepê, sorte mitrada a minha! — O moleque, exagerando alegrias, mostrava todos os dentes. Tiritando frios de fora, explicou que a madrinha adormecera sossegadamente e não pagava a pena despertá-la para que o doutor a examinasse.

— De fato — o moleque contou, feliz por ter apanhado todos ainda na loja —, o médico esteve por ali proseando um pouco com o padrinho, o governador, e com dona Nevinha, a mãe do Xavier Neves. Demorou-se mais um bocado; mateou três ou quatro rodadas mas, vendo que a doente não acordava, tomou-lhe o pulso, fez que sim com a cabeça cheia de inteligências, sempre rodando o guarda-chuvão entre as pernas; pediu que o chamassem se, mais tarde, fosse preciso... se sobreviessem dores, febre, convulsões ou tremeliques histéricos, e se foi com seu guarda-chuva aberto, brilhando a seda na garoa fina.

— *Deo Gratia! Sursum Corda!* — Ouvindo o recado, Chaves concordou, com pressa em meter um ponto final no serão, que já irritava. Teriam sido as tais dores nervosas, naturalmente — pensou com seus botões —, naturalmente... Logo, o droguista empacotou num cartucho de papel grosso as pílulas que tanto custou a enrolar e entregou o embrulhinho a Ferrabraz, com a recomendação de terem o medicamento à mão caso Teodoro solicitasse mais tarde ou no dia seguinte.

— Vamos, homem! Como é, doutor? — acordou o juiz —, queres ir pra casa, seu doutor, ou preferes pernoitar aqui, com os ratos da botica?

— Já?! Porra, que horas são? — Anacleto assustou-se. Levantando a custo o peso da idade, anuiu: — Pois vamos a isso... Vamos ao leito que, com este tempo que anda campeando por aí... ora merda!, o que apetece, mesmo, são as cobertas.

Só atento à operação de apertar o poncho que não lhe parava nas costas, o juiz encaminhou-se para fora rascando sempre contra o mau tempo, o minuano enjoado, a friagem chata. Contra a lufada desagradável que, apenas a porta aberta no vaivém das molas, arreliou-lhe o cavanhaque comprido.

O homem levava tal pressa para se recolher que nem ao menos indagou o que ficara resolvido sobre os males que afligiam a Micas, sobre os remédios... (os barbitúricos, como dizia o Teodoro) ou lá o que fosse mais.

— Com este frio, bom mesmo é sentir-se a roupa no corpo... e agasalhar-se. — Galdino aproveitou para ronronar egoísmos, antegozando o conforto da casa, só mirando o Chaves como que a esperar aprovações do seu ídolo sobre o achado da frase, sobre a delícia de se sentir a roupa no corpo em noites frias como a que estavam atravessando...

— Como os escravos, não é Galdino? Bom mesmo é sentir-se a roupa no corpo, como seus escravos, naturalmente bem-cobertos, esta noite, com cobertores ingleses, não é mesmo?

O escrivão olhou a moça com rancor e apressou-se a erguer seus grandes cães, amolecidos pela preguiça do calor de dentro.

10

Todos já do lado de fora, na ruazinha lamacenta, Anita-florida começou a cantar de repente. Para maior alegria de Tancredo Escobar, era uma velha cantiguinha pampa:

> "Quando me vou de meu pagos,
> mesmo por curto intervalo,
> todos sabem quando volto
> no tranco do meu cavalo!"

A voz, extraordinariamente entoada, não podia ser mais dengosa e feminina. Escobar espantou-se da rapidez impossível com que fermentavam, agora, diferentes doçuras em uma boca que já o rendera desde há pouco, quando, ao falar em repúblicas e batalhas, irradiava as mais obstinadas energias. Feitiços se dilatavam de repente, na surpresa, inundando aqueles olhões muito pretos da rude mestiçagem que se derramavam no chão, como que encabulados na cor sem-fim de uma humildade.

E, isso, na pouca luz de fora.

Foi o tempo em que o Chaves fechou cuidavames de proprietário compenetrado nas duas folhas da porta da botica para o afinal repouso da noite.

Apagando com um sopro a chamazinha da candeia de saiol, largando-a, depois, ao pé do portal de fora, como nos costumes diários, Chaves reclamou irritações como num protesto à voz bonita da moça:

— Toca a recolher, minha gente. Noite trabalhosa! C'os diabos, noite trabalhosa!

— ... trabalhosa! — Galdino ecoou venturas.

Apagada a candeia, cresceu ainda mais a escuridão e o cheiro aborrecido nos ranços do óleo de peixe ainda quente, evolado no fumo espesso.

Escobar é que, insaciado, procurava mais suavidades nos olhos morrudos de Anita mas, com imensa tristeza, se conseguisse enxergar na escuridão da ruazinha, só havia de encontrar decisões absolutamente másculas sobre o franzido duro, de súbito crescido na testa também bonita.

— Pois é assim, grandões, que a noite vai linda! Te cuidem, amigos!

Então, dentro da noite grossa, só o cheiro da moça, um cheiro como que um grito áspero mas bom de ouvir, muito mais forte do que o desagradável fumo da candeia recém-apagada, envolveu a saudação de Anita que, de golpe, atirou-se sobre a sela de espaldão faceiro, mimo só fabricado pelos ciganos de Cruz Alta.

Aquele cheiro de agrados selvagens era uma das coisas que vinha deliciando Escobar, no mistério dos esconsos, desde a chegada da moça à drogaria. Mais cruezas de emanação do que civilizações de perfume, o cheiro viria dos cabelos mui agrestes ou das mãos de excitadores pulsos e dedos faladores? Escobar, alheio a tudo em volta, tentava adivinhar se o cheiro teria seu ninho nos braços que desconfiava cheios ou no corpo todo, em brutais morenos, onde haviam de se mesclar (pelo menos na imaginação exaltada de Escobar) todo o amor espontâneo à violência, com toda a fúria nata de uma paixão ainda não explodida.

Apenas montada, Anita se debruçou para soltar as rédeas do argolão do mangueirinho da municipalidade. Em seguida, empinou com imensa graça e habilidade o Fidélis, seu brasino meião, de crinas longas como se fossem o dorso de seus próprios sonhos de liberdade, e largou no vento mais desejos de:

— Buenas noites, no geral! Buenas, grandões! E tu, Tancredo Escobar, que os pampas te entrem pela janela nos infinitos desta noite... E tu, Chaves amigo, lembra-te que, enquanto houver fome, injustiça e abandono, como pode um rei dormir em paz? — A voz já se desbotava na distância que o galope rápido começava a espichar entre a cavaleira e os amigos. Mas Tancredo não quis deixar passar a oportunidade de agradar a moça. Gritou de cá:

— Nos remorsos, o zorra do rei há de dormir em paz que a coisa não lhe esfrega o pelo; mas que durma sem medo, senhora Ana, duvido muito... — E a risada coseu os fios do sereno.

Com o afastamento progressivo da moça, só aquele cheiro de folhas machucadas na transpiração da mata permanecia pregado forte no ar. Bem no jeito de quem estivesse só, os olhos do gaúcho, encantados com tamanha perdição, afundaram em sonhos e projetos na subida da rua dos Mascates por onde Anita disparou seu galope de negaças e promessas, bem da intuição natural às mulatas de todos os tempos.

Os respingos de lama atirados estabanadamente pelas patas largas do pingaço açoitado na maior firmeza, rompendo a geada que aumentava no segredo da hora, estalavam cristalitos de encontro aos batentes e aos muros das casas transidas no honesto alinhamento, janelas cerradas no medo da noite de mil sortilégios, mistérios, terrores dos negros que, um dia, beberam cerveja na cuia das brancas, sinhás europeias de renda e babados e, em cores de festa de cinzas e sangue, cantaram mandubas nos tampos das negras, por nome cabaço; no sujo do sangue, no triste da pele, na poja dos bagos, no grito das tintas, na tinta da noite, no cego das horas, nos seus corumbás...

"Quando cismo, encilho o pingo,
solto o poncho estrada afora...
Chora a china; o galo canta
que o gaúcho vai-se embora!"

Escobar ficou escutando...

"E quando se vai embora
o gaúcho, de espacito,
tranca as esporas no pingo...
Por Deus que faz um bonito!"

... ficou escutando sem saber se a cantiguinha antiga vinha-lhe ao encontro, de cada vez mais longe, assoprada pela voz-sexo-cheiro que nem jambolão da serra, daquela chinoca terrível que, sem dúvida, já o derrubara com as boleadeiras de sua personalidade ou se, de muito mais distante ainda, também numa outra voz suavíssima: a de suas recordações de infância, mui bordadas em líquidas felicidades.

Ali, junto ao juiz e ao Chaves, que teimavam em discutir ainda políticas, malquerendo caminhar, o gaúcho se debatia entre toda sua vontade de possuir muito mais do que Anita-ainda-carne mas, misturando lascívia e poesia, sorver por inteiro o seu cheiro e a sua irradiação incandescente, tudo isso já agora de amálgama com a lembrança de um passado rascante em suas arestas, de um crescente cruento no rastro da guerra de uma idade que se foi. E Tancredo se viu, ele mesmo, em presenças de ainda menino, longe do acalanto da mãe, gritando sozinho desejos e urgências, pelejando dentro das próprias estâncias, chorando ódios e impotências, mordendo o silêncio no enterro dos mortos, no olhar das ovelhas sombreados de espanto, no cio ígneo da gadaria miúda, nas folhas secas pisadas na terra ao sol infinito dos pampas sem-fim, que nem o sem-fim dos olhos de Anita.

De muito longe, como que se de outro lado da vila, chegavam a seus ouvidos as falas do Chaves... do juiz. De mais longe ainda, escutava o ladrar dos cães do Galdino, em marcha tardia, apavorados com as sombras noturnas.

Não obstante, ainda estavam todos ante as portas fechadas da botica.

Só então, adivinhando o caminho na treva molhada, apenas indicado pelas silhuetas negras das casinhas sujas de barro, Escobar, sem nem ao menos se despedir dos amigos, tomou rumo de máquina, em seguimento à cavaleira encantada.

Ia distraído porque a casa do cunhado, onde estava parando para o casamento do filho caçula do Neves e da irmã, ficava logo ali. Mas Escobar não sossegava: enquanto caminhava quase às apalpadelas, ia escutando, sempre vinda de um lugar indefinido no espaço e nos dias, ali ou no Rio Grande, naquele momento ou vinda do fundo dos anos, ou cantarolando ele mesmo sem o perceber, a musiquinha melancólica mas terrivelmente evocativa:

> "Quando ato a cola ao pingo
> e ponho o chapéu de lado,
> e boto o laço nos tentos,
> por Deus que sou respeitado!"

11

Agasalhando mais o nariz, Chaves, de braço com Anacleto, atritava calores no mútuo esfregar dos ponchos. Enrolados até os olhos, os dois tomaram a direção oposta, a se recolherem também. Descendo a rua, haviam de dobrar a segunda travessinha à esquerda.

— Afinal, Chaves, a que vinha o gajo aquele? Até agora, confesso, nada entendi. Não sei por que se falou na Revolução Francesa... Diz que é gente do Neves... Que aconteceu ao sacana do Neves?

— O Xavier não tem nada. Nada! Chegaram domingo.
— Ecoando as palavras no silente da hora e da rua, Chaves gritava respondendo ao juiz: — Todos! É isso, homem. A Micas teve umas dores... um desmaio. Já passou! Vieram para o casamento do João. O caçula. Casamento, entende?
— Paramenta-se? Quem se paramenta? Já a República dos Mamelungos tem paramentos que nem a Corte? Usam mantos? Bosta! Eu não disse? — Colados como iam, assim mesmo o juiz cutucou malícias na ilharga do droguista. Depois, puxado pelas apressadas impaciências do Chaves, tornou a caminhar. — Nem carne, nem peixe... Ontem, chimango; antes, caramuru, a lamber as botas ao Império, ao filho da puta do português frenético... Hoje, farroupilha com paramentos e rabo de fora. Amanhã, quem sabe? — E parou outra vez, para desespero do Chaves. Antes de prosseguir, agora francamente arrastado pelo sono do droguista, largou nova gargalhada, feliz, sem exigir mais detalhes.

Por fim, engolidos pela escuridão, os dois também sumiram dentro da noite.

Na rua, só ficou Ferrabraz, mandalete sabido, piá escurinho dos olhos campeiros, gateado nos gestos, mirando malícia pra todos os lados. Mas logo, de um salto, no jeito de tigre, também o negrinho fundiu-se em fumaça no barro gelado da noite ventosa, sem luz nem de um lampo.

12

Pois foi! amanhecia quando se soube: a Micas morreu!

13

A casa de Anita ficava num grande retiro ventoso e pitoresco. Isso, já nos derradeiros limites da vila, bem no caminho da descida para Laguna, agora por nome Cidade Juliana, dado pelos brigões do Canabarro.

Quem, andejo, prosseguisse por ali mais um pouco, vencendo uma rampazinha de saibro suave, ladeada de parreiras podadas de recém, sem tomar chegada pela vizinhança ou derivar no rumo, antes de descer uma légua, já começava a ver o mar, no sopro do vento. Mas começava a ver pela parte de dentro da lagoa, por cima do terreno baldio onde Licota (de quem ainda se falará) tinha levantado seu tugúrio miserável.

Do outro lado, sim!, quebravam as ondas do mar aberto na pura liberdade, e a cor do horizonte, de verde macio, chegava a um cinzazul mais profundo. O lugar era conhecido pelo feio nome de Baixa da Carniça, por via do gado que, bem por ali, era abatido nos dias de feira.

Mas eram bonitas as velas das embarcações vistas assim de longe e aquelas quantas camaroeiras, de costume tendidas ao sol. Só que, pela distância, mal se distinguiam os pescadores transando pobrezas entre o mar e seus casebres que as dunas caminhantes engoliam numa noite para desassorear tudo, horas depois, como numa brincadeira inocente de menino.

E o vento constante fumaçava na praia areias fininhas como que cessadas nas malhas de sol, o dia inteirinho. E às noites, o vento, rodando de doido, ainda soprava no olho da lua como uma constante de nunca parar. Somente os orós de folhas miudinhas, raízes na areia desde a barra das águas até muito acima, mantinham, tremendo, um pouco de ordem na grande folia do vento que voa sem nem um destino, sem uma razão, sem tempo nem nada... Somente os orós.

14

Anita gostava de ficar na varanda olhando pra baixo, o mar e o vento; o canto da Licota com os panos quarando de muitas lavagens, pendentes dos varais pobres; e os pescadores, lá embaixo, na sua labuta, mexendo nas velas, nas camaroeiras, nas redes maiores pra peixes graúdos bons de comer com farinha torrada. (Vermelhos, ciobas, robalos bem gordos...)

Anita gostava de ficar ali mesmo, parada, pensando que a vida, que a gente, que o povo, que o rei, que os negros cativos, que a guerra...

15

Foi só na hora de saírem para o velório da mulher do Neves que o padrasto, dom Rafael, com sua bengala fininha e seu muito apuro de nobre elegante, neto de conde, cruzou com a enteada rebelde, rebelde, exatamente naquela varanda da predileção dos dois.

A varanda, quase um alpendre de tão ancha e longa, abrigava toda sorte de plantas ornamentais entre bancos de pedra e cadeiras de ferro.

Dom Rafael estava furioso e, desde a véspera, não conseguia esconder seus sentimentos de revolta contra o mau procedimento de Anita.

— Com que então... — Dom Rafael começou a catilinária que havia preparado durante toda a noite. — Com que então a senhora dona Ana de Jesus, minha enteada, andou, ontem, em serão de homens, não é verdade?

Anita fez que sim com a cabeça, ar muito sério.

— E pior! Pelo que soube... me contaram... a discutir políticas com forasteiros... a se declarar farroupilha! — Os olhos miúdos do homem fitavam zangas que Anita fingiu ignorar, picando cruelmente o broto de um tinhorão vermelho.

Dom Rafael não baixou os olhos. Continuou fixando-os na enteada, com severidade:

— Não cuide a senhora que, pelo fato de termos essa canalha farroupilha dentro da terra e já dona de Laguna, infelizmente uns até nossos amigos de ontem, podemos andar facilitando e dando com a língua nos dentes. Peço que a senhora mantenha reservas e tenha presente que isso... essa baderna, claro, é, apenas, uma aventura passageira. Questão de mais ou menos dias. Repito: só me causa lástima o fato de alguns de nossos amigos, como infelizmente o doutor Teodoro, acreditarem na vitória dessa patacoada do Canabarro. São uns doidos! — Vendo que Anita substituía a tortura da planta por um passeio de idas e vindas ao longo da varanda sem, contudo, nada retrucar, dom Rafael seguiu falando em caldas de seriedade. — Isso tudo, senhora minha enteada, muda amanhã ou depois. É evidente que a força está nas mãos do nosso imperador. Peço que a senhora não duvide. Então, apontados por um ou por outro, que delatores jamais faltaram a coisa alguma, teremos de prestar contas de nossas leviandades e de nossas ofensas, não ao Moniz Ferreira, do cachorro que a senhora apunhalou; não ao coitado do padre da Serra, que a senhora agrediu a pontapés, mas ao governo. À Regência. Ao imperador! E iremos por aí assim... Nessa hora, de nada valerão as garras do Bento Gonçalves ou do outro Bento, o ventoinha; as do Canabarro ou as desse gringo pífio, um malfeitor fugido de sua terra sabe-se lá por que crimes... Incrível como os nossos patrícios do Rio Grande cumulam qualquer indivíduo da mais baixa ralé de considerações e respeito! Uma ingenuidade que os fará pagar caro. Muito caro, senhora dona Ana de Jesus!

Depois de cada período, dom Rafael dava um silêncio de refresco, a ver a reação da enteada. Súbito, como a se lembrar de uma referência importante, o nobre perguntou:

— Ontem, na botica do Chaves, a senhora não viu o Galdino? Nem assim vossa mercê conteve-se em seus comentários comprometedores? Positivamente, não concordo nem com a presença de vossa mercê em tal lugar, uma loja de comércio, nem em tal hora. Soube que já passavam das dez! E não posso concordar também, como nunca hei de concordar, com o desabrido de vossas falas mui impróprias para uma senhora, quase uma criança. — Cada vez mais irritado com o silêncio que Anita fazia ainda mais inexpressivo, dom Rafael estava a pique de se perder nas próprias zangas. Como último recurso, resolveu apelar para os brios da enteada, a lhe relembrar a força do sangue. — Procedimento indecoroso sobretudo para uma senhora que, além de minha enteada, o que me faz muita honra, é filha de uma paulista, senão nobre, paulista da canela-vermelha, o que quer dizer: mulher do mais rijo cepo.

Como Anita se risse disfarçadamente, evitando ofender o padrasto em seus arrancos vazios, o nobre exasperou-se de todo. Então, largou-se também a passear de um para o outro extremo do varandão, a largas passadas, ferindo as samambaias com golpes secos da bengalinha.

Arrependida, e já penalizada pela irritação causada, Anita decidiu contemporizar, pacificando as iras do padrasto que, afinal, embora atrasadão nas ideias e conceitos, não era mau sujeito:

— Permita o senhor meu padrasto que eu pergunte: não será rusga demais para um ato tão banal como o de uma donzela ter se apeado um minuto para tomar um amargo na porta de uma casa amiga?

Dom Rafael ficou contente com a pergunta. Prosseguiu sério mas já crescido em interesses:

— Com efeito, não teria havido gravidade se já não fossem dez horas da noite e a casa uma loja de comércio.

— De qualquer maneira — Anita interrompeu-o —, um canto frequentado por amigos do senhor. Gente de todo o respeito. Ou os amigos têm horas e lugar para o serem? Quanto às coisas que lá se disse, não me leve o senhor a mal: não foram coisas de estarrecer! Peço a vossa mercê que não se zangue tanto com sua enteada que tanto o respeita e estima. Entusiasmei-me um bocado. É certo! Coisas do meu temperamento que o senhor, infelizmente, muito bem-conhece. Que fazer? Lá estava o Tancredo Escobar, irmão da pobre Micas. Um que é estancieiro na fronteira do Rio Grande. Naturalmente farroupilha. Era a pessoa estranha a quem vossa mercê se referiu por ter escutado a intriga do Galdino. Começou a prosear sobre a guerra... o Garibaldi. Falava lindo, de coisas lindas. Foi isso. Se vossa mercê ouvisse o homem, estou certa de que havia de mudar um pouco a sua opinião sobre os revolucionários gaúchos... Como tenho o senhor em conta de um homem justo, peço o perdão de vossa mercê. Não pelo que fiz, mas pela zanga que lhe causei.

Dom Rafael estava envaidecido com os cumprimentos de Anita. Mas ainda estava amuado:

— Outra coisa: a senhora sua mãe anda queixosa de seu comportamento em casa, sabe? Diz que, agora, a senhora só quer galopar sem rumo; frequentar o mercado e o comércio; falar com desconhecidos; mantear sem escolha de local... Enfim, fazer propaganda aberta da Revolução. É um absurdo, convenhamos! Diz mais, que suas agulhas e linhas andam espalhadas por toda a casa. Suas roupas... saiba que sua tesoura encontrei-a eu mesmo, ontem, no quintal! Depois, que entende a senhora de políticas? de Regência? de escravidão? Que sabe de guerras? de coisas de homens? Na verdade, a senhora que coisas sabe para discutir em público com forasteiros, às vezes até perigosos?

— Mui pouquito sei eu, putcha senhor! Vossa mercê tem toda a razão. Quase não sei ler e mal assino o meu nome. — Tranquila, sem pressa, Anita deixava as palavras escorrerem por entre os lábios carnudos da raça. — Mas, com sua licença, dom Rafael, digo que sou analfabeta mas não sou burra! Escuto as coisas, tchê! Avalio, peso, raciocino... Se dizem que sou violenta, não tenho culpa. Nasci assim, ora! O que não sei é aturar insolências, injustiças, covardias, desaforos, prepotências... se me tenho metido em entreveros é porque, isso, não tolero. Não posso nem ver. Não aceito, por exemplo, a escravatura. Não me passa um homem ser dono de outro homem. Vomito! Infelizmente nós também ainda somos escravos de um rei... Que coisa é um rei? Um idiota feito ainda mais idiota pelos ladrões que o rodeiam...

Dom Rafael arregalou os olhos desmesuradamente. Não por terror, diga-se a verdade, mas por não aguentar o impacto assim forte. Com a mão nervosa tapou a própria boca como se o fizesse a Anita:

— Pelo amor de Deus, menina!

Mas Anita tinha tomado o freio nos dentes:

— Veja vossa mercê que toda a caminhada começa por um primeiro passo. E nós já vamos a meio caminho. Sei que só com a República terminará esse horror de escravidão em nossa terra. Sei, também, por ter ouvido muita conversa de gente que sabe, que essa é uma proposta de solução difícil e que envolve interesses de fazendeiros e homens de dinheiro... Depois, perturbando ainda mais minhas reflexões, aprendi que a escravidão existe desde que existe o homem no mundo... e ainda que nós, por causas políticas e de má administração do governo, somos de alguma maneira escravos também. Só a vitória da Revolução terminará ainda com muitas outras coisas que têm trazido o Brasil mais cativo do que no tempo da colônia, coisas que ferem fundamente nossa dignidade de povo...

— Minha filha! — Dom Rafael tentou ser carinhoso, apavorado com as perigosas convicções da moça —, por favor! Lembre-se de quem somos nós! Afinal, precisamos ter mais orgulho de nosso lar. Do nosso nome. De nossas pessoas. Da nossa dignidade... que a senhora acabou de citar. Apesar de tudo, não podemos andar nos misturando com aventureiros, gente que... enfim!

— Orgulho, dom Rafael?! Já que vossa mercê fala em orgulho, precisamos ter orgulho de quê? Nome, pessoa, dignidade...? Como único nobre desta casa, vossa mercê sabe muito bem que orgulho, sem uma razão excepcional, não é orgulho. É penitência! Mas creia que eu quero muito bem ao senhor, dom Rafael. — Anita era imprevisível. Subitamente, tomou a mão do padrasto e beijou-a com ternura. — Quero muito bem mesmo!

Com a chegada da mãe e da irmã, a Manuela, dos fundos da casa, já de luvas e véus, a conversa entre padrasto e enteada teve um fim feliz. Logo, todos se prepararam para sair em direção ao cemitério do Alecrim onde, horas depois, haviam de enterrar a Micas com sua hefalgesia diagnosticada pelo crispim amigo, o doutor Teodoro, e que, pelo visto, não teria sido tanto hefalgesia como...

16

De repente, todo mundo de Laguna, Imbituba e arredores encheu o cemitério de Morrinhos.

Entre cinamomos gigantescos e gladíolos gentis, o camposanto de Alecrim sobe pelas encostas do morro da Posse, desde o bairro do Fogo, afogado em poesia. O areado dos tumulozinhos, como que de brinquedo, e a massa dos arvoredos arrumadinhos que, na cor, querem parecer ouro, dão, a quem se aproxima, uma vista de cartão-postal. Isso, até hoje. Pena que a miséria também já tenha se alastrado, semeando por toda a encosta seu mundo de barracões.

Quando o caixão da mulher do Neves, envernizado às pressas para atender às dignidades da ilustre morta, atravessou solenidades no portão de ferro da entrada, sininho batendo anúncios com sua voz de garnizé de bronze, os frequentadores noturnos da botica da rua dos Mascates seguiam-no de perto, logo atrás do grupo dos parentes mais próximos: a sogra, o viúvo, o irmão estancieiro em Santo Ângelo, o caçula e a noiva.

O bloco dos seronistas do Chaves vinha completo, inclusive com o livreiro Melquisedec, dos menos assíduos aos serões e que, por último, andava negociando com Voltaire (Deus que te perdoe! — na opinião mui abalizada do escrivão Galdino Capolo) e, por incrível como pareça, começava a difundir as perigosíssimas ideias de um jovem francês que havia de ter partes com o diabo e se chamava Proudhon. Coisa de pedreiros-livres... O Melquisedec era um carbonário!

Sufocado nas alturas muito engomadas do colarinho postiço, Galdino ia ao lado do Chaves. E ia ainda mais apertado dentro do fraque de justos antigos. (Ora, merda! Ultimamente, com a idade, vinha engordando o seu bocado...)

O escrivão marchava imponências e seriedades, mui compenetrado de sua responsabilidade inalienável de orador da terra, sobretudo político.

— O diabo, Chaves — cochichou ao ouvido do ídolo droguista enquanto caminhavam, seguindo o caixão —, é como hei de agarrar o touro pelas guampas! Como hei de achar uma entrada para dizer poucas e boas a essa canalha farroupilha. Sabes?, pensei em aproveitar a deixa da descrição do inesperado do falecimento da Micas para começar lamentando o viúvo, homem ilibado, pela sua boa fé em aderir à Revolução... às malícias da Revolução. Gostas da palavra ilibado?

Chaves era cauteloso:

— Eu, no teu lugar... mira, Galdino, eu faria o necrológio da Micas e só. Grande cidadã, dona de casa exemplar, caritativa, esposa devotada, mãe extremosa, corajosa, honesta... (tenho para mim que a Micas nunca prevaricou...), enfim, diria essas coisas sem compromissos que se diz dos mortos, entendes-me? Se gostas de palavras de efeito, fale do inesperado soez da morte; use as palavras passamento, desenlace, que são bonitas. Féretro... tumba! Fale na alma. Fale em Deus... Mas nada de política, estás me ouvindo? — Iam os dois, braços dados, caminhando pachorras pela alamedinha central do cemitério, as botas de verniz prodigiosamente limpas apesar de tanta lama havida por toda parte. — Tu sabes que, por aqui, todos são contra o Império. São todos da Revolução. O próprio Neves foi eleito caudilho da República deles, e tu não ignoras. Toleram-nos porque não os incomodamos. Pelo menos enquanto essa brincadeira dure não te convém mostrar valentias que, cá pra nós, não é o teu forte...

Como o escrivão insistisse em largar nem que fossem umas alfinetadas que dessem para arrepiar o pelo aos liberais, Chaves reforçou o conselho:

— Metas um freio nessa língua, homem! Todos sabem que és um caramuru medonho. É notório. Riem-se de ti porque não ofereces perigo. Quando não, fuzilar-te-iam. Vê que, até hoje, nem tiraram-te o cargo, mas não abuses, não provoques, não fales em política. Olha: nem aqui é o lugar, nem esta é a ocasião. Ademais, a imprudência só poderá render-te é alguma forte contrariedade ou traste pior... Veja que a destrambelhada da menina do Rafael está por aqui e, se a mostarda lhe chegar ao nariz... não sei, não! Não há que confiar tranquilidades à guria. Mormente se lhe der na telha, ouvindo as tuas grenadas, fazer bonitos revolucionários pro tolo do Escobar... — Como já chegassem à sepultura de Micas, Chaves apressou-se nas falas. — Aquilo, seu Galdino, é uma doida e é uma bomba! Tu bem sabes que por coisas menores já deu de chicote em dois ou três marmanjos e o que não lhe custa é repetir a dose aqui mesmo. Para o diabrete, o que está feito não está por fazer...

— Sim... na verdade, Chaves, tens razão como sempre. Hei de pensar melhor embora tenha graça tu temeres a chinoca desavergonhada do Rafael. — Com a mão, protegeu o ouvido do Chaves para o segredo, já que muita gente se aglomerava em torno da sepultura aberta. — O que a menina anda atrás é de homem. Não te iludas!

O escrivão fingia concordar com o bom-senso do amigo mas, no íntimo, estava bem-disposto a não renunciar. Pretendia, isso, sim, surpreender o Chaves, a admiração do Chaves, a surpresa do Chaves, a gratidão e os cumprimentos do Chaves pela sua habilidade e coragem de jogar, no momento preciso, duas ou três ideias escolhidas, das de maior efeito, para achicar a corja rebelde; o idiota do Tancredo Escobar que tanto o irritara e ofendera a noite passada, abrindo o seu leque de pavão com os feitos do tal Garibaldi, tudo para seduzir a tola da Ana de Jesus, como se isso fosse difícil tarefa a qualquer gajo que usasse um poncho e vestisse bombachas.

Ah! Enquanto pensava dando voltas à turba, descobriu o médico Teodoro vindo um pouco atrasado, se divertindo em evitar as pedrinhas soltas do caminho apertado entre os túmulos.

— Também aquele há de se doer, já que acha muito engraçadinhos os baderneiros do Rio Grande! E dizer-se que foram os farroupilhas que lhe tiraram o cargo rendoso de médico da municipalidade. Ah! Grande imbecil o Teodoro!

Entre os parentes da falecida, Escobar, luto improvisado mas fundo pela mana que lá se tinha ido, marchava lentamente ao compasso geral do cortejo que, pela derradeira vez, desfilava ante o ataúde pousado na quina da pedra. Escobar não podia evitar, mesmo no disfarce cerimonioso, o cruzeiro aflito e disfarçado de seus olhos, labirintando por todos os lados, entre toda gente, em busca ansiosa da pequena revolucionária que, na véspera, tanto o impressionara pelo avançado de suas opiniões. "— Putcha, como pode haver um rei numa nação de escravos?!" Isso, Anita havia lhe perguntado para afirmar, depois, com igual indignação: "— Essa minoria que agarra o poder, rouba o povo em taxas imorais para dividir o furto com afilhados barões e ministros venais, além de comprar os crápulas que garantem essa Regência de pulhas que aí está..." Mas, além do avançado de opiniões, Anita o havia perturbado também pelo estranho personal de seu jeito-cheiro-gesto leve como a alegria dos pássaros ou a madrugada sobre uma flor caída... Tudo isso o espantava como homem e o atraía como macho.

Já com saudades do serão, Escobar lembrava-se de como Anita jogava as palavras com os lábios arroxeados pelo frio intenso da véspera; lembrava-se do movimento excitante de seus cabelos muito negros (que, afinal soltou, já no fim da noite); da cabeça graciosa em pícaros balançares... recordava-se até dos hiatos e dos entrecortes nas frases inteligentes ou maliciosas, quando tomava fôlego nos entusiasmos ("— Que coisas falavam Cristo e a Madalena?" ou "— Bruto é o bicho homem, não é mesmo? Não vale o peso de sua sombra..."). Sobretudo, lembrava-se daquele jeito engraçado de, a qualquer ensejo, exclamar a palavra "chico". Na busca ansiada, mas já não mais inútil, o gaúcho apaixonado deu com Anita, sempre pronta-de-vida, ainda que num enterro. Anita estava justamente entre as elegâncias do padrasto; da mãe, uma sombra melancólica; e da irmã mais velha, a Manuela, uma que, mais tarde, deu pra parteira.

Manuela, Escobar constatou, estava a namorar de longe, sem nenhuma brejeirice, um belo latagão surgido de recém na terra. Diz que vindo de São Manuel. O rapaz, porém, era um pobre sapateiro-remendão, por nome Manuel Duarte e, se estava no enterro, era por pura gratidão que a Micas foi quem lhe arrumou a porta onde tinha estabelecido sua banca e sua residência modesta.

Percebendo a alegria da moça pelo reencontro, Escobar, assim como que meio assomado pelas impaciências da paixão, segredou-lhe atrevidamente para seu natural tímido:

— Sabes? Antes de a ver, senti seu cheiro selvagem de mata virgem...

— Entonces o amigo estava aqui para me cheirar? — Anita gozou o galanteio. — Mira que, de uma mata virgem, tanto saem borboletas como panteras, não é assim?

Foi quando (todos já à beira da campa, mesmo os mais retardatários), o escrivão Galdino, dando um olhar de apronto ao Chaves, como a certificar-se de sua presença necessária, preparou-se para começar sua peroração de circunstância tão chata e descolorida como a própria circunstância descolorida do sepultamento chato.

O cochicho de Anita e Escobar só não passou desapercebido a Galdino que, irritado, com gesto ponderante, parou o serviço dos coveiros. Intimando silêncio dentro da já silenciosa cerimônia, começou por pigarrear. Mas o pigarro saiu-lhe tão débil e tímido que apenas anunciou humildes delicadezas de sacristia.

De fato, desde as primeiras palavras rompidas como se vindas do exterior, presas ao perturbante freio do medo e da prudência, Galdino perdeu-se em ninharias e nugas e trivialidades comuns à ocorrência. Mas, em determinado momento, guapeando em cara-voltas, bebeu coragem na fisionomia tranquila do Chaves. Então, rompeu correndo caminho por um desvio inesperado e nada dialético, em súbita e despropositada defesa ao trono, como se a Revolução, resumida no enterro da Micas, já tivesse derrubado irremediavelmente o imperador, o regente, todo o Ministério e toda a Corte do Rio de Janeiro:

— ... é que há necessidade de um chefe supremo! — Galdino crescia na ponta dos pés. — Precisamos, todos, desde os mais remotos tempos, da mística para a nossa felicidade... O imperador é a mística do Brasil! Só a mística, e não o raciocínio, difere o homem dos outros animais. Por isso, devemos amar e acatar a coroa como um símbolo supremo e dominante, além de uma garantia de ordem e paz. Assim são as estátuas sagradas! A presença do nosso único senhor, dom Pedro II, como efígie do corpo de Cristo...

Galdino já ia barafustar-se pelo terreno dos desaforos e ofensas aos republicanos quando, irrequieto, percebeu pânico nos olhos do droguista: é que, surgido do meio do povo no exato momento em que, zangado, resvalava para o insulto em bruto, padre João Antônio, o já falado frequentador eventual das tertúlias da rua dos Mascates; o que andava sempre conspirando contra tudo o que se lhe afigurasse legalidade; aproximou-se, rude, do caixão ainda pendente das correias para descer ao fundo do sepulcro a uma ordem do orador e, decidido, empurrou Galdino, abrindo falação por cima do discurso:

— *Réquiem aeternam dona eis, Dómine: et lux perpétua lúceat eis...* — A batina, muito da fouveira, ainda presa entre as pernas, que foi preciso galgar sepulturas e carneiros alheios (como o do barão da Pedra do Meio, o pé enorme do padre plantado nas datas: 1729-1784) para atingir a tumba da Micas, o padre foi emendando suas orações: — Ó Deus de toda a consolação, assisti, nesta hora, sua serva...

— Ó!!! — Galdino surpreendeu-se deveras com a interrupção de seu discurso. — Estou falando, padre! Não vês?

— Estava! — frisou padre João Antônio baixinho, seguindo com sua prece, já a toda voz. — Pela salvação da alma de nossa irmã em Jesus Cristo Nosso Senhor, dona Micas Xavier das Neves, Pai-nosso, que estais no céu, santificado seja o vosso nome...

Atônito, o escrivão, ainda guardando toda a pose de orador, procurou pelo Chaves mas o droguista, abrindo os braços muito desolado, parecia dizer-lhe lá de longe: "— É isso! Eu não avisei? E agora?!"

17

Já em casa, de volta do enterro da Micas, dom Rafael não se conformava com a cena vergonhosa, do maior desrespeito à defunta e aos acompanhantes, provocada pela leviandade do padre João Antônio. Na varanda, cheia de amigos que o seguiram para algumas mesas de gamão, enquanto mateavam, o nobre não cessava de lamentar até que estado a pobre província andava amesquinhada com aquela droga de Revolução. Afinal, dom Rafael pedia que concordassem com ele, era uma vergonha! Se Galdino elogiou, em sua oração fúnebre, à parte de qualquer política, o governo da nossa nação, era um direito dele! Quisessem ou não, o Brasil era um Império organizado e tinha uma Regência em mãos absolutamente limpas e competentes como as do senhor padre Antônio Diogo Feijó. O pior é que os farroupilhas já estavam passando dos limites de uma brincadeira de rapazes. Já ninguém mais tinha conta das mortes, verdadeiros assassinatos, que o movimento fazia a cada hora que passava! Isso, sem contar desmandos, estragos e prejuízos em que o Sul andava imerso.

— Quem podia ter, agora, seu gado tranquilamente? — dom Rafael perguntava, aflito pela segurança dos rebanhos gaúchos.

— Agora mesmo — Chaves, fazendo um meio feriado na botica em homenagem ao luto do Neves, se apressava a dar novidades —, dizem, e a fonte é limpa, que o coronel França, um bravo inegavelmente, ao repelir uma investida pérfida e desordenada de baderneiros fronteiriços, homens sem tir-te nem guar-te, perdera para mais de 40 soldados, heróicos lanceiros da legalidade!

— É o diabo! é o diabo! — Galdino, ainda enfiado como um novelo, se limitava a exclamar seus desgostos.

— O diabo, e todos vocês terão de concordar — doutor Teodoro interrompeu para notar — é que o próprio viúvo, embora contra a sua vontade, é o atual senhor presidente da República do Piratini. Isso, nada mais, nada menos. — Galdino tremia ódios como tremia sua xícara de café nas mãos ("— Chimarrão é bebida de chiru madraço!", não cansava de vituperar), mas, sentindo em si o olhar do Chaves, criou forças para ameaçar com os piores desaguisados quando topasse o padre aquele, aqui, ali ou alhures... Resmungava, abaixado, acariciando seus enormes cães como se já os açulasse contra o padre João Antônio — República do Piratini?! Que coisa é essa, seu doutor, que não existe em nenhum mapa?

— É mesmo! Que moxinifada é essa tal de República? — perguntaram em volta.

— Se é uma República que não tem limites definidos em nenhuma carta, meu companheiro, tem seus dirigentes, generais, armas, navios, soldados e, lamentavelmente para nós, legalistas ferrenhos, sejamos caramurus como tu, Galdino, ou chimangos como o mestre Chaves, é uma República que conta também com um povo! — Ninguém poderia saber até que ponto ia sinceridade ou ironia nas palavras do doutor Teodoro. — Meus companheiros, isso tudo é uma angústia assoprada!

18

No quarto dos fundos da casa, enquanto se passavam aquelas práticas na varanda, e aliviando o pesado das roupas do luto, Manuela contava para Anita do sapateiro sedutor. A voz, tremida nos sustos e na emoção, se demorava nos elogios do protegido da falecida Micas:

— ... e que voz, menina! Aquilo, quando abre o bico, toda a vila escuta. Tu, Ana, que o viste bem hoje, confessa: é ou não é o moço mais formoso de Morrinhos?

— De Laguna, também, minha filha! — Anita brincou, contente por ver a irmã feliz. — Da cidade Juliana... do Desterro... de Porto Alegre. O teu namorado é o homem mais bem-posto de toda a Corte do Rio de Janeiro, te juro! Mas, tchê, guria, da onde apareceu-te essa divindade? E tu, Manuela, sobre que coisas já falaste com ele? Deste-lhe a entender o quê? Beijaste-o?

— Não! Deus me livre... Olha a mãe... fale baixo, menina! Não... nada. Quem me dera! Nunca nos aproximamos mais do que hoje... no enterro...

Anita considerou a situação. Embora mais moça do que Manuela, sempre assumia deliberações pelas duas:

— Enfim, bem que te mirava o camoteiro! Comia-te com os olhos. O bagualão pouco se importou até mesmo com a vedeta do padrasto... Cruzes! Penso que, se pudesse, passaria de muito boa vontade o braço pela tuas tranças como que para dançar um fandango. Cuida-te, filha, que aquilo me parece bom tombador! E já averiguaste se é solteiro o chico aquele?

— Só sei, Ana, que ele chegou de São Manuel, faz 20 ou 22 dias, se tanto. Logo, ganhou madrinha aqui... Não sei o

que ele fez para a Micas gostar tanto dele... Escuta, mana.
— Manuela ficou vermelha para confidenciar o escândalo.
— Veio fugido porque, ao que dizem, andou estragando umas tantas mocinhas por lá... — A voz, tremendo cios, já era apenas soprada.

— Desses é que prestam, menina! Mira: trate a mana de o estragar também...

— Virgem! Ana...

— Se precisares de auxílio, eu te ajudo. Me diga, tchê, aonde para o candongueiro aquele? Não é lá pela travessinha atrás do Chaves?

— Putcha cuê que adivinhaste! Isso mesmo. Detrás do Chaves, tu sabes a casa?

— Ora, chico! Ali aonde o turco Michel tinha como que um depositozinho de vinhos de Urussanga... Lembra-te? Pois não é lá?

— Exatamente... tu sabes!

— Sei, sim. Passei por lá outro dia e até vi a portinha já com a mesa dos sapatos... Por sinal que algumas dessas sirigaitas que andam contigo na pracinha, lá estavam pegadas que nem carrapato, como se naquele lamaçal fosse lugar para passeios. Vi a Madalena, a Gabriela e a outra neta do Teodoro, a mais nova, não sei como se chama. Vocês todas são umas tontinhas: vendo homem novo na terra, já se sabe!

— Mas esse... o Manuel Duarte, é muito bonito, Ana! Muito bonito mesmo. Tem um jeito que... nem sei o que te diga! Tu o viste, não viste? Pena que seja um remendão... Ah! — Manuela maliciou afogueada —, deve ser solteiro. É claro! Ou, pelo menos, vive só... Gabriela me disse que ele mora lá mesmo, no fundo da portinha. Dorme embrulhado num poncho velho, por trás da banca, coitado! Ah! Ana, que pena! Se não fosse um tipo tão do inferior...

— Pena, criatura, é teu orgulho bobo que te não deixa pensar como pensam as pécoras das tuas companheiras, não é assim? Não fosses tu tão aparvalhada, entonces o Manuel, mesmo sapateiro, seria pra ti uma anunciada de rosas... Escuta, menina: não há homem inferior só por causa de um trabalho... Tudo calha aos homens conforme o momento que passa. Só porque teu sapateiro não é um doutor, ficas aí transpirando na ponta da língua como os cachorros ou os enforcados. Isso tem jeito?

As duas começaram a rir até que Anita perguntou seriamente:

— Por que tu não o conquistas? Falo sério. Veja: será que o sangue azul de dom Rafael é mais importante para ti do que o pedação de macho que tens pela frente?

— Conquistar como, minha filha? De que jeito? — Manuela assustou-se com o conselho.

— Só se conquista qualquer coisa, seja homem ou ideal, de um jeito: tomando! Tu não tens escravos, tens? Se precisares consertar um sapato, terás de ir tu mesma, não é? Entonces? — Rapidamente, Anita abaixou-se, apanhou uma das sapatilhas que a irmã acabara de descalçar e, com os dentes de um amarelo feroz e sadio, arrancou a gáspea até a metade do pé. — Pronto! Aí está! Agora, chico, é dizer à mãe que tropeçaste... que, já aqui dentro de casa, torceste o pé... rasgaste isso aí! Depois, pedes licença e algum dinheiro para o conserto e ponha-te ao encontro do teu namorado. Só. Não é tão fácil? — Anita fez uma pausa, como a se lembrar de algum pormenor. — Chama-se Manuel, não é? O perau chama-se Manuel?

— Manuel Duarte... mas tem mais outro nome... — Manuela apressou-se a esclarecer.

— Estás bem-informada, manhosa! Manuel, ele; de São Manuel... Manuela, tu... Comeces por fazer notar isso ao tipo. Vai logo dando-lhe teu nome. Isso, não tira pedaço... Acentue que são xarás. Isso tem graça! Mas vá mostrando-lhe o sapato rasgado para justificar tua visita à banca e não enchê-lo logo de vaidades. Negacear bem é uma arte, mira! Para começo de prosa maior, conta-lhe como rasgaste o sapato. Inventa pormenores engraçados... mostra-lhe o pé para excitá-lo. O joelho inchado... a perna onde te dói... Cosido o sapato, dá-lhe o pé para que ele mesmo experimente o conserto. Mas dá-lhe com naturalidade... Nada de risinhos... Bolas, menina! Daí por diante... a la fiesta! Use teus encantos e, sobretudo, tua vontade. Peça que cante. Só para ti. Com jeito, cerra um pouco a folha da porta, se for necessário... Se o diabo não der de si...

— Deus me perdoe, mana! Por favor... — Manuela já não se tinha mais de desejos e medos.

— Manuela: agora falo-te mui sério: quando quiseres uma coisa, não importa o que, nem se vale ou não vale a pena, antes de tudo, saiba querê-la. Não desmoralize tua vontade. Não temas nada! Tás me ouvindo? Agora, larga essa cara de receita culinária e vá fazer o que estou te dizendo. Não perca mais tempo. — Antecipando a coisa, do quarto mesmo, Anita gritou pela mãe. — Mãe! Mãe! Manuela precisa da senhora. Será que a senhora pode dar um pulinho aqui?

Vendo aparecer no retângulo do portal a figura da mãe, mulher alta, triste e fria como a chama de uma vela solitária, Anita contou a história do sapato da irmã, muito naturalmente...

19

Enquanto a mãe, passiva, foi dentro apanhar o dinheiro para o conserto, Manuela pediu aflita:

— Pelo amor de Deus, Ana... Por favor... vem tu comigo!

— Qual, menina! Vou, sim. Afinal, tu nasceste mesmo para seres o meu santantoninho-onde-te-porei... Irei contigo, até porque quero saber notícias de um outro rapagão, o Tancredo Escobar, um que conheci ontem, no Chaves, e que, pelo que me disse hoje, no cemitério, do que gosta mesmo é de me cheirar...

20

Com a irmã na garupa, Anita ganhou a travessinha detrás da botica do Chaves, num átimo. Apeando-se, mais a Manuela, já encontrou o sapateiro, solito, batendo suas solas:

"— Se ao brando rio procuro as minhas penas contar, o rio foge de ouvir-me... aumenta-se o meu penar!"

As moças ficaram escutando de fora. Na verdade, era macia e modulada a voz do rapaz. Não havia outra em Morrinhos! Nem por ali.

Anita afogou a galhofa, tornando-se séria. Muito séria. A ponto de Manuela estranhar:

— Que se passa, mana? a modo que murchaste... cuê!

Percebendo que chegava gente, Manuel terminou sua canção sossegadamente:

— Essa é a serenata do Cândido Inácio... Bela, não? — perguntou às moças sem erguer os olhos do trabalho.

Em resposta, Anita empurrou a irmã e falou alto para que o sapateiro a ouvisse:

— Bueno! Tens razão, mana. Ele canta bem. — Forçando o embaraço de Manuela, recomendou mais, ainda do lado de fora da porta. — Entra, menina. Faze como te disse... E espera até que eu volte a te apanhar. Isso não demora dez minutos... é só uma costura... não é mesmo, senhor... — para que o homem percebesse o interesse que despertava na mana, pediu confirmação. — Como se chama ele, Manuela? Ah! Sim! tu me disseste que era Manuel Duarte. E ainda tinha outro nome...

Sempre com a cabeça abaixada sobre a sola que batia, Manuel falou, olhando de soslaio:

— ... de Aguiar. Vejo que as senhoras também gostam de música... apreciam uma canção bonita...

Sem esperar pelo fim da fala de Manuel, e fingindo não perceber a aflição da irmã ante a iminência de se ver sozinha com o rapaz, Anita-atropelo saltou ligeira sobre a sela, já zunindo a tala do rebenque entre as orelhas do animal:

— Agora, mana, vou num afogo a ver em que canto se esconde o chico, aquele... o tal senhor Escobar. — Anita fez com que Fidélis se volteasse sobre as patas traseiras. — E só espero não estar eu cheirando a suor de cavalo em lugar de a não sei o quê das matas virgens. Tchau, linda! Cuê!

21

Mas o senhor Tancredo Escobar, forçado pelos últimos acontecimentos em casa do cunhado, partira naquela tarde mesmo para o desterro, a negócios de família. E como o casamento do João, o caçula da Micas, tivesse de ser adiado até que as coisas voltassem a seus lugares, o estancieiro levava demora na viagem inesperada.

De suas notícias, mal e mal teve tempo de deixar com o Chaves um recado meio para todos os amigos, meio para Anita-sozinha, tudo muito vago, bem-ajustado com seu temperamento de pampeiro escabriado: levava muitas saudades de Morrinhos... uma terra muito perfumada... Nunca mais havia de se esquecer de tudo ali. Mas havia de voltar para o casamento, apenas ficasse resolvido quanto à data. Três ou quatro meses, no máximo.

Aconteceu foi que nem o Chaves, nem ninguém entendeu aquela história de terra muito perfumada, como também não perceberam que negócio quis dizer o tipo aquele quando, no final do bilhete, registrou "— ... essa cor morena olhando o chão, só ao alcance do sonho".

— Isto está a me parecer uma das epístolas de São Paulo! — afiançou o juiz, fungando o seu resfriado.

Para maior desespero dos seronistas da rua dos Mascates, Anita, ao ler o escrito, fechou a cabala:

— Como se apanham coisas no ar quando se fala com amigos inteligentes! Afinal, ele deu um bonito recado. Agora, pouco importa mais que ele volte aqui, um dia...

22

Dando volta para apanhar a irmã, Anita não chegou nem até a porta do remendão: no meio da travessinha, encontrou Manuela, já de regresso, balançando desoladamente o sapato, ainda descosido, pela alcinha. Lágrimas quase rebentando-lhe dos olhos, Manuela correu a seu encontro: pois não é que a Gabriela, aquela descaradona, chegou em seguida? — e Manuela esclareceu mais —, nem tu ainda havias dobrado a esquina!

Já chorando, contou: a amiga sem-vergonha expulsou-a praticamente da banca. Ainda mais — Manuela agravava o ocorrido —, nas suas vistas, acariciou os cabelos do sapateiro, agarrou-lhe as mãos acintosamente e espremeu-as de encontro aos seios sem se importar comigo, ali. Meu Deus!, quanto atrevimento! Como se a minha presença lhe desse mais satisfação, pediu-lhe que fosse, hoje, à tardinha, lá no Caminho do Cruzeiro para conversarem a sós... Que a vista era muito bonita... que Manuel provavelmente ainda não conhecia o lugar... que haviam de subir pelo bairro do Fogo até o sopé do morro. Dali, então, pela ladeirinha de pedra... Um horror! Manuela prosseguia nas suas queixas enquanto Anita escutava, de cima do brasino Fidélis:

— Pois foi, mana. Gabriela falou isso tudo de mãos dadas com ele. Quando chegou, tu ainda ias ali assim, nem deu bom-dia. Tirou meu sapato das mãos dele que ainda nem tinha examinado direito o que havia de costurar e atirou-me com um gesto de enfado, como se me dissesse: "— Mira... vai-te embora! Vê se não me interrompes no namoro, sim? O Manuel é meu! Vá pedir ao velho Abel que lhe arranje isso. Tu bem sabes aonde fica a banca do velho Abel... Vai-te, enxerida!"

Manuela desandou a chorar com força, limpando o nariz no dorso da mão:

— Ele que fique com aquela cachorra! Não faz mal, não! Não quero nunca mais saber... Ana, por favor... tu nunca mais me fales no nome daqueles dois sem-vergonhas, sim? Eu te peço...

O cavalo parado ao lado de Manuela, Anita sorria, divertida com tamanha revolta. De repente, ficou séria e tomou uma deliberação resoluta:

— Monte, mana! Vá! — Dando a mão à irmã, puxou-a e, com a facilidade da prática, ergueu-a, colocando-a na garupa do animal.

Manuela deixou-se levantar com docilidade e confiança. Já em marcha, Anita falou, dando nuanças à voz:

— Tu és uma tola, Manuela. Não chores! Realmente, não nasceste para esse tipo mui rude de aventuras... Embora tenhas mais dois anos do que eu, és bastante moça ainda, putcha! Precisas, e hás de te casar um dia, com um rabicano menos duro de queixos. Um desses malacaras de patas brancas e boa andadura, me entendes? Um como esses senhores mui educados que frequentam nossa casa... amigos de dom Rafael e do seu jogo de gamão. Gente de trato. Ademais, mana, sabes atrás do que eles vão lá quase todas as noites? Vão atrás do nosso cheiro! Agora, sei que o Tancredo Escobar descobriu. Diz ele que eu tenho cheiro não sei de quê. Tu, como minha irmã, também terás. Ora, chico, é só aproveitar. É só tu escolheres o que mais te agrade. Naturalmente, o mais bonito. O Vilaça, por exemplo; o Ramalho, da barba loura; o doutor Ivo Moren, das dialéticas... Basta tu escolher um deles que o senhor padrasto há de se babar... Já imaginaste se eleges o sapateiro? — As duas se riram, imaginando o desaguisado que havia de ir por toda a casa se pegassem as bichas entre a moça e o remendão. Já chegando, Anita apressou-se nas últimas recomendações, antes de apearem: — Mana, namore quem tu quiseres, mas o Manuel Duarte, esse sapateiro conquistador que tem o gosto de estragar donzelas, não te aborreças, tchê! deixa o padreador comigo que pago para montar um potro afoito! Potro desses mui brabos que nem o Manuel Duarte...

Ainda no varandão, Anita tomou o sapato rasgado das mãos da irmã e não se falaram mais até o jantar, às quatro horas de uma tarde afinal cheia de sol.

23

O dia ainda estava bem claro quando Anita subia a passo lento o caminhoto que, do bairro do Fogo, com suas miseráveis casinhas de palha, ia dar no Cruzeiro do morro da Posse, passando por detrás do cemitério do Alecrim.

Na mão, entre o cabo do chicote e as rédeas, balançando ao compasso da marcha do animal, a cavaleira trazia a sapatilha rasgada da irmã.

Chegando ao pé da ladeira de pedra, Anita parou um pouco, sem pressa, deixando os olhos brincarem despreocupações por sobre a paisagem bonita, de uma natureza limpa, bem enxuta pelo quente do dia, em contraste com o espetáculo miserável que lhe ia ao redor.

Com um sorriso entre brejeiro e vaidoso, lembrou-se do estancieiro Escobar: cheirou com força os ombros, os braços, as mãos... Pensou: tou é com cheiro de cavalo... será que floresta cheira assim?

Com um upa! começou a galgar a ladeirinha, gostando de ouvir os estalidos das ferraduras novas nas pedras mais altas do chão. "— Meu compadre sabe é ferrar cavalos!", apoiou mentalmente as artes do mestre Mendes Braga, de quem se falará mais por diante. Aquelas pedras foram arrumadas ali pelas mãos dos escravos, ninguém sabia quando... Contava uma lenda, Anita se lembrou, que, muitos e muitos anos antes, quase dois séculos, os padres faziam caminhos assim para ganharem os Oestes, em busca da prata andina... Centenas de léguas empedradas pelo meio da mata. O caminho era estreitinho mas tinha até lugares para que os caminhantes pousassem, às noites, resguardados das feras e dos índios. Quem sabe lá?

Já quase sem se lembrar mais ao que ia em sítios tão afastados de seu transar diário, Anita deixava o seu valente Fidélis galgar de mansinho a rampa empinada mas deserta. Logo na quarta ou quinta volta, porém, numa laje de escora da encosta que, às vezes, fazia de banco virado em poesia, Anita deu com Manuel, com seu chiripá grosseiro, mas cúmplice velhaco, preso à cintura por um tirador de peão, desatado naquele momento.

Manuel cantava baixinho para Gabriela, lábios na concha de uma orelha da moça, mãos perdidas nas dobras da fazenda do chiripá que embrulhava o casal. Gabriela, despreocupada com o ermo do local, embriagada pelo amor, vadiava, enlevada, com uma mecha dos cabelos do sapateiro entre os dedos nervosos. Com a chegada de Anita, o idílio estacou como que de tirão. Por instinto, Gabriela ergueu-se ligeiro e afastou-se alguns passos, acamando seus próprios cabelos que se percebiam soltos de recém. Embaraçada ao extremo, não conseguia atinar com as casas dos minúsculos botõezinhos de madrepérola cor-de-rosa que, em duas fileiras elegantes, cerravam, na altura da curva do seio, o já audacioso decote da moda oitocentista.

Sempre atarantada, Gabriela atravessou o caminhoto e buscou refúgio por debaixo de um jeribazeiro que as constâncias do vento vindo, lá de baixo, do mar, debruçara sobre a ladeira, num pitoresco ainda mais poético do que o banco de pedra.

Os olhos de Anita, perversos por pícaros, ficaram olhando os dois namorados, sem pressa nenhuma, sem gestos amargos de duros espantos, assim como quem olhasse uma duna soprada em fumaça, que o vento levasse da renda da espuma, na areia molhada, até muito em cima, no aceiro do mato rasteiro que borda a beira da praia. Os olhos de Anita, perversos por pícaros, ficaram olhando aqueles lunares, recortes mui negros de tafetazinho, boiando promessas de muitos sedares nos alvos da carne rosada-morena dos ombros despidos da moça assustada, ardida em amores.

Por final, a cavaleira rodou o sapato da irmã entre os dedos e o atirou por sobre as pernas do sapateiro que, fulminado, nem fez menção de se levantar ou erguer do chão o tirador desamarrado há pouco, para os mais evidentes fins. Em seguida, sempre mantendo o mais terrível e calculado silêncio, estacou o cavalo bem em frente a Gabriela. Fitou-a de novo, nos olhos, cheia de mais perversidades, forçando-a a se encolher de encontro ao tronco do jeribazeiro até mais não poder.

Fazendo Fidélis avançar ainda dois passos mais, Anita debruçou-se na sela e, com o cabo do chicote, demorou-se bulindo desde os ombros cheinhos, bonitos, brilhando suor da moça bonita, até um derradeiro botãozinho cor-de-rosa ainda fora da casa do vasquim muito justo, de pano reinol.

E tanto mexeu no decote indefeso da moça medrosa que outro botão, ligeira borbulha de vida e de carne também nacarada, saltou inocências dos íntimos dentros daquele vestido, também cor-de-rosa.

Então Anita não conseguiu mais desviar a quente mirada de inveja que crescia na esplêndida carnadura de Gabriela, carnadura que o decote, agora inteiramente aberto, exagerava.

Vontade de Anita trincada nos dentes, mordida nos cios por doido cafife, desperta nos dentros por mal de Oxê, só era soltar, com gesto de fogo, o túmido rondo já quase liberto do outro castelo da moça perdida na dor da surpresa.

Só então, buscando toda a solidez de sua vontade, Anita cortou a cena com voz de aço:

— Fora! Vá-te embora, diabo! Já!

Antes que Anita lhe apontasse a descida com o chicotinho irrequieto, Gabriela já se distanciava, sacudida em prantos.

Satisfeita com o pronto cumprimento de sua ordem, Anita resolveu apear-se.

Subitamente tranquila, começou por sentar-se junto ao sapateiro. Descansadamente, examinou-o curiosa.

O pobre homem é que nem se movera desde o princípio de tudo aquilo. Assombrado, sem acreditar no que se passava, mal sustinha entre os dedos a sapatilha de Manuela.

Só algum tempo depois, como se, por fim, tivesse aprovado os esmiuçares de seus olhos que não largavam de percorrer, numa afronta insuportável, o corpo de Manuel, da cabeça aos pés, Anita abaixou-se, colheu o tirador desatado no chão e, com habilidade e conhecimento, atou-o na cintura do homem perplexo. Severa como um perfil, resolveu falar afinal. E a ordem saiu dura, em rijos roucos de ásperos espinhos:

— Canta. Vá! Agora, Manuel Duarte. — E o rouco dos mandos, virado num átimo em rogo suave, em súplica humilde

ou prece de amor, gemido sutil da fêmea sofrida; ou réstia de sol em feixes de luz; ou lágrima solta no justo momento; ou água macia correndo entre pedras; ou mimo chorado do encanto de Adô, a voz ressumou baixinho, suave sem termo.
— Canta, meu mundo... canta pra mim...

24

A Estrela Pastora já recolhia sua gadaria de luz no horizonte da noite bonita quando, pelo Caminho do Cruzeiro, desciam mui lentamente Anita e Manuel. Vinham abraçados, errando ternuras. Os dois, juntos, puxavam pelas rédeas o pingaço maneiro. E o animal vinha dócil como que compreendendo a suavidade da hora:
— Teus olhos dão nome à vida, Anita querida. — Manuel gostava de deslumbramentos. Era fácil em galanteios. — Esses teus cabelos, meu bem, como frutas suspensas, cheiram mais do que as macegas de caraguatás da minha terra. Não sei como podes ser, a um só tempo, a ira e o amor; o estrondo de um raio e a suavidade do orvalho; o rubro da aurora e o azul pousado no mar; um minuano rude e um céu areado... como tu podes ser ao mesmo tempo, meu coração, essa mulher encantada de agora e o lanceiro duro de há pouco, lá em cima?
Anita, enlevada, apertou com força os dedos do companheiro entre as rédeas de Fidélis que os dois puxavam a passos preguiçosos:
— Eu te amo, Manuel, porque dizes coisas lindas embora idiotas. Eu te amo porque és belo, és jovem e és forte. Mas eu te amo também porque és manso. Ainda te amo, Ma-

nuel, porque és um poeta ainda que piegas; porque, Manuel Duarte, cantas bem; e porque, Manuel Duarte de Aguiar, todas as mulheres têm o vazio de te quererem muito e, por isso, se perderem por ti. — Anita, dizendo estas coisas, parou no meio da rampa deserta, voltou-se com imensa graça e apertou o sapateiro de encontro ao próprio peito. Pensava em Tancredo Escobar e nos botõezinhos de madrepérola de Gabriela. E no pequeno lunar de tafetá que lhe enfeitava o ombro nu. — Sabes, amor...

A pergunta que apenas ameaçou florir, apagou-se como uma luz assoprada dentro da noite sem lua e sem nuvens. Durante muito tempo, cessaram todos os pequeninos ruídos encantados da descida do Caminho do Cruzeiro, descida suave como a forma que a solidão desenha. Só a respiração acelerada dos dois, ofegante pela emoção que se abria como uma flor no mato, se perdia ao longo do muro muito caiado do cemiteriozinho do Alecrim. Fidélis, as rédeas agora inteiramente abandonadas, já não mais batia em submissos compassos as ferraduras nas pedras do chão. E se respirava também descansados rumores, o sopro morno das ventas selvagens, fumaçando espectros na transparência do ar muito puro, seria menos glorioso do que a lenta contração das bocas aos poucos imanizadas em laboriosos começos. E foi: o beijo nasceu longo em gestos de estranhos cios. E germinou em natural desfolhar, não de uma lembrança madura nem de uma vontade irrompida; não de um sentimento de avulsos nem de um grito de orgasmo, mas tão simplesmente dos cheios contornos da mata fechada, do mar em fúria, das dunas caminhantes e do vento cabalino.

Retomando, por fim, o leve caminhar do regresso, Anita (agora apenas a suavidade do orvalho, o céu areado, o azul pousado no mar) secou, com as costas da mão, o excesso da saliva que, na excitação do empenho, brotara-lhe do mui extravagante santiamém, em gotas úmidas de ventura pelo canto dos lábios.

Apanhou, em seguida, as rédeas do animal que se arrastavam no solo e, como se desde lá de cima não tivesse havido nenhuma interrupção no passeio deles dois, enlaçou Manuel para descerem a vereda bonita. Um pouco mais abaixo, no bairro do Fogo, canto das mais curtidas misérias da vila, Anita refloriu a pergunta:

— Sabes? Quero casar-me contigo. Quero ter uma porção de filhos lindos como tu. Entonces, amor, hás de ser unicamente meu, como o Fidélis, este pingo adorado que todos desejam mas que ninguém lhe monta... — Anita era, agora, o ribombar de um raio, era a ira em danação, era o minuano duro nos uivos do mar... era o lanceiro matador.

25

Apenas rompeu a barra do dia do lado do mar e Anita batia as palmas no alpendre do doutor Teodoro.

Por madrugador, o médico que já inaugurava um chimarrão de vasta cuia, não se assomou com o matinal da visita. Conhecia Anita. Sabia da força de seus caprichos, às vezes até perigosos. Sem cerimônias, chamou de dentro do verde de suas vistosas trepadeiras, samambaias e brincos-de-rainha, compondo, pelo hábito de morador solitário acostumado a receber visitas aflitas de doentes sem aviso nem horas, o camisolão de dormir sobre as peúgas de lã:

— Entra, guria. A casa é tua! Afinal, sou um viúvo de alta responsabilidade, não tenhas medo — o médico pilheriou. — E já lá se vão oito anos que a Matilde me abandonou, sozinho, neste casarão. Coitadinha!

Atando Fidélis a um lanço da grade, junto ao portão, Anita entrou mui sossegada:

— Buenas, doutor! Pelo visto, cheguei em boa hora...

— Para quem teve formigas na cama... — Os enormes dentes amarelos deixaram a frase no ar. Em seguidinha, reencheu o porongo dentro do ritual gaúcho e passou o mate à moça.

— Gracias! Lindo!

Como Anita não se apurava nas razões da visita, o doutor ficou apreciando em detalhes tanta exuberância e estranha beleza, sem nenhuma concupiscência.

— Pois é isso, doutor. Não tenho dúvida em que sou dona de tua afeição. Tivesse, não estaria aqui. — Anita rompeu por fim, ao tempo em que, da pequena chaleira, servia-se de mais água fervendo. Mas Teodoro ficou na retranca, esperando o repiquete daquela introdução.

— O que digo a vossa mercê, doutor, é que estou necessitada de um grande favor do amigo. E conto como certo, putcha!

Teodoro começou mui lentamente a enrolar um palheiro grosso, de fumo crioulo, desses muito virgens, que, esmagadinhos, recendem por esse mundo afora que é um horror! Aceso o cigarro, falou:

— É fato! Estimo-te, Anita, embora te tema como toda gente... Cuê! — A gargalhada veio livre como o vento na praia. — Bem; mas falando sério, que coisa queres de mim? Que me aliste no Canabarro? Mira, companheira: quanto a favores, tenho eu minha filosofia um tanto oriental. Pede-se com elação, faz-se com humildade. A ti, não se precisa recomendar altivez. Cresça, guria, e desembuche que eu, de cá, me encolho ligeiro para servi-la.

— Nada, doutor! Nada de políticas agora... Deixemos o Canabarro em paz! Quero é que o amigo fale a dom Rafael. Fale e que obtenha sua licença, porque quero me casar.

— Casar?! Putcha a la vida! — Teodoro fez uma careta como se tivesse provado agraço, mas logo assentou no combinado. — Essa é de truz! Nem que eu fosse um adivinhador de sonhos... Mas a coisa é natural. Pensando bem, a Aninha já está em boa idade... Minha mãe casou-se aos quatorze! O diabo é que eu nem desconfiava que a companheira já tinha o seu *petit-maître*. Por falar nisso: eu o conheço? Gente de dom Rafael, naturalmente não é? Pois mira que o pedido muito me honra. Ademais, será coisa fácil: lá irei ao Rafael de fato novo e botas engraxadas... Já agora, diga-me quem devo anunciar a dom Rafael como seu futuro genro; que venha o nome do felizardo que, gateando, vai abiscoitar esta prenda!

— Por enquanto, amigo, peço-te só que fales a dom Rafael. Necessário explicar-lhe que quero me casar. Mais tarde digo-te o nome do tipo... Entonces o amigo completará sua missão.

— Bueno... bueno... Quer dizer que isso não vai de uma vez? Bueno... — O médico ficou repetindo a exclamação, desde que muito pouco estava entendendo de tudo aquilo.

Quando Anita se foi, Teodoro repetiu o mate monologando:

— Diabo! Pela primeira vez no mundo acontece um gajo fazer um pedido de casamento sem especificar de parte de quem...

26

Da casa do médico, Anita partiu num galope alegrete, desses de escorraçar o povo do meio da rua, em busca do Mendes.

O Mendes era um tipão grosso e barrigudo de fartas suíças se despencando das orelhas e dono de vastos bigodes à portuguesa.

Era de profissão ferrador e, como ferrador, o mais hábil de Morrinhos. Era o Mendes que ferrava os cavalo da casa de dom Rafael, sobretudo o Fidélis, para o qual tinha cuidados de amigo.

Paulista, proprietário de um nome comprido: João Joaquim Mendes Braga morava do lado oposto à residência de Anita, já nos confins norte da vila. "No estribo", como gostava de dizer.

Como a vizinha Licota, companheira de Anita desde crianças (e de quem ainda se falará mais pra diante), o ferrador também era compadre da moça.

— Sabes? — Anita começou com sua pergunta-exclamação predileta. — Sabes, Mendes? Monte logo que precisamos chegar em Laguna ainda a tempo de pegar o padre Cruz na matriz!

— Ó! Ó, senhora! Aonde vamos com tamanhas pressas? — O Mendes espantou-se ao tempo em que, mui profissionalmente, examinava os cascos do Fidélis, impaciente nas tintas:

— Aqui, menina, precisamos meter um cravo novo. Este está torto!

— Sim... o cravo. Depois. Agora, monte, compadre. É que...

Se Anita, enquanto o compadre obediente selava seu animal, repetira-lhe mais ou menos o que dissera ao médico, agora, já em caminho, descendo para Laguna, os dois em trote esperto, a noiva acabou de contar do seu noivado.

Mendes Braga só respondia enchendo os intervalos da fala pícara da comadre com assobios fininhos de espanto e incompreensão. Mas de tolerâncias também. Mendes conhecia o Manuel Duarte. Por isso mesmo, sabendo-o todo da legalidade, da ordem, do imperador; além de pouco consistente nas vontades; o homem era apenas um excelente cantador de coplas e modinhas e um parceiro bom de fandango, mui divertido para meninas casadouras, não podia aprovar a resolução explodida na comadre. Mas, como conhecia por igual a força de Ana, preferia calar seus receios, numa expectativa penosa. Mesmo porque seria inútil externá-los. Assim, limitava-se a acompanhar a marcha apurada de Anita, como fiel escudeiro, montado em seu cavalinho ruano que, por ser baixinho, não deixava de ser um valente comedor de léguas...

27

— Espera, padre! Putcha... cuê! Deixa eu cá fazer as minhas contas, chico! Estamos a 23... — pouco se importando em disfarçar as razões dos cálculos, Anita contava alto, conferindo pelos dedos — ... terminou na quarta-feira passada. Deixa ver... 22. Julho tem 30 ou 31 dias, compadre? Bem... no dia 18, não. Ainda não pode! Padre, marque para o fim do mês. Acertemos a coisa, reverendo: case-nos a 30 de agosto. Eu e o Manuel Duarte. Está combinado? Faltam ainda mais de 30 dias... Há muito tempo pros secundários e pros sobretudos...

A gargalhada dos três encheu a sacristia da matriz de Santo Antônio dos Anjos, na vila de Laguna, a "Cidade Juliana" dos revoltosos.

Mas o vigário é que olhava a cena como se a coisa não fosse com ele. Virando-se para o ferrador, ali pronto para o que desse ou viesse, surpreendeu-se:

— Esta é fácil no resolver, sor Mendes Braga. Caramba! — O padre Manoel Ferraz Cruz, ainda que já bem-conhecesse Anita, deixou-se ficar acamando as pregas da batina por sobre a barriga redonda por farta. Havia necessidade de esmiuçar porque um casamento assim, a toque de caixa, principalmente envolvendo uma criatura menor de idade, não é um pau por um olho. — Olaré, sor Mendes Braga, que me diz a isso?

Padre Cruz abraçou a moça carinhosamente:

— E quem se responsabiliza pelo ato, minha filha? Essa coisa não vai assim... Há que se prestar contas aqui e a alguém. Veja que não basta marcar-se horas e datas e... pumba! Lá temos dois pombinhos a se deitarem juntos com todas as bênçãos da Santa Madre Igreja! Vamos devagar com o andor, menina. Depois, existem leis. Há que respeitá-las!

— Leis não foram feitas para quem tem pressa, padre! — Em resposta, Anita apontou o ferrador amigo. — Amanhã ou depois, certinho como uma conta, meu compadre Mendes Braga traz aqui o consentimento escrito do senhor meu padrasto. Nisso, não se fale mais! Quanto ao pagamento, diga vossa reverendíssima o preço que o compadre lhe paga agora e ao contado, já que vai ser meu padrinho também. Entonces, chico? Mudando de assunto, o senhor vigário lembra-se que está fazendo um ano que fui madrinha do filho dele, aqui mesmo nesta igreja?

Sim. O padre lembrava-se bem. Anita-buscapé prosseguiu, sem degraus:

— Pois não foi o padre mesmo que, ao deitar ao piazinho os santos óleos, futurou ao anjo, ainda sem nenhuma culpa, a penitência de se tornar, um dia, um fiel soldado do imperador Pedroca? — Anita confirmou. — Que mal lhe fez o menino, padre?

— Lembro-me! Ora se me lembro! Lembro-me muito bem. Parece que ainda estou te vendo, Aninha de Jesus, bem ali, junto à pia. Tu, ainda com a criança no colo, muito desajeitada, além de não saberes rezar o Creio em Deus Padre, puteaste sem conto nem ponto, te largando em impropérios contra tudo. Tais barbaridades disseste que nem sei por que não te rachei com uns bons cascudos!

— Rachasse, chico, que te garanto não haviam de ficar sem resposta!

Os três tornaram a se rir despreocupados.

— E agora, Aninha? Tomaste juízo? Pelo que vejo, andas pior do miolinho, não é assim, sor Mendes? — Padre Ferraz Cruz pedia confirmação. — Me diga: tem cabimento essa loucura de querer casar às carreiras? Afinal, Aninha, tu, enteada de um nobre como é dom Rafael, e da Maria Antônia, tua mãe que bem conheço, te unires a um operário, assim, sem nenhuma pompa!

— Ora, reverendo, o compadre pagando a despesa agora, trazendo-lhe amanhã a autorização lá de casa, que impedimentos aparecerão? De mais a mais, sabem de uma coisa?, eu acho que estou grávida. E agora?

Anita se conteve para não rebentar numa gargalhada ante o pânico que o cinismo de sua mentira improvisada asfixiou o reverendo e o compadre, ambos na mesma explosão de exclamações as mais desencontradas.

28

— Antes de subirmos, compadre — era Anita a aproveitar a manhã em Laguna —, já que estamos com a mão na massa, vamos dar um salto aqui na praia da Barra onde me contaram de uma coitada, conhecida da Licota, que enviuvou outro dia e quer deixar a casa. — Anita se incendiava nos entusiasmos. — A casinha é pequena e um tanto isolada. Fica no fim da última ruazinha, já no meio do areal, entre as dunas. Não terá vizinhos mas, quem tem precisão de consertar algum sapato velho, não vai ter luxos de caminhar um pouco, não te parece, chico? Depois, como a viúva aquela volta para a Corte, onde tem parentes, diz que deixa até alguns móveis... um armário, uma mesa, uma boa cama de ferro... A casa, Licota disse, tem dois cômodos e uma salinha de frente que servirá como uma luva pro Manuel montar a sua banca onde eu também vou aprender o ofício... Que te parece, compadre? Vamos até lá e, se for o caso, tu deixas logo algum dinheiro ou uma fiança... — Anita-decisões resolvia seus problemas do pé pra mão. — Ora, isso já será o armão para o carro de nossa futura vida! — terminou com seus otimismos. Tardezinha, já de volta a Morrinhos, a moça havia resolvido tudo no mais perfeito redondinho:

sobre o casamento e sobre a moradia, em Laguna, lugar bem mais à feição para um início de vida pobre. Até mesmo o consentimento do padrasto, Anita já encontrou pronto, redigido e assinado em papel inglês, do melhor, daquele que se vendia no Lamonier, de Porto Alegre, a meia onça a mão.

É que Teodoro, em casa de quem estava a autorização, era porreta no atender pedidos. Mas soubessem lhe pedir com precisão; receber sem rodeios e agradecer por fora de exageros. Então o velho médico não embrulhava no dar. Tudo isso era de acordo com sua filosofia meio oriental e adergada para o picaresco.

Por último, necessário registrar, a autorização de dom Rafael vinha acompanhada de uma recomendação: casem-se o quanto antes e se mudem de Morrinhos. Para essa última exigência, porém, já havia a casinha na praia da Barra e achegados amparos, no que se entende por o com que se enfrentar despesas.

29

Aconteceu que a conversa de Teodoro com dom Rafael, encomendada pela noiva desensombrada nas mais seguras tintas de uma vontade, não teve "entrada muito pra que se lhe diga" — como era belo e cordo se dizer nos velhos tempos. Agora, que já temos o pau virado, pelo menos neste assunto, e não há mais perigo de se entornar o caldo (no que esta novelinha seria muito prejudicada...), pode-se contar o episódio por inteiro, ainda que um tanto puxado para o mal-entendido, da visita do médico à casa do padrasto da pequena. De sobrecasaca nova e sapatos baixos e lustrosos, conforme a promessa, o médico chegou, com efeito, uma hora antes do jantar:

— Pois é assim como estou lhe dizendo, meu companheiro... Hoje, venho de arauto... — Teodoro foi procurando entrar logo no assunto antes que, com a espera, a coisa esfriasse e perdesse o ponto.

Mas o paulista nobre (neto de um conde, como já ficou esclarecido atrás) não dava muito pé para um começo de prosa mais encorpada. Só queria falar de gamão. O resultado foi que já iam na terceira partida quando Teodoro fez nova tentativa:

— Por falar nisso, companheiro... em casa onde há senhoras novas...

— Por falar nisso...? Nisso, o quê? — Rafael perguntou mexendo as pedras do jogo.

— Nisso... sim! Ora, falar em casamento. Digo que em casa onde há moças sempre se está a pique de ver desabar um pedido de...

— Quem falou em casamento!? — Dom Rafael pensou que a referência fosse à casa do Xavier Neves. — Com a morte da Micas, parece que o caçula e a menina do Torga adiaram a coisa. Mas, doutor, presta atenção ao jogo!, cá já papo duas casas mais... Assim, o amigo deita fora outra partida!

Sacudindo os dados dentro do copo de couro, sem vontade de jogar, Teodoro contornou:

— Não! Não estou me referindo ao João, do Neves... Digo de nós... aqui.

— Então, bolas!, joga que o jantar já vai pra mesa!

Teodoro, desapontado, não teve outro jeito senão esperar por alguma oportunidade que, ao acaso, pudesse aparecer durante a refeição. E se não aparecesse, o homem estava decidido a forjá-la de qualquer maneira.

Cautelosamente, Teodoro deixou que a derradeira partida terminasse com a sua derrota.

Durante a mesa, ainda sem dizer ao que vinha, nada conseguia deixar transparecer de sua importante missão. Ao peixe, voltou a falar em noivados e casamentos. Vagamente. Dessa vez, percebeu que dom Rafael beliscava a isca. Largou sua primeira tentativa direta falando em Anita mas, tendo o diabo atravessado uma espinha do badejo na garganta do dono da casa, lá se foi a coisa por água abaixo. O engasgo fez a conversa abortar naturalmente. Mais pra diante (dom Rafael já livre da espinha com fartos bocados de farinha seca) o médico tentou, de novo, encarreirar o assunto. Entrou pra valer. Foi direto, a todo o risco, antes que sobreviesse mais algum inesperado:

— Não é assim, companheiro, que as meninas, ao chegarem à idade da Ana de Jesus, começam a pensar em casamento...

Uma risada sem nenhum propósito da Manuela, a mana mais velha, estourou intenções e Teodoro, ante a interrupção inesperada, teve de renunciar de novo e esperar por chance mais à feição. Foi só com a sobremesa que a oportunidade veio por fim:

— Beijos de moça, doutor. Aceita? — A ocasião foi provocada pela própria Manuela, com seus despeitos, a oferecer a compoteira a Teodoro em mimos de velhacaria. — Sirva-se, doutor! Por favor... Acho que, esta, é a sobremesa ideal para os homens, não é mesmo?

A petulância, bem-alicerçada na amizade antiga, afinou ainda mais o perfil triste e frio da velha anfitriã, assentada em rígidas posturas à cabeceira da mesa, ao lado do marido.

Se ninguém riu da brincadeira irreverente, foi ela a benemerência definitiva para que o médico conseguisse, afinal, vender seu peixe:

— Realmente, menina Manuela... beijos de moça! Doces bastante gostosos não só para nós, homens, como também para as moças bonitas que os preparam. É que, no fim, todo mundo namora... casa... — Procurando um ar de extrema seriedade, o médico se dirigiu diretamente ao amigo: — Sabe, companheiro... Sabe a missão que deixaram em minhas mãos? Missão para ser transmitida a meu caro amigo, esta noite sem falta? — A visita deixou passar algum tempo para a ênfase: — Deixaram, é maneira de dizer... a senhora dona Ana de Jesus, sua enteada, deixou! — O riso intencional do médico só fez porejar suores amarelos no rosto do dono da casa. Dom Rafael deu de mirar, cheio de tropeços e dificuldades, a cadeira vazia onde a enteada deveria de estar se não estivesse jantando fora, de propósito, no casinhoto da amiga Licota. Com aquelas palavras, a modo de notícia, caiu sobre a longa mesa de antigos usos um silêncio morno, generalizado. Mesmo Manuela, embora por muita intuição soubesse do que se tratava, espantou-se deveras. Só uma ruga larga de mistérios indecifráveis vincou mais fundo o rosto muito fino e muito pálido de dona Maria Antônia, a sombria paulista da canela-vermelha, mãe das meninas.

— Não me diga, doutor! — Como se só então percebesse em cheio o alcance da fala do amigo, Rafael deixou que um contentamento fluido transbordasse-lhe da fisionomia seca, de passadas nobrezas, espraiando-se por todos os da mesa. — Então, diz o amigo, querem casar com a Ana?! Ou melhor: a Ana quer se casar com alguém! Sim, que bem o conheço eu! Será que... — A faísca de uma surpresa incendiou-lhe o entendimento. — Não! Nem ouso pensar! Será que o nosso grande e prezadíssimo amigo, o doutor Teodoro d'Azevedo Maia... — Os olhos principiaram a brilhar alegrias. — Será!?...

Teodoro, agora em pânico, só atinou em balançar as mãos como se estivesse se afogando. Mas dom Rafael estava eufórico demais para perceber-lhe o embaraço. E prosseguiu com aleluias na voz:

— Será que o amigo resolveu fazer-nos a mercê com o reflorir de sua solidão que, convenhamos, já vai se tornando longa com... Veja o amigo que será muita ventura e muita honra... Uma grande honra para esta casa!

Terrivelmente aflito com o equívoco, Teodoro mal conseguiu atalhar a enxurrada de hosanas, tropeçando perturbações nas palavras que lhe saíam em todos os tons, desde o mais rouco até o mais aflautado:

— Não... Não! Perdão, companheiro... Eu não disse isso! Quem sou eu para... para levantar os olhos à Aninha... Eu, um velho que a vi nascer praticamente... Teria graça até! Por favor, meu caro Rafael, mira que já passei dos 70! Seria um absurdo! Uma catástrofe, embora, como diz o companheiro, uma honra. Apenas, uma honra não para esta casa ilustre, mas pra mim, um simples médico da roça que nem mereço tamanha consideração... Pelo amor de Deus, companheiro!

Como uma bola que se esvaziasse de repente, dom Rafael murchou ilusões. Muito enfiado, procurou retornar sua velha categoria, abalada pela gafe:

— Sim... Bem; na verdade seria ventura demais para nós, doutor! — agarrando solidariedades na mão da companheira, na cabeceira da mesa, sempre com seu ar de alheamento fixo em seu rosto fino e triste, Rafael desculpou-se: — Perdoe-me o amigo pelo estouvamento da emoção. Creia-me, doutor, também já não sou moço e não resisto mais, com firmeza, ao intenso das emoções... Seria ventura demais mesmo... — Rafael riu-se num artifício de salão. — Não devia nem ter ousado pensar em semelhante coisa!

— Ora... eu é que espero que o companheiro saiba achar uma desculpa para o estouvamento com que turvei o sentido de minhas palavras... Se levei o companheiro a entender outra coisa... Conto com a sua elegância e generosidade para o perdão!

— Sou eu que lhe peço desculpas pela minha precipitação, doutor! — Dom Rafael já estava inteiramente refeito do ridículo do quiproquó. — Afinal, já que não é assim, já que não teremos essa felicidade em casa, peço que o amigo não se demore em nos comunicar com quem pretende se casar a senhora dona Ana de Jesus, minha enteada.

Teodoro não achou palavras para explicar a anomalia da missão. Rafael prosseguiu, segurando sempre a mão da mulher num carinho de solidariedade:

— Quem teve o privilégio de contar com tão grande aliança como é a sua, doutor? — Havia interesse repentino, assustado e assentado, na indagação. Havia curiosidade, mas havia uma ponta de rancor também. — Com que dom Quixote teve aquele estopim a ideia de casar? Gente conhecida, doutor? De posição? Naturalmente... naturalmente...

Teodoro envolveu-se num gesto embaraçado de ignorância. Esperava pela pergunta. Achava engraçado estar, ali, pretendendo buscar uma justificativa por não ser capaz de identificar de imediato o pretendente em branco, quando a voz muito clara de Manuela, um cristal partido, exclamou, com gosto de risada:

— Ora, ninguém sabe mesmo? É com o Manuel Duarte. O sapateiro, ora bolas!

Como se todas as luzes da sala se apagassem a um só tempo, uma treva pesada, espessa, compacta, abafou o final do jantar, deixando apenas iluminada, em azuis de temporal, a figura sempre silenciosa da paulista esguia, olhos impenetráveis, onde uma lágrima ou um sorriso brotou dos mais profundos secretos.

— Severa é a doença. A forma é sempre exata! — Teodoro, passado o impacto, constatou, mexendo mui lentamente o açúcar que uma escrava de torso branco e bata de rendas acabara de ralar de um pão refinado, e colocado, com uma colherzinha de marfim, em sua xícara de café.

30

Com o aproximar-se da data escolhida para a cerimônia, o escândalo, na vila, crescia a cada dia. O assunto chegou mesmo a substituir os casos de guerra e política, até nos serões do Chaves.

— Ei, mano! — Quem mais se assanhava com a novidade era o Galdino. — Que confusão aquela desassossegada de satanás arrumou pro coitado do Rafael! — Dando vazão a seus próprios sentimentos de malquerença contra Anita, lastimava dom Rafael. — E acontecer-lhe uma vergonha dessas dentro de casa! Um remendão para genro!... Hão de me dizer: que tal? E logo o Rafael, um nobre deveras! Não! O coitado não merecia tamanha expiação. — Mas o tom patife em que eram ditas essas palavras não condizia com a solidariedade que o escrivão alardeava oferecer ao amigo ausente.

— A coisa é meio contraditória, Galdino, mas a Aninha é assim mesmo... Hoje anda tudo demudado com essa guerra que não se acaba mais. Ser-se contraditório é ser-se humano. Depois, com o tempo, aquilo que embora ainda tenha sentido não tem mais o mesmo significado, não te parece?

Tudo passa, inclusive um simples casamento deitado pro exótico... — O médico era mais liberal e tolerante. — A guria tem sua personalidade. Queiras ou não, companheiro, ela é admirável! Mas, me diga: que diferença ou desgraça vai em alguém desposar um sapateiro ou um general? Tudo não é a mesma coisa? Tu, por acaso, darias em melhor marido para a rapariga do que o Manuel Duarte?

Galdino se apressou a responder, largando ufania nas palavras:

— Melhor marido, não digo. Mas saberia aproveitar muito melhor aquele belíssimo petisco, não tenha dúvida, doutor! Sim, que sou bom de faro e sei onde ponho a boca! — O escrivão riu-se da chulice, invejando cinicamente Manuel Duarte, o empelicado que recebia do céu, de mão beijada, a troco de um capricho adoidado, aquele pitéu de rapariga, coisa de encher qualquer potro novo de muita espuma nos baixos. Para consolar-se, desfazia: — Mas eu pergunto: aquela china aloucada ainda será donzela? Ainda terá em ordem os tampos sagrados? Vai ver que foi por isso que o padrasto foi tão fácil em autorizar o casamento...

— Mira, Galdino — o Chaves se intrometeu na conversa, se conservando sempre por detrás do balconete da drogaria —, que a guria do Rafael tenha ou não tenha o seu santo cabaço, isso não serão batatas para a nossa gamela. Nem a coisa vai desmerecer o prêmio que o sortudo do sapateiro vai churupitar. Virgem ou não, nem por isso o pintudo do marido achará a comidinha menos saborosa e a rapariga menos ancha de quartos. Que a coisa lhes saiba bem, é o que desejo. Agora, que tu garantas que saberias aproveitar melhor o belíssimo pratinho, só porque o outro não tem a tua instrução, a tua educação, o teu nascimento, o teu dinheiro, etcétera, isso, meu caro, não passa de uma pretensão muito idiota, de marinheiro de primeira viagem, sem qualquer fundamento, visto? Não há sentido no que dizes e, contrariando as filosofias do Teodoro, também não tem nenhum significado. Se uma china qualquer, seja a Anita ou a coitada da Licota, lhe negar o estribo, quero ver aproveitares o galope! Para as mulheres, tenhas tu em boa nota, não há mais homem ou menos homem. Há, sim, garanhão mais desejado e garanhão menos desejado. É isso, tchê!

— Tal como acontece com a gente, com relação às mulheres — Teodoro arrematou. — No fim, companheiro, nessa questão de sexo, tudo é a mesma coisa: só é bom deveras aquilo que apetece mutuamente a duas criaturas, pouco importando secundários ou pormenores... Mas apetece num justo e determinado momento. Agora, entendam o que eu quis dizer quando afirmei que, com o passar do tempo, as coisas, embora ainda mantenham um sentido, não têm mais o mesmo significado. Nós, homens, não nos tornamos impotentes fisicamente, com a idade, mas desinteressados com os longos caminhos da prova e da experiência.

31

Na rua, logo espalhado, o escândalo do casamento engordava nas mais duras cores. Já a situação social de dom Rafael atingia o insuportável. Legalista respeitado, tendo já contra si a antipatia quase geral da pequena população, tanto de Morrinhos como dos arredores, o nobre passou a viver fechado em casa. Pena que, no fundo, dom Rafael era muito mais liberal do que forçava esconder. Se agravava o crime da enteada, era por necessidade de manter uma nobreza que já lhe custava carregar.

Quando, em triste cair da tarde, seus olhos pousavam tristezas no rosto fino e triste da mulher mais silenciosa do que a melancolia apagada que o candeeiro derramava no grande salão de dentro, dom Rafael se rebelava contra sua impotência em romper de vez com seus velhos hábitos e compromissos, jogar para cima preconceitos, frases feitas e tradições vazias, e se atirar de braços abertos àquela Revolução que, quanto mais não fosse, espalhava um grito sadio de liberdade por todo o Sul do país.

Foi justamente por causa do ocorrido desagradável que o padrasto de Anita se deu conta de como vinha sendo falso em seus princípios, inclusive para com ele mesmo. Só no olhar apagado da mulher, Rafael (ex-dom) ainda suspeitava uma fiametta de entendimento e de aprovação. Nessas ocasiões, erguia-se muito cuidadosamente e beijava uma ternura imensa nos cabelos muito finos de sua velha companheira de quinze anos!...

Voltando a pensar no casamento próximo de Anita, confortava-se:

— Afinal, há males que vêm para o bem, como se costumava dizer então.

Para seus jantares, antes costumeiros em requintes e alegrias, apesar da figura deslizante da mulher, Rafael havia limitado ao máximo os convidados de sempre o que, de certo modo, agravava a solidão que o consumia. Para o gamão, antes com três e quatro tabuleiros espalhados pelo varandão, todas as noites, agora só contava com as pichotadas do doutor Teodoro.

Quando só, vizinhanças da madrugada, era com profunda desolação que passava os olhos pela mansão deserta. Desesperado, apagava o lampião. É que a pouca luz difusa fazia mais dolorosa a soledade da casa.

Anita sentia a solidão do velho e sofria com isso. Torcia para que os próximos dias se sucedessem rapidamente na certeza de que, uma vez casada, morando em Laguna, tudo voltaria aos eixos na casa paterna. Mas era preciso esperar e, enquanto esperava, adiantava a feitura do vestido de noiva e dos sapatos brancos que, na melhor pelica que havia na província, estavam sendo feitos pelo amor de Manuel, num prodígio de esforço para um simples remendão.

32

Enquanto trabalhava na joia de couro pensando em Anita o dia inteirinho, senhora no ser, esposa de Ogum, escrava de Exu, bugrinha no avesso, o sapateiro-mil-venturas-cafangado-luar fazia era encher a travessinha travessa modesta de barro do bairro de belas canções.

Cedinho, manhã:

> "Se ao terno canto de uma ave,
> vou meus gemidos juntar..."
> *(Manuel: navegamos dentro de*
> *nossas pegadas!)*

Sol quente:

> "emudece o passarinho,
> aumenta-se o meu penar!"
> *(Anita: estamos presos a nossos passos com o*
> *cuidado de irmos paralelos à nossa igualdade!)*

Já noite caindo:

> "Busco a campina serena
> para, livre, suspirar..."
> *(Rafael: as coisas nos possuem no laço das
> rugas e nem sequer percebemos
> que estamos suspensos!)*

Estrelas no céu:

> "Cresce o mal que me atormenta,
> aumenta-se o meu penar..."
> *(Teodoro: como seremos antigos
> dentro do tempo!)*

33

Apesar de quase nenhuma diferença de idade, Licota, a comadre de Anita moradora nos Verdes, já era mãe de Bentinho, outro guri que padre Ferraz Cruz almejou para futuro soldado do imperador do Brasil. Bentinho era um dos muitos afilhados da irrequieta enteada de Rafael.

Licota morava num casinhoto de barro cru e pau a pique, levantado por um esforço da miséria num terreno devoluto, ao pé da casa de Anita, fazia um bando de tempo.

Assim como assim, os dias para a pobre mulher passavam na paz do Senhor até que tudo começou quando um padre cheio de filhos, de comadres, de benfeitorias e de dinheiro, descobriu que o referido terreno pertencera, no remoto dos anos, a uma indeterminada confraria religiosa que nem existia mais na província e partiu, violento, pra cima dos pobres posseiros que nem Licota. Sem nenhuma lei de seu lado, o diabo do padreco, só com a força de seu prestígio, começou expulsando daquele cantinho uns tantos infelizes que a necessidade espalhou por ali, de muito antigo.

Quando Anita soube da prepotência do maganão pelas lágrimas da comadre, partiu direto ao encontro do espoliador. Sem mesmo se apear do valente Fidélis, foi dando o seu recado por cima da cerca do homem:

— E se vossa reverendíssima mexer naquela gente que é minha, com ou sem papel de prova, é o mesmo que mexer com onça parida! E vou lhe dizendo mais, chico, o senhor é tão dono daquelas terras como os imperialistas do diabo são donos dos negros que roubam na África, tudo só de propriedade de Deus! Agora, padre, é um favor que lhe peço com meu pedido de bênção: deixa em paz aquelas criaturas! É um pedido humilde mas é também um aviso duro. Tchau, padre. Rogue a Deus nas suas missas por todos os escravos e injustiçados dessa terra infeliz. Peça também pelos seus escravos que, um dia, tanto se acaba a paciência deles como a de Deus Nosso Senhor... Esse também é outro aviso, padre!

Desde esse dia ninguém mais falou em desalojar o povo dos Verdes...

34

Foi na casa de Licota, comendo peixe frito, que Anita provou pela última vez seu vestido de noiva.

Dali, seguiu devagar ao encontro de Manuel, no Caminho do Cruzeiro. Só seu guarda-solinho aberto fazia um pouco de sombra na vegetação rasteira do chão. Chegando no Fogo, o bairro pobre da vila, Anita viu Manuel que já a espreitava mais no alto. Deu uma carreirinha para o beijo esperado. Descolados os lábios, Manuel observou, dando por falta de Fidélis:

— Viestes de pé?

— Deu-me ganas de tropear um pouco. É que o dia vai leve como uma sombra, não te parece, chico?

— Tens razão, querida. Vê como é belo o campo... a gadaria... Sabes? Um dia, li que os pastores são muito e muito felizes... Naturalmente, porque vivem assim, ao ar. Mas, Aninha querida — Manuel prosseguiu depois de outro grande beijo, abundante e generoso —, quando vejo bois... não sei, mas fico triste. Não sei por quê. Mesmo agora, contigo, quando tudo me canta nos ouvidos, nos olhos, na boca... o campo, a manhã, o vento, o sol... teu beijo... tudo, tudo... os bois me entristecem, sabe? Me entristecem...

Anita, os lábios procurando um sorriso, olhou Manuel demoradamente, expressivamente. O noivo é que precisava falar mais para dar vazão à sua felicidade:

— Os bois não te entristecem também, amor?

Segurando muito carinho nas mãos de Anita, o sapateiro insistia:

— Não te entristecem, Aninha querida?

Abrindo os lábios em forma de gaivota voando, Anita beijou o sapateiro de novo. Depois, começou a falar muito devagarinho, muito suavemente:

— Os bois não entristecem ninguém, Manuel. Os bois não são tristes. São apenas suaves, me entende? — Soltando as mãos de Manuel, Anita passou os dedos como numa festa sobre o rosto do noivo. — Se nós não tivéssemos tantas razões a provocarem outras tantas revoltas cá por dentro,

Manuel meu amor, também seríamos suaves como os bichos. Apenas eles — Anita apontou os bois —, os bois que tu achas tão tristes, se respeitam entre si. Muito mais do que os homens, que são como alguns peixes, a se devorarem em vida. Vê, Manuel, nenhum bicho ambiciona governar os outros. Nem brigam por isso, nem matam... Tu já viste algum boi querer ser o rei?

Já meio escabriado pelo rumo que a prosa tomava, Manuel tentou uma saída:

— Meu bem... olha: quando falei nos bois...

— Agora, Manuel, deixa eu terminar: sabes quem fez as coisas? Todas as coroas, e reis, e Regências, e governos do mundo? Não foram os bois com a sua mansidão; foram os que precisavam se proteger debaixo de uma asa qualquer. Os covardes. Os sabujos. Os que se deitam. Aqueles que, porque temem a luta, lutam por um que mande em todos. São fracos e exigem um chefe... um líder... Não sei, Manuel — Anita crescia nas palavras —, mas eu sou como os bichos. Não admito que alguém me dê ordens. Mande em mim. Nunca. Desde menina, sabe? Gosto de ti. Gosto de ser beijada por ti. Assim... assim... Por isso, falei em casar contigo. Mas se alguém me obrigasse a isso, cuê! Adeus, chico!

Anita toma novamente a mão do noivo e guia-a até seu próprio peito. Subitamente, ocorre-lhe à mente a cena de Gabriela, ali naquele lugar mesmo. Força Manuel a apertar-lhe um seio. Teve ímpetos de se deitar no chão e puxar Manuel para cima de seu ventre. Sem permitir que ele retirasse a mão, beijou-o furiosamente. Mordeu-lhe o lábio com selvageria:

— Mas te previno: penso que não levarei muito longe esta vida assim... Tenho é uma garra enorme de pelear... Não sei! De brigar duro pelos que precisam que a gente brigue por eles... Pelos que não sabem brigar... pelos que se deitam, obrigados pelos mandões... pelos que não têm coragem!

Manuel Duarte conseguiu, por fim, baixar a mão, deixando que o peito abarcado escapulisse:

— Puxa! Tu, Aninha, me parece um macho violentador. Isso é: às vezes, parece. Nem sempre. Há horas em que tu és uma mulherzinha saborosa como uma fruta madura...

Anita estava alheia à fala do noivo. Tampouco percebeu a fuga da mão de Manuel. Já não tinha mais vontade de se deitar no chão:

— Vontade de lutar, Manuel. Engraçado: desprezo profundamente todos os fracos... os covardes... os que têm medo de morrer mas, ao mesmo tempo, tenho-lhes enorme pena. Atraem-me! São, para mim, como criancinhas sem defesa alguma. Dão-nos a responsabilidade... obrigam-nos a zelar por eles.

Manuel estava abismado:

— Aninhazinha, tu me perturbas! É como se te conhecesse há muito tempo e só agora... parece mentira! Apaixono-me por ti e tu me assustas. Eu me aterro e tu me enlevas... No momento em que te beijo, sinto que és um turbilhão sem corpo, sem forma... Tu és amor e vingança; amor e ódio... revolta e amor... inconformação e amor... Puxa vida!

— Putcha a la vida, tu dizes bem. A vida é tudo isso. — Já muito feminina, sorrindo bonito, Anita abraçou com as duas mãos a cabeça do companheiro, obrigando-o a beijar-lhe o colo miúdo. — É que, Manuelzinho amor, isso é a vida! É inconformação, vingança, desejo de mudar... — beija-o com força —, tem gosto de sangue, de inquietação —, beija-o mais —, a vida também tem gosto de terra, de chuva... —, fala com os lábios espremidos nos de Manuel —, de amor...

— Se eu pudesse, incendiava o mundo. Todas as maldades

e misérias do mundo... as injustiças, as covardias, as prepotências... os imperialistas, os donos de escravos...
— Ufa! Tu és braba, Anita. Tu és um general... tu és Deus!
Já principiando a descer regressos pela ladeirinha gentil, os dois pareciam que estavam ouvindo, nas quebras do vento, uma voz bíblica que de algum lugar sem corpo dizia assim:
— *Nos olhos dos bois os homens verão suas iniquidades... Como os eleitos, os bois ruminam em silêncio, porque só o silêncio eleva o homem até o Senhor. Bem-aventurados os que nasceram para dar de sua carne e do seu sangue ainda aos que não mereçam.*

35

— Posso te fazer uma pergunta, meu coração? Uma só? — Manuel estava feliz.
Foi na véspera do casamento. Foi no bairro do Fogo, a caminho do Cruzeiro do morro da Posse. Era a matar saudades do noivado...
Anita beijou-o demoradamente:
— A gente procura a verdade para se escravizar a ela o resto da vida... Manuel, nunca perguntes nada a uma mulher. Tudo o que ela faz, querido, pode ser pela última vez. Ou pela primeira. Se queres saber se te amo, respondo-te que por enquanto amo! O resto, eu avanço pelo futuro dos teus olhos. Nada te negarei! Negar é um refilão duro para quem não tem medo da vida. Agora, canta-me uma serenata que fale em paixão, que mexa comigo, que me machuque, que me faça sofrer, que me faça chorar... Canta, amor!

— Diabo! — Manuel pensava simplicidades, longe de toda a poesia. — As mulheres... quem entende nada?! A mulher... porra! A mulher é uma estrovenga filha da puta!

36

Assim como as águas do rio que vem da nascente distante, perdida nas pedras da serra, e vão se enrolando no seu próprio peso, parando em remansos nas margens do leito, passando correndo em rodamoinhos, fervendo carreiros, caindo em cascatas, em dias de sol e noites de chuva; e vão, sem descanso, seguindo pra frente até se perderem nas águas do mar, assim também foi: chegou o dia 30 de agosto de 1835, dia do casamento de Anita e Manuel Duarte.

Em Santo Antônio dos Anjos, ainda que a manhã fosse de muita chuva (felizmente, mais pra diante, o dia levantou), na matriz estava bem mais gente do que era de esperar. Além dos curiosos e dos falsos amigos de Rafael — que ali tinham ido e se dado o incômodo do estirão de serra abaixo só para esmiuçar intrigas, mexericos, torpezas e inventar mentiras —, além do povo de Morrinhos e dos arredores até o arrabalde de Imbituba, terra onde Anita era deveras querida pelo seu gênio pronto em desforços contra prepotências; ainda estavam todos os frequentadores dos serões diários do Chaves. Todos, menos o escrivão, era evidente.

— Não! Não, Chaves. Tenha a santa paciência! De maneira alguma me presto para essa vulgaridade de misturar-me com mangalaços. — Era o Galdino a alisar os seus preciosos cães, a recriminar o droguista pelo descaramento dos amigos no prestigiarem aquela moxinifada que, no fim, não passava de uma farsa de teatro: "As Aventuras Livres de um Remendão Sapiroca com uma Donzela mais do que Suspeita."

Sim que o Galdino não desceu, mas o resto dos prosadores da drogaria estava lá, todos. Até o Melquisedec, com dois livros debaixo do braço; até o padre João Antônio, com suas birras governamentais. Cômico só era mesmo o bom juiz Anacleto, ao inaugurar uma corneta acústica nova, feita de chifre e que, nem por isso, melhorava sua pouca audição.

Ferrabraz, o mandalete pretinho da casa da Micas, com seu mandrião novinho, de chita barata, lá estava também só para espiar a moça bonita casando na igreja com o moço cantor...

Terminada a cerimônia, antes de o padre Cruz, com a sua barriga tufada de banha, lavrar o seu "termo" no verso da folha 83 do Livro quinto de Casamentos do Arquivo Paroquial de Laguna, dando como marido e mulher Manuel Duarte de Aguiar, natural da cidade do Desterro, e Ana Maria de Jesus, *inesperadamente registrada como natural da cidade de São Paulo*, sobreveio uma pequena ocorrência provocada, quem sabe, pela maldade cachorra do caipora.

37

Saindo da nave, entre as alas de povo que se comprimiam para ver o casal passar, Anita, apoiada ao braço do marido, vinha vaidosa, vaidosa de tudo, vaidosa do véu de renda bilimbim; da volta de ouro, presente do Chaves; do anel de brilhante, exibiu pequenino, sutil elegância do "seu"

Rafael; das flores abertas; do terço branquinho que a mãe deu a ela, num gesto de dor; vaidosa dos sapatos brancos, limpinhos, prodígio de amor, bordado em ternura pelas mãos pesadas de muito trabalho do seu remendão, Anita se ria de muita vitória!

Mas foi de repente: descendo os degraus de pedra lisinha, o pé resvalando, o salto enganchou na quina de cima. Segura em Manuel, manteve o equilíbrio mas aquele sapato só feito de amor, rasgou-se no meio, saltando do pé!

Sapato fora do pé, na saída de uma igreja, não há noiva que resista a vaticínio tão mau!

Quem não sabe da desgraça que esse fato representa?

O riso de Anita, virado em espanto, correu para dentro em forma de susto e não voltou nunca mais!

38

Na casinha da praia da Barra, afinal alugada por Manuel com a ida definitiva da viúva que lá morava para a Corte do Rio de Janeiro, o compadre Mendes Braga tinha aprontado o churrasco para a festa.

Churrascada de tripa-gorda, de carne de gado, de lombo do fio, de tudo o que é bom!

Tudo pronto, cheio de amigos o quintal dos fundos, já no areal sem cerca, onde em trempes de ferro assavam-se carnes e as brasas alegres chamavam apetite, Anita já outra (afinal a superstição do sapato não valia uma dobla, segundo Licota, entendida em cabalas), só aborrecida com os afogados do vestido de rendas gomadas, deu com os olhos no doutor Teodoro, agachado, revirando uns espetos de taquaraçu:

— Ovelha, doutor? Lindo! Alcance-me uma capa gorda!

Mas padre Cruz também entrava. Vinha com uma pulga atrás da orelha. Por que Anita não rezara com o noivo, os dois juntos, o Pai-nosso? Como bom pastor de almas, precisava perguntar essa e outras coisas à sua última nubente, quanto a seu comportamento durante a cerimônia.

Ainda agarrada a seu naco de ovelha, pouco se importando com o asseio do vestido de noiva, Anita esclareceu ao padre amigo que, por sua vez, não parava de estrincar nervos nas juntas dos dedos:

— Padre, me perdoa, mas eu sou mui burra pra entender estas coisas tão relevadas! Deus é o infinito, padre. Que sei eu do sem-fim? O que me parece é que Nosso Senhor bem sabe o que fazer, dar ou tirar a cada um de nós. Não sei por que, entonces, estarmos pedindo isso, prometendo aquilo, agradecendo presentes, lembrando o que nos falta, mostrando-lhe nossas dores todos os dias, a cada hora que passa. O pior, padre, é que todo mundo faz isso sempre, com as mesmíssimas palavras repetidas milhões de vezes, desde que a religião existe. Tenho para mim que tantas ladainhas só servem para acoquinar Nosso Senhor em suas ocupações...

— Realmente, meu caro padre. — Teodoro largou seus assados, embora com a faquinha de cortar a carne na mão, para entrar no proseado metafísico. — Realmente, padre Cruz, me parece que a Ana tem razão. Já lá escreveu o Camões: "o que é Deus, ninguém o entende, que a tanto o engenho humano não se estende." Creio, reverendo, que o poeta quis dizer exatamente é que o bicho-homem só pode entender Deus quando conseguir apanhar o infinito em suas verdadeiras dimensões. Mas como as dimensões do infinito são outras além das três que conhecemos — e são tão acima do nosso conhecimento como acima é o entendimento que temos de liberdade, justiça, bondade e demais desígnios do Criador —, nada feito, meu companheiro! E outra coisa: repare o padre como nossa vida só gira em torno e em função de números, e não de sem-fins e de conceitos de dimensões ignoradas. Vivemos, nós e o mundo, exclusivamente dentro dos limites numéricos. Limites, percebe? Dez algarismos regem tudo na vida: um, dois, vinte, um milhão... horas, dias, léguas, graus... E mais: dinheiro, dúzias, centenas. Até o sem-fim de uma esperança é medido, ainda que romanticamente, por uma unidade: uma vida inteira, meu companheiro!

Padre Cruz ouvia com atenção. Tomou sua pitada generosa de rapé antes de responder, sorrindo feliz:

— Precisamente isso é que é bonito, seu doutor! Muito bonito! Veja bem: os números, limitando tudo, levam-nos ao sem limite. Ao infinito. Tanto acima como abaixo do zero, não há tetos nem fundos. Por conseguinte, dentro do seu raciocínio, doutor, são precisamente os números que nos levam a Deus. — O padre fez uma pausa para sentir o efeito de suas palavras. Só então prosseguiu, os olhos postos em Anita. — A matemática é uma beleza. É divina. Mas uma beleza e uma divindade só para seus iniciados, os que aprenderam a falar e a entender a sua língua. O diabo é que essa linguagem pura, meu caro doutor, representa fielmente o exato pedacinho do momento que passa, dentro do conceito que, como muito bem diz o amigo, não conseguiremos alcançar nunca em sua plenitude... O conceito do infinito... de Deus!

39

Mais tarde, acabada a festa, os amigos se retirando, pés de sombra, Anita e Manuel ficaram sós, aquecendo o amor dos primeiros instantes do lar nascido. Era o calor dos números que madurava aquele pedacinho do momento que passava. O infinito... Deus!

Com a calma da solidão, os dois examinaram detalhadamente a casinha e os móveis deixados pela viúva, amiga de Licota.

— Aqui terás a tua banca, meu marido. E aqui, certamente, partiremos para destinos maiores. — Acariciando os cabelos bastante revoltos de Manuel, Anita, espelhando alegres despreocupações, entrou na alcovinha dos fundos.

Substituía, por fim, o incômodo vestido de femininos incômodos, e rendas de crivo, e apliques vincados, e muitos babados, pelas suas amansadas bombachas. Era um alívio, tchê!

— O passado — Anita deu de pensar em dias idos, quem sabe se pela emoção do dia —, o passado é como se fosse a nossa pele... — Logo, como se procurasse sentir o cheiro de folhas machucadas no selvagem das matas virgens, respirou fundo, cheia de satisfação momentânea, dessas que passam num único segundo, sem que se saiba precisamente vinda de onde ou por quê, só deixando um vazio depois. Um vazio ruim de orfandade.

Enquanto desabotoava o corpete ajustadinho aos seios miúdos, agora pojados pela liberdade recém-rompida no desafogo da nudez, ocorreu-lhe, de repente, a imagem dos botõezinhos cor-de-rosa do vestido de Gabriela, indefesa, no Caminho do Cruzeiro.

"— O passado é como se fosse a nossa pele!", — tornou a repetir no pensamento, já um pouco deslombada pela faina da festa. Dando com a pequenina medalha da Virgem que usava desde menina, colada em sua carne pelo suor, ainda que pendente por um fio dourado do pescoço morrudo em altos torneados, beijou a santinha. Então, pareceu-lhe ver, na penumbra da camarinha, os lábios do padre Cruz, num murmúrio, como se ele lhe tivesse explicando mui pacientemente os mistérios gozosos do rosário, nos 5.500 dias de indulgência plenária para cada terço de São Domingos e Santa Brígida: "— ... do infinito, minha filha!" Havia crença e fervor no beijo depositado sobre a medalha milagrosa. "— Deus!"

Mas também havia tanta presença na visão que Anita chegou a pensar que Manuel tinha entrado na camarinha. Mas não! Do lado de fora, sentado no batente da porta singela, Manuel entoava uma velha barcarola de despropositadas gôndolas e gondoleiros.

Como a mulher se demorasse, dentro, Manuel olhou futuros nas ondas do mar. E pensou: "— Esse azul é sinal de viagem..." —, como diziam na sua terra.

Para que viagem estaria ele partindo naquele momento assim azul? Em que barca misteriosa? Soprada por ventos de que estranhos quadrantes?

Tão longe divagava que nem percebeu Anita aproximar-se em flocos de silêncio. Só tornou a si quando ela tomou-lhe as mãos com a suavidade de um afago buscado no tempo:

— Meu querido, eu preciso de ti como quem pede uma promessa de volta... — Anita ia prosseguir em renovadas palavras de ternura quando, mais do que de súbito, assim como um panaço violento atirado por um demônio oculto, a figura crescida de Tancredo Escobar inundou-lhe, primeiro, os olhos que estavam postos no mar; depois, a sensibilidade borbulhante em desejos na língua inquieta e, ao mesmo tempo, sacudindo-lhe a vontade material de fêmea no cio, nas presenças rudes do tato, no luzeiro acordado das pupilas dilatadas, na explosão das narinas abertas, no agarrar etéreo da voluptuosidade, no penetrar inconcluso de um presente estiolado... — Agora... Manuel! — Anita gritou em fungus gestos negros, Senhora das Dores, como se sua alma em danação estivesse sendo possuída, dentro do redondo de uma gargalhada, por algum Ougã medonho, num doido efum-cubandama de todos os orixás dormidos dentro dos séculos nos velhos sangues de seus ancestrais.

— Manuel... agora! — Anita gemeu, banhada em suor, a boca em caatingas de seca lascada, os olhos parados, perdidos, vazios, como os olhos vazios dos suicidas, como os olhos perdidos dos afogados, como os olhos parados dos moribundos. — Manuel! O nosso sexo, Manuel, é como a lua no mistério da meia-noite!

40

Horas depois, ali mesmo na soleira da porta que abria para o mar, Anita e Manuel fruíam de manso o silêncio e o deserto da meia-noite na praia da Barra. O frio noturno só era triscado pelo eterno batido serrazino das ondas sem termo, iguais nas pancadas, iguais nos seus bojos de cristas cruzadas que nem labirinto de vento e de sal.

Sobre a areia molhada em contornos de mapa, os cacos das conchas antigas improvisavam estranha caligrafia como se escrevessem, sem pressa nenhuma, a história do homem na face da Terra. E os tatuís aos montes, ativos nas fainas, moleques-quirelas, furavam ligeiros no avanço das ondas, fervendo os buracos em cima de cada fímbria de espuma.

Então, dentro da predição africana gritada pela boca de Anita emprestada a Omulu, como recado de conjunção de Obatalá e Odudua, Olorum, rompendo do ventre da terra em toda sorte de germinações, surgiu na soleira para abençoar a tetanização do abraço inaugural que, apenas aconteceu, vibrando o adarrum ensurdecedor dos orgasmos de Exu, foi se dissipando em lassas venturas.

Abraçados ainda, agora no descanso puro da amizade, dignamente satisfeita a lei da vida na satisfação perfeita dos dois, Manuel e Anita entraram na floresta do sono dos vencedores.

Fora, na glória da noite, o tapetinho de areia mais fina e mais branca, depositada pelo vento ativo da tarde anterior na soleira-testemunha-do-amor-despertado, rompido como dádiva para o soflagrante da meia-noite de Ougã, tingiu-se de rosa na configuração do concluso iluminado.

Amanheceu.

41

Dez dias. Fazia dez dias, a contar de bênção que o senhor vigário Manoel Ferraz Cruz, o padre dos ilimitados limites numéricos, deitara aos noivos, abrindo-lhes uma vida de dimensões diferentes tanto nas matemáticas como nas matreirices.

Para surpresa dos amigos de Morrinhos, o pelechado atingira muito mais Anita-foguete do que Manuel-sossegado. O velho Rafael, muito mais feliz do que todo mundo, dava graças a Deus que a enteada, agora senhora casada, tranquila, passiva, distante de rolos, de roubos políticos, dos quentes rebeldes, republicanos ativos, permanecesse apagada, na praia da Barra, lá embaixo, em Laguna:

— Fosse um nobre, em lugar de um remendão, e a coisa não ficaria tão fino? — Rafael consolava-se do genro ser tipo tão baixo, de pobre extração. Mas já admitindo, em suas novas cores de humanas vivências, que, pelo menos pra quebrar castanhas, esses brutos hão de servir!

A primeira nuvem triste de abandono-mudança de sua ama-tufão, foi o pingo Fidélis, amado brasino, que passou a viver (desde o casamento) aguado, pastando por ali, sem gás ou sabor, andejo infeliz, ao pé da casinha da praia, barriga cheia das inércias do ócio, como se não merecesse mais (posto no lixo) um golpe esporeado, ladeira acima, até a botica do Chaves, para um arreliamento ao Império, ao governo, à Regência... Para uma provocação aos caramurus, aos chimangos... enfim, aos legalistas.

Mesmo a Revolução que, no centro da vila, fervia bonito a cada minuto, ora com a arribada de mais um contingente farroupilha, terrestre ou marítimo, comandado por lendárias figuras como a do Canabarro, que chegou na última quarta-feira; ora pela notícia chata de uma derrota revolucionária, em um canto mais próximo, pelos destemidos legalistas do coronel França; ou, um pouco mais para o interior, pelos igualmente valentes Voluntários da Pátria, do general Antônio de Melo Albuquerque, um homem que se fosse farrapo, acabaria com a guerra em três tempos...

Pois é assim que, nem os desassossegos da guerra, nem os enjoos da ociosidade, mexiam mais com a curiosidade e com os interesses de Anita-demudada.

— Nem pra veres o Canabarro, dás um pulinho ao pontal da Pedra do Pasto? — O marido estranhou embora, no íntimo, querendo que o homem se fosse às urtigas...

Quem, vendo aquela china morena, de antigas gangolinas, pés de volátil, suficiente e desimpedida, o dia inteiro e parte da noite, ora atirando-se às ondas enormes em loucas braçadas e mergulhos profundos, a brincar, para nada, com a fome das águas ou as iras do mar, após abrasadas carreiras a pé, por cima das dunas ou de encontro bravio ao vento-tingui de rudes calores, ou à chuva pesada na praia sem-fim; ora, olhos pesados como a chuva, lendo as bazófias do velho Rossetti em seu vivo jornal, *A Cidade Juliana*, ou domesticamente, arrumando zelosa, de gorro e avental, no moquiço modesto de móveis pouquinhos, a banca de trabalho do marido, entre solas e couros, sovelas e encóspias, pregas e linhas enceradas, quem poderia identificar, naquela babaça de Omulu, rainha-sargaço, tabaca-de-areia, a enteada indomável do ex-dom Rafael, tão mal-educada, cavaleira temível de impulsos violentos, matadora de cães e espancadora de machos? Quem?

Mas já fazia dez dias...

Se dez dias não representam toda uma vida, é tempo bastante para que, entre um jovem casal, ajuntado no espanto do povo e jogado na sorte dos dois, já sobrenadassem alguns desencontros dos mais principais.

Foi assim que nunca mais, depois daquela primeira noite do assombro africano, mordido no sangue, antigo no tempo, nunca mais Olorum rompeu alvoradas de mansas vitórias na palha amassada do estrado-amor-leito de segunda mão. Cada vez mais distanciados na vadiação da festa noturna, Manuel e Anita não conseguiram mais agarrar pelos cabelos a oportunidade da mironga sorrateira. Então, noite atrás de noite, a cada tentação-cafanga-de-evê, Anita mais parecia galopar desesperos no lombo de Exu fugindo a Manuel, rolado no abismo do pango-pipi, na luz do canzenze. E os dois lá bem juntos no estrado solteiro gemendo-não-peso, cingidos no abraço desesperador, nem mesmo se ouviam nos gritos-chamados na boca do vento, na boca-da-noite, na boca do amor.

42

Era no pobre salão de leitura do Paço Imperial de São Cristóvão, no Rio de Janeiro.

No silhão de alto espaldar, velho, pesado e grotesco, o imperador-menino ouvia, num deleite mui pouco próprio para a sua idadezinha, o grave e futuro marquês de Olinda, barba passa-piolhos derrubada por sobre o peitilho de goma em tufos rendados; quase 100 medalhas, comendas, crachás e laçarotes bordando desesperadamente a casaca azul de luxo; agachado aos pés de Sua Majestade, num tamborete baixinho e puído, a contar-lhe aventuras e conquistas de Alexandre da Macedônia.

Doutor em Cânones pela Universidade de Coimbra, a voz de Pedro de Araújo Lima, o marquês susdito, enchia de vagar todo o salão, de monotonia, sono e tristeza.

Felizmente, quebrando a chatice do ambiente, surgiram, na porta alta que largas bandeiras de vidros coloridos faziam ainda mais alta, as figuras encasacadas de alguns válidos, entre a batina lustrosa do padre regente. Vinham em comitiva para uma importante conferência mas haviam de aguardar até que o marquês se libertasse da narração, com o final da morte mui pouco marcial de tão valente conquistador.

O ridículo da cena de tantas cabeças brancas e casacas parisienses, bem-talhadas (sobretudo no preço), a se abaixarem sofregamente, a disputar prioridades, para beijar as mãos de um simples pobre menino, sem um sorriso infantil no rosto órfão (quanto mais um beijo), rosto pálido que já nem mais pedia um pouco de sol e ar, um papagaio de papel, um arco, uma bola ou um pião; a cena era daquelas que, se presenciadas por Anita, teria um fim bem mais precipitado do que se fazia mister — para usar linguagem mais condizente com tamanha borracheira.

Mas, enquanto esperavam, padre Feijó se dirigia ao general Pedro Magalhães, homem sério que, se estava ali também, era por interesses muito acima de meras cortesonices, humilhantes rapapés, salamaleques ocos e cumprimentos idiotas:

— Não aprovo nada que se contem histórias de guerras e conquistas à Sua Majestade, senão as vidas e as aventuras dos grandes sábios da humanidade. E aí temos, general.

— Padre Feijó andava chateado com a questão religiosa levantada pelos conservadores, uns bons filhas da puta que o queriam derrubar já que, com o falecimento, em Portugal, de dom Pedro I, os caramurus não tinham mais por que lutar nos bastidores do palácio. — E aí temos, general, a figura grandiosa de Carlos Magno, um exemplo entre mil, muito superior à de Alexandre, um laparoto que só fez empaturrar-se, embriagar-se, matar e pilhar todo mundo.

— *E dizer-se que Carlos Magno era analfabeto, hein, senhor regente?* — O general quis mostrar que também estava por dentro do assunto.

— *E daí, Pedro Magalhães? Teria sido alguém que sabia ler o inventor do alfabeto?*

Em redor, mesmo os que ali estavam para intrigar ainda mais o regente com o Ministério, desandaram a rir, cada qual avançando mais o rosto para que o regente (afinal ainda no poder) o identificasse bem. Chegavam a tocá-lo:

— *Bravos! Ótima!*

— *Esta é muito boa!*

— *Melhor ainda não ouvi em minha vida!...*

— *Divina! Simplesmente, divina!*

Dado o refrescozinho da anedota, o general, enjoado daquele ambiente pegajoso, desviou a conversa com habilidade para a guerra do Sul. Era ali que o sagaz queria apanhar o regente:

— *Soube que Vossa Excelência mandou a esquadra do Mariath contra as tartanas farrapistas... É fato, Excelência, o que conta O Mercantil de domingo?*

— *Sim! Li. Também li. Consta que o Garibaldi fugiu ao cerco dos imperiais... Não sei como enganou o Greenfell e meteu seus lanchões e goletas no oceano, através da barra do Tramandaí. Incrível a façanha desse corsário! Mas o melhor é esperarmos por confirmações... O Sul é longe... Tudo é demorado...*

O general Pedro Magalhães queria colher mais novas. Para incentivar, tentou dizer:

— *Claro! O que Vossa Excelência precisa é destruí-lo com a maior brevidade...*

Mas a frase ficou no ar. É que dois ou três dos áulicos que não perdiam uma palavra do regente afogaram a conversa:

— O Sul é longe... é! Como Vossa Excelência é preciso! Incrível!

— Que acuidade a de Vossa Excelência! Permita que o cumprimente! Tudo é demorado! Frase lapidar! Temos que esperar por confirmações...

Passado o vendaval de amouquismo, Pedro Magalhães voltou à carga, repetindo sua última frase. Então, Feijó respondeu:

— Sim, general! Agora, penso que isso se fará. Havemos de destruir os farrapos... todos! Contornada essa questão clerical, minhas primeiras providências serão...

43

"... *as primeiras providências do regente serão...*" — *bem assim começava a carta que Pedro Magalhães enviara, nos mais seguros escritos, a seu colega, o Canabarro, na Cidade Juliana, capital da República do Piratini.*

44

Dias depois, quando mais se agravava a crise governamental, inclusive com a briga sobre o celibato dos padres (peitudo era o Feijó, sim, senhores!), Pedro Magalhães conversava com sua Dodoce, companheira de 35 anos de altos e baixos.

O general, de chapelão de palha e chinelas, tratava de suas roseiras, na chácara do Rio Comprido.

— Esse negócio de rei, minha cara, é coisa pra Idade Média... Bento Gonçalves tem razão! Os gaúchos estão certos! Os Estados Unidos da América do Norte já fizeram sua independência com a República. E olha que eles vêm dos ingleses, povo danado pra gostar de pompas, de cetros e mantos... Agora, veja você o que vai por lá de progressos! Nada de nobres, de privilegiados ou de parasitas... Que inveja!

— Ora, Pedrinho — Dodoce era mais realista. Respondeu enquanto com o dorso da tesoura de podar escolhia rosas amarelas —, não queira você ser a palmatória do mundo. Nas Repúblicas também existe tudo isso, meu velho. Só que com outros nomes.

— Sempre é mais difícil. Num regime democrata, há mais fiscalização...

— Com qualquer governo sobra muito político ordinário — Dodoce colheu uma rosa —, há muita exploração. No fim, a gente nem sabe o que é melhor...

O general ouvia a mulher só preocupado com a carta. Teria chegado bem às mãos do destinatário? Não teria sido interceptada? Dodoce insistia falando, enquanto apanhava mais rosas:

— Você acha mesmo que, se fizerem a República no Brasil, tudo isso vai mudar? Não vai continuar como está?

— Continuar, vai. Na certa! Os erros são da triste contingência de todos os governos, minha cara! O homem é um animal esquisito: só se sente seguro se tiver um ídolo à mão. Há os que adulam como respiram: por absoluta necessidade... Esses, com a República, terão um pouco menos de campo...

— *Substituirão o imperador por outros chefes... Terão sempre deuses... e continuarão a adular e a respirar.*

— *Olha que bela esta rosa-chá! Ontem, ainda era um botão, lembra-se? Estou certo, Dodoce, que esses farroupilhas são diferentes. Jovens... Idealistas. Têm seus chefes, é verdade, mas como chefes de guerra. Não como deuses. Parecem-me que são limpos de intenções. São...*

Sacudindo a tesoura, Dodoce interrompeu o discurso do marido:

— *Sim... sim... mas veja, Pedrinho, veja quantas tentativas já se fez, no Brasil, para se declarar essa bendita República! E todas elas com homens sérios como esses seus amigos do Sul...*

— *Minha dúvida, querida, é se os farroupilhas são patriotas ou apenas regionalistas como aqueles dos tempos coloniais. Lembra-te da Confederação do Equador? E, antes, do Tiradentes? E, ainda mais antes, do Filipe dos Santos? E outros... e outros... Nesse caso, Dodoce, não me perdoaria nunca o tê-los ajudado. Seria uma traição!*

— *Pedrinho, patriotismo e regionalismo não é a mesma coisa?*

— *Ora, minha velha, essa conversa de pátria é uma coisa muito séria. No fim, que lucramos nós, o povo que, afinal, é a pátria, a nação, com Império ou República, com um rei de chefe ou um presidente de dono? Dá-me essa tesoura que estas duas senhoras vermelhonas não me escapam: vão agora mesmo para o oratório da Virgem Maria. Perfumando e enfeitando a Santa milagrosa, talvez abram-me um pouco mais o entendimento para agir acertadamente...*

E os dois, de braços dados em estreitos carinhos, entraram para o chá, entre um mundo de rosas florindo amores antigos.

45

Passaram-se outros dias.

A crise governamental que já vinha perturbando toda a administração do padre Diogo Feijó, um turrão que se declarava oficialmente filho de pais ignorados e não sabidos e que, muito do machudo, queria terminar com esse abuso de padre não poder casar, levando uma vida sexual muito da desobstruída no meio do povo; a crise governamental piorara muito nos últimos dias.

Agravando tudo, Feijó, que não tinha medo de caretas, resolveu afastar duro o Vaticano da nomeação dos bispos brasileiros. E não botou panos quentes, deixando o núncio apostólico em maus lençóis diplomáticos. Ora, o Partido Conservador, muito do calhorda e que andava por baixo desde a Regência Trina, doido para tirar uma forra em cima do padre, aproveitou-se do marquês de Olinda, o das historinhas para o imperador, como chuço curto para provocar a onça. E deu certo!

Vaidoso e rebentando de ambição, o marquês apoiava os conservadores em suas irritantes tradições emperradoras do progresso com as tolerâncias mais complacentes. A única coisa com que sonhava acordado era o poder, a qualquer preço. Por isso, facilitava a multiplicação de intrigas rasteiras. Aliás, essas intrigas rasteiras e aquele a qualquer preço eram as moedas mais correntes dentro do Paço de São Cristóvão.

Afinal, com muito trabalho, os donos da crise conseguiram que as medidas tomadas pelo regente desgostassem profundamente a Santa Sé, que tomou partido aberto na embrulhada. Com essas malquerenças em altas fermentações, foi um piscar de olhos para forçarem a renúncia do padre Feijó.

Mas para que tudo ficasse em pratos limpos na forma de uma honestidade, foi convocada uma grande reunião entre os maiorais da terra, os donos do Império.

Com a mais absoluta impontualidade, foram tomando chegada ao mesmo salão de leitura do Paço de São Cristóvão os senhores válidos convocados, homens circunspectos, cada um mais consciente de sua importância para o bem do povo e a felicidade geral da nação.

Quando o barão de Pedras Salgadas, responsável pelos contratos de obras públicas, chegou e acercou-se da janela onde seus pares já discutiam em profundidade, vinha coçando aborrecimentos na barba vetusta porque, com o atraso do tílburi, certamente já havia perdido opiniões fundamentais quanto à substituição do regente.

No momento, falava o secretário-geral da conferência, ao visconde da Casa Verde, homem formado em Coimbra, deputado em todas as Câmaras e a quem interessar possa, explique-se que, ainda a tal sumidade, cabia zelar pela saúde pública do Império.

Sua Excelência, acompanhando atentamente a explanação elevada do companheiro, contradizia-lhe a tese com alguma veemência:

— Não! Excelência. Com a licença de Vossa Excelência, digo que não! Peremptoriamente! O senhor visconde há de me perdoar. — Foi necessário o barão retardatário forçar uma brecha no compacto do grupo encasacado para não perder a objurgatória. — Não basta o tornozelo fino, digo eu! Não basta a voz rouca para identificar uma grande fêmea! Uma verdadeira cocote profissional! Afirmo porque conheço o assunto. Hão de me perdoar a modéstia, mas estive quatro anos em Paris. O que é imprescindível é que o tendão do calcanhar seja bem saliente e afundado nos lados...

— E o que me dizem vocês de uns pelinhos pelos braços... pelas coxas...? — O barão da barba vetusta entrou de rijo na transcendência do temário.

Antes das duas da tarde, entre limonadas, vinhos do Porto, cafezinhos e sequilhos feitos pelas órfãs da Ajuda — e muito bem-feitos! —, a reunião terminou, embora ainda, num vão de sacada, um padre gordo se demorasse exibindo em volta, como documentos secretos, os mais modernos cromos franceses onde adolescentes bonitas exibiam uma nudez artística, absolutamente inocente.

Sim! os cãezinhos que estavam em alguns dos cromos, justamente os mais picantes, funcionavam apenas como elemento de composição fotográfica.

46

Com a afinal investidura no cargo maior, Araújo Lima — o já então regente, marquês de Olinda, cargo que exerceu por três longos e parados anos — passou a contar mais historinhas ao menino imperador e a movimentar menos a nação, já por si tão pouco ativa.

De certa forma, a troca dos regentes foi bastante cômoda para os revolucionários do Sul.

Pedro Magalhães não esperou mais para escrever nova e mais detalhada carta aos seus amigos farroupilhas.

Foi precisamente essa nova carta, embandeirada em arco que apressou a ida de Garibaldi à província de Santa Catarina, a chamado urgente dos chefes rebeldes.

47

O já falado coronel França era um legalista alagoano, destemido como galo velho apartado de galinha. Andava por toda aquela entrecosta de Santa Catarina, fazendo guerrilhas contra os revoltosos. Mau como o diabo, não era homem de perder tempo fazendo prisioneiros.

Era de opinião que inimigo morto não incomoda mais!

Coronel França dizia na bucha:

— Se me prenderem, o que acho difícil, façam o mesmo comigo!

O militar era amigo de Manuel Duarte. Tinham se conhecido, fazia algum tempo, na terra do sapateiro. Isso, muito antes da guerra.

Como França conhecia Manuel, por mais de uma vez tinha-lhe mandado recado: "— Venha fazer parte dos meus Voluntários." — E prometia soldo, cavalo e boa arma. Se não falava em mulher, é porque não era segredo para ninguém a força do sapateiro em conquistar quantas chinas tivesse vontade.

48

Por isso e por aquilo, três ou quatro meses depois, o casamento de Anita e Manuel já ameaçava ressacas.

Honrando o conceito que o amigo França lhe fizera no convite para o alistamento, Manuel começou por fazer um monte de coisas que não devia com duas meninas que gostavam de xeretar ingenuidades fora de horas pela praia da Barra até os desertos do pontal que o povo chamava da Pedra do Pasto.

Enquanto isso, diligenciando aumentar um pouco a quase nenhuma renda do casal, Anita vinha aprendendo a reparar saltos comidos pelas caminhadas da pobreza e gaspear sapatinhos de criança às vezes até dados por uma caridade.

Desânimo de melhor vida e receio de que Anita terminasse por descobrir aquelas e outras maroteiras praticadas regularmente, a compensar os destroçados do estradinho-de-ferro doméstico, traste que pertencera à viúva que terminou se retirando para a Corte, fez com que Manuel refletisse no convite do amigo França.

— Sabes, Anita? A vida escorre ligeiro, putcha! — O homem estava mesmo decidido a comunicar à mulher seu desejo de se ir ao encontro da aventura escondida na tropilha do coronel França.

Quando Manuel falou, vinham, os dois, do pontal da praia onde tinham ido em busca de um peixe para o jantar ligeiro. Peixe frito e farinha de mandioca! Já suspeitando da intenção do marido, Anita ajudou-o, em forma de resposta:

— Tchê! É como te parece. De espacito, tudo se vai, chico! Tudo se passa... se acaba... Até o amor! — Anita não estava preocupada com o fim fatal de todas as coisas. Brincando com seu chicotinho inseparável, mesmo quando estava a pé, incitou o companheiro. — Fala, Manuel. Diga o que estás com vontade de dizer, homem! Fala também aquilo que te anoja... Tu não és barriguda que só dá flor do lado do nascente...

O sapateiro, embaraçado, já meio arrependido, fugia ao convite de Anita:

— ... foi o ano passado que cheguei a Morrinhos... Lembra-te? Quase já faz dois anos. E foi como ontem! — Manuel pelo menos queria adiar a comunicação. — Mas... está frio, não?

Era o começo do inverno. A noite avançava rápida e desagradável, já encapuzando de brumas cinzentas as dunas menos próximas. Os dois, que haviam parado um pouquinho ao peso da conversa e a reclamar do frio, recomeçaram a caminhar tranquilos pela estradinha curta que vinha da praia, sem se importarem com o chuvisco irritante que recomeçava com uma lufada mais forte do minuano.

— Toca a andar, chico, que estou morta por chegar em casa, fritar-te estas abacatuaias, tomar um leite quente e me meter na cama... — Aconchegando-se mais ao casaquinho puído nos cotovelos como se já estivesse deitada, Anita fugia às pocinhas geladas, ainda deixadas pelo muito chover do dia. — Hoje trabalhamos a valer...

— Graças a Deus! — Manuel tomou-lhe das mãos o amarrado de peixes. — O que não falta por aqui é sapato para consertar... Se tu não fosses uma auxiliar tão mandriona, ficaríamos ricos e, uma hora dessas, poderias estar deitada na cama de um palácio. — Manuel ficou contente por Anita ter desviado a conversa.

— A figura se tu não andasses de namoro com todas as gurias de Laguna! Tu é que não paras mais na banca. Ou é a política ou são as mulheres que te não deixam. San Sepê! E depois, se achas que a cama de um palácio é melhor do que a nossa, digo-te que o sono da gente não acha diferença entre uma e outra...

49

Assim, os dois chegaram ao batente da porta singela, testemunha calado do início da vida do casal, na noite em que Manuel cantava, pensando em viagem, banhado de lua no azul do luar, uma despropositada barcarola de gôndolas e gondoleiros.

A luz do lampião logo aceso refletiu-se nas muitas poças do chão. Foi então que Manuel se decidiu, tomando coragem, para tocar no assunto da viagem projetada:

— Ora! — começou —, tu bem sabes que o mel não foi feito para a boca do burro. Um remendão ignorante, de província, mal pode carregar a cangalha da miséria sozinho quanto mais com a mulher e, depois, quem sabe?, filhos. No melhor, visto que ainda tenho meus ideais, acho que é sentar praça nos Voluntários...

Ouvindo estas palavras, Anita percebeu, por fim, aonde o marido queria chegar com tantos rodeios. Não estava zangada com a resolução tomada pelo companheiro. Na verdade, já estava farta de saber que Manuel andava de recados com o coronel França, por um pescador conhecido:

— Entendes, Manuel... sê legalista se quiseres. Defenda isso que anda por aí, a encher o bandulho de meia dúzia de barões e condes. Morras por isso que muito bem hás de ser pago! Não é o teu regente que quer afogar em sangue todos os movimentos republicanos do país? E o Brasil não está cheio deles? Em Minas Gerais, em Pernambuco... em São Paulo mesmo? Tu e o bucuva do França vão prender ou matar todos os republicanos do Império? Pois mira, chico: eu sou republicana de Piratini, estás me ouvindo? E que Deus, um dia, não nos ponha em algum campo em que tenhamos de medir ideais...

Manuel estava escutando, espantado com tanta compreensão. Foi sincero:

— Aninha, sempre disse que tu és um turbilhão... um rodopio de vento. Nunca que nos devíamos ter casado. Nem sei exatamente como explicar-te. És o inesperado. Um arcanjo ou um demônio... Chegas de repente, envolves tudo numa vontade impossível de ser enfrentada. De arranco, começas por abalar tudo em volta de ti. Tudo te cede. Aluis tudo! Não vês como, por exemplo, toda gente de Morrinhos desceu para o teu casamento? E todos, ninguém tem dúvida, tirando a Licota, o teu padrinho e mais um ou dois, todos vieram contra as suas vontades, só para obedecer-te? Não foi?

Enquanto Manuel falava, Anita, sorrindo, batia-lhe de leve com a tala do rebenque. Animou-o:

— Continua, Manuel! Fala!

— Não vês como eu mesmo... Quem podia pensar que nos havíamos de casar, um dia... De vir para cá apenas um mês depois de nos havermos conhecido, naquele momento e daquele jeito, lá em cima no Caminho do Cruzeiro, quando eu ainda namorava uma outra mulher... E aconteceu. E acontecerá tudo o mais que quiseres que aconteça!

— Tenho eu lá culpa da fraqueza de vocês todos? Se tomei-te da Gabriela, foi por que tu...

— Sim! A Gabriela mesmo. Quase matas a pobre! Quase a despes inteiramente. Depois, obrigaste-me a cantar. E como obrigaste! Não houve meio de fugir. Não houve como... e eu te juro, Aninha, que eu queria fugir! Quando dei por mim, não sei! Acho que foi como que um feitiço... um encantamento... Já havia concordado com teus planos doidos! Tuas feitiçarias, lá sei eu! Agora, Deus me perdoe, mas tenho a impressão que visavas outra coisa...

— Que coisa, Manuel? Visava o quê? — A voz de Anita era mansa.

— Não sei o que seja, mas certamente uma coisa muito importante. Alguma... sabe? Eu te pergunto: que queres, Aninha? Quem és?

Ainda sem entrar em casa, Anita ficou observando o vento que recrudescia na praia. Depois, olhos fixamente nos olhos do marido:

— O que quero é a República Farroupilha! Como, ainda não sei. Mas quero-a! Quem sou! És meu marido e me perguntas quem sou? Pois bem, chico: eu sou a República!

50

Madrugada seguinte, Anita se despediu de Manuel:

— Vai, Manuel. Se tens a certeza de que a justiça está do teu lado, mate por ela. Não poupe teus inimigos porque fraqueza é poupá-los, tchê! Eu, um dia, também não os pouparei. Oiga: tenha em boa nota que a vingança é nobre; a piedade, covardia, e o perdão, humilhante. Vai-te, mas leva outra certeza: a de que te quero bem. Sempre te quis. Não foi um capricho tolo como eu sei que comentam por aí. — Anita abraça e beija o viajante. — Sim! Façamos bonita a nossa separação. Quem sabe se por pouco tempo... quem sabe se por toda a vida. Eu e tu, Manuel, cada qual colocando um ideal acima do amor. Manuel: eu te amo. E se não posso te desejar a felicidade de uma vitória é porque a desejo eu, primeiro, para a nossa República. Vai...

Enquanto Anita se deixava ficar, imóvel, na porta da casa, olhos obstinados na silenciosa procura de um futuro, além da linha do horizonte, a figura do sapateiro sumia devagar na solidão do areal extenso, fazendo largas curvas ao caminhar como um albatroz ferido por entre as dunas mais altas.

51

Chegando de fora, dos extremos da praia, Anita acendeu o candeeiro. Colocou-o sobre a mesa onde ainda se espalhavam algumas rodelas de pão. Sentou-se no banquinho desconjuntado do remendão e serviu-se, sem nenhuma pressa, do café que esfriava no bule.

Manuel partira cedinho. Despencou-se com seus entusiasmos patrióticos ao encontro da tropilha bem-organizada de lanceiros do coronel França, acampada como que a dois dias de viagem, no norte de Imbituba. Decidira-se, afinal.

Tomando o café, Anita se preparava para começar uma vida nova, a contar daquele instante. Vida de mulher só. Sentada mesmo, um resto de pão na boca, sem vontade de mastigar, a mulher jogou os olhos lá fora, através da porta, a vigiar Fidélis. O cavalo espanava as ancas com a cola cheia, à distância de um grito. Anita teve pena de seu cavalo assim solito, fazia já tanto tempo. O coitado engordava na ociosidade, pastando aquele matinho ralo de beira-mar. Mais de dois meses sem que o cavalo recebesse, por cima do chairel amarelo, uma sela-anúncio-de-viagem. Anita ergueu-se e apanhou seu velho chicote — o de argolão —, que mofava, pendurado na parede do quarto. Veio para fora e, na soleirinha-do-amor-findo, começou a brincar com a tala presa ao cabo de prata.

Experimentando alguns passos avulsos de seu fandango predileto, sapateou o chico-puxado ao som de sua própria voz. Foi acelerando o compasso até que ficou cansada.

Terminou a brincadeira com um assobio fininho, chamando Fidélis, para nada.

De lá mesmo, o olhar desesperançado, o animal apenas levantou as orelhas, girando-as em direção ao chamado da dona. Como o assobio não se repetisse, o pangaré voltou a pastar só aquele matinho ralo, sensaboronamente.

Sempre brincando com o chicote, acariciando-lhe o cabo forte, como um amigo, o pensamento de Anita largou-se para o Caminho do Cruzeiro, lá em cima, em Morrinhos.

Nenhuma falta do marido. A presença ainda recente de Manuel Duarte se diluía rapidamente como se num passado já distante, morto, inexpressivo. Mas Gabriela, essa não lhe saía da cabeça. Pois onde andaria Gabriela naquele justo momento? Por onde e com quem estaria a repartir os silêncios de amor trocados na poesia do banquinho de pedra? Estaria com algum outro vago sapateiro cantador de modinhas, exatamente como naquela tarde já tão remota, embora ainda não se houvesse decorrido nem dois meses? Ou quatro meses? Ou dez anos? E a cena lasciva dos dois, teria se passado nos contornos crus de uma realidade ou apenas havia se desenrolado nos febris de uma imaginação explodida?

Anita-memória sentiu necessidade de bisbilhotar no tempo:

Ao dirigir, porém, suas recordações para o recanto pitoresco junto ao cemiteriozinho do morro da Posse, topou, atulhando seus olhos, com os peitos de Gabriela, lindos na humilhação do gesto. Os peitos eram reais como se estivessem ali ante seus olhos, fugidos do vasquim desabotoado, nas justas formas de uma presença viva.

Anita misturou sua visão com o cemitério do Alecrim onde, agora, Micas descansava de uma vida inteira, sem nenhum valor para ninguém. A vida de Micas teria valido mais ou menos do que a de qualquer outra pessoa? Mais ou menos do que a de Gabriela, também morta no triunfo do amor? Do que a vida de Fidélis, de um verme ou de uma flor? Anita sentiu que precisava realçar seu pensamento com urgência. Estava profundamente deprimida mas sem nenhum medo da vida. Naquele mesmo instante — avaliou —, quantos soldados estariam morrendo na guerra? Morrendo para nada, como a Micas tinha morrido. Uns lutando por um lado; outros, por outro. Mas tudo, certo ou errado, justo ou injusto, era tão precário, tão inseguro, tão friável que Anita se perturbou ainda mais.

Valeria a pena alguém brigar por alguma coisa no áspero decorrer de uma vida? Não obstante, ela não vinha brigando sempre, desde os 7 ou 8 anos de idade? Não diziam que ela era diferente de toda gente? Naquela idade, deu um pontapé num padre. Foi a sua primeira violência. Adiantou de nada? Que importa a vida se, dentro de poucos anos, tudo deixa de ser para recomeçar de novo, igualzinho, nos que virão depois?

Olhando o vulto nobre de Fidélis, recortado em despreocupações nos claros da lua que acabava de se levantar das ondas em lixívias azuis, Anita tornou, sem querer, a pensar em Gabriela.

Aquilo, aquele destampo todo dado por ela, teria sido inveja, ciúmes ou apenas duro reconhecimento de sua inferioridade física? Bonito o peito quase espancado de Gabriela! Teve remorsos de não o ter espancado mesmo. Com raiva momentânea, arremessou o chicote com força, de encontro ao portal de fora.

Mas que tipo de direito lhe permitiu, então, escorraçar a moça, indefesa na cristalização de uma libido nascida da hora sublime? Que direito apoiou-lhe a violentação (tanta da humilhante) na brusca abertura de um decote, antes só aberto nas passivas aquiescências de uma vontade para que as mãos de Manuel colhessem-lhe o mimo do amor, na soledade daquele banco de pedra?

Na recordação, havia um estranho prazer de embriaguez.

Com as mãos em concha, Anita assentou a blusa devagar sobre seus próprios peitos. Positivamente, não invejava Gabriela! Também ela tinha peitos novos. Muito mais morenos, certamente. Certamente — constatou — tão bonitos e excitantes. Não, tchê! Não podia ter inveja de ninguém! — Anita falou contente consigo mesma. Mas assustou-se:

Talvez aquele esparrame dado na coitada fosse vontade de... de... Quem sabe? Algum impulso esquisito de sentir, nas mãos, como Manuel teria sentido, todo o peso, o ardor e a força virgem da vida de Gabriela. O ímpeto era de ter sido ela, e não o Manuel, naquela tarde... Não! Também não! Não queria ter sido nem o Manuel nem a Gabriela. Nem queria ter sentido o brando ou o aprazível de nenhuma carne entre seus dedos de terrível sensibilidade... Nada disso! Nunca tivera nenhuma tendência para ser homem... cuê, chico! Ou... ou teria querido, naquela hora turbilhonária?

52

Dentro do luar silencioso, muito lavado, leve no borrifo das ondas em ressaca, Fidélis pastava o matinho salgado ao pé das grandes dunas.

Belo o brasino! Na verdade, andava gordo, pesadão, falto de exercício. Estava bem precisado de um bom galope como nos velhos tempos! Ora, comendo sal daquele jeito, Fidélis só podia se comportar como um pobre cavalo castrado...

Olhando Fidélis sem se cansar, Anita perguntou-se:

— Por que não teriam nascido, ela e Fidélis, pessoas comuns como Gabriela, o padrasto, a irmã, a mãe — uma sombra como que imponderável a errar pela casa, só olhos e tristeza? — Afinal, tudo, na vida, é uma confusão tremenda. — Puta merda!

Melhor mesmo era entrar... apagar a luz... deitar-se logo... dormir. Dormir como quem vai morrer! Mas seus olhos já ardendo de tanto esforço para enxergar o próprio raciocínio prosseguiam fixos nas inteirezas de seu cavalo amado, também sozinho no atravessar das noites, também, quem sabe?, insatisfeito com a sua fria solidão, sequioso por uma companhia; por uma disparada violenta que enchesse os escuros da praia com mil patadas e relinchos; com mil coices e corcoveios; um galope sem-fim, rumo ao infinito, aos números eternos da filosofia do doutor Teodoro, "números que tanto acima como abaixo de zero não têm tetos nem fundos"... Rumo a Deus! Rumo à morte!

— Morrer como quem vai dormir! — Anita inverteu os termos de sua oração.

Gozando deliberadamente a friagem serenada do chão sob seus pés descalços, começou a caminhar em direção a Fidélis.

Suavemente, abraçou-se ao pescoço largo do cavalo que reagiu à carícia elevando a cabeça em breves socos.

Anita, forçando mais o abraço, gostou de sentir nos lábios o gosto salobro do pelo úmido e o cheiro do manado noturno. Festejando o calor do contato da dona, Fidélis escarvou forte o chão com a pata ferrada, soberbo em seus manotaços e, inflando com força as narinas negras, rinchou satisfações como um canto de guerra.

Sempre com os lábios comprimidos no corpo do animal, Anita, indiferente às suas vitórias, gostou de sentir-lhe o calor bruto. Esticando-se mais nas pontas dos pés descalços, encostou os peitos no cavalo, fazendo-se roçar com aspereza nos pelos de rudes avermelhados. Anita sentia a noite e o vento. O brasino relinchou impaciências em acres emanações fazendo com que a bata de dormir muito folgada em seus sumários resvalasse-lhe pelos ombros até o chão.

Ainda com a boca colada ao pescoço de Fidélis, voz rouca pelo esforço e pela emoção, Anita murmurou um salmo bíblico como se o animal a pudesse entender: "— Põe tuas delícias no Senhor... Ele atenderá aos desejos do teu coração!"

No céu, o claro da lua desfalecia envolvido nos mistérios da noite.

No mar, o emaranhado de sargaços se dissolvia no abandono das águas.

Na praia, o dorso deserto das dunas caminhava no rumo dos ventos, no grito doído das aves noturnas, no ranger infuso das areias ciganas.

Segunda Parte

A Guerra

53

Cedo ainda — e desde o amanhecer — David José Martins Canabarro, homem rude, baixo e grosso, pouco se importando com a selvageria do vento que lhe borrifava úmidos salgados marítimos, estava de vigia no deserto desprotegido do pontal da Barra. De pé, quase sem se mexer, não tirava o olho de um velho óculo de alcance, na verdade de não muito alcance. O desconjuntado aparelho fora lhe dado de presente pelo seu antecessor no posto, Onofre Pires.

Onofre, o primeiro oficial farroupilha incumbido de organizar a tomada da vila, lugar-chave para a consolidação da nova República ainda não bem-implantada, deixou aquele comando geral por imposição dos próprios companheiros de campanha. Não havia quem aguentasse, mesmo em guerra, tanta barbaridade do homem!

Sem se importar com diplomacias ou com a imagem que a Revolução diligenciava fazer entre o povo sulista, visando, é claro, uma boa repercussão no resto do Império, Onofre andava espancando e fuzilando os moradores da vila e dos arredores, a qualquer hora e em qualquer lugar, ainda que pela mais leve suspeita ou denúncia malévola.

Tipo só valente quando trepado na força, dava preferência aos peões mais brutos e desumanos na formação de suas patrulhas.

Uma vez caída em suas mãos, a pobre vítima era bem-amarrada. Onofre mandava encostá-la em qualquer barranco da beira do caminho e fazia questão de atirar pessoalmente no meio da testa, cobrindo o ruído do tiro com uma gargalhada fininha e gozadora.

Mas voltando nossa narrativa ao Canabarro, deixado lá no pontal da Barra, seria fácil perceber a impaciência do homem com seu óculo de canudo vadio: vez por outra fervendo maus humores, desviava a almanjarra lá de fora, da linha do horizonte (desesperançado de distinguir, dentro da bruma, as esperadas velas de Garibaldi) e procurava esmiuçar dentro da barra o que se passava nas escunas *Itaparica* e *Cometa*, onde os oficiais legalistas Muniz Barreto, Moraes Vale e Souza Peixoto, além de seu muito conhecido comandante Duarte Teixeira da Silva, guarneciam o porto de Laguna por ordem de João Carlos Pardal, presidente da província, sediado no Desterro, menos de 50 milhas para o norte.

Esses cuidados de alerta e muita prontidão tomados pelo governo imperial nasceram de um simples tópico publicado no *Jornal do Commercio* da Corte, denunciando a manobra farroupilha.

Não fossem a prudência e a idade do general Pedro Magalhães (o das rosas do Rio Comprido), o fato, puramente jornalístico, havia de levá-lo ao auge de distribuir algumas bengaladas aos indiscretos redatores do diário. Tal foi a indignação do correspondente entusiasta dos revolucionários, no Rio de Janeiro que, arrostando suspeitas, enviou ao Canabarro 30 números do jornal.

Certo é que a República do Piratini já tinha sua existência desde 6 de novembro de 1836 e, mais do que nunca, necessitava de ter bem-estabelecida sua base em Laguna.

Quando, sempre por inspiração distante de Pedro Magalhães, Canabarro e Onofre mandaram chamar Garibaldi com urgência, não contaram com as dificuldades da saída da esquadra da lagoa dos Patos, fato que, conforme Tancredo Escobar havia narrado no serão do Chaves, meses antes, obrigou o gringo aquele a transportar seus barcos por terra, através da restinga bruta. Por isso, para fugir ao cerco do Greenfell, Garibaldi perdera muito tempo precioso. Depois, quando do naufrágio da goleta *Rio Pardo*, logo na barreta de Araranguá, quando morreram afogados uns quantos heróis farroupilhas, o socorro teve ainda mais dilatada sua demora. Assim, até então não havia a menor notícia da frotilha de Garibaldi perdida, quem sabe?, na enormidade dos mares do Sul.

Mas, mesmo com a demora, os dois caudilhos de Laguna não perderam tempo. De lá mesmo organizaram duas expedições terrestres: a de Marcelino Soares, o coronel farroupilha que levantou uma partida de voluntários bem-armados e municiados; e a entrada sobre Tubarão feita pelo coronel Muniz Moura, comandante da Guarda Nacional de Lages, a seu tempo de imperialista. Marcelino Soares, unido ao patriota Isidoro Fernandes, tomou logo a praia da Pescaria Brava, um ótimo ponto de apoio para futuras operações de consolidação.

Além dessas duas expedições maiores, Canabarro e Onofre organizaram, ainda, outros grupos menores de homens avulsos, espalhados por toda a costa e pelo interior, desde o Rio Grande, dispostos a fazer guerrilhas contra a resistência governamental, onde se apresentasse resistência.

Eram os almograves farroupilhas, como Canabarro os havia apelidado.

Todas essas medidas tomadas à distância, porém, não teriam tido o menor êxito não fora a rapidez e a eficiência do correio Mário Lago, para quem não havia perau ou manantial intransponíveis no cumprimento de suas missões.

Foi ainda a carta de Magalhães que lembrou a Canabarro a conveniência de entregar às hostes de Felipe de Souza Leão, o popularíssimo coronel Capote, de Vacaria, a incumbência de destroçar os postos avançados dos imperiais da barra do Camacho, do passo da Carniça e do campo da Barra, já praticamente dentro da Cidade Juliana.

Naquela carta, a mesma em que Magalhães comunicava a queda de Feijó, o missivista comentava, não sem muita razão: — "quando o clero se une à política para um fim determinado, desde que contra o povo, devemos estar precatados para enfrentar pelo menos uma nova Inquisiçãozinha!"

Em sua mocidade, o cadete Pedro Magalhães havia medido passo a passo toda aquela região, na época em que esses fatos se passaram, nas mãos dos revolucionários. Por isso, muito bem sabia orientar seus amigos e alicerçar seus conselhos, ainda que apenas epistolares.

Aconteceu que Capote foi mais longe em sua tarefa e, pouco mais tarde, tendo chegado ao centro de Laguna quase que simultaneamente com as forças do mar, uniu-se ao juiz Lessa, a seu primo Joaquim e aos irmãos Rebelo, todos já bem-espoliados pela Regência e suas gulas, nos seus rebanhos e benfeitorias e, todos juntos, orientados por Onofre, partiram para a Barra Velha, na foz do Mampituba. Lá, tomaram e fortificaram a praça muito bem-localizada, depois de uma batalha onde morreram para mais de 30 soldados legalistas, inclusive o alferes Rompe-Tripas, que os comandava e que, pelo apelido meio cru, não deixava vão para dúvidas sobre sua maneira rude de guerrear. O nome do alferes, segundo rezam as páginas da história, era Rufino da Anunciação.

Quando, numa encosta de barranco, Rufino foi fuzilado com seus companheiros de luta, agarrado por oito tipos dos mais chucros, e coberto de ferros e cordas, é que se reconheceu, na gargalhada fininha e gozadora, rompida em cima do tiro, o fuzilador das mais solitárias perversidades.

O pior para o bom êxito da escaramuça revolucionária em dormidos planejamentos era que a informação do agente de Porto Alegre ao jornal do Rio de Janeiro, e que tanta chateação trouxera a Pedro Magalhães, denunciava em pormenores as desordens havidas pelo caminho, desde Vacaria, provocadas pelos futuros sitiantes de Laguna, tanto em Três Forquilhas, como em Araranguá e Mampituba.

O *Jornal do Commercio* contava, ainda, que o coronel Capote já trazia sua tropa de 130 ou 150 lanceiros a cavalo, cortando pela serra das Pedras e que, praticamente (salvando-se o lado do mar), Laguna já estava cercada. Além disso, não era mais novidade, nem na Corte, que mais da metade da população da vila e de seus arredores como Tubarão, Morrinhos e Imbituba, era francamente contra o governo e que Laguna, chamada agora Cidade Juliana, estava sob o comando ainda que pouco consistente do viúvo Xavier Neves.

Lamentavelmente, naquela madrugada de duras vigílias, Canabarro teria de escolher outro ponto de observação, ainda que com prejuízo no descortínio dos horizontes de fora da barra, só perfeitos vistos do pontal. É que dali, se lhe era possível bem ver as escuninhas *Itaparica* e *Cometa*, em contrapartida, o esmiuçador não conseguia focalizar o navio principal dos legalistas — a escuna *Pirajá* comandada pelo capitão-tenente Ricardo Hayden, designado chefe-geral da defesa da costa pelo major-de-fronteiras Vickenhagen, braço-direito do antipático presidente Pardal, militar português que, suspicazmente, havia aderido à Independência do Brasil, de 7 de setembro de 1822.

É que o barco-capitânea, muito seguro da nulidade das forças farroupilhas de mar, folgava dentro do porto, abrigado detrás da pedra do Pasto. Dali, não se deixava enxergar nem da barra, nem do pontal.

Também escondidos atrás da grande Pedra, mais alguns barquinhos legalistas, inclusive a garbosa fragatinha *Previdência*, já com seu bonito nome novo de *Imperial Catarinense*, amanheciam tranquilidades no verde mar limpinho do porto.

Com um exemplar do jornal que Magalhães lhe enviara do Rio no bolso da túnica, Canabarro desceu de um pulo o altinho em que estava e se deixou empurrar ludicamente pelo vento forte, mas constante, da beira da praia.

Com o óculo que mal se mantinha aberto, focalizou a casa de Anita, a primeira, em seu isolamento, do caminho que ia ter ao centro da vila, ainda envolta no ar frio da madrugada.

— Algum pescador... — pensou o oficial, ajeitando o jornal no bolso de onde ia sendo expulso pelo movimento do caminhar. — Ponto estratégico! — refletiu mais, já pensando em requisitar a casa sem vizinhança alguma, pelo menos até a chegada da frota.

Resolvido a inspecionar melhor o local, aproximou-se dentro do enfumaçado da areia voando nas asas do vento.

Ainda de longe, foi vendo aquela china atrevida nas idades, encostada no portal como se, já a tempo, o viesse observando. Da porta mesmo, a voz forte de Anita interpelou-o:

— Tchê, chico! Que se passa? Ei, vêm chegando afinal os barcos do Sul? Os farroupilhas? O Garibaldi?

Canabarro espantou-se. Como seu segredo era invadido assim por uma mulherzinha petulante? Que diabo era aquilo?

Espantou-se ainda com o desinibido do chamado-perguntador. Aproximou-se mais e fixou os olhos severos na guria. Embaraçou-se, porém. É que Anita sustentou o olhar dentro de seus olhos, sem nenhum receio.

— Que se passa? — repetiu com ar de desafio — Entonces? Chegam sempre essas naus?

Canabarro falou, buscando aspereza:

— Tu não queres saber, também, quantas naus chegam? Quantos homens? Quantas bocas de fogo trazem? — Numa última tentativa, quis obrigar Anita a baixar os olhos. Não conseguiu. Com enorme esforço, manteve também seu olhar cruzado com o dela. — Quem és? Que fazes aqui, nestes ermos? Quem te manda perguntar... esmiuçar... Pra quê?

Anita riu-se, rodeando o chicote nas mãos:

— Muitas perguntas fazes, hein, chico? Primeiro, só quero saber se chegam ou não esses farroupilhas. Depois, digo-te, sou sapateira, não vês ou és cego? E mais: não costumo ser mandada por ninguém. Se pergunto é porque dá-me ganas de saber. Percebes?

Canabarro estava indeciso. Perguntou, crescendo energias de cabo de guerra:

— Tens homens aí? Pergunto: tens um homem aí dentro? Um marido...

— Nem muitos homens, nem nenhum!

Canabarro estava disposto a quebrar a crista àquela mulher atrevida como um novilho berrador. Empurrando a porta, entrou sem qualquer cerimônia:

— Moras só? — Num relance, percorreu toda a casinha: a sala, o quarto...

Quando Canabarro terminou sua rápida visita, Anita, sempre com os olhos pregados no oficial, abanou o chicotinho com energia:

— Mira! Se aqui estivesse um homem, meu, não entrarias sem ser convidado, entendes? Eu mesma sei reagir e, se te não afronto, não é por medo. Diga-me: que podes fazer contra mim, além do pior? Ou preferes chamar o Onofre-capa-gatos? — Os olhos voltaram a empurrar Canabarro como um estranho avanço de fogo. Anita terminou secamente, já por fora de ironias:

— Vai-te embora, metediço reles. Ou largo-lhe umas taladas na cara!

Canabarro fingiu não ouvir a ordem. Queria ganhar tempo, não só para desvendar o mistério da soledade daquela mulher, como para obrigá-la a baixar a petulância dos olhos. Pouco se importou com a passagem que Anita lhe oferecia, muito apertada, espremida entre a altivez de sua pessoa e o portalzinho. Falou sem pensar:

— Ora! Aqui não é lugar para banca de sapatos... Muito menos para... para mulhericas que muito querem saber. Trata de se mudar daqui o quanto antes! Não quero mais ninguém morando aqui na praia — e condescendeu —, mesmo porque será perigoso... depois da chegada da frota. Escutaste?

Canabarro ficou examinando a moça com a maior curiosidade. Reconhecia a derrota de seus olhos no duelo com os dela. Diabo! — pensava com seus botões —, se tenho tão poucos recursos para enfrentar um imprevisto desses, com que contarei num campo de batalha? Se as coisas continuarem assim, acho melhor dar para padre... deito fora minha espada e me viro em teatino! Zangado, querendo se ver livre de Anita, virou-se de costas, retomando o caminho do mar. Foi quando a voz de Anita, certa como um talho, entrou-lhe pelos ouvidos:

— Mira! Não há de ser com uma patada que me fazes sair daqui! Se não te afronto, bigorrilha, é porque já te conheço e sei que és um dos grandes da República. E Deus te proteja!

Canabarro parou de sopetão. Mas não teve ânimo de se voltar. Fingiu durezas militares e seguiu em frente, à procura de um bom posto em que pudesse observar, com seu óculo e bem à sua vontade, a escuninha de seus cuidados.

54

Como que dois dias depois daqueles sucessos Anita acordou no meio da noite ouvindo vozes e tropel. Ficou escutando da cama mesmo, apoiando atenções nos cotovelos.

O ruído parou um pouco e Anita já estava certa de que seriam pescadores barulhentos (algum, quem sabe?, já bebão alegre), que se punham para uma corrida às tainhas. Assim, Anita pensou e fez seus cálculos: fim de outubro... Talvez já estivessem chegando as primeiras tainhas ovadas do Rio Grande. Só a frota não chegava! Putcha a la vida! San Crispim que ajudasse seus revoltosos! Olhos pesando sono grosso, já se dispunha a dormir de novo quando a bulha aumentou por demais. Pelo jeito, os bêbados aqueles já gritavam dentro de seu telheiro! Vontade era ficar braba e descompor os importunos! Jogando uma roupa por cima da camisa de dormir, Anita, ainda atando a peça ao redor da cintura, abriu a porta com a resolução de se aborrecer deveras, se fosse o caso dos bêbados. Lembrou-se do dia em que, sem incomodar o marido que dormia de largo, levantou-se sozinha para botar uma carreira em cima de cinco ou seis pescadores que deram de abrir uma parada de prosa alta debaixo de sua janelinha. Na verdade, eram todos, ali, gente pacífica, muito conhecida, e não oferecia perigo de abuso ou desfeita.

Logo que, já do lado de fora, acostumou os olhos no escuro da noite de lua mui fina, Anita percebeu que aqueles quatro ou cinco tipos estavam mais cerca de sua casa do que parecia. Distinguiu as fardas embora pouco uniformes dos farroupilhas. Não chegou a se sobressaltar.

— Boas-noites, dona! Que a serenata não lhe moleste, tchê! — A voz era do Canabarro. — Ora, dona Ana, que, antes do mais, tenho eu de lhe pedir desculpas, no más!

Anita largou ironias desafiantes:

— Mui bem, meu coronel! Pois vens para me botar para fora de minha casa?

— Pelo amor de Deus, dona...

Anita fingiu não ouvir. Prosseguiu gozando duro:

— E precisava trazer tanta gente? Meu general, não lhe conto nada! Meto medo? Pois lhe garanto que não sou nenhum boitatá!

— Nada disso, dona! — Canabarro vinha conciliador. Falava sorrindo, transpirando simpatias. — Desculpa, dona Ana de Jesus, que só agora, na vila, soube com quem estive falando outro dia. E foi uma honra desmerecida, me creia! Veja você que sou um tipo mui rude...

Anita interrompeu-o com aquele timbre bem feminino, como quando entoava suas modas e fandangos:

— Entonces, tchê! Se vens como amigo, mui lindo! Entra para um amargo ou um café a tua escolha... Nesta casa, chico, farroupilha é dono!

Canabarro apressou-se a lhe apresentar os amigos e, forçados por Anita, foram todos entrando na salinha onde Manuel tinha sua banca enquanto a chaleira era posta sobre a trempe do fogãozinho de lenha, ainda não de todo apagado. Um dos soldados abaixou-se e soprou as brasas que, em seguida, cresceram em chamas alegres, a brincar de línguas debaixo da chaleirinha.

Logo, o porongo foi cheio de erva e ficou descansando nas mãos de Anita, na espera da água quente. Canabarro aproveitou para mostrar sua gente:

— Este aqui é o Rossetti. Todos conhecem e querem bem. Soldado e jornalista... tanto atira como escreve...

— Já ouvi falar! Satisfação, tchê! Leio todos os boletins... Queria mesmo conhecê-lo. — Anita estendeu-lhe graciosamente a mão.

— Este — Canabarro prosseguia nas apresentações — é o padre Cordeiro, tio do Xavier... Um dos nossos...

— Mutcho gusto! Já conheço também! Um dos nossos grandes!

— Aqueles... — E Canabarro apontou três ou quatro mais que, acanhados, se mantinham afastados. Foi preciso que Anita os chamasse para a rodada de mate. — Aqueles, pois não é? Eram uns quantos "barrigas-verdes", heróis que já não têm mais esperanças de receber seus soldos atrasados... Agora, estão com a gente, e a coisa muda!

— Atrasados, não! — Rossetti berrou entusiasmos como se estivesse numa batalha. — Roubados! Soldos roubados pela Regência... pela porca da Regência! Pelo descarado do Pardal ladrão!

— Bueno, tchê! Não estrague nossa surpresa! — Canabarro retomou a palavra ao explosivo italiano. — Sabe a dona por que estamos todos por aqui? Veja que vancê merece saber! Estamos lhe trazendo um presente, dona Ana de Jesus! Veja com seus olhos! E, por favor, vá nos desculpando o rude da hora, tchê!

Puxando o braço de Anita, Canabarro trouxe-a para o lado de fora da casinha, que deitava para o mar aberto.

Com o braço esticado, apontou algumas poucas luzes, muito fracas, tremeluzindo ainda longe, no horizonte escuro do oceano.

Anita fixou as luzes brilhando em seus olhos. De imediato, percebeu o que se passava numa explosão de alegria. Abraçou-se a Canabarro com a força de uma velha amizade e triunfou saudações em ondas de ventura:

— Afinal, chegam! Garibaldi! Garibaldi chegou! Viva a República! — E seu contentamento espraiou-se por ali tudo, contagiando todos sem barras e sem limites.

55

Tarde seguinte, o *Seival*, palhabote capitânea da frotinha revolucionária, ainda que um brigue pequeno e desconfortável, abria panos de confiança na entrada do porto de Laguna. Logo, com os demais barcos invasores, as lanchas *Capivari* e *Viamão* começaram a bordejar para, por fim, passarem ao largo da barra.

No comando-geral, Garibaldi buscava, com a manobra arriscada, o passo difícil do desaguadouro do Camacho.

Não fora sem muita ansiedade que o comandante italiano e seus bravos companheiros, salvos do naufrágio da fragata

Farroupilha, na barreta de Araranguá, perderam 14 dias preciosos, lá no mar alto, em pacientes bolinas. Foi necessário, porém, aguardar que as chuvas enfim caídas dessem boa água ao rio Tubarão e à lagoa de Garopaba. É que, com os barcos imperialistas fundeados dentro do ancoradouro aberto, como oferecer combate produtivo? Como entrar barra adentro com força tão desigual?

Garibaldi sabia que sua temeridade jamais seria suspeitada pelo inimigo, embora sua evidente intenção de se aproximar de terra.

Enquanto, para ganharem tempo, os navegadores jogavam cartas, John Griggs o irlandês quaker que, por religião, não usava arma de fogo, mas uma tremenda massa com que esmagava a cabeça dos adversários pedindo a Deus que os recebesse em sua santa misericórdia, só lamentava não poder mais dispor de seu perdido barco, o *Garrafão*, assim apelidado por seu gordo bojo. É que o velho *Rio Pardo*, o primeiro desse nome, perdera-se irremediavelmente no passo da Barreta.

56

Se os farroupilhas de Canabarro, já bem-consolidados na costa, inclusive por toda a extensão da vila, estavam bem-cientes dos planos de Garibaldi e Griggs, é que pescadores avulsos sempre entravam do mar com instruções recebidas do costado do *Seival*.

Foi um desses pescadores que levou a Garibaldi, na mais inocente saída (com suas redes de pescar bem à mostra, por entre as quilhas governamentais), a notícia de que o coronel Capote estava firme no Camacho, esperando pelos amigos, com seus cento e muitos lanceiros, farta munição e muita pólvora.

O recado dizia mais, que a escuninha *Lagunense*, do governo imperial, deveria ser presa fácil porque, desde alguns dias, andava encalhada por ali assim...

57

Da praia do Pontal, Anita, vestido voando nos estalos do vento, pés no chão para a areia não empatar o correr ligeiro, não perdia um único lance da ofensiva que se delineava, por parte dos marujos do Rio Grande.

Quando (— Ora, merda!) a esquadra sumiu, escondida por detrás da perna norte do Pontal, peluda de vegetação marinha como pitangueiras copadas, Anita começou a ouvir as primeiras salvas, já estourando ofensivas no centro da vila, em frente ao porto. Procurando chegar às margens da lagoa em tempo de presenciar o início do combate naval (bem-informada de tudo por Canabarro), deu uma corrida, esperando atravessar a vila o mais rápido possível, embora suspeitasse que teria possíveis dificuldades. Por isso, e por não oferecer alvo maior, desprezou o lombo amigo de Fidélis que, indócil pelas expectativas apanhadas no ar, escarvava inquietações ao lado da casinha da ama.

Na vila, percebeu a curiosa que as balas vinham cruzadas, também de bordo do *Itaparica* e da escuna *Imperial*

Catarinense. Era, na verdade, uma fraca e quase inútil resposta ao bombardeio que, com a chegada de Garibaldi (a *Seival* cruzando a barra rumo à lagoa), começavam a sofrer os farroupilhas terrestres.

Anita pouco se importou com as balas. Procurou encostar-se bem ao renque de casas da rua principal e prosseguiu correndo. Bem sabia ela que a chegada de Garibaldi foi como uma senha para o começo das hostilidades. Por isso, achou muito natural a saraivada de balas que já varria toda a rua em seu comprimento.

Se, até então, não tinha havido por ali qualquer incidente grave entre legalistas e farroupilhas, ninguém ignorava que dois terços da população sulista, ou talvez mais, eram contra o Império. Pelo menos teoricamente. As embarcações surtas no ancoradouro de ruim segurança, tirando as francamente comerciais como o barco *Santa Rosa*, de armadores portenhos e que entrara de passagem, para uma aguada, com sua carga de café para o rio da Prata, estavam guarnecidas de marinheiros legalistas; as defesas da Cidade Juliana, ao contrário, eram de posse de soldados e lanceiros revoltosos. E por não haver contato maior entre as duas facções, o descontentamento geral contra a Regência não transbordava em violências. Daí, a vida social, civil e comercial de Laguna e arredores decorrer mansa e normal, embora a certeza de que, de um minuto para outro, a canoa havia de virar. O que se desconhecia por completo era a senha para o rompimento da briga. Foi quando Garibaldi apontou suas velas no horizonte em calma.

58

Então, sempre fugindo do tiroteio, Anita se deu conta que lhe doíam os pés. Refugiando-se num velho portal a procurar algum ferimento mais fundo, assustou-se com um balázio vindo do mar que encheu tudo de poeira.

— Que se passa, chico? — Anita reclamou zangada. — Que bosta, tchê! Vão atirar no fresco do Pardal, ora essa! — E já se preparava para recomeçar em nova carreira, já esquecida de examinar o pé, quando, com a gana, atropelou a moça que corria também, a se abrigar na casa em frente, precisamente um velho casarão colonial que tinha pertencido à família da falecida mulher do doutor Teodoro, viúvo já há um grande bocado.

Sempre agarrada à moça que o susto tinha atirado em seus braços, Anita, num tremor de emoções sucessivas e tumultuadas, reconheceu a surpresa aflita de Gabriela. O reconhecimento veio na exclamação confusa, rompida pelo excessivo do choque e de tudo mais.

Sem conseguir largar os braços da outra, tolhendo-lhe todos os movimentos, automaticamente Anita tolhia-se também, anulando qualquer tentativa de defesa ou fuga da moça presa.

Subitamente, rilhada pelo vazio de seus pensamentos de tal modo surpreendidos, Anita só atinou em afundar seus olhos por inteiro no rosto transtornado de Gabriela.

Agora, as balas cruzavam-se em zinidos ameaçadores por sobre as cabeças quase unidas no abraço desesperado. É que os legalistas, mudando o alvo, visavam a parte mais alta da vila. Não obstante, Anita não dava pelo perigo que continuava a ameaçar toda a rua. Sabia que era preciso pensar alguma coisa... fazer... falar alguma coisa, mas não conseguia avançar uma única palavra, um único gesto, nem no raciocínio nem na voz.

Realmente, e era só isso o que não podia deixar de constatar, Gabriela estava linda! Uma beleza! Nunca, em nenhum tempo, a vira tão bonita. Apesar da estúpida surpresa e do grande risco em que estavam as duas, Gabriela não podia estar mais bela! Passiva! Totalmente entregue à sua força. Largada em suas mãos.

A cada explosão, Anita, por instinto, apertava mais os braços da moça. A ponto de arrancar-lhe um gemido de dor. Foi precisamente aquele gemido que relampeou em Anita a vontade perversa de esbofetear Gabriela até não poder mais!

Soltando o braço esquerdo, ia atirar-lhe uma primeira bofetada usando toda a força que a emoção tinha deixado, de resto, em seu íntimo, quando deixou que seus olhos resvalassem, em desesperos de derrota, dos olhos apavorados de Gabriela e se perdessem entre o vermelho pálido daqueles lábios abertos pela impotência até de gritar.

Esse fracasso foi uma exceção no temperamento de Anita: desde menina, da agressão ao padre da serra, ninguém conseguira fazê-la baixar os olhos! Mas, daquela vez, Anita baixou e, sem nem mesmo ouvir o estrondo de um forte petardo estalando destruições na cumeeira da casa vizinha, aproveitou a posição do braço liberto naquele momento, como se fizesse um movimento envolvente de máquina, e enlaçou fortemente Gabriela pelo pescoço de altos claros. Aproximando do seu o rosto transtornado da outra, Anita, inteiramente alheia a tudo em volta, inclusive a sua própria pessoa, só viu, bem junto a seus olhos, em crescendos de pavor, os lábios fartos de Gabriela. Num segundo, abarcou, inteira, a boca da moça dentro do incêndio da sua e deixou que a queimadura de um beijo inusitado explodisse livremente como uma daquelas balas que cruzavam por cima, cada vez com mais intensidade.

O dia era de Omolu.

Na rua deserta, nem uma janela se abria à desordem. Nem um transeunte passava apressado em busca de abrigo. Nem mesmo um cachorro ou cabra vadia zanzava nos becos, na vagabundagem atrás de comida... Só cacos de telhas, pedaços de muros ou muita caliça riscavam no ar perigos sem-fim ao som dos moscardos gigantes de ferro zumbindo derrotas, desgraças e mortes... Assim foi a guerra!

Depois, sem nem mesmo olhar para trás, Anita, de novo a mulher das decisões acertadas e instantâneas (no falar sempre de muito agradecimento de Licota), largou-se na carreira, os pés descalços ardendo no chão, rumo à lagoa da guerra.

Só que seus pensamentos, agora fermentados em loucuras, pareciam precedê-la na vertigem do vento eterno das praias do Sul.

59

Embora Anita se apressasse ao máximo, tangida no passo aflito pelo estranho gosto da boca de Gabriela, só atingiu o Camacho ao cair da noite e já depois que a *Lagunense*, paralisada pelo banco de areia, havia arriado o pavilhão imperial, rendendo-se a Garibaldi.

Enquanto se passavam esses sucessos, mais ao sul, no ancoradouro da vila, as escunas *Itaparica* e *Cometa*, além da barquinha *Sant'ana*, suspenderam inesperadamente o tiroteio e, em seguimento à capitânea, saíram barra afora, aproveitando-se das primeiras penumbras da noite escura.

A estranha retirada deixou as maiores apreensões aos revolucionários. Aquilo, imaginavam os chefes, em terra, só poderia ser parte de uma tremenda emboscada ou plano surpreendente. Por isso, quando Anita, já sem ter mais o que ver na Garopaba, passou de volta à casa, já noite fechada, não encontrou as esperadas comemorações da vitória desde que, cessado o fogo, Laguna estava totalmente em mãos farroupilhas.

Enfarada e exausta como vinha, até certo ponto gostou de encontrar a vila assim sossegada. Na rua, só viu Zambeccari, o conde italiano amigo de Garibaldi e que tinha um jornalzinho no Rio Grande: O *Republicano*.

Pois foi o conde que, admirado de vê-la na rua, sozinha e àquela hora, lhe deu a notícia da fuga dos navios legalistas. Muito logicamente, explicou, enquanto caminhavam, que a fuga fora provocada simplesmente por falta de munição.

— O governo é sempre imprevidente! — aproveitou para a crítica.

Era claro que os barcos comandados por Ricardo Hayden, um que sabia onde tinha o nariz, haviam de ter partido para o Desterro de onde, bem-municiados, regressariam na certa para um combate decisivo.

Assim, o conde justificava a falta das festas de comemoração.

— Nada de precipitações! — aconselhou, acompanhando Anita por algum tempo mais, em direção à praia, ainda distante. — Apenas cessado o fogo — contava a Anita em minúcias —, Canabarro e seus imediatos haviam se recolhido um pouco, a recuperar energias perdidas.

Nesse momento, estavam em frente ao velho casarão onde, dentro, havia muita luz. Anita parou. Deixou, sem nenhum interesse, que Zambeccari prosseguisse explicando os lances da batalha. Levantou os olhos como se pretendesse encontrar Gabriela numa das janelas de novo abertas. Seria uma felicidade se lhe fosse dado conferir todos os detalhes e pormenores da fisionomia de Gabriela. Procurava, em vão, lembrar-se da série de suas expressões, no decorrer da doidice. Desiludida, cuspiu com força no canto da porta onde tudo aquilo tinha se passado e fez sinal ao conde para que prosseguissem. Preso à personalidade de Anita, que até então só conhecera superficialmente, Zambeccari queria prolongar a caminhada e, apesar de toda a labuta do dia, entre correrias e cansaços, não podia deixar de sentir a moça junto a si, diminuindo cada vez mais a distância que os separava na marcha.

— Sabes? — O conde atreveu-se num galanteio de sonda. — Alguém já te disse, Ana de Jesus, que tens um cheiro diferente? Bom! Cheiro de... de, digamos: ervas silvestres?

— San Crispim que desfastio! — Anita deu uma gargalhada cheia, desinibida. — Sobretudo hoje, chico, me vens com estas chapetonadas!? Imagina, tchê! Desde manhãzinha ando neste peleio sem jeito... Pois não é assim que nem tive tempo de passar uma lambuzada de água na cara! E tenho cheiro de ervas!? Me diga, amigo: que pilchas de ervas são essas que fedem a suor?

Afinal, se rindo na prosa, já muito separados da batalha recém-terminada, os dois chegaram ao caminho da Barra. Pararam já na confluência, onde começavam a escassear as construções da vila, mesmo os casebres dos pescadores. O caminhoto acabava exatamente por detrás da casa de Anita, no pequeno pasto onde Fidélis morrinhava suas preguiças.

Ali, dentro daquele isolamento de vento e areia, Zambeccari se despediu. Não teve outro jeito! Vontade era ficar mais um pouco; entrar; tomar um mate e quem sabe mais? Mas, regressando sobre seus passos, levava na frente a imagem iluminada de Anita se sobrepondo à tarde agitada de muitos tiros e algum sangue, sobretudo no largo da Carniça. Lá, durante toda a noite, populares velaram os quatro corpos dos lanceiros de Canabarro, mortos pelas balas do *Cometa*, atiradas com as últimas pólvoras de bordo. Em contrapartida, o conde tinha deixado com a mulher-labareda, pela força de sua prosa aberta e ligeira, a imagem reforçada de um Garibaldi herói dentro de um coração aventureiro.

Já só, Anita ainda se demorou vendo, pelas costas, o caminhar pesado do jornalista. Depois, desceu rapidamente a ladeirinha final, acariciando, de passagem, as crinas maltratadas de Fidélis:

— Pobre do meu pingo! Tenho sido mui ingrata contigo, lindo! Mas escuta: me diz uma coraçonada que, mui breve, teremos outra vida... E acho até que vou mudar o teu nome... Serás o Garibaldi aquele...

60

Foi só no dia seguinte, ainda cedo, que Anita, chegando à porta para assuntar o tempo e deitar um olho de vigia a Fidélis, viu a *Seival* descendo devagar para o ancoradouro.

O vulto do barco recortado dentro da madrugada, embora pequeno, trazia um ar bonito de festa guerreira. Vinha soberana da escaramuça da véspera, como senhora de todo o porto. E na quilha da corvetinha de briga andava um jeito inocente de paz.

Anita, deliciada com o espetáculo que sacudia suas mais íntimas fibras gregárias, viu renascer toda a sua chama republicana só com a presença daquela embarcação farroupilha. Era como se todo o seu destino também drapejasse na bandeira tricolor de alegres rumos que seguia o barco como um leme de certezas. Viu quando largaram a âncora em rude jogada e esperou que a *Seival* rabeasse bonito com a maré. Então, procurou descobrir o grande italiano até ali só conhecido nas proezas contadas por toda a gente. Tinha a convicção que, vendo Garibaldi, ainda que só através de um escotilhão, não erraria! Aconteceu foi que, ao examinar o timão, reconheceu, não o guerreiro esperado, mas a figura grossa de Maneca Diabo, dirigindo a manobra. Maneca era o prático mais conhecido da terra e conhecedor daquelas águas difíceis.

Por isso, Anita refletiu que tal presença a bordo não era de causar espanto.

Mas, com o lançamento da âncora bem-fixada nas abitas, começaram a surgir marujos no tombadilho. Fácil reconhecê-los na proximidade em que estava o palhabote: um tiro de mosquete, se tanto. Logo, oito ou dez rapazes começaram a se ocupar na faina marítima. Uns, baldeavam o convés, esfregando limpezas com enormes vassourões; outros limpavam e poliam metais nas amuradas; outros, ainda, desciam com latas de tinta pelas sirgas dos gurupés, a retocar o casco, embaixo. Apenas, crescendo ansiedades em Anita, nenhum dos homens, mesmo os aparecidos depois, nenhum deles levava jeito de ser estrangeiro e muito menos o comandante.

Anita, voltando os olhos para uma das escotilhas, já estava a ponto de... E foi a festa!

— Ele! Garibaldi! — Quase em pânico, gritando desesperadamente como se houvesse a maior necessidade de ser ouvida do outro lado da barra, na Atalaia da Pedra Preta, deixou transbordar uma alegria tão imensa que espantou os de bordo. — Garibaldi! Garibaldi! Viva a República! Viva Garibaldi! — Gritando cada vez mais, abanava os braços como numa apoteose. Não satisfeita com o escarcéu, cresceu no chamamento com uma saia que apanhou no coradouro ao lado. Por fim, disparou numa carreira até a beira do mar, sempre abanando com força, sempre gritando exageradamente.

No convés de baixo, na porta da alcácema pintada de verde que abria para a rotunda de ré, um gringo enorme assomou de todo, sem jeito como um grande macaco. Envergonhado do festejo escandaloso e exagerado, respondeu timidamente com um aceno discreto. Teve pressa em terminar o aceno. Com a mão espalmada, fez um gesto de pedido de espera e recolheu-se para tornar, dali a pouco, com o mesmo ar desconchavado. Mas quando tornou, John Griggs — o estrangeiro confundido com o gringo por Anita — trazia pela mão o verdadeiro Giuseppe Maria Garibaldi, o *Cleombroto* da Jovem Itália, que, por lá, tinha a cabeça posta a prêmio:

— Este é o Garibaldi! Viva a República, sim! Este é o Gringo! — Griggs apontava-o, gritando para a terra. Dentro de seu encabulamento, permitiu-se uma brincadeira — Ecce homo! Cuí!...

Então, foi aí que Anita-arraso explodiu em bombas de entusiasmo. De bordo, acompanhando seu escarcéu, 30 ou 40 braços erguidos saudaram a República. A rapaziada largou afazeres para abanar amizades para aquela mulher-simpatia que, mesmo de longe, parecia nova, parecia apojada de saúde e de vida: convinha e agradava!

Rapaziada sadia pela vida livre no mar, não parava na folgança marota: das amuradas da popa, gritavam todos até a rouquidão:

— Viva a República! Viva a Cidade Juliana!

— Viva a moça da praia! — brindava um com tendências poéticas.

— Viva o José Pane!... O Giuseppe Borel! O nosso capitão! — Era outro adolescente mais ruidoso na revolta.

— Tem sorte o nosso gringo que a chinoca é de lei! — voltava a gritar o primeiro, o das tendências poéticas, cozido em caldas de luxúria, gula, inveja e talvez de mais algum dos pecados capitais como o da preguiça em se imaginar nos macios de uma grande cama, banho tomado com sabonete francês, agarrado de corpo e alma àquela mulata, em exercícios bem mais incandescentes do que aquele inocente berreiro desenfreado!

— Quem for de pau, vá cozinhar feijão; quem for de barro, entra no cacete! — Sem propósito algum, senão por alguma perdida recordação de infância, gritava também um nordestino miúdo, bem menos ambicioso do que seu companheiro efervescente. E, não tendo mais vivas a dar, completou com a música esquisita dos remoques nortistas, doce-estranhos como o sumo dos cajus maduros. — Eta moça bunita! É pra daná! É leguma de frô! É leguma de foia! É leguma de caroço!...

Aos poucos, como nada mais havia que gritar ou fazer, foi-se fazendo silêncio.

Da amurada baixa, o gorro azul enrolado nas mãos, Garibaldi, o gringo, ficou parado, olhando Anita-cor-de-festa já agora sossegada também, também olhando mansidões em Garibaldi, quieta como a luz do sol se perdendo na paz do anoitecer por sobre os lombos e os combos das montanhas sonolentas.

61

A *notícia da tomada de Laguna pelos farroupilhas invadiu desagradavelmente a Corte, no Rio de Janeiro. Críticas violentas, incômodas expectativas e disfarçados contentamentos e satisfações cruzavam-se nas casas, no comércio, nas ruas e nas colunas dos jornais. Sobretudo, nos pasquins mais ou menos clandestinos como* O Caronário da Praia Grande, *editado por um calabrês belicoso, amigo declarado dos da "Nova Itália" que estavam operando no Sul, e valente como o diabo, chamado Luiggi Canazzio.*

Mesmo O Diário do Governo *frisava com amargura erros no comportamento do regente Araújo Lima e displicência imperdoável de todo o Ministério, com relação à Guerra Farroupilha. Os radicais, em verdadeiros comícios no canto da rua do Ouvidor, achavam que já era tempo de arrasar o Sul... O Desterro, a Laguna, Porto Alegre... Já os moderados tinham as opiniões mais diversas. O povo mesmo queria movimento de guerra ou de festa... de vitórias ou de derrotas. Bento Gonçalves, Canabarro, Garibaldi eram mitos, heróis ou vilões ao sabor dos acontecimentos individuais... ao pelo da ignorância geral.*

Conhecimento, tranquilidade e alegria só se encontravam mesmo na chácara do Rio Comprido:

— Dodoce, minha filha, aonde está aquele champanha especial que eu trouxe outro dia, do Bourchier?

— No armário da copa, meu filho... No armário. Com os outros!

— Pois, meu bem, tá na hora de refrescar ela na bacia de sal e amoníaco... Os nossos tomaram a Laguna e, isso, bem merece um brinde à moda do Napoleão. Era com muito *champanha que ele comemorava as grandes vitórias... É que, com a Cidade Juliana de posse dos meninos do meu querido Bento Gonçalves, a coisa, por força, há de se alastrar por todo o país. Apesar da minha idade, Dodoce, minha filha, e de todos os meus achaques, ainda espero ir um dia a São Cristóvão cumprimentar o primeiro presidente da República do Estado do Brasil...*

Mas não! Pedro Magalhães não teve tempo de cumprimentar o primeiro presidente da República nem mesmo de saber mais novas do Sul. Duas semanas depois a viúva dona Philomena Praxedes de Magalhães, conhecida por Dodoce em todo o arrabalde do Rio Comprido, assistia as exéquias do general, devidamente amparada por parentes, amigos e conhecidos.

Na rua da chácara, como era de uso nos tempos de antanho, se aglomeraram carruagens, seges e carros de todas as classes, os mais ricos tirados por belos cavalos de penachos pretos e mantas negras, de rendas e bordados. O corpo do general, encerrado num largo esquife de galões dourados, foi, aos costumes, recolhido à cripta de São Francisco de Sales.

62

Também na botica do velho Chaves a tomada da Laguna pelas tropas do Canabarro foi assunto importante durante todos os serões que se seguiram ao dia da grande vitória.

Naturalmente prudentes, os seronistas do costume, da prosa de todas as noites, prosseguiam comentando a coisa. Chaves, cada hora mais casmurro, fechava-se em longos silêncios, só aproveitados para reencher o porongo do amargo. Padre João Antônio, agora eufórico, procurava conter um pouco entusiasmos em atenção ao droguista amigo; mas Galdino, sempre agasalhando despeitos em seus pegureiros, como doutor Teodoro achava de apelidar-lhe os cães, é que não se continha e, vez por outra, desancava imprudências contra os farroupilhas vencedores. Na verdade, a coragem de Galdino era menos por convicções do que para agradar o Chaves.

— Sim que esses pelintras terão seu dia! Evidente que a esquadra voltará bem-abastecida do Desterro... Ademais, amigos, o Mariath vem por aí... Então, em Laguna, não ficará rato! Quem não está vendo que essa vitória é coisa muito precária? Questão de dias... Questão de dias... — repetia, acariciando seus enormes cães.

— Cala-te, menino! — o padre aconselhava. — Mira que os tais pilantras acabam por tirarem-te até esses cães! Ficas quietinho, que nem mesmo o cargo tu perderas mas, se começares a palrar tolices... olha lá!

Teodoro, sem magoar seus amigos governistas, evitava dar vazão a seu contentamento e suas esperanças em dias melhores. Contemporizava:

— Mirem vancês, companheiros: o futuro é um improviso da providência divina! Há que esperar a ver em que dá tudo isso!

Mas o mercador de livros Melquisedec entrava com uma longa conversa sobre os pensadores franceses como se, todos eles, estivessem escrevendo suas regras especialmente para a Revolução Farroupilha...

— Vejam vocês: aquele menino, o Proudhon, disse que só com a extinção da propriedade, numa Revolução social, os homens conseguirão a igualdade... Ora, isso é cá com a gente:

com a implantação da República Brasileira! E o Voltaire? E os outros? Tudo. Tudo é com a gente...

Só o juiz Anacleto, cada dia mais surdo embora a novidade do chifre acústico, seguia dormitando suas digestões tão alheio aos acontecimentos como às fases da lua:

— Patente!? Que patente, ó Melquisedec? Patente é cafoto... é sentina, ora merda!

63

Fazia quase meia hora que Anita e Garibaldi se olhavam mutuamente, em paradas tranquilidades. Ela, da praia, o vestido leve, leve, bandeirando ao vento; ele a desfiar a ponta de uma escota, trauteando uma velha canção calabresa, de bordo da *Seival*. O gringo já não estava mais rodeado dos companheiros de há pouco, que haviam descido certamente a seus trabalhos no interior do barco.

Sem ondas no mar, a *Seival*, velas ferradas, timão trancado, parecia um rochedo como a perigosa Pedra do Pasto, *escolho mui traiçoeiro da pequena angra de mau agouro*, segundo opinião abalizada do revolucionário de recém, mestre Maneca Diabo.

Sempre olhando a embarcação farroupilha, Anita-de-inesperados-humores, bem à feição de seu temperamento de rápidos mudares, deixava-se tomar de súbito de mansas depressões. Foi exatamente quando sentiu Fidélis que se aproximava até roçar-lhe a cabeça num ombro. Automaticamente, abraçou carinhos ao animal. Mas, ao sentir-lhe o bafo quente e ruidoso, assoprado em impaciências enquanto escarvava a areia molhada, Anita fechou os olhos como se para adquirir de novo, num rompante, toda a sua personalidade explosiva de mil fogachos. Aproveitou a posição da mão ao redor do pescoço do animal para agarrar-lhe as crinas crescidas, com decisão. Logo, de um salto impossível, ganhou-lhe o lombo ancho, afundando-lhe nos flancos os calcanhares ansiados. Fidélis espantou-se como que agradecido às intenções velozes da ama. Percebeu que a hora era de disparar. Indiferente à banha que o longo tempo de inércia acumulava-se-lhe nas ancas e na barriga, saltou de lado em enérgicos manotaços e, sem que fosse mais solicitado, largou-se em galope demoníaco pela areia além, na direção de Imbituba.

Logo, em pataços que atiravam para o ar areia e água das ondas que, por vezes, quebrando na orla da praia, invadiam a pista improvisada, Anita e Fidélis sumiram na distância.

Devoradas duas largas milhas sem que, nem por sombras, diminuíssem a velocidade, já Anita misturando seu suor afogueado com os afogueados suores do animal, colheu as crinas com violência, obrigando Fidélis a substituir o galope desenfreado por pinchados escoiceamentos.

No lombo do cavalo indócil e feliz pela corrida da libertação, Anita se ria, também feliz e indócil pela liberdade da carreira.

Soltando novelos de espuma de sal e mar à selvageria do vento, os dois, Anita e Fidélis, tornaram à casa, já em andadura maneira, mas tão leves que não tardou o sono chegar com seus vadios pés de descanso.

Apesar de ainda haver algum sol esfriando na subida de Morrinhos e nas montanhas das cercanias de Tubarão, Anita-centauro só despertou, dia seguinte, para atender às batidas insistentes com que alguém, desensofrido, chamava de fora.

64

Ainda na cama, Anita espreguiçou-se devagarinho, desde as mãos esticadas para cima até os artelhos dos pés. Então, levantou-se. Jogou uma roupa mais grossa por cima da camisa de dormir e foi ver quem batia.

— Alguém atrás de algum sapato... — Imaginou quem seria o importuno, a ideia longe das coisas da guerra. Mas, ao abrir o loquete da porta levantando a licorne pela maçaneta, suspendeu a praga que ameaçava ruir sobre o possível pé-fresco madrugador. De estalo também estacou o gesto que se abria em ensanchas; parou a respiração ainda em espreguiçamentos de gata e retraiu o pensamento no estouro da surpresa:

Diante da porta, em pé, apoiando o braço carnudo como a pá de uma rês no batentezinho, Garibaldi enchia todo o vão livre com sua enorme figura.

Num momento, Anita reparou no homem, no corpete de pano verde, no cinturão de duas grandes fivelas e coldres vazios, na calça estranhamente apaisanada e nas abarcas bem pouco marciais com que o italiano vinha calçado:

— Buenas! — Anita largou firmeza na voz. — Buenas... e quê?... — Mas não conseguiu dizer mais nada.

Pela primeira vez em sua vida, Anita-mil-cores se embaraçou deveras. Durante um minuto, entre aquelas duas criaturas extremamente tensas pelo supremo de um momento singular, desenrolou-se um duelo mudo, de olhos cravados nos olhos, num terrível emaranhado de expectativas mútuas, sem ao menos um tremor de pálpebras... uma piscada nervosa.

— Passa! — Por fim, Anita, ainda sem desviar os olhos dos do visitante, ordenou com um balanço de cabeça que Garibaldi entrasse.

— Affascinante! Fantastiche... — Entrando, Garibaldi exclamou, a cabeça baixa pela emoção: — Scusi, donna! Vera loucura! — E confessou sua derrota pela prima volta desde que nasceu, naquele tipo de duelo bem mais fino do que com armas, em que doce é o fruto para ambos os contendores: — Ecco!...

Elogios e cumprimentos, porém, já vieram encontrar Anita-equilíbrio dona dela mesmo.

65

Do varandão de seu solar de Morrinhos, entre a solidão de seus bancos de ferro, abandonados tabuleiros de gamão e plantas prediletas, Rafael Carrazedo Dias Pino olhava em direção à Laguna, por sobre o telhadinho pobre da vizinha Licota, imaginando como estaria o porto agora, totalmente em poder dos farroupilhas, em mãos de jovens certamente idealistas...

Nessas ocasiões, o padrasto de Anita deixava-se ficar meditando fundas apreensões e fundas esperanças num futuro que havia de chegar envolvendo não só a província, não só o Sul inteiro, mas o Brasil imenso em liames por certo mais liberais, mais justos, mais humanos... Então, Rafael sentia falta de Anita. Tinha remorsos de jamais ter deixado transparecer sua admiração e sua crença na menina... As irmãs mais velhas ali estavam, mas tão diferentes da terrível caçula: a primogênita dando para parteira, já com seu apelido de "Maria Apaga a Vela"; a do meio, agora de namoro com um rapaz da Armada, agora no Desterro, preparando-se, quem sabe, para tomar parte na esquadra que prometia vir libertar Laguna dos rebeldes, talvez com o auxílio do Mariath...

De longe, muito disfarçadamente, Rafael costumava terminar suas meditações isoladas abençoando com ternura aquela enteada que tinha o sal do mar, o frio do vento, a fúria das ondas, a força das dunas e a determinação do dia de amanhã...

66

Passados os primeiros momentos de embaraço, Anita conseguiu iniciar o diálogo, embora sem desperdiçar um único lance de olhos que não fosse para fixar a figura quase ridícula de Garibaldi, com sua vasta guaiaca a tiracolo:

— Senta, tchê! — Com naturalidade e graça, ofereceu-lhe o tamborete usado por ela para reparar calçados na banca do marido.

Mas Garibaldi permaneceu de pé.

— Que se passa, chico? — Anita prosseguiu. — Em que coisas posso servir o amigo... ou melhor: a Revolução?

Então, o italiano desajeitado explicou que procurava sua casa por muitas razões, inclusive porque estava mui precisado de uma cola para couros. Disse que o prático Maneca Diabo fora quem havia indicado a loja como um lugar onde possivelmente pudesse o grude ser encontrado, embora sem muita certeza.

— Como a senhora dona Ana é sapateira e pessoa interessada pela causa da Revolução, estou seguro que... enfim...

— Mudando de tom, mas conservando o belo timbre de sua voz estrangeira, o gringo referiu-se ao espetáculo da véspera.
— Foi lindo... creia! O entusiasmo da senhora pelo nosso barco... a febre que seus acenos transmitiram aos nossos marujos... tudo emocionou-me deveras. O Griggs, um menino fortemente emotivo, quase chorou... é como lhe conto. Mas... — Garibaldi estava sobressaltado, aflito por confirmar boatos ouvidos ainda no barco. — Mas... seu marido?
— Meu marido não está. Está... viajando!
— Demora-se?
— Acho que não voltará mais!
— Asno! — Garibaldi murmurou entredentes.
— Cala-te! — Os olhos de Anita voltaram a fixar definitivos nos olhos da visita. — Meu marido não é um asno. É um homem que tem seu ideal, compreendes? Bom ou mau, é um ideal. Um asno é aquele que não tem vontade própria.
— Perdoa-me, senhora! — Garibaldi se inquietou, recriminando o estouvamento. — É que soube que ele te deixou... Por isso, chamei-o de asno. Não por ter um ideal. Por ter te deixado, é um bruto!
— E por ter me deixado há de ser um bruto?! — Anita, num gesto de desprezo, virou-lhe as costas e ficou olhando para o mar.
— Perdoa-me, Anita. — Garibaldi não imaginava que naquele exato instante, com aquele diminutivo carinhoso assim improvisado, estava identificando a mulher para sempre e por toda a sua memória. — Não vês, Anita, que sou um marinheiro mui rude apenas? Vi-te ontem, de bordo, como una fiammetta eterna... un grandioso spetacolo ancora selvaggio... Amei-te, Anita, porque te vi. Aí está! Porque te vejo agora, irritada como um tigre devorador... violentíssima

nos olhos, nas atitudes... Eccezionalle... — Falando assim, fez menção de volteá-la delicadamente para colhê-la nos braços.

Fugindo à ousadia do gringo, sem que o gringo percebesse a fuga, Anita apressou-se a tomar duas latas de cola na prateleirazinha dos fundos:

— É inglesa mas não presta porque meu marido disse que não presta. Seja ou não seja inglesa!

Garibaldi, contudo, não apanhou as latas que Anita deixou sobre a mesa:

— Amo-te! É isso. Vera, veramente! Não sei dizer de outra maneira. Uma dona que tem uma diretriz... que quer a vitória de uma Revolução perigosa sem temer o perigo dessa Revolução... para questo joga a vida, deve ser amada com impetuosidade. Ricordate: precisa ser amada assim! — Mas o gringo, tolhido na vontade, não resolvia tocar-lhe a mão aflita dançando no ar. — Eu te amo! Te amo, Anita! Amo arrebatadoramente, como faço tudo na vida. Quero-te junto de mim para sempre... até a morte! Vês como tomo minhas decisões nos calcanhares da oportunidade? É isso, crioula linda! Mia Anita!

Muito segura de si, Anita estava impassível. Escutava tudo aquilo com uma atenção quase cômica. Sorriu:

— Bueno, chico! Não sei o bastante para saber que amor é esse... As minhas decisões eu tomo antes da oportunidade chegar. Sabes? De qualquer modo, meu marido poderia estar aqui...

— Não pensei no teu marido. Se ele estivesse, sim! Respeitava-o. Mas o negro aquele, o Bonifácio, o que leva água para bordo, me disse esta manhã que o homem te abandonou definitivamente. Partiu para a guerra. Para destruir os farroupilhas como tu e como eu... Para...

Anita mantinha Garibaldi afastado de seu corpo apenas com a força de seus olhos mandões:

— Mui bien! Agora entendo por que muitas razões te trouxeram aqui. A primeira foi a cola. A necessidade da cola para as tuas velas... A segunda foi dizer que me ama... que me quer junto a ti para sempre. Essa foi outra necessidade, está visto! E depois? A terceira necessidade? A quarta? A quinta, qual foi?

Garibaldi não se desconsertou. Riu com graça desavergonhada:

— A terceira foi tomar um café! Dás-me um café, crioula linda? — Sem esperar resposta, foi ele mesmo se servindo do bule que estava sobre a mesa.

— Bueno... pelo menos nessa necessidade tu não careces de minha ajuda, não é assim gringo? — Anita mirava-o nos menores gestos, com um ar moleque e soberbete. — Mas o café está frio. — E acrescentou encantada com a comédia que se ia improvisando por si: — Ademais, é de ontem!

Garibaldi fingiu não perceber a picardia da mulher. Ficou com a xícara suspensa, imóvel como uma estátua.

Anita aproveitou para prolongar a brincadeira. Se divertia com o grotesco da situação:

— Como que estás a me contar as sardas, chico? — Com os olhos, Anita indicou-lhe o colo e os braços cheios de pequeninas manchas, semeadas pelo maltrato do ar, do sol e do mar.

— És mui linda, crioula!

— Então... — Só nesse momento Anita vacilou em suas firmezas para perguntar com voz de fluência: — Então... gostas de mim? Gostas desde que me acenaste, ontem, do barco?

— Amo-te, bela! — Garibaldi procurou brincar. — Amo-te desde quando ainda estava io no benedeto ventre de mia mama. Juro-te, Anita. És linda, amorino!

Então, sem nenhuma pressa, Anita se aproximou mais de Garibaldi. Os olhos é que, sem mais nenhuma vontade de brincar, se pregaram nos do italiano com a segurança de cravo novo em casco virgem.

Enquanto mal ouvia a explicação de Garibaldi que amorino era como, na sua terra, os camponeses chamavam o resedá, e davam-lhe o simbolismo bonito do perdão para os amores ilícitos, se é que existe algum amor ilícito... Anita permitiu passivamente que ele se debruçasse de sua altura para envolvê-la toda, muito crepuscularmente, num beijo que já tardava.

67

Dia seguinte, ainda não havia clareado de todo, Anita-maldormida saltou ligeiro da cama. Em seguida, muito da torena, correu para a praia em frente à barra. É que Anita-paixão sabia que a maré de enchente, da madrugada, havia de rabear a *Seival* bonita, ancorada de proa, e trazer-lhe a ré bem mais para próximo da praia. Se, com a vasante, o barco ficava à distância de uns 400 pés seguros, com a preamar estaria, no máximo, ao alcance de um grito.

Chegando à barra, foi caminhando com os olhos fixos na *Seival*, pouco se importando com a água que já lhe cobria as pernas, empapando-lhe a saia, metida de qualquer maneira por sobola roupa de dormir. Anita-gatesca queria era ver Garibaldi a bordo, na popa do barco conforme o combinado na véspera. Antes de chamar, agora já sem pressa, viu o italiano que conversava com um marujinho novo em trabalhos de mar. Às vezes, o gringo cantarolava como de costume, com sua voz macia, uma velha canção napolitana. De tal sorte, porém, andava leve o ar que as palavras do madrigal como que chegavam até Anita. Anita ficou esperando ser vista, com receio de triscar tanta paz com sua voz. Estava mirando Garibaldi e isso lhe bastava, por enquanto. Percebeu que ele aprovava o trabalho do rapaz, que acompanhava com interesse, ajudando aqui e ali:

— É assim que se faz a beleza da vida, bambino! — Anita não o ouvia, porém. — É fazer-se com perfeição seja lá o que for: uma peça para o barco, um suculento prato de gnocchi, uma carta para a namorada distante, um combate ou uma canção de amor, ê!

O marujo procurou elogiar:

— O senhor comandante sempre brincando...

— Bem ao contrário, menino! Falo sério, mas de bom humor. É isso! É um traço italiano... a alegria! Com alegria, tem-se tudo na vida, visto?!

Mas Garibaldi não teve mais oportunidade para filosofar, que Anita-explodida começou a gritar, já da arrebentação das ondas, saltando para impulsionar melhor a voz até Garibaldi:

— Di-me, gringo: presta a cola aquela?

— Tens razão, mio amorino creoulo, mia bela tangará... A cola, mesmo inglesa, não é boa! Não presta, como disse o teu marido. Mas... se não há outra? — Como se a conversa já fosse a meio, Garibaldi apenas tomou um grande porta-voz de lata para a explicação. — Preciso de mais! Tens lá?

— Para combater o governo, gringo querido, terás a que tiver eu! Te amo, chico! Ademais, te amo!

— Ma quê?... — Garibaldi berrava através de seu porta-voz de lata. — Que dizes, Anita? As ondas não me deixam ouvir... Que coisa queres?

— Te amo! Digo que te amo! Escutou agora, chico? — Indiferente às risadas da marujada debruçada no convés, Anita-desespero repetia, entrando mar adentro, já começando a nadar por sobre as ondas, felizmente mansas naquela manhã de abril.

— Ritorna, amorino! Per Dio! Te afogas, linda!

Já sem argumento que fizesse Anita-sereia voltar a si da loucura, o gringo aflito, que pouco sabia da intimidade que Anita-praiana tinha com o mar, não teve outro remédio senão saltar da amurada e, com sadias braçadas, alcançar em dois tempos a namorada, com um beijo estourado que se prolongou até a areia... depois da areia...

De bordo, os companheiros de Garibaldi atroaram os ares com mil hurras e vivas...

— Ma, bela adorata, que folia!...

68

Foi naquela exata noite que, cerca das sete horas, arranharam de leve a porta de Anita-sozinha.

Destemida, a moça foi ver quem era, suspeitando que Fidélis, coitado, estivesse sentindo no lombo o peso descomedido do mais retardatário cavaleiro do Apocalipse: a solidão. Mas, não! Logo reconheceu as barbas enroladas de Lucas, um velho pescador de estendidas amizades:

— Buenas, menina! Não vê vancê que estou chegando do alto de Morrinhos e sá dona Licota me mandou trazer esta carta e esta encomenda... É coisa de sua casa e a saquinha tem umas doblas de ouro... confira vancê pra me fazer uma cortesia, que assunto de dinheiro hai que ser mui reglado!

Foi com humildade que Lucas rejeitou o amargo e até mesmo se desculpou por não entrar.

— Agora, vancê me dá sua licença...
— Estás apurado, chico? Que se passa? — Anita quis saber.
— É que ainda vou daqui prum jogo de taba ligeiro, na casa do Venâncio...

69

A carta vinha, efetivamente, acompanhada de uma saqueta de linho cru com 16 dobras de ouro e de uma fotografia, já um pouco antiga no amarelado da figura: era o retrato de um alferes, de corpo inteiro, até as sapatilhas de pelica, com a farda do batalhão do imperador dom Pedro I. O alferes tinha a Ordem do Cruzeiro no peito e, por sobre o uniforme, um saiote escocês. É que o militar era uma mulher! Seu tipo de mestiça, nada desagradável, contudo franzino, parecia vulgar e até mesmo pouco expressivo.

Na carta de letra redonda em caprichos de escolar o padrasto dizia: "— Senhora minha enteada, dona Ana de Jesus Duarte Ribeiro. Muito saudar."

Anita percebeu, com gratidão, o uso que Rafael fazia de seu nome de casada.

Prosseguiu na leitura, surpresa com o inesperado daquilo tudo: "— se não envio inicialmente notícias de nossa casa é que, sei, vosmecê as tem sempre, das mais gratas e frescas, por intermédio de nossa Licota, já agora também minha amiga. E como tudo vai na melhor, não vagarão cuidados. Apenas, preocupados com a situação de nossa filha Ana de Jesus, longe de casa e, pelo que é notório, ultimamente sozinha, rogamos sua licença para fazer-lhe chegar às mãos estas modestas dobras. Isso, para o que possa acontecer eventualmente, sobretudo nestes ásperos tempos de guerra. Se não insistimos em que esta sua casa continua inteiramente sua é que, falando agora pessoalmente, bem sei e louvo a admirável altivez de seu caráter. Lamentavelmente, por todos os tipos de injunção difíceis de confessar, jamais me foi permitido deixar transparecer, com a satisfação sonhada, minha aprovação a tão invejável comportamento. Essa minha admiração e respeito por toda a reserva de justiça e independência contida em sua personalidade datam de um velho passado que peço autorização para recordar: foi exatamente no dia em que a menina Aninha, com menos de 7 anos de idade, desancou a pontapés o padre Lopes, um mata-pau muito pouco caridoso para com seus infelizes escravos. A cena, com seu esplêndido gesto de liberdade, obrigou-nos a mudar da Serra para cá. Tem razão vossa mercê, minha enteada valente: a escravidão é uma infâmia; a prepotência uma iniquidade; os maus governantes, ainda que só por serem incapazes, uma indecência torpe e desonesta. E eu, que sempre apoiei toda essa canalhice a simples troco de conformadas comodidades, venho representando a indignidade amouca dos covardes e dos insignificantes. Mas agora, seguindo o seu bravo exemplo, posso Aninha, sem me submeter mais a nenhuma concessão que me envergonhe ou onere, posso aconselhá-la: siga sua estrada, Ana de Jesus. Dê ela aonde der, que todos os caminhos nos levam a um futuro, e será bem melhor teceres o seu na direção do Brasil de amanhã, honesto e republicano, do que dois ou três palmos de renda como fazem suas inúteis amiguinhas cá da vila. Este retrato que junto lhe envio terá talvez mais de vinte anos. Será de 1822 ou 23, ao tempo da guerra, na Bahia, pela independência do Brasil. Essa moça, o soldado Medeiros, também de Jesus como vosmecê, chama-se Maria Quitéria de Jesus Medeiros. Alistou-se na luta pela nossa emancipação, onde se bateu maravilhosamente. Precisarei acrescentar mais alguma palavra para explicar o motivo deste meu oferecimento? Realmente, é necessário que todos se deem conta da importância da época atual. Para nós, até agora irrisoriamente nobres, obrigados a carregar um passado e zelar por um nome, uma tradição enfim... porca tradição de prepotências e injustiças, não há lugar mais para hoje ou antigamente. Somos, ao mesmo tempo, o tempo e os prisioneiros dele. Só agora reparo, depois de me abismar em suas decisões, minha pequenina gaturamo-serrador, que até a nossa roupa vai se puindo sem que a gente perceba sequer que o mundo vai dando suas voltas e, aos poucos, todos nós terminamos enganados pela coroa, roubados pelos dirigentes e explorados pelos impostos de toda sorte. Por isso, acabamos fatalmente virando tagarotes esfarrapados... farroupilhas!"

70

Anita releu a carta com maior vagar. Examinou longamente a fotografia de Maria Quitéria como se de uma entidade suprema. Também derramou a saquinha do dinheiro sobre a mesa e ficou brincando com as peças, sem ao menos contá-las, esperando que a água do mate fervesse na chaleirinha de cobre.

Como o sereno esfriasse, Anita se lembrou de fechar a porta que ficara aberta desde a saída do pescador. Enquanto andava na sala, falou para si mesma:

— Bueno é o velho! E eu que nem desconfiava, chico! Quem sabe se no governo também não há homens assim? Só o que lhes há de faltar é uma boa chulipada que os traga ao presente de olhos abertos, porra! E alguma vontade de trabalhar com lisura pelo povo... pela nação...

De empurrão, a porta tornou a se abrir. Garibaldi chegava com seu horrível poncho de oleado preto que o cobria de ridículo, sobretudo porque sua figura desajeitada de marinheiro era enorme:

— Quem não tem vontade de trabalhar para este povo que te fez nascer, crioula linda? Não importa! Apura-te para irmos um pouco ao mar... Olha: trouxe o esquife maior e a noite está verdadeiramente bela para passarmos toda ela no mar. Cantaremos ao embalo das ondas... amaremos... cearemos... falaremos da Itália... da mama... de ti, meu galinho batará! Al mare! Visto! — E, depois de muitos beijos, Garibaldi informou: — Trouxe, linda, uma tarreta bem-embrulhadinha de arroz com oregones para nossa ceia de vinho e marmelada... Trouxe também minha viola de olmo da Úmbria, a mais doce que há para cantar o amor...

Anita aproveitou uma brecha em tamanho entusiasmo para passar ao gringo a correspondência do padrasto:

— Mira, chico! Foi uma surpresa... creia! Nunca pensei que o padrasto... E, putcha! sabes?, o que me tocou deveras foi o velho me chamar de gaturamo-serrador.

Enquanto Garibaldi examinava tudo, com método, começando pelas moedas de ouro que empilhou ordenadamente no meio da mesa, Anita explicou para indagar por fim:

— Sabe, chico?, gaturamo é um pássaro até feio... Mas brabo o bicho! Se apanhado, não aceita a prisão. Bate-se com valor... Se não o soltam, meia hora depois cai morto. Arrebenta-se, mas não se dobra, cuê! Mas, di-me, amor: há esperanças de, algum dia, destruirmos os que tiranizam o país? O governo da Corte... os exploradores dos negros, da gente... a Regência... o diabo do imperador?

— Ma, amore! O imperador é ainda um bambino inocente! Primo, há que destruir os que o destroem, visto? Nada importa o imperador... Depois, um dia, mete-se-o num belo barco e manda-se-o à Europa, a ver as touradas ou o papa... O Vesúvio! A ver Nápoli! Tintim! Ma, crioula, basta de política que esta noite é nossa! Andiamo al mare! La vita é bela!

Impaciente também para amar, Anita já não queria mais saber de futuros. Com os dedos muito longos revolvia a cabeleira loura do gringo, descendo carícias pela barba emaranhada:

— Sim... sim, meu gringo adorado! Esqueçamos, por ora, o muito que havemos ainda de combater... esqueçamos a guerra um instante, gringo da minha vida... O mundo, chico! Deixemos o mundo... o mundo... — Mas, com os lábios comprimidos nos de Garibaldi, como se os tivesse presos de bruto encontro ao pelo serenado de Fidélis em noites bíblicas, as palavras de Anita-gaturamo borbulhavam já estranguladas em espasmos de entrega.

71

A lua da madrugada, em vermelhos de mau presságio, despertou-os devagar, no fundo do caíque em que dormiam à deriva, muito pra lá da Pedra do Pasto.

As roupas misturadas estavam abandonadas por sobre a panela de arroz vazia, as garrafinhas de vinho, o cartão da marmelada...

72

Com a certeza geral, até mesmo dos comerciantes e moradores afastados do movimento guerreiro, de que a situação, em Laguna, não andava firme, a vida do lugar tomou um estranho ar cigano de provisório.

Toda gente desconfiava que a esquadra fugitiva, comandada pelo capitão-tenente Ricardo Hayden, quando da aproximação de Garibaldi e tomada da cidade, havia se recolhido ao Desterro para reabastecimento e, mais tarde, unida aos navios do mercenário Mariath, tornar à luta para uma definitiva retomada do porto.

O governador português, João Pardal, fazia tal empenho na reconquista que, da sede de sua província, dirigia pessoalmente todo o aviamento das naus, ainda que nos menores detalhes.

Essa notícia, embora sem fundamentos alicerçados, decidiram os chefes farroupilhas a enviarem seus pequenos barcos em rápido corso, a qualquer risco, numa aventura à sorte.

É que de nada serviriam tão precárias embarcações para a eventualidade de uma batalha real contra uma força como a do almirante Mariath. Nem mesmo a *Seival*, que não passava de uma barcaça pesadona, mais parecida com um barril a navegar; a *Rio Pardo*, agora sob o comando do estranho quaker João Griggs, ou a *Caçapava*, de casco mal-calafetado embora a mais maneira de todas, eram peças de sustentar um combate em defesa do porto.

Assim, as embarcações de Garibaldi haviam de sair rapidinhas para o Norte, até aonde fosse possível uma pilhagem rendosa, sem escolha de presas, desde que pequenas embarcações de cabotagem, desarmadas, como então eram comuns em todo o curso da costa do Rio de Janeiro a Buenos Aires, em geral carregadas de café.

A ordem era aproveitar-se o máximo das possibilidades e conhecimentos marítimos dos revoltosos para anular um pouco a deficiência dos barcos assim inofensivos.

A "Carta de Proteção" entregue a cada um dos três comandantes farroupilhas, assinada pomposamente pelo Conselho Provisório da República do Piratini, escrita pela mão muito da sacripanta do malandro Rosetti, secretário-perpétuo da República, declarava em caldas de petulância: "— O comandante, oficiais e marujos deste barco corsário estão sob a proteção da lei da República Rio-grandense do Piratini, ainda que sejam estrangeiros. Dado na Cidade Juliana e assinada..."

Assim, chegavam a um triste fim as suaves horas passadas pelo aventureiro na casinha da praia da Barra, na doce companhia de Anita-soledade...

73

Desde que se começou a falar na saída dos barcos para o corso costeiro, Anita-vivaracha percebeu no ar a encruzilhada em que Garibaldi se afundava:

— Entonce, Papini? Que coisa resolves?

— Ma, figlia! um barco de guerra é um barco de guerra, visto?

— E daí, chico?

Garibaldi estava realmente embaraçado para se descartar da mulher que já fazia parte de sua vida. No enternecimento daqueles últimos dias de tranquilidade, já quase esquecido de lutas e violências, o comandante não trazia nenhuma vontade de regresso a um passado de conturbações.

Não obstante, era preciso partir, e faltava-lhe o egoísmo de expor Anita a inimigos, sabidamente muito pouco generosos:

— Como, amore, te vou dar uma roda de cordas duras para tu dormires por cima? Veja: depois, quando se ferir um combate, que pode ser a qualquer hora, que farás tu? onde te abrigarei dos petardos? Numa luta, querida, não há como escapar... é viver ou morrer!

— E por que hei de me abrigar, chico? Por que não posso eu morrer também? — Anita achava a exceção espantosa. — Se todos morrem? Se tu podes morrer? Por San Sepê, Papito de minha alma, embarco contigo queiras ou não!

— E os rapazes? Você pensou nisso, querida? Que vou dizer-lhes eu? Os meus companheiros... meus amigos...

— São meus também! Que tem isso, chico? Não cuida tu que vou criar dificuldades a bordo... Nunca entrei dentro de um barco... mas imagino bem como seja. Quem sabe até vou ajudar?

— Não, Anita! Por favor! Não me agrave ainda mais o esforço que faço em te deixar, amor! Pelo contrário... ajude-me!

— Tu sabes como são essas moscas que, por mais que a gente enxote, elas tornam a pousar na gente? Pois duvido, chico querido, que, daqui por diante, ainda que seja na Itália, tenha mais um dia na vida sem esta tua mosca terrível a pousar-te nas vitórias!...

— Então, deixa-me beijar essa mosquita linda... — Derrubado que nem potro nas boleadeiras, o gringo rendeu-se: — Eu te amo, querida... tu sei absolutamente divina!...

74

Dias depois, sem nenhum alarde, os barcos farroupilhas aprontaram a partida. Anita-vigília, muito cedo, já estava na praia, a trouxinha de roupa dentro do caíque que, encalhado na areia, esperava por Garibaldi.

O comandante tinha ido à cidade para as últimas providências, inclusive encontros com Canabarro, o conde Zambeccari, o Rosetti...

Na descida, de volta, ainda do caminhoto, o gringo viu Anita-toda-espera. Lembrou-se da promessa impossível. Forçoso disfarçar o propósito de partir sozinho! Na verdade, não havia como expor sua Anita-paixão às incertezas de um combate naval. Com muito pouca firmeza, ainda tentou explicar, na véspera (uma festa de amor), como se está perto da morte num duelo de obuses. Mas a resposta de Anita, pronta na reação, imobilizou-o.

— Longe de ti, Papini, estarei muito mais perto de morrer...

Com isso, ficou assentado daquele encontro que, com tantas voltas preliminares lá em cima, no centro, havia fugido inteiramente à lembrança do italiano apaixonado nos mais doces tanglomangos.

Difícil foi fingir tranquilidade no beijo de "bom-dia, amor"; na acomodação do embarque; nas pequenas perguntas de como ficara a casinha, a banca, os sapatos pra consertar e outras miudezas. Sem se animar a deitar os remos n'água, para a partida, Garibaldi se recriminava pelo descuido em não ter antecipado precauções definitivas para uma fuga sucedida. Foi só quando o bote já flutuava, desencalhado, que ocorreu a Garibaldi uma doce traição:

— Querida, veja só que cabeça a minha! Ainda tens lá alguma cola para couro? Quase me esquecia e, isto, seria uma grave imprudência! Olha: dá uma corrida até a sua casinha e traga-me a que puder... Duas latas! Não demore. Eu fico esperando, visto! — Como que para afiançar a promessa, o italiano embicou o bote de novo na areia. Saltando primeiro, ajudou Anita a saltar também. — Mas, antes, querida, dá-me um beijo grande!

— Se me abandonas, mato-te, porco imundo! — Anita despediu-se com uma brincadeira que também era uma coraçonada. Triste pelo que havia de ser, Garibaldi esperou ainda que Anita se voltasse, já do alto da praia, para o esperado aceno de carinho.

Vindo o aceno nas asas de um beijo, Garibaldi pulou para dentro do bote que empurrou de soco. Baixou rápido os remos e começou a se distanciar do pontal em direção a seu navio, vaidoso no meio do canal, já as bujarronas, a polaca e a vela-traquete tendidas a meio, num começo de viagem. Pelo visto a *Seival* só aguardava a chegada do comandante para a desancoragem. Já novamente transformado no guerreiro frio, sem passado, só o que efetivamente fora em toda a sua vida, Garibaldi, apenas encostou o bote no casco da corvetinha, colheu os remos, passou a mão forte num cabrete pendido da verga da mezena e, enquanto dois marujos içavam o esquife para bordo, saltou com agilidade de um gato num incêndio, para a rotunda da ré.

Sem perder um segundo, foi logo dando as primeiras ordens para a largada.

Estranhando o silêncio que vinha da praia que, pelo tempo, Anita já devia estar de volta com a cola, Garibaldi acovardou-se e fugiu com os olhos da terra, fingindo muita fiscalização na manobra dos panos e na saída de seus dois barcos a se aprestarem, ainda que bem mais para o interior do porto.

Dos lados da praia, só chegavam até bordo o esborro alegre das gaivotas na labuta faminta da pesca e o cheiro acre de conchas queimadas por uma caieira próxima que, dia e noite, só fazia gurnir sem descanso.

Então, os estalos vistosos dos velachos e da sobregata, os primeiros panos a se abrirem de todo à aragem terral da hora, começaram a impulsionar a corveta de Garibaldi, em acelerados promissores, na direção do mar aberto. Mas foi só quando já afastados 4 ou 5 milhas da costa que o gajeiro de quarto veio avisar ao comandante que, da *Caçapava*, partiam sinais para que a esperassem.

Como navegava devagar a *Caçapava*, foi necessário Garibaldi mandar colher os panos para anular distâncias.

Na reverberação excessiva do sol a pino, Garibaldi procurava enxergar o que se passava na corveta que vinha se aproximando devagar. Mas, antes mesmo que assentasse o óculo, vibrou por toda a nau a voz de Anita, aumentada pelo porta-voz, mas sobretudo pelo ódio:

— Gringo sujo! Entonce, gringo desavergonhado, **tu queria me deixar só em terra!?** Tu não sabes com quem estás lidando, chico! Tu ainda não sabes, roncolho safado! Isso, ainda hei de te mostrar, um dia, demônio do inferno... Juro, meu amor! Capiscado de uma figa! — E os insultos atravessavam por cima das ondas, na voz do canudo de lata.
— Gringo canalha! Juro que hás de me pagar, gringo adorado do diabo! Minha vida... — E o berreiro não se acabava mais, para alegria dos marinheiros de ambos os barcos.

75

No quintal de Licota, toda a vasta área devoluta dos Verdes, aquela área mesmo que um padre cheio de filhos, de comadres, de benfeitorias e de dinheiro andava querendo escorropichar de mansinho, com a desculpa safada de pertencer a uma indeterminada ordem religiosa que nem a de Jerusalém; pois no quintal de Licota, Fidélis andava exilado com os olhos tristes.

Antes de pensar em seguir Garibaldi nos azares das ondas e da aventura, Anita teve pena de ver seu pingo amado engordando soledades naqueles pés de dunas onde só o oró deitava suas folhinhas miúdas, na imensa sobriedade de uma planta que praticamente não se alimenta.

Um dia, Anita-cheia-de-pena agarrou e levou o coitado do Fidélis para a casa da amiga. Para que o bicho não ficasse aguado, recomendou que, vez por outra, Licota, que também sabia montar, fizesse-o galopar um estirão para que o animal, ainda não muito velho, não perdesse de todo a forma.

E se despediu com um beijo. Por isso, Fidélis andava com os olhos tristes como os de um exilado.

76

Debruçando-se na escadinha de cordas, de emergência, um pé afundado de apoio na querena de estibordo, Garibaldi colheu Anita do escaler que a trouxe do *Caçapava*. E foi ouvindo o resto do sermão que não parava:

— Gringo sotreta! Aricungo de merda! Traidor! Farroupilha traidor... Agora, vê se não me largas a mão, falso imundo! — Fingindo medo e inseguranças na passagem do bote para o barco, aproveitou-se do balanço das ondas e agarrou manhas no pulso do italiano que a sustinha, entre exageros de cuidados e atenções, e largou-lhe uma dentada de ódio-amor. Rindo-se da reação ao susto de Garibaldi, zombou deboches: — Vê lá se, ao menos, serves para salvar uma pobre náufraga, tchê!

— Como tu sei violenta, Anitina — o comandante ralhou, sem se importar com a dentada, feliz por ter Anita consigo. — Io ou quem poderia pensar que havias de te atirar às águas!? E os tubarões, doida, linda, maluca? Não tens medo das feras? Tu não pensaste nos pescecani? E se não alcançasses o barco? Se acontecesse uma câimbra, que o mar está gelado. Que desfalecesses?... Não vês que poderias te afogar? Certamente, maluca!

Logo, erguidos os dois pela marujada brincalhona em aplausos moleques, Anita, já agasalhada no único camarote de bordo, tomou um mate bem quente trazido em ternuras pelo próprio comandante da expedição.

Anita-zaragata é que não parava de arreliar nas afrontas:

— O que tu querias, ladrão, era que eu morresse... que tu te livrasses de mim... Mas não! Tu hás de aguentar o meu amor até o teu último dia! Agora, porra!, vê se para de beber essa aguardente ordinária e pitar essa palheiro vagabundo que tu já estás a feder mais do que sovaco de bode velho rodeado de cabritinhas no cio!

Enquanto, no beliche apertadinho, as zangas prosseguiam em festivos de amor, Garibaldi, ajoelhado, calçava Anita com suas enormes meias triestinas que mais pareciam botas de lã. Foi quando o vento começou a zunir na enxárcia promessas de boa andadura ao barco, já com a faca da proa bem-afundada, fazendo ferver espumas entre algas e sargaços.

— Tu sei fantástica! Veramente fantástica. Si... Daqui per diante, botarei bastante açúcar na minha barba para que esta mosquita linda não me abandone mais, visto?

— Escuta, Papin — Anita começou a falar sério —, tu, que tantas histórias sabes, já ouviste falar no caso dos barrigas-verdes? Sim, que eu te conto: faz mais de um século, quando isto por aqui andava querendo tomar jeito de terra livre e se organizaram as primeiras brigadas de linha, os soldados usavam uma grande cinta verde no fardamento. Aquele cinto, hoje, para nós, é um símbolo de querer com força e lutar duro, pois isso mesmo é o que fizeram aqueles primeiros. Papin, não te esqueças que eu sou uma barriga-verde. Vou contigo para onde tu te botares e saberei lutar como tu ou como aqueles chicos de que acabo de te falar.

Já noitinha, mal e mal se distinguindo a linha da costa, a *Seival* crescia nos tombos por sobre os cachões de mar que o vento levantava. Ainda que a viagem fosse uma inteira novidade para Anita, ela nem se dava conta de estar sobre as ondas.

De fora, vinham ordens cruzadas de navegação, comandando o movimento do velame:

— Caçar todos os panos altos! — gritava o mestre pela trombeta, a enganar o vento.

— ... todos os panos altos! — era o eco da marujada ativa a preparar o barco para a viração noturna.

— Afrouxar o joanete da proa, grumete Zé da Sonda! — O mestre gesticulava como se, de longe, ajudasse a manobra.

— ... joanete da proa! — Pontas de amarras deslizaram inertes.

— Camba o estai, você aí, moço do gorro vermelho!

— ... o estai! — Outra poja ativa virava o pano à bolina "boi-gordo".

Na camarinha escura, cheirando a pez, sem nenhum conforto, um beijo enorme atravessava as horas...

77

Descendo a ruazinha dos Mascates, a única com largura suficiente em toda a vila de Morrinhos, Melquisedec, o mercador de livros, vinha assobiando uma ária de *Don Giovanni*, no rumo da botica do Chaves. Vinha para o serão de todo-dia. Nos trechos mais brilhantes da música, o pernambucano revolucionário saltava ora num ora noutro pé, no desinibido de um bailado público, muito contente com a vida e consigo próprio.

Entrando, Teodoro observou como uma saudação:
— Estás gaúcho, companheiro! — E reclamou do assobio: — Espera que os teus amigos farroupilhas ainda não derrubaram o trono!
— Lindo. Tchê! — Chaves completou a observação. É que o livreiro trazia um poncho novo de cores alegres e guapos recortes.
— Em terra alheia vai-se a reboque e não se puxa o arranjo! — Melquisedec sentenciou, fazendo-se muito sério.
Foi — Teodoro atalhou:
— Mira, companheiro, que, em tua terra, reboque quer dizer meretriz.
— E arranjo, concubina! — Melquisedec acrescentou depressa. — Por isso mesmo falei!
A loja se encheu de gargalhadas. Só o juiz Anacleto, com sua surdez irremediável e nenhuma autocrítica, perguntava ao acaso, sem esperar resposta, confundindo risos com falatórios:
— Sobre o que disputam? Ó, meu Deus! Há polêmica? O que não combina com o remoque? Que coisa não combina, diz o Teodoro?
— Acho que o que não combina com coisa alguma é esta borra desta guerra do diabo! — Galdino resmungou enquanto acocava seus cães negros.
Doutor Teodoro, distraindo-se com o ver Ferrabraz, o mandalete escurinho de olhos campeiros, cria da falecida Micas, lavando frascos no fundo da farmácia, falou para comunicar:
— Parece que o papa, desta vez, morre mesmo. Está nos jornais. Li, ontem, no *O Povo* ou no *O Recopilador Liberal*, não me lembro. Mas a notícia vem de São Paulo.

Chaves ressalvou:

— Só não havia de ser no O *Republicano*, que o Zambeccari é um ateu filho da puta! Mas é fato. Eu também li não sei aonde. Já o regente mandou dizer várias missas de promessa pela saúde de Sua Santidade. Coitado! Tantas e tais coisas têm sucedido, por último, neste mundo de Deus que... que...

— E por que o papa não pode morrer como todo mundo morre? — Ferrabraz intrometeu-se, largando os frascos dentro da bacia. — Por que precisam fazer tanto barulho só porque o homem aquele está malito? Não há tanta gente morrendo por aí, caladinha que nem cativo no tronco?

Galdino revoltou-se:

— Vejam! Vejam, por favor, meus amigos! Vejam como esses revolucionários viram a cabeça do povo... da ralé! São uns carbonários mesmo! O Chaves é que tem razão! Agora, pelo que estamos vendo, ensinam aos imbecis a falta de respeito e de amor ao papa, chefe supremo de nossa Igreja e de nossa santa fé! Esses farroupilhas, escutem o que digo... — Mas, subitamente incendiado pela ira, berrou como se já agredisse Ferrabraz: — E cala-te agora mesmo, moleque! Não quero ouvir mais nem um pio! Se falas, apanhas umas correadas!

— Nem tanto ao mar nem tanto à terra, Galdino. Assim também não, homem! Olha que eu sempre fui legalista mas, se o Ferrabraz diz lá suas asnices, vosmecê há de culpar os farroupilhas!? — Era o Chaves, a protestar sisudo.

— E tu, companheiro — Teodoro falou suavemente enquanto deitava toda a sua atenção no fumo que picava miudinho —, tu tens a certeza de que foi asnice o que falou Ferrabraz? Ou não teria sido uma verdade? Galdino diz que o papa é não sei o que da fé. Que fé? A interesseira, de pedir; a covarde, de medo da vida? A real, de agradecimento? Mas onde está a caridade, Galdino? Prometer pancadas porque o menino diz o que te não agrada? E ele tem culpa das coisas que não te agradam? Mira: queiras ou não, temos Regência por muito pouco tempo. A escravidão acaba-se já e, só por isso, vale a pena ser-se farroupilha!

— Não creia, doutor! Agora, entrando o inverno... notícias da fazenda de São Joaquim dizem que já há geada forte. Foi o frio que venceu Napoleão na Rússia... — O escrivão triunfava com seus argumentos —, e há de vencer também o Canabarro... o Bento Gonçalves... a corja!

— Ora, Galdino, não estamos aqui para erudições. A verdade é que a guerra é uma estupidez, mas, às vezes, infelizmente, muito necessária.

Melquisedec aproveitou para informar:

— Sabem? O juiz de fora está chegando agora mesmo de Vacaria. Vem apurado que os farroupilhas estão se levantando pra valer em todo o Rio Grande. Preparam muita resistência com batalhões de voluntários...

— Tu, homem, sempre com más notícias, hein? Parece que te alegras com infelicidades... — Galdino terminou. — Tens sangue de Cassandra!

— Já estás tu, outra vez, às voltas com a tua erudição. — Teodoro se riu. — Do Napoleão, passas pra Cassandra, uma pobre escrava assassinada por ciúmes e que passou à história por caprichos do... Bom! Não sou professor de ninguém. Acontece que a guerra é fácil de começar mas difícil de acabar. Sabes quem disse isso? Então, vá lá para o teu almanaque: foi Salústio!

— Quem foi esse soluço, doutor? Farroupilha ou legalista?

— Ta'í, Galdino: em lugar de dares pancada, explica ao Ferrabraz quem foi o homem...

O escrivão ficou vaidoso:

— Coisas de Roma... Foi um historiador... ou um imperador, não me lembro.

— Então, já morreu! — Ferrabraz tranquilizou-se.

— Pelo menos há 2 ou 3 mil anos... Esse, na certa, não há de tomar partido. Mas a coisa não está para brincadeiras. Deus tenha piedade deste nosso Brasil, ainda tão novo mas já tão cheio de mazelas... É em Pernambuco, na Bahia... é em todo o Norte!

— É em todo o Sul. — Chaves completou o círculo de inquietações nacionais. — Eu... — Ferrabraz explicou, gateando malícias pra todos os lados —, a mim é que ninguém agarra. Esse negócio de voluntário pelo cabresto é pra marrano burro. Vou pro mato que não sou tão basbaque para acabar num minuto o que minha mãe demorou nove meses pra fazer e eu mesmo já um bando de anos pra conservar direitinho...

Naquela noite diferente de todas as outras, Chaves, ao fechar a loja, fechou-a para não reabrir nunca mais. Cerca da meia-noite uma angina garroteou-lhe o peito tão violentamente que, antes de a dor rebolar nos mais cheios ápices, o droguista foi com Deus, como se dizia na maciez das palavras de época tão remansosa.

78

Pela primeira vez no cemitério do Alecrim não se ouviu a oração fúnebre do escrivão Galdino, o orador oficial dessas ocasiões, em se tratando de gente ilustre. Mormente quando esse alguém era notoriamente legalista. É que o morto, sendo o Chaves, Galdino sucumbiu! Entre seus dois enormes cães, regressou o seu profundo luto da porta de severos ferros do campo-santo da vila. Dentro de todos os desencontros de tão flácido caráter, Galdino cresceu em lágrimas e dor. A morte do amigo apagou até seu interesse político mais parcial do que minuano, vento que só sabe soprar de um mesmo lado.

— ... imparciais!? Aonde buscar notícias imparciais? — Teodoro perguntava ao livreiro pernambucano, enquanto caminhavam atrás do féretro. — Fala-se com um revolucionário, o homem diz horrores dos legalistas: vinganças, maldades, covardias... Tudo, como se os farroupilhas fossem verdadeiros santos. Conversa-se com um imperialista, só se ouve casos de prepotências, saques, perversidades... Até parece que os da Regência são uns anjinhos...

— Ora... — Persignando-se ante cada túmulo por que passavam, Melquisedec consolou, explicando ao médico: — O que está feito não está mais por fazer. Agora, é aceitar-se tudo! No tempo em que minha mãe nasceu, e o amigo sabe disso melhor do que ninguém, morreu uma porção de gente, na França, para que o mundo pudesse ter igualdade e, sobretudo, liberdade...

— *Liberté, égalité, fraternité.* Isso já é chavão! E não importa a ordem dos fatores — Teodoro concordou, se rindo, já esquecido do enterro do Chaves.

— Exatamente. Acontece, seu doutor, que esses produtos não se podem importar como os vinhos que já nos chegam de fora engarrafados. Prontos para beber. Não são objetos comerciais... manufaturados, como os ingleses dizem por aí, ao venderem suas porcarias. O máximo a que podemos comparar essas coisas que custaram tão caras aos franceses daquele tempo são com as sementes que nos chegam bem-arrumadinhas nos livros que a gente difunde por aí, clandestinamente, porque elas causam pavor aos governantes mal-intencionados...

— E metem-lhes medo ainda que embrulhadas nas encadernações parisienses.

— Depois, são sementes que a gente importa mas que se precisa plantar em terra nova...

— ... e regá-las bem para que frutifiquem e nós possamos colher seus frutos, mesmo contra a vontade dos opressores. Mas, companheiro, sabes com que se regam tais sementes? Os farroupilhas sabem!

— Por tudo isso é que vai tanto descalabro por aí, seu doutor!

— De parte a parte, companheiro. Uns, como os farroupilhas, desperdiçam sangue para verem a planta medrar: sonham com a liberdade geral, inclusive dos negros; outros, como os sacripantas encasacados da Corte, querem a planta esmagada. Também derramam sangue mas... dos africanos, porque adoram o poder total e discricionário.

Melquisedec ia exclamar um palavrão mas, dando com os olhos no caixão do Chaves que ia na frente do cortejo, já chegando à sepultura, se limitou a observar:

— Aquele, coitado!, foi sempre um iludido. Morreu de olhos fechados! Também, nunca quis ler Voltaire...

— Não lhe teria adiantado nada ter lido Voltaire, Rousseau ou outro qualquer gênio da humanidade, meu companheiro. Ler, só aproveita a quem não teme indagar ou faz questão de chegar a um fim, nem que seja um dia longe.

— Ou não chegar nunca...

Foi uma exclamação zangada de "— Falem baixo, tchê!", rompida ao lado, que encerrou definitivamente a conversa muito solta dos dois.

79

Barra do horizonte ainda fechada no claro-escuro do fim da noite, mar doce nos ondeados redondos, mui preguiçosos, a levantar de espaço a espaço a roda da proa da *Seival*, Anita, já debruçada na murada de ré, afurava curiosidades no vazio das águas.

Mais para dentro, acostando as terras baixas da província, as duas outras corvetinhas da frota apenas se moviam na aragem pouquinha a fazer barriga nas velas-de-ré, nas gavetopes e nas bujarronas-de-fora.

Foi Griggs que de seu barco, o lanchão *Rio Pardo*, levantou de repente a bandeirola amarela, bifurcada, de anúncio de alerta geral. Logo, também começaram a se levantar todos os panos na *Caçapava*, a embarcação comandada pela astúcia de Maneca Diabo.

Anita, mesmo sem entender a senha e as manobras, estranhou a movimentação:

— Tchê! Putcha, chico! Que se passa!? — exclamou, gostando de ver o velame subir nos mastros e nas vergas das barcas distantes.

Antes de o rapazinho de quarto na vigia do traquete ecar seus avisos, a mulher saiu correndo a chamar Garibaldi:

— Acorda, tchê! Apura-te, gringo! Mira que, pelo jeito, vai haver algum salseiro com a gente... — E, antes que o gringo despertasse de todo, explicou: — A *Caçapava* e a *Rio Pardo* abriram todos os panos... Até parece festa de padroeiro, chico!

— Claro, filha! — Garibaldi não estava com vontade de levantar. — É que já está clareando o dia... Então? Minha ordem foi essa: madrugada, apurar a marcha...

— Acontece, homem — Anita acrescentou, dentro de um beijo —, mira: lá muito por fora, do outro lado, vi também eu algumas asas brancas mui grandes, mesmo na penumbra do mar. E digo-te que não eram gaivotas... San Crispim que me parece que vai romper coisa de função!

Escutando isso, o comandante saltou do beliche já com o óculo armado. Primeiro, constatou as oito naus que se viam mais ou menos alinhadas, uma quarta de través, pelo nordeste; logo, girando o óculo, percebeu, com aprovação, que seus barcos já se aprestavam em manobras preliminares, tomando aproximação da *Seival*.

Ainda que mais distantes das quilhas perigosas, tanto Griggs como Maneca Diabo já haviam tomado conhecimento da esquadra inimiga que vinha, naturalmente, sob o comando do almirante Mariath, inglês xixilado, mercenário da coroa.

Apenas os três lanchões corsários se colocaram ao alcance da voz de comando, Garibaldi recomendou, pelo porta-voz maior, que dessem volta imediatamente e procurassem abrigo em Imbituba, pouco mais de 20 milhas ao sul.

A péssima enseada era, mesmo assim, ideal pelo pequeno calado concedido às naus de mais tonelagem de Mariath e até mesmo aos brigues menores, desde que não muito conhecedores do labirinto de areia e lodo que, naquele ponto, fechava toda a costa.

O resto da ordem era fugirem o mais rápido possível à desigualdade do combate; procurassem, todos, colarem-se bem à terra, de modo a dificultar toda a tentativa de abordagem, usando a sonda em constâncias de prudência; muita atenção nos panos para o máximo aproveitamento, olho acordado no compasso dos caprichos do vento e, sobretudo, que não atirassem, desde que o momento ainda não fosse perdido de todo.

Correndo do convés de estibordo para o de bombordo, já que a *Seival*, como suas companheiras, havia torcido a rota de 180 graus que nem em carta de prego, Garibaldi contrariou-se por ver o pequeno rendimento de marcha da *Rio Pardo*, garrafão ruim de casco, que, Deus fosse servido, não viesse a causar transtornos maiores. Até mesmo para a entrada da barra de Imbituba (chegassem lá a salvo), o barco de Griggs havia de criar problemas pelo seu absurdo formato.

Abraçado a Anita, Garibaldi alegrava-se com a alegria da mulher. Ordens e nomes dos panos, marcação de manobras, observações pelo óculo, as mil novidades para quem anda no mar, tudo enchia Anita de pura curiosidade:

— Lindo! Lindo vai a festa! San Sepê que nos ajude, gringo de minha alma! Pena não termos nós uns alguns canhonaços de alcance, chico!

Sempre abraçados, Garibaldi se contrariava cada vez mais ao constatar o fracasso da *Rio Pardo* ante a aproximação de Mariath.

— Assim... a continuar assim, querida, vai-se tudo a perder!

— Perder coisa nenhuma, tchê! Havemos de pelear duro... Ora, filho!

80

Ainda que ralas, cerca de meio-dia as esperanças de Garibaldi ainda se mantinham, visto que a *Caçapava* sumia na distância, só obrigando-o a não poder acompanhá-la pelos cuidados que Griggs exigia.

Com efeito, o comandante já havia colhido mais de metade de seu velame, inclusive todas as duas gatas, e, mesmo assim, custava-lhe remanchar na espera do amigo.

Às quatro horas da tarde piorou bastante a situação de seu patachão ronceiro. Mesmo de longe, sem recursos de comunicação, usando apenas a muito falha e limitada troca de senhas pelas bandeirinhas coloridas, o gringo acompanhava aflito a luta de Griggs e de seu punhado de companheiros para safar o barco de um bolsão de calmaria, desses que se formam junto às praias, sem que se saiba muito bem por quê.

— Avante, Griggs! Não te deixa apanhar, macanudo! Avante! — Anita gritava entusiasmos como se estivesse sendo ouvida pelo gigante viquingue. Exigia que Garibaldi, pouco se importando com perigos, caçasse mais panos para esperar pela *Rio Pardo*, para enfrentar Mariath...

Foi já na boca da noite que se percebeu o irremediável: uma das corvetinhas inimigas, por sorte a menor de todas, escolhida exatamente por esta condição que lhe dava maior mobilidade, numa travessia de grande astúcia penetrou disfarces pela ré dos fugitivos.

Como, para garantir seguranças de êxito, a operação havia se dado muito ao norte, não foi sequer percebida pelos corsários, embora ainda houvesse alguma luz no poente.

Assim, com muita inteligência, os legalistas inverteram sorrateiramente as posições, colocando-se entre a terra e os barcos de Garibaldi.

Mais tarde, no jeito pacífico de uma embarcação comum em inocentes cabotagens, o plano era aproveitar o escuro da noite e a quietação do mar, muito à feição para a pontaria certeira, aproximar o mais possível da pesadona corveta farroupilha e desfechar, com violência, um ataque fulminante.

Seria a surpresa a fabricar definitivos. Ainda, como enorme vantagem para os legalistas, sua maliciosa corvetinha trazia todas as luzes apagadas enquanto a *Rio Pardo* seguia em desprevenidos acesos.

Ordem de Mariath era meter a pique não só a lerda *Rio Pardo* como, em se esticando possibilidades, também a *Seival*, usando a mesma tática e com o menor dispêndio de material que se pudesse fazer. Quanto aos náufragos, quanto mais morressem, melhor! Essa fora a última recomendação recebida naquela fragatinha recém-comandada pelo capitão-tenente Ricardo Hayden, a esguia *Imperial Catarinense*, já bem-aviada no porto do Desterro para uma guerra segura.

No mais, quando Hayden iniciasse sua missão, os tiros serviriam de senha para que as naus restantes, formadas na linha de fora, tesando todos os panos, caíssem sobre a *Rio Pardo* e a *Seival*; caso as corvetas revolucionárias ainda estivessem em condições de combate, oferecendo uma esperada resistência. Dali, ainda era do plano, partiriam vitoriosos para o aprisionamento ou destruição da *Caçapava*. É que, embora mais rápida e já distante, os imperiais contavam com a lealdade dos revoltosos e estavam certos de que, ao começar a batalha noturna, o barco de Maneca Diabo havia de regressar, em auxílio dos seus companheiros.

81

A bordo da capitânea inimiga, Mariath antecipava vitórias já meio bebaço de tanta champanha no bucho. Nunca que as famílias imperiais do mundo inteiro foram mais saudades do que na solidão do mar, na apertada camarinha carmesim de veludos da estranja e esteirinha chinesa no chão, de um brigue nacional, da armada de dom Pedro II, por nome *Astreia*.

Cure-se dizer, posto que o assunto é aqui vindo, que tal navio de designação assim corda em cosmografias trazia a novidade do século: uma pequena caldeira a vapor que fazia girar duas gordas rodas paralelas, uma de cada bordo. Apenas tão exígua em potência era a máquina inglesa, mal-aplicada pela ainda inexperiência do pioneirismo gregário, que nenhuma vantagem acentuada sobrepunha à velha navegação pela força do vento.

82

Foi a precipitação de Griggs que modificou tudo, alterando planos: tendo percebido a nau inimiga, mesmo dentro do escuro da noite que começava sem lua, antevendo num instante toda a trama de Ricardo Hayden e malcalculando o alcance de seus obuses, abriu subitamente fogo inútil, obrigando Garibaldi a, desprezando riscos, aproximar-se ainda mais da *Rio Pardo*:

— Estúpido! Idiota! Festejas o dia de São Pedro, inglês desavergonhado? — Pragas saíram de sopetão entre os gritos de entusiasmo de Anita, embora ainda, da *Seival*, ninguém enxergasse contra que coisas ou fantasmas Griggs visava seu morteiro, dentro da noite. Foram os tiros da reação imediata da *Imperial Catarinense* que informaram a Garibaldi o que se passava.

Já então ao alcance da fala do companheiro, Garibaldi soube pormenores e que as balas inimigas, também quase ineficazes até ali, não haviam produzido danos de monta no velho garrafão.

— Avante, Griggs macanudo! Não te deixa apanhar, chico! — Era Anita atropelando vitórias.

Nesse exato momento, outro obus foi atirado contra a *Rio Pardo*, agora, ainda que tardiamente, já toda apagada também. O petardo fez-lhe estremecer até as cavernas. Anita como que adivinhou o desastre. Mas não parou de incentivar:

— Dá-les duro, aricungo de uma figa, Griggs, velho de guerra! Dá-les duro, inglês do diabo! Não te deixa foder por esses cornos do governo! Oiga, chico, meta-lhes fogo na cola... mande-os para o inferno!

Mas, ao mesmo tempo em que a *Rio Pardo* quase afunda (felizmente — constatou-se depois —, foi mais o susto do que o estrago), a nau inimiga, acertada agora em cheio, justo na borçada da roda da proa, por um petardo bem-assestado pela balística meio mermada de Griggs, girou descontrolada sobre si mesma, fazendo estralejar todos os panos no sem-tempo para uma intervenção. Logo, assim ferida, a *Imperial Catarinense* inverteu bruscamente o rumo. Com a manobra acidental, a fragatinha adernou-se toda, alijou ao mar até sua munição e abandonou o combate em definitivo.

O estouro da vitória, aberto num só grito dos da *Rio Pardo*, estacou de sopetão, levando incompreensão e espanto aos da *Seival*. Nenhum — Hurra! — ou simples — Viva a Revolução! — ressoou loucuras sobre as águas pesadas onde começavam a boiar escombros.

— Putcha! Que teria acontecido acolá? Di-me! Deu a louca na *Rio Pardo*? — Comida em pressentimentos, Anita-cisma-só perguntou aflita como se o companheiro pudesse lhe fornecer uma resposta que a tranquilizasse.

Dentro da primeira claridade da lua que levantava suas pratas no fundão do horizonte distinguia-se bem o navio de Griggs, pouco machucado, prosseguindo na rota da carta com seus panos cheios de vento e luar. Mas no maior e mais completo silêncio.

— A louca... sim. — O gringo concordou, pensativo: — Deu... parece que deu a louca na *Rio Pardo*...

A notícia mesmo só veio depois, dura na fatalidade de lata do porta-voz...

83

Uma vez aberta a batalha, não tardou que a nau de Mariath, alguma coisa mais possante, e desiludindo Garibaldi quanto à velocidade de que era capaz, tomasse chegada e se aprontasse para abrir fogo também.

Por um momento, Garibaldi pouco se importou com a terrível ameaça. Estava bastante ocupado, atendendo ao porta-voz da *Rio Pardo*...

84

Sim! A notícia veio dura na lata do porta-voz:

Atingido de pleno pelo morteiro atirado por último contra seu barco, Griggs tinha toda uma banda do corpo feita em trapos.

— ... em trapos? — Garibaldi aterrorizou-se, agarrando Anita de encontro a si como a protegê-la da barbaridade.

— Despedaçado! — confirmou de lá mestre Expedito, com a secura áspera de um peleador profissional.

Foi só então que os olhões de Anita se abriram desmesuradamente. Por eles passou um só pensamento: estavam em guerra! Necessário não enfraquecer nunca, pouco importando as adversidades. Há que se dar tudo pela vitória... Antes mesmo que o companheiro tornasse a si da estúpida surpresa, Anita soltou-se de seu braço, correu para um escaler e, de passagem, chamou dois grumetes (a um, foi preciso acordar com um tabefe: — Te vira, estropigaitado! não vês que estamos peleando?) e mandou que descessem o escaler ao mar. Ela mesma, rápido, fez deslizar o cabo na roldana do turco, constatou a presença dos remos cruzados no fundo do bote, saltou dentro e mandou que os rapazes fizessem o mesmo.

Ao que chamou de estropigaitado, como permanecesse com ar apatetado de incompreensão, Anita mergulhou uma cuia no mar e atirou-lhe a água no rosto:

— Mira, palerma: se tu não remares depressa, jogo-te aos tubarões, matungo rengo do capeta! Vê lá se te não borras!

Quando Garibaldi deu com os olhos no mar onde o escaler se afastava, veloz, em direção à *Rio Pardo*, deixou cair os braços e se quedou inerte até a mulher subir a bordo. Mas o tempo escasseava e a noite caía ligeiro.

Certificado de que sua Anita estava na *Rio Pardo*, Garibaldi correu a ver o resto dos barcos inimigos que, assanhados pelo fogo, apresentavam-se para a batalha final.

Quando o comandante tentou localizar a *Caçapava* dentro do escuro do mar, descobriu, aliviado, as pouquíssimas luzes do porto de Imbituba. Era a salvação!

Ainda como que ignorando os barcos atacantes, já aprontados para romperem as primeiras salvas, o gringo correu para o porta-voz, a chamar Anita-alcanfor. Tranquilizou-a anunciando a proximidade do portinho sem importância mas, já naquela altura do combate, de uma oportunidade providencial. Explicou, procurando claridade na voz, que havia tempo suficiente para a escapada (mesmo para os ronceirismos enervantes da *Rio Pardo*), pois que ele bem já havia calculado distâncias e velocidades das naus perseguidoras. Recomendou, por fim, ainda gritando ordens pelo grande porta-voz, que a mulher passasse logo o comando do barco (se ainda não o havia feito), a mestre Expedito, o homem das sondas que, afinal, podia muito bem servir de imediato ante o inesperado daquela circunstância. Ou, senão, ao prático Tito. Eles que escolhessem. A resposta veio rápida: Anita-vivaracha gritou, misturando guerra com amor:

— Papin querido, gringo de minha vida! Por aqui, tudo já vai arreglado. Te cuida dos sotretas aqueles que me vou direto à Imbituba! Não nos espere, chico, que perdes tempo!

— E Griggs? Que fizeram do companheiro velho? — Garibaldi indagou interesses.

— Mandei atirar-lhe o corpo às ondas! — Anita informou, sem muita contemplação.

— O Griggs... ao mar...? — Patético foi o capitão, dobrando emoções.

— Oiga: bem merece o inglês matungo ser tragado pelos piscicani. Assim como não se acabará nunca sua garra de brigar! Foi grande o tipo, tchê! Não te parece? Depois, querido, foi urgente. A figura do morto é que nos aumenta o medo da morte... Ah!... sim! Quanto ao comando do barco, já assumi, gringo! Havemos de nos encontrar em Imbituba logo mais ou, pelo pior, amanhã. Tchau, lindo!

Anita depôs o porta-voz, puxou o mestre-das-sondas por um braço e, bem do meio do varandim do mastro grande, começou a dar suas ordens, a distribuir tarefas — inclusive de preparar armas para possíveis contingências ou duras eventualidades. Tudo, naturalmente, com o auxílio do velho Expedito. Até a nomenclatura do aviamento de bordo era-lhe ensinada pelo mestre.

— Ora, mestre. — Já quase se rindo na certeza da segurança, Anita-improviso brincou, os olhos ativos em ativas vigilâncias à *Imperial Catarinense*, cerca de milha e meia à noroeste, labutando para navegar, inteiramente desarvorada. — No final, chico, o diabo não é tão feio como... A la fresca!

85

Nove horas da noite. Com alguns 30 ou 40 tiros, quase que perdidos, isso de parte a parte, Garibaldi entrou a barreta de Imbituba de tão ansiados almejos. Vinha tão apurado que só atinou tomar o canal entre os bancos de areia na sorte do leme. Lá, já fazia tempo, a *Caçapava* descansava, ferros mordidos no fundo negro. Maneca Diabo e seus homens mateavam na vigia, a ver chegar as duas outras galerinhas da frota farroupilha. Mas mateavam ainda na ignorância da tragédia de Griggs.

Logo depois de Garibaldi fundear, meia hora se tanto, Anita aportava também, extinguindo os cuidados gerais com seus júbilos espalhafatosos. Vinha no comando do barco com o auxílio de mestre Expedito. A menos de meia milha do capitânea, sem mais demora, o carroção mais ronceiro de quantos serviram aos revoltosos largou sua âncora de proa.

Antes que a *Rio Pardo* rabeasse ao sabor da maré vazante, Garibaldi saltava agilidades a bordo, doido por ver Anita:

— Que susto me deste, china desavergonhada! Tu és mesmo uma não sei lá o que diga! Tu não vale meia dobla, ordinária... Tu não prestas nem para chantar um homem...

— Se falas mais, chico, capo-te que, mau garanhão, tu és! Só do que gostas, tchê!, é sentir os cagões do governo a correrem atrás de ti, meu alfenim das dúzias... Furo-te um olho, gringo nojento!

— Os dois furo-te eu! E sabe o que mais...

Entremeando mais xingamentos inventados pelas aflições do amor, Anita e o gringo afundaram uma breve hora daquela noite acidentada na brevidade da noite de um sonho leve como o azul olhar da mulata guerreira, do cheiro do mato, dos olhos peludos, do jeito de amar que nem égua panda...

Foi que, estando ainda em combate aberto, breves foram os rufos rumores do rolo ruidoso em rudes refundos na camarinha de dentro onde os dois se refugiaram, pouco se importando com olhos, gestos, ouvidos e desejos da marujada moça no solitário penoso da idade nova. O adarrum do urucungo do capitão-geral e de sua moça havia de ser breve porque, em pesados complementares, todos careciam de labutar duro madrugada adentro...

86

— Sabes, gringo... Se queres saber, digo-te: assumi o comando da *Rio Pardo* porque fui lá para isso.

Terminada a festa apurada do reencontro dos amantes, ainda não eram as onze horas da noite, sorvido um amargo reconfortador mui bem-cevado em porongo de cuia seca no pé, Garibaldi não esfriava em seus cuidados:

— Como se me vou eu deixar ter confiança na tua...

— Ainda que te ame, chico, pouco me importa a tua confiança. Há coisas que nunca se pede nem se agradece; me entende, gringo de minha paixão? Depois, tu sabes bem, é bom viver dentro da tempestade... Como as procelárias. A gente se acostuma, chico! Sabes?, o parado arruina com a gente. Estraga, cuê! No peleio desta tarde, não sei por quê, tive pena e saudade do meu pobre Fidélis... Até na hora de o Griggs cair no mar e virar a cabeça para o nascente, pensei no cavalo. Mestre Expedito garantiu que qualquer pessoa morta, jogada no mar, vira logo a cabeça pro nascente... Verdade, gringo querido? Um dia, agarro aquele haragano zambeteiro e me largo para pelearmos juntos... ou morrer juntos... não sei! Agora, vamos, Papin. — Anita-lagarta avisou da hora de trabalhar. — Não é assim que descobri, hoje, todos os muitos que se aprende no fogo?! Se vocês, machões, têm a força desacertada do mar, nós, mulheres, sabemos usar as manhas certeiras do rio. — Anita-já-borboleta beijou muito ao de leve a boca do companheiro. — Vou te contar o meu plano para que o Mariath enfie suas batalhas no rabo. Oiga lá...

87

Fora da barreta perigosa pelo constante assoreamento das areias móveis em contornos desordenados o almirante chateado, curtindo logros, alinhou seus navios, só desfalcados da vedete *Imperial Catarinense* que ficou adoidada lá fora, mais para o norte, com a quilha arrombada e o timão partido pelo tiro derradeiro do falecido Griggs (— que o Senhor o tenha em sua Glória!).

Apreensivo por desconhecer a costa pouco segura da região, só rogava aos céus, no vegetal de um susto, que não desabasse alguma tormenta repentina, comum na época, desfazendo seu cerco prudente, mas inseguro, às naus de Garibaldi.

Se (no caso de acontecer o temporal noturno) pouca era a segurança para os barcos fundeados dentro da angra, que dizer dos de Sua Majestade, bolinando de patrulha em pleno mar?

Mariath, reinol de uma figa, esperançava porque, afinal, no devido tempo e mesmo contra a vontade dos revoltosos, o dia seguinte havia de clarear seus rosicleres no brechão da madrugada...

— E quando clarear... — reticenciava o inglês tomando mais champanha —, não me escapa nem rato! O Garibaldi... *How awful!* — E virou o resto do champanha na boca, pelo gargalo. — *Son of a bitch! Boo! Shit!*

88

— Amor: imagina que temos só cinco ou seis horas para agir. Começa mandando todos os nossos homens à praia. Fiquem a bordo apenas os indispensáveis, sobretudo para os trabalhos de vigilância... Assim mesmo, coração, recomende-lhes que não acendam fogo algum. Nem mesmo uma vela para colocar na mão de um moribundo! Avise logo à *Seival* e à *Caçapava* que deitem seus botes ao mar. Depois, gringo, providencia...

— Ma cuí, fiammetta adorata! — Garibaldi interrompeu com surpresa e curiosidade a explanação de Anita-fogacho. — Não há de ser assim tão facile questo... Una loucura, visto? A la fresca, como tu dizes! Rosilhão não se enleia nas sogas, amore mio! Se pretendes dar ordens... passar por cima de minha autoridade... Se te revolta, mando-te pôr a ferros, bene... Aqui, sou eu o capitão, e começo por exigir um beijo!

— Contudo, escuta, capitão gringo. Agora, falo ao Papin de meu coração: em terra, os homens farão três grandes fogueiras, bem-espaçadas umas das outras. Será fácil, chico! Por aqui há muita lenha seca. Vou com eles. Conheço bem toda essa praia e sei o que fazer. Posso até chamar mais gente para nos ajudar. Pescadores, cuê! São meus amigos...

— Bem! Ateadas as tuas fogueiras, ferverás uma chaleirita d'água para um bom mate, não é assim, querida?

Anita não escutou a ironia:

— Mariath, lá fora, vendo os fogos crescerem, justo nos pontos onde imagina ele estarem nossos barcos...

— Avanti! Vá... — O comandante ficou subitamente sério como se, ouvindo o nome do almirante inimigo, toda a trama imaginada pela mulher irrompesse-lhe na mente, nas claridades de uma senha de guerra. Largando grosso interesse nas palavras de Anita-só-apuro, pediu: — Avanti, flor de amorino! Na verdade, sei fantástica! Una divina femina! Impossível... Talentosa... per Dio Santo!

Assim como não havia escutado, antes, a ironia da chaleirinha d'água para o chimarrão, Anita, também dessa vez, não se importou com rompantes, reconhecimentos ou admirações. Prosseguiu com determinação:

— ... vendo os fogos crescerem, aqueles empombados do governo hão de festejar, em nome do guri aquele, o ter-nos obrigado a queimar nossas naus. Como marujos, hão de se embebedarem até encherem o cu de suas próprias almas. Irão dormir e só acordarão pelas matinas. Nisso, eu agarro e sigo por terra, pelo acornado da praia que conheço a palmo, a chamar o Canabarro e os outros de Laguna. Em dois tempos, arranjo um bom cavalo de empréstimo. Tu não te preocupas comigo, querido Papin. Trata, por teu lado, de, apenas com os homens tornados a bordo, já de volta da aventura das fogueiras, que será até divertida, trata tu de ganhares o mar de novo e, com os barcos bem-juntadinhos à terra, partirem para Laguna. O que é urgente é que, ainda antes de clarear o dia, todos os nossos barcos, mesmo a *Rio Pardo*, já devem estar fora do alcance das vistas, ou pior: do fogo do sacana ratoneiro imperialista dos infernos!

89

Em menos de duas horas, no pontalzinho de fora, já a primeira fogueira do trato levantava timidamente suas linguinhas tênues, mas de gritados brilhantes.

Hora depois, distanciados talvez 400 braças entre si, os três focos atiravam para cima a violência de vastas chamadas irrequietas no sarando da brisa noturna.

Longe, já a meio caminho de Laguna, numa praia de pouco mais de 5 milhas de extensão, toda ela lardeada pela monotonia das dunas caminhantes, Anita-seta-telúrica galopava dentro da claridade macia da lua minguante, ainda alta no velho da hora, com seus graves cornos de ouro como um grande touro lobuno a pastoriar nos pagos do céu sua gadaria de estrelas.

90

Na Cidade Juliana, Anita, como se tivesse se ausentado há muito tempo, foi encontrando surpresas e decepções. O pior é que a mulher percebeu, por igual, inesperados desencontros e distorções entre comandantes e comandados e a indiferença a tomar rápida conta do povo em geral.

Francisco Araújo, o vigário novo que acendia uma vela a Deus outra ao diabo, acusava mutuamente os do governo civil da Revolução de arbitrários e espalhava, em abertos de intriga, que o comando militar era ineficiente. Por isso, a Revolução não progredia! Por outro lado, desavindos, Canabarro e padre Cordeiro acusavam-se de indiferença e indisciplina. Extinto o gás do entusiasmo inicial, velhos moradores, comerciantes e pescadores começaram a achar que os farroupilhas, vindos do Rio Grande, tomavam ares de invasores e desordeiros (no que havia certa razão). Rossetti, em seu jornal, queixava-se de Teixeira Nunes, encalhado no riacho Massiambu.

Com a morte do general Pedro Magalhães, nem notícias da Corte vinham, quanto mais armas e auxílios... Os chefes de guerra sabiam que cruzar os braços era a pior solução, mas faltavam-lhes recursos de toda sorte...

Por último, aportara em Laguna um charlatão espanhol que se dizia padre, médico e militar. O mentiroso metera-se a ajudar Rossetti no jornal, visando tomar-lhe a Secretaria Geral do Governo Provisório. Para tanto, contava com as simpatias de todos os que adulava com sua inegável habilidade e forte inteligência. Sublinhando o escândalo do adultério de Anita, pregava do púlpito, reprovando o comportamento de Garibaldi e de todos os outros estrangeiros engajados na Revolução: "— Então, Sequênias, filho de Jeiel, filho de Elão, respondeu a Esdras: 'Nós prevaricamos contra o nosso Deus porque tomamos mulheres estrangeiras, do povo desta terra. Envergonho-me de levantar a minha face a ti, Senhor meu Deus, porque a iniquidade se multiplicou sobre minha cabeça! E a guerra guardará todos os caminhos e todas as veredas...'"

Mas foram as notícias das vitórias dos legalistas, aqui e ali, que fizeram com que Anita-vedeta regressasse urgentes inquietações à Imbituba.

Certo, não esperava encontrar mais as fragatas, senão apenas as cinzas das três fogueiras. É que, já clareando o dia, seus olhos de vigília-cavaleira viram, da praia, no galope de regresso do dia seguinte, os três barcos do gringo em demanda à Laguna, já absolutamente salvos da gula dos obuses e morteiros de Mariath.

Mas seu intento era outro: no portinho, já vestida nas rudes saias da mulher do velho Gonçalo, pescador amigo de outras ocasiões, embarcada na canoa comprida do regatão de camarões, Anita-mercadora buscou, lá fora, o brigue do almirante para oferecer à venda peixes e bananas. A bordo, expondo as mercadorias do amigo Gonçalo, entre perguntas de fingidas curiosidades, dessas que só servem para prosear à toda, Anita ficou sabendo que Mariath, certo do incêndio total dos barcos farroupilhas, pretendia, agora, retomar o desguarnecido porto de Laguna. Para tanto, esperava apenas a ronda vespertina do vento para levantar ferros, já com a pequena *Imperial Catarinense* reincorporada à frota. Com isso, deitava a perder todo o plano de Anita para atraí-lo a Imbituba.

Minutos depois, Anita-albatroz cruzava outra vez as mesmas areias que separavam Imbituba de Laguna.

Quando chegou, finalmente, disposta a alvoroçar a cidade para a resistência, até mesmo seu querido Papin havia concordado com uma retirada imediata, por terra, em demanda de melhor abrigo, nas terras do Rio Grande.

Já a marujada, em vias de se tornar em um batalhão de lanceiros, encalhava os lanchões, esvaziando-os dos aprestos; arrombando os cascos à marreta e os cavernames a rijas machadadas para inutilização definitiva; foi quando Anita afogou sua decepção nas duras palavras de nojo:

— Como há gente burra e covarde neste mundo, putcha, cuê! — Nas iras do resmungo, enquanto subia para Morrinhos, em busca do Fidélis (que já não havia mais jeito de empatar nada), evitava pensar em Garibaldi. Estava triste com a concordância fácil do gringo em fugir (que a palavra era essa mesma e não havia como atenuá-la nas arestas de um sentido direto). — Há coisas que só se obtêm com o tempo... com o atrito contra a vida... — Anita falava alto enquanto caminhava rampa acima. Evitando conotações com a figura do gringo, provocava inconscientemente o ódio para atenuar sua dor. — Putcha que o ódio há de servir para alguma coisa, chico! Só se ama e respeita o que se admira de verdade. — Caindo em si, Anita-desencanto ponderou que o sol que volta a brilhar sobre escombros ainda é belo. — Também foi belo o recolher das águas em tuas mãos cansadas, gringo de merda! Por isso, te seguirei até o fim do mundo, Papin, ainda que carregando um poial de amargura na cabeça...

Nesta mesma tarde, Fidélis, já de arreios novos, partiram todos com destino ao Rio Grande, deixando Laguna entregue a sua própria sorte. Mas a gloriosa Cidade Juliana, de tão efêmeros luzeiros, ficava na sombra de um passado muito menos ferida do que o coração de Anita-morta-em-memórias.

Horas depois, não mais que horas apenas, o porto e a vila (que a cidade tornava à condição de vila) se encheram com a esquadra e o poder governamentais, explodindo orgulho e vaidade...

91

Quando, manhã seguinte à ida de Anita para apanhar seu cavalo, Licota passou por debaixo do varandão da casa de Rafael Carrazedo Dias Pino, com seu passinho pinicado de mulher miúda e cheinha, o homem, que estava mortinho por saber novas da enteada, indagou pela moça em cima do cumprimento, escondendo a vergonha do interesse com a desculpa de tranquilizar a mulher.

Realmente, a coitada da Maria Antônia, triste e fria como a chama de uma vela que se apaga aos poucos, estava cada dia mais consumida pelo rolar das horas.

Licota que, do que gostava mesmo era de dois dedos de prosa, não se fez de rogada:

— Oigaré, meu nobre! Como estou dizendo a meu patrão, Aninha esteve lá em casa, sim! E não faço segredo. Por quê? Pois não esteve? Foi inquirir por seu cavalo, um brasino das patas armezins. Levou o pingo porque, oigaré!, diz que vai se largar por esse mundo estragado. Ela e mais uns quantos peleadores, acho que contrários aos padres... Eu ainda lhe disse: — Aninha, meu coração, mira que boa romaria faz quem em casa fica em paz, como dizia o falecido Jacinto da Covaria. — Depois — e explicou — era eu ainda a falar com ela: esse seu animal já está no ponto para rufião. Veja que já lhe faltam alguns dentes nos queixais...

Rafael queria era saber de Anita. Pouco se importava com cavalos:

— Sim... sim... sei! O Fidélis já está velho. Mas... e ela?

— Assim como assim, eu chego lá! Aninha me disse que andava como que meio desarvorada por umas tantas gasturas atiradas por uns amigos. Não sei se esses ateus falados. A mim, Deus que me perdoe, a coisa me cheira é a sotas de política. Diz ela que não, mas disse que vai perl-aí rompendo cochilas solamente pelo gosto de fazer a barba aos que, como o padre aquele, se lambuzam no judiar com os negros. Cusca guerra, digo eu! Com o perdão do meu amo aqui presente e a quem eu já devo tais e tantos. — Licota queria regatear na conversa: anunciando intenção de demora, assentou no chão o tabuleiro de afurás que ia vender no centro da vila, ao pé do trapiche novo. — Foi assim mesmo que Aninha me disse, sem tirar nem pôr: Licota, minha filha (ora veja o meu senhor aquela menina a me chamar de filha! Oigaré! Tem sua graça, não?). Mas ela disse: Licota, a mim, ninguém segura! Como dizia um tal de não sei o quê Escobar. Sabe o senhor quem é ou foi o susdito cidadão, não é verdade? Eu mesma, para não mentir, afirmo que nunca o vi mais gordo. Sei que é dono de uma estanciola lá pras bandas do Rio Grande. Veja o meu amo que até parece que os dois, em outro tempo, naturalmente... ela quando solteira... Bem! Oigaré que se ela não me disse nada nos diretos, mais ou menos, no esbarro das palavras, acabou por... Sabe o meu amo como essas coisas se dão... Ora que, com esse, talvez fizesse melhor casamento... Deus não foi servido, que fazer? Oigaré que, salvando a amizade e a gratidão que eu tenho por Aninha, nada mais tenho a ver com...

Já na última dobra da paciência, Rafael interrompeu mais uma vez:

— Bem, mulher! Deixemos pra lá seus oigarés! A Ana!? Que é feito da senhora Ana de Jesus?

— Havemos de chegar lá! Eu sou das que deixam a encomenda na porteira da casa! — Licota não podia parar. — Pois foi a Aninha que me contou. Dissera-lhe o velhaco do Escobar: sou morador do meu poncho e peleio debaixo do meu sombreiro. No más! Bueno... ah! Sim... notícias de Aninha, oigaré! Perguntei eu: Aninha, tu não vais dar uma chegadeta em tua casa? A ver os teus? Disse ela: nem pense nisso! Tu já não me destes notícias de todos? Não vai tudo lindo por lá? Não vou. De que adianta uma despedida, mulher? Lembro-me bem porque, nessa altura, não me chamou mais de filha. Uma despedida, no principal, quando a gente desconfia que será uma derradeira, dói que é um horror, Licota! Dói em todos nós, por fora e por dentro, sabes? Disse que não; não vinha porque não gosta de chorar nem de fazer ninguém chorar. Também disse que recebeu a carta, as moedas de ouro e o retrato da tal mulher da Bahia que virou soldado... Chorou quando me disse: mulher, nunca pensei que meu padrasto fosse um chico assim grandão! Só tenho pena é de não ter entendido isso antes... Falando na mãe... na dona Maria Antônia... disse... que nunca havia... — Licota parou para se assoar com força. — Ora o maranho! Oigaré que quem está a chorar sou eu... Ora que hei de ser sempre uma poita de merda!

Sem ao menos se despedir, Licota deu a conversa por finda tomando o caminho da vila.

Rafael ficou vendo a mulher se afastar com seu passinho pinicado, o tabuleiro dos afurás desajeitadamente na cabeça, adernado para um lado, num prodígio impossível de equilíbrio.

92

A saída para o Sul tinha um gosto amargo de êxodo bíblico. Era assim como que 150 farrapos: marinheiros ainda de ontem no mar, agora virados em lanceiros a cavalo; soldados, comerciantes e outros avulsos da "Cidade Juliana".
— Curta a vida da cidade ranga!...
— Há gente que não vale a pena!... — Anita resmungava entre decepções. — Não tem cura mesmo... putcha a la merda!
Mas a tropa ia bem-armada, com a graça de Deus! Pólvora e chumbo em boa quantidade. Dinheiro, levavam algum. Comida. Roupas grossas, ponchos e mantas que o inverno chegava. Gado também, a garantir o rancho. Mas doía-lhes nos bagos verem o filha da puta do Mariath gozando a la fresca o domínio do porto.
— Vira-bostas que nem para libertar os escravos servem...
E dizer-se que aquilo havia custado tanto, já não falando em lutas abertas, pelo menos em rios de esperança!
Aproveitando-se do larguito que a estrada fazia por detrás da caieira da Ponta da Praia, aquela já falada que, dia e noite, emporcalhava tudo de fumaça e acres cheiros, Anita prometeu a Fidélis (de arreios novos e chairel de bainha verde), acariciando-lhe as crinas aparadas de recém à moda inglesa:

— Agora, chico velho, tu vais emagrecer... Hás de perder essas banhas que te rodeiam a barriga, pingo de lei!... Se houver tempo, amigo!

Emparelhando-se ao italiano, Anita deu com a tala na anca do cavalo dele. E reclamou, zangada:

— Tchê, putcha, Papin! Mira que vocês todos são uns tantos matarrangos, no más! Tu também, gringo safado! Entonces, como entregam a cidade para aqueles pestilentos governamentais sem al meno tocar-lhe fogo e soltar os coitados dos negros!? Se tu não me prometes, chico sujo, libertá-los pelo caminho, não prossigo. Torno daqui e, agora mesmo, viro china descarada pros do governo!

Preocupado e magoado, Garibaldi tentou explicar que a deliberação não fora sua. Havia um comando que dava ordens... O coronel Teixeira Nunes...

E a ordem do Teixeira Nunes era que Garibaldi partisse para a Serra com sua tropa enquanto ele, com o grosso da força, seguiria para Viamão, onde haviam de se encontrar. Então, reiniciariam os combates pela emancipação da República tão malparada.

Canabarro ainda não perdera a esperança de retornar a Laguna, assim que tivesse força suficiente. Para isso, combinara com Garibaldi, tomariam, antes, Lajes, que seria um ótimo ponto de concentração. Sobretudo, porque, ali, haviam de contar com a aliança de Cláudio Mendonça, um farroupilha poderoso de quem ainda se falará.

Foi com essa disposição atrevida que o gringo e Anita-consolada marcharam para atingir, primeiro, Araranguá para, depois, a divisão fortalecida iniciar a subida da Serra, indiferente a trabalhos e canseiras.

Passaram-se dias, o sol acompanhando a marcha da tropa até alcançarem Araranguá sem novidades de guerra.

Ora bem mais aclimatados às montarias, os antigos marujos começaram a subir a Serra por Três-Forquilhas, já em poder amigo do coronel Teixeira.

Canabarro é que se estabeleceu, com seus soldados, em Campo Bom, na expectativa: ou arremessava-se sobre Torres, a ganhar mais um centro de operações, ou, se recebesse reforços propícios, tornaria a tentar a reconquista de Laguna, seu grande sonho de guerreiro farroupilha.

Mas Torres estava ocupada, e bem-ocupada, pelos legalistas Juca Grande e João Ourives, com mais de mil homens em armas.

Por outro lado, se aproximava de Lajes a tropa legalista de Francisco Xavier da Cunha, o brigadeiro paulista de mil decisões. Por recados de Cláudio Mendonça, chegados muitas vezes nas asas do impossível, os revoltosos estavam a par de todas essas manobras.

E Anita se alvoroçava.

93

Penosa e longa foi a volta que os farroupilhas tiveram de dar para subirem a Serra por Araranguá. Fique bem claro que, se preferiram o caminho da praia ao que furava por entre as cabeceiras dos rios Canoas e Lava-Tudo, caminho dos mascates que saíam de Tubarão, é que foram bem-avisados da antipatia que os criadores da região largavam em cima dos revoltosos. Diziam os padres pouco informados daquela zona — todos monarquistas absolutos — que os farroupilhas não passavam de ciganos sanguinários, saqueadores e ladrões de gado. Constava até que roubavam as mulheres, muitas delas casadas como o caso da mulher de um sapateiro de Laguna, e obrigavam-nas a seguir a tropa como chinas do ganho.

Nenhum deles, explicavam os padres, não valia meia-pataca! Sobretudo uns tais que vinham das terras pagãs duma Oropa falada!

94

O dia era de quarta-feira, Xangô na cabeça; Iansã nos ferros.

Já na estrada da Boca da Serra (uma rampa chamada Fachinal que abria de Araranguá para Lajes) Garibaldi, Rossetti e Anita esperavam pelo comandante-geral Teixeira Nunes. Rossetti às voltas com seu palheiro que não parava enrolado. Discutiam como subir a serra, dominar o planalto e atingir, por fim, a cidade onde Cláudio Mendonça os esperava desde o começo da semana.

Na carta da combinação, o emporista amigo aproveitava para contar que o brigadeiro paulista das mil decisões já andava de patrulha pela região de Canoas, mas com muito menos soldados do que, da Corte, anunciava. Contudo — terminava Cláudio Mendonça sua carta —, não se devia facilitar, que o homenzinho detestava mais farroupilha do que churrasco de carne magra.

Pouco adiante, 150 ex-marinheiros, pescadores e comerciantes (desses, apenas mui pouquitos), todos virados em lanceiros pelas poitas da guerra, aproveitavam o bivaque para cuidarem de seus cavalos, num desajeito que fazia pena.

Anita é que, de vez em quando, dava sua mãozinha de ajuda a um e outro. Sobretudo se o coitado fosse algum negro dos recém-libertos.

— O diabo — Canabarro esclarecia aos amigos que partiam, antes de regressar a seu acampamento de espera em Campo Bom, a um tiro de morteiro do Fachinal —, o diabo é a passagem pelo Posto de Fiscalização do Gado, na beira de cá do Lava-Tudo. Esse será o único perigo que vocês enfrentarão por todo o caminho. Mas, de qualquer maneira, terão de passar por lá. Infelizmente, em nenhum outro ponto se pode vadear o riacho. Só em frente ao Posto é raso de três ou quatro palmos... Isso, claro, sem contar a época das chuvas. Então, o bicho enche que nem o bispo passa!

— Não te dê cuidados, capitão! Nossa gente é de lei. Depois, com Anita, vamos até o inferno!

— O melhor será que, do Posto, ninguém dê pela nossa passagem. — De volta de um reparo na costura de um loro, coisa que um recruta não conseguia acertar, Anita opinou: — Claro que temos gente bastante... mas que tal passarmos escondidos, chico?

Teixeira Nunes chegou, afinal.

Anulando atrasos, o comandante-geral da expedição aproximou-se dos amigos:

— Bueno, moçada! Tudo resolvido pelo melhor! Arrumei o rancho e carreguei nos burros os cunhetes da munição. Todos! Entonces, podemos organizar nossa avançada. Vamos ver se chegamos, ainda hoje, pelo menos na descida da vertente do Lava-Tudo. Duas milhas do Posto, no más!

— Falávamos justamente na dificuldade para a passagem do Posto... — Rossetti esclareceu.

— Sim... ouvi os planos da dona Ana. Havemos de promovê-la a alferes que nem a Maria Quitéria... — Nunes pilheriou carinhosamente.

— Fosse eu a metade da grandalhona aquela, putcha cuê!..., e já teria metido os do governo numa carreira despencada que só ia se acabar em Portugal!

Nunes prosseguiu, agora seriamente:

— É... mas não podemos evitar que os legais nos vejam. Para isso, estarão de sentinela. Que tal se enviássemos uma carta, avisando que vamos passar com nossos homens, animais e carga? Damos-lhes a garantia de que não os hostilizaremos desde que não sejamos hostilizados... Que tal?

— Conheço bem aquilo acolá, meu comandante! — Rossetti respondeu. — No Posto, há sempre, para o que der e vier, um bom punhado de patriotas defendendo a porca da Regência que, em troca, os mata de fome antes que nós os matemos à bala. Despues, como diz Anita, voluntário é chico que pouco se importa morrer de um balaço ou matar num peleio de faca...

— E digo mesmo, tchê! — Anita gritou para alcançar Rossetti que já se preparava para montar. — Só guasca corrido tem medo de fogo. A la fresca! São caramurus chifrudo os tais da Regência mas, al cabo, são machos também, que bicho ruim é essa gente sulista! Basta uma mirada de malo passo para o chico avançar mais cego que minuano, vento que, por adonde se vai, arrasta!

Garibaldi, já montado, se aproximou de Nunes para indagar:

— Sabe, mio comandante, quem estará lá na testa do Posto? A carta do Mendonça não diz. O Moringa? Talvez o...

Rossetti interrompeu de novo:

— Até outubro, estava o tenente-comandante Muniz Barreto...

— Pilcha haragano! Conheci-o em Laguna. Entonces ainda não estava casada...

— Quando ainda não estava casada, amorino — o gringo frisou a negativa.

— Sim... — Anita sorriu, agradecendo o cumprimento. — Isso... Mas o Muniz é um tipo mixe, culatreador mui rude de farroupilhas. Vingativo que só ali!

Não há que fiar... cuê, peceta!

Por aí assim, Francisco Fernandes, o bagageiro do Nunes, pediu licença para entrar na conversa dos superiores:

— Me perdoem os senhores! É que, meu comandante, a chefia do Posto hoje (ou, pelo menos, até como que 20 dias passados) está com o Valentiniano, um de Santa Fé. Pensei que vosmecês soubessem. Cabra ruim, por igualito. — Fernandes se lembrou de sua terra à beira-rio. — Cobra de buraco de barranca...

— Será desses eguariços que, podendo, estripa; não podendo, xinga! — Nunes se riu do bagageiro. — E a caminho, minha gente! Basta de prosa fiada que os de lá já estão a nossa espera. — A ordem veio definitiva. — Vamos tentar passar sem carta e sem barulho. Mas de bala na agulha e olho vivo! Nada de facilidades e imprudências, meninos. Nada de dar de popa pra fazer bonito, que lá não há chinas... Nosso peso e nossa garra farão com que o Valentiniano se guarde em paz. É o que de melhor ele terá de fazer...

95

Já na descida da vertente, pouco antes de atingirem as margens do Lava-Tudo, Teixeira Nunes ordenou uma parada, a derradeira antes da aventura.

Aproveitaram a folga para ferver uma água e cevarem um amargo.

— Per Dio Santo, te acautela, amore! — O gringo, preocupado, aproveitou a parada para pedir, uma vez mais, que Anita se cuidasse. — A guerra é plena de bruti incontri, amorino. A guerra é para homens... Per la Madona! Per Dio!

— Tais te assombrando, Papin? Acaba com essa missa, homem! Que bruti incontri, que nada! Com o Valentiniano, até que vai ser um encontro macio. Te garanto, chico! Bem se vê que és marujo e não te dás em terreno de charqueada...

— Si... si... ma quem pode dominar uma emboscada? É horrível...

— Joga essa boca pra lá, Papin! Lindo é mirar teu garbo enfeitado quando montas dentro desse poncho doido. Sabes? Lembra-me um vizir das mil e uma noites. — Falando assim, Anita-figurilha esmagou um borrachudo no dorso da mão. — Vá acoquinar o diabo, peste!... Isto por aqui tem mais mosquitos que pelos tem na cola o pobre Fidélis, que já anda com a língua de fora com tão poucos dias de marcha.

— Vês como sofres, querida mia? — Garibaldi não parava de frisar perigos e dificuldades que se aproximavam. — Não me animo a portar-te dentro de uma aventura tanto selvagem, linda! Seja o que a Imaculada quiser...

— Papin querido, agora digo eu: per Dio! Não fica aí com essa cara de porongo rachado que eu também te amo mais do que a minha alma. Também morro de cuidado por ti... Terei que te levar, um dia, à mama, lá na Itália... Só estou excomugando esses diabos de pernilongos... De chumbo ou de pólvora, tu ainda não me viu reclamar. Nem verá jamais! Beija-me, chico. Beija-me outra vez... Beija-me mais...

Rossetti deu uma gargalhada:

— Linda guerra esta de voi! Guerra de baccios... Visto?

96

Quando Nunes deu ordem para se porem em marcha, depois das últimas recomendações de emergência à tropa formada, Garibaldi abraçou-se com Anita para colocá-la sobre a sela do Fidélis como se ela fosse uma boneca sem nenhum peso.

Beijou-a com imensa ternura:

— Si, bela! Andiamo a la affascinante spettacolo! Ma... como te amo.

Teixeira Nunes não largou interesse no idílio:

— Rossetti: eu e o Fernandes, que bem conhece o caminho, vamos dirigindo a tropa. Tu, a Ana de Jesus e o gringo, virão no coice para fechar a divisão e guardar todos nós de alguma traição. Naturalmente, e eu espero, os do Posto não vão tugir nem mugir. O Valentiniano, com certeza, vai aparar as unhas dentro do barracão e nós, já que não podemos passar escondidos como queria a Ana, atravessaremos o Lava-Tudo à luz do dia. Vamos, gringo! Eu tomo a proa e tu vens no leme!

— Perfecto! Passaremos de uno solo colpo!

— Ecco! — o jornalista exclamou, aplaudindo.

— A caminho! — Nunes se decidiu, por fim, coçando o vazio de seu alazão meio espantadiço com as rosetinhas de prata de suas esporas.

Mas Rossetti não queria gravidades na missão. Aliviando sua própria tensão, brincou:

— Bueno, grandalhões! — Gostava de imitar Anita no falar. — Em Lajes, vou tomar um banho, soltar-me numa caneca de rascante e numa tripa bem gorda, no más que com sal, e... bueno, chico!, esquecer-me um bocado dessa vida de saltimbanco.

— Claro que podes espojar-te a teu gosto — Anita respondeu. — Lá temos a loja do Mendonça e, pelo que soube, vamos ter tudo! O homem é nosso cancelário seguro. Na cadeia da terra, estarão quatro praças dorminhocos tomando conta de uns tantos cachaceiros. A eles, tanto se lhes dá farrapos ou reinóis... O resto da força foi, todo, para a guerra dos pampas, com o Melo de Albuquerque.

— Sim! Hás de te espojar, Rossetti, mas por mui pouco tempo. — Nunes, de cima de seu cavalo, deitou água fria na fervura, como se costuma dizer por aquelas alturas. — Em Lajes, só esbarraremos pelo tempo do Natal. Seis ou sete dias, no más! Despues, é tocar pras coxilhas que o entrevero, lá, anda mais bonito do que licor de butiá!

A risada estalou em ondas, percorrendo toda a tropa; a soldadesca se rindo, só porque via rir na frente.

97

Dias antes de se formar essa expedição, meio deitado numa espreguiçadeira de lona em frente ao Posto de Fiscalização de Gado, capitão Valentiniano pita seu palheiro de fumo virgem, descansadamente.

Na verdade, gado para fiscalizar no peso e nas taxas não era mais nenhum que, com a guerra, pouco trânsito se fazia mais com Lajes, terra sorva de revolucionária desde o começo daquele baticum inventado pelo Bento Gonçalves para fazer o Brasil virar República que nem a dos franceses, ateus da miséria, como dizia o sargento Gonçalo, voluntário paraibano que, fazia um bando de tempo, andava de mistura com a moçada gaúcha.

Da espreguiçadeira, Valentiniano via um pedacinho da estrada, precisamente o que terminava na margem do Lava-Tudo, bem em frente a seu barracão de comando. Quem não quisesse ganhar a serra lá pelo norte, pelas cabeceiras do rio Canoas, teria fatalmente de passar por ali mesmo, desde que não viesse embarcado.

Do outro lado, era aquele pinhal que não se acabava mais. Dobrava a serra e desaparecia com seus galhos muito regulares e muito altos como candelabros de mil verdes. Verdes que, cambiando sempre, de acordo com a hora ou com o tempo, não mudavam nunca. Olhando os pinheiros, Valentiniano pensava nas chinas tão vasqueiras por ali, mas que também viviam cambiando, sempre sendo as mesmas, como a se repetirem, igualitas, no escorrido da vida de um homem.

O resto da paisagem era só aquele mundo de reboleiras de mato, só boas para acoitar espiões.

Estava o legalista nessas cismas quando, por detrás da espreguiçadeira, ouviu falas desconhecidas:

— Dá licença, capitão! Soldado 31 do Batalhão de Voluntários de Imbituba, do comando do coronel Antônio Melo de Albuquerque.

Valentiniano ergueu meio corpo e fez gesto para que o praça fale a que veio.

— Com dois dias de viagem, trago uma mensagem do meu comandante para vossoria.

— Lindo! E então?

— Posso falar, capitão?

Valentiniano estendeu a mão como para receber a mensagem:

— Cadê o papel, praça? O escrito?...

— Não, senhor, meu capitão! É recado mesmo. Só falado. Coronel Albuquerque recomendou que eu, ou falasse com vossoria em pessoa, ou não falasse com ninguém.

— Pois diga então, homem!

O praça 31 tomou ares de artista de teatro. Perfilou-se e, de um fôlego, transmitiu o recado:

— Capitão Valentiniano de Lima Bravo, no Posto de Fiscalização de Gado do Lava-Tudo: estou sabendo que uma tropilha de farrapos está de viagem apurada para Lajes. Vai o gringo Garibaldi com a mulher roubada ao sapateiro Manuel Duarte, enteada de dom Rafael, agora virada em farroupilha descarada. Dê combate com os homens que tiver. Segue socorro urgente. Coronel Antônio de Melo... Ah! esqueci: saudações.

— Bem! Não os deixarei passar. Tens ordem de voltar de seguidilha ou ficas com nos'outros?

— Sigo, se o capitão me der licença! Hai que alcançar Lajes ainda antes de quinta-feira. A coisa lá parece que anda de meio a meio e, talvez, nem me deixem entrar... Agora, não sei mas, em Laguna, antes de a vila cair, estavam uns quantos. Eram tantos que nós lá não chegávamos! Assim como formigas. Desses, é que se vão de mudança para Lajes.

— Formigas, não! Ciganos é que eles são. Ladrões. Traidores sem-vergonhas.

— E que me dizes dessa perra, puta do italiano aquele? A essa, mato-a antes que o marido o faça! — Sempre fanfarrão, o legalista pergunta: — Quantos serão? Uns 80?

— Não, senhor. Acho que não chega a isso... Serão uns poucos lambetas.

Levantando-se a custo, Valentiniano chama por um soldado que está lavando uma roupa na ribeira, embaixo:

— Ei, lá, Ruano? Quem está de sentinela lá na curva de cima? Pedro Setenta?

— Esse, meu comandante — o praça gritou lá debaixo. — Esse, mais sor cabo Luca!

— Bueno! Fica lá só o Setenta, chame o cabo e os demais. Temos de tomar umas providências brabas, putcha! Vamos a cerdear uns gringos que vêm por aí e uma china que virou a pá! Vamos... Apura-te, Ruano.

Minutos depois, Valentiniano se dirige à tropa. Cerca de 25 homens:

— ... quem vier de Lajes, passa direto, mesmo se for à noite. Mas, vindo da costa, seja boiada ou caminhante, recolham logo ao curral velho até ver onde param as coisas. Seja vaqueiro, comerciante, patrão ou viajante mascate, desarmem sem muita explicação. Agora, toca a vigiar.

Cabo Luca perguntou:

— E a munição, capitão? Distribuo já?

— E com fartura, hombre! A mi, não me gusta ver faltar chumbo quando acocho duro!

— Entonces, podemos dispersar? — O cabo queria instruções.

— Sim. E que ninguém, daqui por delante, durma com os dois olhos de uma vez. Descansem um enquanto o outro fica de vigia, atento no gatilho...

Escondidos entre as touceiras da curva de cima, os soldados se divertem, ainda que sem se verem:

— Por acá não se derrumam os gringos aqueles, hein, Pedro Mocho?

— E tu, Dente-Seco, pronto para a volteada?

— Hai que dar-les duro, miúdo... — Era outra voz a sair das touceiras.

— Solito, bicho? Te gusta o escuro? — Falavam mais adiante.

— E como no? Já se viu tangará amendrontar a gente só com o bater das asas?

— Eh! Pôcha, cabo Luca... Segura-te, hombre! Mira que se, acá, não tem tangarás, sobram morcegos-vampiros! — E rompia outra gargalhada no fechado da noite.

— A mi, que m'importa verdear com pesados ou com maneiros?

— Pois, Setenta, não te conto nada! Eu, com um timão pro frio e uma faquita pro meu fumo...

Mais gargalhadas se espraiavam em cores de inocência...

98

Bem nessa hora, a força de Teixeira Nunes vinha começando a descer para o varadouro do Limpa-Tudo.

Mas não era por estratégia que, abrindo um vazio no meio, de quase milha e meia, deixava a impressão de que aquela coluna era só uma ponta de 20 ou 30 homens.

E foi isso que confundiu, tão sem remédio, a peonada do Valentiniano.

99

Da mata veio o estalido seco.

Os cavalos se espantaram com o inesperado. Com o susto, custaram a ser dominados.

Como já ficou dito, a tropa do Nunes era de cavaleiros sem traquejo de sela.

Com o tiro, o comandante espantou-se também, mas não se deslumbrou. Na guerra, tudo é natural. Preciso estar sempre atento pra não se enlear. Por isso, Teixeira Nunes principiou a dar suas ordens destacadas mas aos berros para ser bem-ouvido por todos: Avançar! Abrir caminho a qualquer custo para alcançarem depressa a baixada onde o terreno aberto não permitiria mais emboscadas. Isso, era o que Neves visava!

O pior é que a estrada, naquele exato ponto do primeiro tiro, fazia uma curva fechada para ganhar a ribanceira do rio, precisamente onde ficava o barracão fiscal.

Já de combate aberto, outros tiros mais começaram por derrubar três ou quatro do pelotão dos lanceiros negros. Os pobres, libertos, pela guerra, do cativeiro rural, tombaram de suas montarias, abrindo rosas de sangue no peito e nas costas.

— Para isso, libertei-os eu! — Anita gritava desesperos.

Também feridos, alguns animais caíam sobre as mãos desmunhecadas. Outros, os já livres de seus cavaleiros, disparavam sem rumo, arretados pelos tiros. Espalhando os arreios por toda parte, embaraçavam-se no grosso da divisão, atrasando ainda mais a investida.

Os gritos de Garibaldi animando seus homens, as ordens do comandante, os ódios berrados por Rossetti em terríveis explosões, se misturavam com os mil ruídos da batalha. Mas os farroupilhas não paravam de responder ao fogo e avançar rumo ao baixio.

Anita-noviça-nos-sangues, em idas e voltas de brutas certezas, parecia uma veterana em peleias de morte: violenta nos insultos como no gás do incentivo, amparava um, aqui, animava outro, ali, ajudava por toda parte... Nas voltas, atirava ao acaso, pra dentro do mato, contra o invisível. Mirava no rumo das balas ofensoras... Era o que podia fazer.

Felizmente o inimigo, por certo malcomandado, saiu para o limpo antes que Nunes tivesse já descido todos os seus homens. Os soldados de Valentiniano apavoraram-se com a surpresa da quantidade de invasores, só então aparecidos em sua totalidade.

Foi esse o erro fatal dos defensores do Posto.

Expondo-se à vista dos revoltosos, desmancharam o mistério da tocaia, permitindo que Nunes constatasse o número insignificante deles. Aproveitando-se da vantagem, os farroupilhas, agora com toda a força ajuntada, criaram alma nova. Atirando sempre (Anita sem tempo para comemorar sua afinal primeira baixa), investiram fulminantemente, certos de que os defensores que haviam de topar na passagem do barracão seriam tão poucos que, defendendo a própria pele, haviam de abandonar armas e técnicas na premência da fuga.

Já silenciados os que se mostraram tão imprudentes, alguns, ilesos, tornando na disparada para os ocultos do mato, Nunes avançou resoluto para a margem ambicionada do Lava-Tudo.

Esperando ordem para atravessarem também, Anita e os dois italianos demoravam-se no socorro aos seus e em trabalhos de arrebanhar os animais esparsos.

Não havia tempo nem como trocarem uma palavra.

Embaixo, sem diminuir o passo ao cruzar o barracão abandonado de todo, Teixeira Nunes atirou sua montada às águas rasinhas que, fervendo na investida das patadas, mal atingiam as virilhas dos animais que o seguiam.

Mas, de seu belo alazão de fofas crinas, aparadas no capricho de um cogotilho; o lombo quase na altura de um peão nutrido, nascia um rastro de sangue vivo que a correnteza ia levando e diluindo por ali além...

100

Coberta de suor e sangue dos feridos e moribundos, Anita foi a última cavaleira a transpor o riacho. Presa na faina de socorrer os derradeiros feridos e arrebanhar os cavalos ainda escoteiros, espantados pelo barulho, Anita fugia aos olhos vigilantes do gringo desassossegado.

Realmente, Anita encontrava feridos já tão graves que não podiam mais ser transportados em seguimento à tropa. Mesmo assim, ainda conseguiu despachar um furriel que morreu na maca dos padioleiros improvisados.

Vencida a passagem, Teixeira Nunes desmontou, já do outro lado, a uma distância segura, entre Garibaldi e seus homens vencedores.

— Aonde está minha Anita? Alguém a viu? Por favor... aonde está? — O gringo esparramava aflições, pensando encontrar a mulher já ali; Garibaldi nem percebia a tragédia que lhe ia em volta: o sangue que tingira o rio na travessia do comandante, brotava de seu próprio ventre, bem-atingido, arrombado por uma bala de chumbo, dessas que os inimigos gostam de encruzilhar para um estrago maior.

Mesmo assim, Garibaldi prosseguia tonto, sem saber se buscava a mulher ou permanecia com o chefe agonizante. Torturava-se a pique de se desesperar.

Pedia em volta que trouxessem sua Anita imediatamente. Procurassem-na... achassem-na... e, maquinalmente, amparava Teixeira Nunes.

Deixando, do outro lado, apenas seis ou oito mortos, Anita atendeu ao chamado aflito; pouco se importando mais com perigos ou agressões dos legalistas.

Por sua vez, atravessou o Lava-Tudo, depois de deixar um olhar de amor aos companheiros que ficaram para sempre como restos daquela batalha primeira, tão rápida e tão dura.

Lembrou-se do padrasto. Da carta:

— Descansem em paz, bravos gaturamos! Também vocês não souberam viver sem liberdade! Putcha, cuê!

A um negro morto, beijou ternuras na testa já fria:

— Não te bastou livrar-se do cativeiro, chico! Era preciso também te livrares deste governo de merda! E, para isto, morreste... Juro pelo teu sangue que eu jamais deixarei de ser um gaturamo-serrador!

101

Quando, entre os seus, todos já bem-resguardados de mais traições, Anita-desencanto desmontou do valente Fidélis, ambos cansaço, suor e sangue, foi para amparar no colo a cabeça de Teixeira Nunes que morria.

— Miseráveis! Cães! — Anita espumava ódios no vento da serra. Afinal, aquela fora a sua primeira batalha em terra... — Rossetti: siga! Vá dar o alarma. Fala com o Mendonça! Vamos, gringo querido — pedia também a Garibaldi —, vamos degolar um por um os voluntários aqueles que só matam à traição! Na pura traição!

— E como vou deixar-te aqui, amor? — O gringo, tonto com o infortúnio do seu comandante, afligia-se com a mulher. — Ademais, Anita, já fugiram todos.

Até, naturalmente, o Valentiniano...

Rossetti falou:

— O mau, Anita, é que, talvez, os cães sejam mais do que a gente pensa... Os que fugiram, terão ido buscar reforço não sei onde. E voltarão, com certeza! O melhor é apurarmo-nos... ganhar Lajes o quanto antes... — Com os olhos, procurava a concordância de Garibaldi, agora o chefe-geral.

— E o pobre? — O gringo apontou o comandante morto — Há que levá-lo! E os outros que ficaram do lado de lá? — Garibaldi se desesperava.

Passando-lhe as mãos pelos cabelos, a guerrilheira era a inconformação:

— Se forem muitos, melhor! Deixe-os vir, Rossetti. Que venha o reforço deles! Mataremos mais! Miseráveis! Tu podias ir, Rossetti, com alguns homens para levar o Nunes... os outros... Mira, chico: eu e o gringo...

O ordenança Fernandes gritou subitamente:

— Traiçoeiros! Traiçoeiros!... — Só sabia repetir isso, com as mãos agarradas à cabeça, olhos fixos no ferimento do Teixeira Nunes onde já o sangue coagulava em negros letais, assanhando as grandes moscas verdes do mato.

— Tigres traiçoeiros! Fogem despues de assaltar. — Anita também olhou o cadáver, a mastigar vingança. Chorava de ódio, sem o mínimo receio do que havia de ser, dali por diante. — São uns cães! Temem a própria sombra...

Como se tivesse enlouquecido de repente, gritou com força:

— Gringo querido: sinto na minha boca o gosto do sangue desses imundos! Como os hei de matar! Ah! Como! — Sem se conter, ergue-se de arranco, arma-se de novo e, rápida, monta em Fidélis:

— Velho Teixeira, te guarde um pouco, chico! Já volto com a tua vingança! Até à vista, tchê...

Mas Garibaldi, de um salto ligeiro como um raio, agarrou-lhe as rédeas, fazendo-a desmontar:

— Querida mia: na guerra, aquele que perde a cabeça da alma, perde a do pescoço também! — Com enorme ternura, o italiano gigantesco conservou Anita nos braços, depois de colhê-la da sela, e ficou sem tempo embalando as lágrimas que desciam fartas, afervantadas na dor da impotência.

— Não podíamos ter perdido o Teixeira Nunes... Não podíamos... — Anita gemia.

— Te acalma, mia fiammetta carbonária! O dia foi negro, mas é justo do negro carvão que brota a chama luminosa...

— Teixeira Nunes... Rossetti... Garibaldi, Fidélis, Rafael, Maria Quitéria... Giuseppe Garibaldi. É bom dizer o nome das pessoas! Papin. — Anita começava a adormecer, embora estivesse ainda agitada, mordida em soluços. — Gaturamo. O nome das coisas... Gaturamo-serrador! A Itália. Como é a Itália? Di-me, chico: as plantas... o gado... Para onde vão as almas das pessoas que morrem!?...

Com Anita já dormindo nos braços, Garibaldi ajuntou com o pé um pouco de palha e mato seco, fofou procurando afastar alguma ponta rude com a sola da bota. Depois, com extremos cuidados maternais, deitou por cima a mulher:

— Si! Para onde irão as almas, Anitinha? — Com muita pena de tão grande desamparo, beijou docemente os cabelos sujos de guerra; acamou a rebeldia de uma mecha, envolveu os pés da amante em uma manta depois de também beijá-los carinhosamente sobre os lanhos escuros de terra e poeira. — Hoje o dia foi veramente mui duro para te, amorino. Que a Madona te proteja sempre, hoje, amanhã... mesmo depois que a minha alma for s'embora para... — O gringo largou os olhos nas moscas verdes que zumbiam na boca do morto...

no nariz... —, para onde vão... — Em seguida, mergulhou a dor que lhe doía nos olhos naquele estranho céu de ocaso, já no fim, riscado de nuvens vermelhas lá nas últimas dobras, muito além das fronteiras da terra. — Para onde, Anita?

102

Em Morrinhos, a botica do Chaves reabria portas. A pedido da família do falecido, doutor Teodoro olharia pela coisa até mais ver.

Com a reabertura, voltaram os serões tão naturalmente como da madrugada rompe o dia. Só que, sem a batuta regedora do droguista, sem mais ídolos para Galdino incensar, a prosa corria mais democrata.

Melquisedec, sempre com algum livro proibido, da Revolução Francesa, debaixo do braço; agora falando entusiasmos terríveis e apaixonados por dois garotos que começavam a aparecer, o Engels e o Marx, garotos que haviam de revolucionar a velha Europa com sadios carbonarismos, reclamou, entre as duas ânforas de água colorida que permaneciam sobre o balcão da farmácia:

— Espinafro mesmo! No dia que isto aqui for uma República do povo... tá bom! Por enquanto, é uma esculhambação! Vejam vocês: jornais da Revolução... O Povo, o outro do Pedro Boticário... Pois bem! Não podiam ficar calados para não darem tanta informação aos da Regência? São uns burros! Está lá... eu li: Canabarro e Garibaldi se aproximam de Lajes. Teixeira Nunes vai ao Rio Grande...

Teodoro segurou a zanga:

— No final, tudo se sabe, companheiro! Noticiando ou não. Depois, o melhor mesmo é ir espalhando a coisa. Que tal, Ferrabraz?

O moleque, agora de efetivo na botica, respondeu arregalando os olhos em direção a Galdino (sempre com seus cachorros enormes deitados a seus pés):

— Siô, não... Não sei de nada, não siô! Vossoria sabe que sor Galdino é governista e gosta de dar tabefe na gente... Nós, pelo um contrário deferente, torce pelo povo de dona Aninha, mais do gringo que roubou ela e do tal comandante Canabrava. Povo lindo, tchê! Pois se até o sapateiro que foi marido dela diz que já mudou a casaca...

Galdino fingiu não ouvir a gargalhada do saci. Abaixou-se para examinar uma orelha ferida a um de seus cães:

— Bueno! Assegurem-se os amigos que eu, por mim, não busco parolices com os do governo. Sou legalista e hei de morrer que nem o Chaves: pela ordem. Pela legalidade. Pelas autoridades que nos governam. Pronto! Tenho dito. Acontece que, o que se passa aqui dentro, fica aqui dentro, percebeu, moleque descarado?

— Com que então? Já em Lajes... — Teodoro guardou sua alegria para não ofender o amigo. — Que o coveiro de lá alargue o cemitério, cuê! — E, depois de acender com dificuldade seu fumo pagão, completou: — Cuerudo não se mete em aralifagens, companheiro... Mais vale uma boa paleta de lombo gordo do que meter pimenta na cuia das chinas... É isso. Me entendem?

103

Como a noite caía com a riqueza de alguma lua, Garibaldi olhou toda a sua melancolia no patinado do luar orlando a galharia mais alta da floresta próxima, já descendo a barranca para dentro do rio. Depois, sem pressa, mirou o Lava-Tudo a correr suas águas dentro da mansidão noturna, como que esquecido da tragédia de ainda há pouco. Olhou os companheiros; o corpo do Nunes (já livre das moscas verdes pelo frio da hora); Anita, sossegada na tranquilidade do sono, enrolada em seu poncho esquisito sobre o capim seco do chão.

Sem vontade, deu ordem para que enterrassem ali mesmo, por aqueles escuros, seus oito lanceiros mortos no combate, inclusive os três negros que haviam sido libertados pelo caminho, por exigência de Anita.

Por fim, o italiano ajudou, ele mesmo, a sepultar Teixeira Nunes junto a um cinamomo novo, desses que o povo chama de jasmim-azul:

— Dizem que um corpo enterrado ao pé duma árvore, com o tempo, vira árvore também... — Garibaldi confortou-se com o destino material do comandante amigo. — Depois, em hora de tão botânica poesia, o velho guerreiro não havia de querer se separar de seus valentes peleadores. — O gringo justificou a igualdade.

Também, não havia por que levar só o Teixeira Nunes se não se podia sobrecarregar mais a tropa, já por si sacrificada pelo transporte dos outros 11 feridos, em macas mal-improvisadas. Afinal — Garibaldi considerou — já tinham caminhado mais de 20 léguas entre Laguna e Araranguá; do portinho até o Lava-Tudo, de tão má memória, foram mais

16 ou 18; até Lajes, mesmo cortando pelo caminho novo, aberto pelos governistas para que seus soldados da zona de Vacaria atingissem Laguna sem precisão de passar por Campo-Belo, seriam ainda 10 léguas ou, talvez, um pouco mais. Assim, terminada a faina difícil do enterro coletivo, Rossetti, meio simplão ainda que nas coisas mais sérias, deitou sua oração fúnebre aos que ficavam como marcos de liberdade. Naturalmente, enrolou nas falas um bocadinho de impostura, conforme sua filosofia: menos prejudica a ignorância de um charlatão profissional do que a sacanagem de um profissional charlatão.

De qualquer maneira, falou bonito e comoveu uns tantos em volta.

Logo depois, servido aos homens um naco de charque malpassado com uma caneca de vinho (que, felizmente, os animais do rancho não se haviam extraviado), Garibaldi mandou que prosseguissem na expedição, aproveitando o claro da noite para chegarem, pelo menos, até Cerrito Frio, quatro ou cinco horas de marcha, se não remanchassem pela estrada.

Anita, muito pálida, freando o passo inquieto de seu querido pingaço, o Fidélis, mas já inteiramente dona dela mesma, seguia ao lado do gringo. Só que não tinha vontade de falar. Guardava na boca amarga o travo da morte. Marchavam tão calados como todo o resto da força rebelde. Não se passara meia hora, todavia, Anita, de cara-volta, começou a percorrer a cavalhada em cruzeiro, num constante vaivém, desde o amante, lá na frente, até os que, na retaguarda, vinham em suas macas sem poder caminhar. Com isso, de dez em dez minutos, percorria toda a tropa assistindo, atendendo, remediando uma coisa ou outra que exigisse remédio, atendimento ou assistência. Por final, já ria animando um; alegrando outro...

Nas seguranças do Cerrito, a tropa fez uma parada longa, para pernoite. Necessário um bom descanso para os feridos, inclusive para alguns animais ainda passíveis de cura. Eram dos que não tinham sido sacrificados ou extraviados nos trancos da guerra.

— Quando tivermos atirado no lixo todas as coisas feias do mundo, chico — abraçada a seu Papin, agasalhados com o mesmo poncho para as suavidades do sono, Anita-mangrueira largou filosofia —, vai sobrar bastante lugar para as belezas da vida. Entonces tu vais ver, amor querido, como as coisas bonitas são bonitas mesmo... tchê... putcha!

104

Madrugada rasgando festividades, os rebeldes partiram de novo!

— Avanti! Avanti! Per Dio que hoje é o aniversário de minha Anita!

Lembrando-se do dia, o gringo arrancou da moçada gritados parabéns.

E prosseguiram!

Ainda não era meio-dia quando Rossetti berrou aleluias:

— Lajes! Lá está Lajes! Puxa que chegamos! San Sepê, que terra guapa!

— Bene! Deo Gratia! — Garibaldi apoiou. — Agora, vamos apurar o passo para toparmos de vereda com o gordo Mendonça!

— Mira, Papin — Anita sorria, feliz com a chegada —, mira como o Rossetti cada dia mais se agaúcha como vaqueano feito!...

— Claro, dona! Já se viu gado não ruminar no pastoreio? Assim eu!

— Vero! — O gringo, satisfeito por igual, largou sua língua tão engraçada para Anita. — Questo italo mascalzone me parece cosi uma miscela selvaggia... Homo fantastiche!

— Pois não é, meu beiju de flor? — Anita fustigou o amante com a tala do rebenque. — Vancês, gringos, quando chegam acá, se largam em escaramuças, olvidam até essa língua atravessada e se viram mais continentistas do que nós outros que nascemos por debaixo das árvores alastradas por esses pagos sem-fim...

— É! — Garibaldi voltou a ficar sério. — Anitinha tem razão... é preciso brincar um pouco. A vida continua... eu, mesmo guerreiro desde que nasci, não posso me conformar com certas mortes idiotas. Sabem? Isso não me sai da cabeça... o Nunes... Eu não devia ter aceitado a dianteira... tê-los deixado no coice... Devia ter previsto a emboscada...

Os cavalos avançavam pela estradinha deserta, em direção à cidade.

A tarde começava a cair cheia de silêncios.

105

Já ultrapassando as primeiras horas de fora, os viajantes explodem em algazarra alegre ao reconhecerem Cláudio Mendonça que lhes vinha ao encontro montado em sua mula baia de arreios de prata.

— Olha o gordo! Salve o xeretão amigo! — Anita apeou-se ligeiro, antes mesmo do aliado ricaço e mui prestativo.

— Luz e doble, companheiros! Pago dobrado pelo maneio do primeiro abraço! Salve, Aninha! Agora, se me perdoa, dona Ana de Jesus! — O gordo falava cantando nas palavras. — E salve, também, o gringo! E tu, Rossetti, galego descarado, que bons olhos te vejam que, por aqui, não apareces desde a corrida que demos nos reinóis do Rocha Mata, o caramuru aquele, lembra-te? E como ensebaram as canelas os coitados! Só vendo a perrengada se atirando de serra abaixo, desnorteada como bando de tangarás fugindo de estilingue...

Já todos apeados em volta do Mendonça que não parava de falar suas alegrias pelo encontro, não tinham vez de contar sobre a guerra, a passagem do Lava-Tudo, as mortes... E Mendonça prosseguia, sem tomar fôlego:

— Pois é! Soube, desde a semana passada, que Aninha também vinha, casada, putcha, cuê! E logo com o gringo! Pois é assim que lá tenho já tudo preparado. E não só para o fandango desta noite, como para a moradia do casalito de recém. Casinha pobre que eu, como rodomão solteiro, não entendo de conchegos. Enfim... — e se ria, imensamente divertido —, casinha mui chica. Mas a Rosa está na garantia de tudo... Lembra-te da Rosa? É de Imbituba. Trouxe-a de lá... Ora, não estou dizendo a vocês que sou rodomão solteiro? O Rossetti, este é de casa. Dorme comigo se não me faltar com o respeito, é claro! Agora, para o coronel Teixeira Nunes... — Com os olhos miúdos, só então deu de procurar o comandante da expedição. De tranco, percebeu o luto nos companheiros. Maquinalmente, como se já tivesse formado a frase, falou no seguimento, de espacito, como se deitasse fora uma ideia abortada —, lá mandei preparar... também... um pouso... para... o comandante...

— Para esse um, Mendonça amigo, para esse, excusas ter mais cuidados... Sabe? O que precisamos é abrigar a tropa. São como que 180 homens. E recolher os feridos. Dois bem malitos!

Cláudio Mendonça fez como se tivesse esquecido totalmente do Teixeira Nunes. Não indagou pormenores. Pra quê? Interessou-se pela tropa:

— Temos já preparada a praça do Mercado. Não terá muito conforto, mas o telheiro é novo e o galpão pode abrigar bem todos eles. Agora, com o verão, não há que temer esfriamentos... Talvez desabe uma chuvasca. Quando muito, um temporal. Mas coisa sem vento... Da época...

106

Aquela noite mesmo o velho Mendonça providenciou hospitalização para os feridos, churrascada gorda pros lanceiros negros e pros peões, e um fandango recortado para os amigos.

Num instante, com uma saia de cassineta de rápidos improvisos, um lenço berrante cruzado sobre os peitos miúdos, uma sapatilha de meio salto e carmim no rosto, lá estava Anita-rondel, fresca como uma hortelã-do-campo. Até os dentes sadios rebrilhavam, areadinhos com cinza de charuto. Quando, num requinte de faceirice, Anita embebeu de água de cheiro a concha dos braços, pensou em Tancredo Escobar "— ... seu cheiro selvagem de mata virgem!". Sorriu divertida. Será que tinha mesmo algum cheiro especial que nem as plantas ou as árvores? Ou tinha mesmo era cheiro de mulher e de cavalos?

Na festa, rolava tanto vinho e pinga como carnes e tripas assadas na fogueira acesa pela peonada da casa, aberta em vivas chamas entre sanfonas de choro e violas bem-ponteadas para a dança pinicada. O acetilene, esperto nas lâmpadas de minuto em minuto, clareava-não-clareava o terreiro comprido. Mas a luz bastava para o que era.

— Mira, Garibaldi — Mendonça estava alegre com a festa — tens uma china de lei, hombre! Veja como baila a Aninha! Mas tu, pobre, és um capão para dançar. Tome jeito, gringo! Hay de ser galante no fandango como rude no peleio, caramba!

Mais tarde a conversa entre Mendonça e Garibaldi tornou-se mais séria:

— ... apenas sete ou oito dias, no más! O tempo justo de esperar pelo Natal. É que temos de ir por delante, ao encontro do Bento Gonçalves, no Rio Grande. Talvez em Vacaria... talvez mais pra lá. — O gringo explicava a Cláudio Mendonça as razões da pressa, agradecendo os fornecimentos constantes para a tropa. — Um dia, Mendonça amigo, a pátria t'os pagará! Basta que fiquemos livres desses chimangos de merda que se aproveitam da frouxidão de uma Regência de mais merda ainda...

— Deixa isso pra lá, meu comandante. — Mendonça tinha de gritar para ser escutado no meio do barulho da festa. — Enquanto acá na tranqueira estivermos nós, o meu comandante pode contar com cargas e meias cargas. Justo? E o que houver. Já basta o favor que ficamos devendo a vosmecês que morrem por aí que nem o Teixeira Nunes para que, um dia, tenhamos, nós outros, dias melhores. E, se não der ponto nunca, também será a mesma coisa... Pior perdem vosmecês!

Rossetti, já meio bebão, fazia era sacudir a barriga entre os dançarinos, ao compasso das coplas, parodiando a letra da canção em fortes pornografias:

— A la fresca, pessoal! Grande é o Garibaldi. Bem merece a mulher macanuda que tem... Anita luta por amor à liberdade, no más! A saúde dos dois! Do Mendonça, um dragão! De toda a nossa grande tropa! Morte à parranda dos legalistas, filhos da puta! Viva às manapanças que havemos de comer, um dia, cozidas no forno do palácio do imperador! — O vinho do canecão escorria-lhe pelos cantos da boca.

Anita que, no momento, esbarrou no italiano entusiasmado em suas rodadas da música, completou, sem perder o passo:

— E a cabeça vaquilhona do homem? Tu não a queres assar também, chico?

Mais um pouco e a festa acabou. Também já queria clarear longe, nos dobrados do nascente. Na despedida, Anita quis ser gentil:

— Linda festa, Mendonça amigo! Diverti-me a valer, creia! Mira que me senti outra vez, chico, como se tivesse 17 anos..

— E tens mais do que isso? — Mendonça fingiu grande espanto. — Outro dia ainda em casa de tua mãe, mijaste-me nas calças... lembra-te, piazinha?

107

Dia seguinte, cedo ainda, o fornecedor ativo procurou Garibaldi na casa que reservara para o casal de amantes:

— Pois é assim, meu comandante: que tal a casinha? Espero que tenham passado bem a noite que foi de folga. Faz pouco, passei por aqui mas imaginei que Aninha ainda estivesse no primeiro sono... Viu como a menina pela-se por um assustado? Isto, desde menina assim deste tamaninho! Bueno... O Rossetti é que ainda está debaixo das cobertas e, pelo jeito, vai assim até a noite.

— Entra, homem de Deus! — Anita chamou simpatias de dentro. — Venha tomar um mate com a gente.

Obedecendo, Cláudio Mendonça explicou:

— Apurei-me em vir, meu comandante, para dizer que já separei 250 cabeças para o rancho da tropa. Algumas ovelhas também. Mas para passar com segurança ao Sul, mesmo por fora de Vacaria, será bom que o meu comandante aponte alguns praças com experiência para acompanhar a boiada. É que, nestes tempos inseguros, nunca se sabe o que pode acontecer, não é verdade? A boiada vai na frente. Mandei que partissem hoje ainda, pela fresca da tarde. Bueno, outra coisa: despues de manhana és Natal. Mandei apurar também uma Missa do Galo festiva onde vosmecês dois farão um casamento particular. Nem o padre Ramalho precisa saber...

Cada vez mais grato a tantas gentilezas, Garibaldi e Anita, abraçados, olhavam Mendonça:

— Sim... Agora, amigo — o Gringo perguntou —, como acertaremos as nossas contas, hein? Dou-te um documento. Tu mesmo deves redigi-lo porque tens prática e os dados: número de cabeças, preço, peso aproximado... Eu assino em nome do Governo Provisório de Santa Catarina. Anita e Rossetti endossam...

— Nada disso, meu comandante! — Mendonça se aborreceu. — Se a Revolução vencer, certo, vosmecês me pagarão o que tiverem de pagar. Se quiserem, é claro, que eu ofereça a gadaria pela causa. Se perdermos... buena revira! É bater-se na marca que vós outros perderão mutcho más. Despues, entre nós não há parlapassadas, não é assim?

— É! Não há, grande Mendonça. Tu é que és! Assim se faz, amigo. Mas, não te dê cuidados, digo-te eu: seu gado voltará em ouro...

108

Já à porta, na despedida, Anita cresceu espanto na ponta dos pés:

— Mentira! Mirem vancês quem vem lá! Putcha, cuê!

De longe, acenando exageros com o corpo todo, Ferrabraz vinha de carreira, ruazinha abaixo.

Chegou sem tomar fôlego e sem cumprimentar ninguém. E logo foi falando suas aflições:

— Mire vancê mesmo, dona Aninha: se até o dia de hoje fui um caga-sebo, quando escutei dizer que a guerra se deflorava ruano, pegando fogo de lançante acima, e que já estava morrendo de bala malebra muita gente no Rio Grande... — Só então o moleque respirou fundo antes de prosseguir no mesmo rojão: — e, ademais, que Laguna já estava entrando também, de ponta-cabeça no entrevero, me mandei, dona, sem me importar com o refilão. Vim, bem-dizendo, sem rumo, por aí, pouco se me dando manantial ou terra seca... Dava um queijo eu para saber, deveras, aonde andavam meus pés! Era só a senhora no meu pensamento. De Laguna, eu não queria saber. Quando, pela sorte, fui parar em Imbituba, calhou de sair no meio justo da guerra. Que vinha eu deslombado, vinha! Comida!? Pois, sim! Gostei foi de ver o Albuquerque defendendo a terra com uns poucos chirus. Entonce, dona, tomei partido que um homem, desde que sendo bagual inteiro, toma, ainda que sem saber direito o que faz e, nas aparências, sem querer. Esquece o medo natural porque guerra, despois que a gente tá de dentro, acabou-se o mundo. Assim que virei farroupilha! — De novo, Ferrabraz encheu o peito e respirou devagar. — Agora, ainda que apotrado, aprendi a pelear porque vi como é muito melhor a gente brigar por um lado que escolheu, com o coração quente que nem porongo de água nova, do que da outra banda, só porque a gente nasceu nela, sem soflagrante de mudar. Me diga vancê, dona Aninha, porque temos nós de defender umas quantas leis que a gente nem bem sabe o que é, ou uma falada Regência de um tipo aquele meio rengo? É aí, dona, que um haragano patalela e se deixa retouçar numa candongueira de fazer gosto. E vem apurado de cara-volta! Paixão, dona Aninha, certo ou errado, a gente vê logo o que é. Hay que tomar mercancias porque o sossego, já nessas horas de quentura, só é bom pro doutor Crispim e os lá da botica que, não sendo guerreiros, só sabem escrever coisas bonitas...

Anita beijou ternuras comovidas na testa suada do pretinho:

— Bueno, chico! És um homem, sim, senhor! Sabes? Tenho orgulho por ti. Mas, e o teu amo? Hoje não pertences ao João, da Micas?

— Sim e não, dona Aninha... Ora, vejam! Quem mais fazia por me bater era o sô Galdino... Não sei se ele era meu senhor também... O certo é que eu, desculpa mecê se carambolo por fora... mas, uma coisa que eu nunca entendi muito bem é isso de uma pessoa ser dona de outra como de um animal... No fim, gente não é uma coisa só?

109

Foi assim que Ferrabraz, mandalete sabido, piá escurinho dos olhos campeiros, gateado nos gestos, minando malícias pra todos os lados, já armado em lanceiro da República do

Piratini, ganhou cavalo novo, um baião grosso de fazer inveja; espingarda de cano areado, com bandoleira de couro e fivela prateada; selim estalando, até com teliz de pano vermelho, verde e amarelo.

110

Natal de 1839.

Enquanto Anita-graça-pura, de avental e touca, no jeito de recém-dona de casa, tirava do forno um matafã amarelinho nos ovos, fofo na farinha, crescido no fermento de leite, cheiroso na manteiga e mesclado nas passas — receita da mama Garibaldi —, o gringo conversava com o Rossetti, contando da chegada repentina do rapaz:

— Veja você que perversos são esses legalistas! Pelo miúdo, o escravozinho protegido da Anita, estamos sabendo que, no Passo de Cascavel, justamente na hora em que transpúnhamos o Lava-Tudo, os diabos já vinham em nossas pegadas. No caminho, sem precisão alguma, andaram arrancando os olhos e fazendo outras maldades a uns quantos dos nossos nem bem guerreiros mas que têm, por ali, plantações e gado. Barbaridade! Diz o guri que são 300 para mais. Hão de nos dar cerco. Acho, Rossetti, que não vamos poder evitar o entrevero...

— O que é preciso é estarmos alertas. Enfim, o que for, será!

— Sabes? Preocupa-me a Anita... Velho: se eu morrer e tu não, eu te peço...

— Olha, descansa! Se tu morres, a guria é que nos vai proteger a todos, não te iludas... — E os dois, se rindo, esgotaram o vinho das canecas.

111

Foi pouco antes da anunciada Missa do Galo que Cláudio Mendonça dava conta ao Garibaldi:
— Mandei, na frente, a gadaria mais magra, meu comandante. São como que 40 léguas, incluso o caminho da serra, que é de capar um gato. Indo do mais gordo, em passo picado, estropiava-se rápido.
— Bem ido, Mendonça. Soube que seguiram esta tarde. Os praças que foram de peões é que embirraram por viajar no Natal...
— Preveni isso também, meu comandante. Tomei a liberdade de besuntar-lhes as mulheres com algum cobre...
— Que é isso, Mendonça amigo? Duvidas de meus homens?
— Duvido é do homem, meu comandante. Puxa, bicho ruim! O pior é que, entre nós, campeia uma como justiça meio da torta. E tudo corrompido pelo diabo do cobre. Ensinamentos do governo que aí está, concorda? Os malévolos mesmo, esses não sofrem encontrões. Veja vancê os legalistas como engordam na maldade que nem os estancieiros fronteiriços da banda uruguaia que tanto obram lá como cá. Contrabandeiam, matam, esfolam à bela vontade! E, isso, comandante, enquanto os pobres mendigos de cá, ansiados pelas leis que male e male saem da Corte, e que

não causam dano a ninguém, morrem pelos campos como aves no invernasco, vendo o tempo passar, no más! Eu acá é que tenho lhes valido na medida do possível que, no fim, eu também não sou tão rico como os intrujões do governo. E a gente não tem direito nem de ser contra a canalha!

— Hombre! — Garibaldi se ria. — Onde vamos parar com tamanha revolta? Estás a me sair um carbonário pior do que os da Itália! Guarde teus discursos para quando o Albuquerque (não o nosso, mas o governista) chegar aqui em nosso encalço... Aí, sim! Não só terás de justificar a acolhida que nos deste, como fornecer-lhe o que sobrar do teu gado, das tuas colheitas e do teu empório...

— Si... como no? O que não tem remédio, remediado está, pois não sabes? Mas não há de ser com sorrisos que vou acobertar a patada. Isto, garanto eu!

112

Em Morrinhos, a ceia da tradição, mesmo com as farturas das coisas da Europa, não ia alegre.

Rafael (paradas nos olhos saudades de Aninha); a mulher (triste e fria como o silêncio de uma vela acesa); o doutor Teodoro ("— Companheiros, não lhes conto nada..."); Galdino (com seus cães do tamanho da imbecilidade daqueles animais que, no dizer de Melquisedec, são tão estúpidos que servem até de polícia e vigia para aquilo que nem lhes pertence...); o livreiro ("— Terra é terra! É do povo. Dono é ladrão!") e outros amigos como o padre João Antônio (desassossegado de satanás) estavam a esperar pela batida da meia-noite para o brinde. Soando a última badalada, foi o dono da casa quem falou:

— Bueno, minha gente! Feliz Natal! Felicidades, amigos, para todos nós... Boas-Festas! Feliz Natal também para todos aqueles que, uma hora dessas, estão brigando lá fora, por isso ou aquilo... em defesa de alguma coisa que, afinal, quem sabe lá muito bem o que seja? — Terminou depressa que a voz já lhe tremia no pensamento da enteada.

Percebendo o que se passava nos dentros do amigo, Teodoro aliviou tensões:

— Estás filósofo, homem! Feliz Natal pra nós e pros brigões também. É só isso. O porquê brigam, já é outra coisa. No fim, dá tudo certo. Bebamos, companheiros, que o champanha é francês. Dom Rafael tem bom gosto. Que saudades tenho de Paris... da minha mocidade! Companheiros, não lhes conto nada... Que mulheres! Que perninhas! Que pescoços, companheiros!

Num canto da varanda, um pouco mais tarde, Melquisedec lastimava para o padre das mais despilchadas anarquias:

— Só sinto um bocado é a falta de nossa Aninha. O pobre do dom Rafael está mais cerdeado do que a mulher que, para mim, a paulista aquela, vaidosa da sua canela-vermelha, se não é farroupilha, pende mais pra lá do que pra cá...

Galdino tomou parte na conversa:

— Viram vocês em que dá isso de se largar pelo mundo afora, catando aventuras doidas?

— Bem... — Foi a vez do padre falar —, Aninha está em Lajes. Enquanto não ferver o barulho por lá, estará em paz. Claro que, sendo Natal, andará incomodada com as saudades, que Aninha é de carne e osso... Talvez até do marido... a coitada aquela não é má pessoa, senão um tico avoada...

Melquisedec interferiu:

— Eu, se pudesse, mandava avisar ao Canabarro que o Albuquerque está se pondo pra lá, com força dura e bem-armada. O irmão, o Agostinho, é que está safado da vida...
Padre João Antônio olhou intencionalmente para Galdino:
— Os espiões é que andam fresquitos na bombeação... Aqui temos o Galdino que embora bem-veredeado para os legais, estou seguro de que não é de arrepiar pelo...
Galdino revoltou-se:
— Se desconfiam de mim, sumo e não mais apareço.
Melquisedec apaziguou:
— Não, homem! Estamos carneando de patuscada. Não precisa vires com sofrenaços que estragas a festa.
Teodoro vinha chegando à varanda também. Ouviu o livreiro:
— Ainda havemos de ver o Galdino com as cores da Cidade Juliana, companheiros. E nem por isso deixará de ser o nosso escrivão!
Já feliz, Galdino pediu:
— Entonces, se é assim, que dom Rafael mande abrir outra garrafa. Mas que seja dessas que faz o doutor Teodoro se lembrar das mulheraças e mulhericas de Paris...

113

No justo momento da elevação da hóstia, na prometida Missa do Galo de Cláudio Mendonça, Garibaldi se debruçou sobre um ombro da amante:

— Sabes, amor... estou pedindo à Madonina que nos dê um bambino... Que tal?

— Te aquieta, homem. Tu pensas que Nossa Senhora é comadre para essas coisas de cama? Quem tem de providenciar isso és tu, gringo de uma figa!

114

Na saída da igreja, um chiru velho, barrigudo, de chinelas de baeta e suspensórios de oleado, fez sinal para Garibaldi.

— Que me queres, homem? — Afastando-se dos amigos, o gringo perguntou.

Então, o chiru avisou: já muito pra cá do Cerrito Frio, Antônio de Melo Albuquerque vinha trazendo quase 400 soldados, desses apanhados a laço, embora chamados Voluntários da Pátria... A notícia era certa embora o índio não pudesse dizer o nome da pessoa que mandava informar. É que, com a chegada dos legalistas, o desgraçado havia de ser sangrado, depois de pendurado numa árvore de cabeça pra baixo. Isso, no mínimo da vingança. Mas havia exagero no pavor que os do governo, pelo menos os comandados por Albuquerque, infundiam na população pacata daqueles interiores. Nem mesmo fora verdade a perversidade que contavam ter havido no Passo de Cascavel. Realmente, Albuquerque não tratava os inimigos a vela de libra! Rapinava gado, gêneros e o mais. Mas, guerra é guerra! Como alimentar seus soldados em campanha? Comprando a comida no empório do Cláudio Mendonça?

— É no frigir dos ovos que se conhece a gordura, chico.
— Anita achou natural a notícia que os obrigava a fugir por aquela madrugada mesmo. Enquanto Garibaldi saía a dar ordens de marcha urgente, a mulher falava a Rossetti e o Cláudio Mendonça: — Vamos ver se esse Albuquerque é tão valente como o Valentiniano, que não honra o nome que traz. Ademais, corcunda sabe como se deita, e nós somos corcundas, meninos! Tu, Mendonça, é que tens de te cuidar. Não abras a boca. Diga aos legalistas que fomos nós que o obrigamos a nos servir... Se for preciso, dê vivas ao imperador! ao governo! Um pouco de infâmia contra essa gente não tira a dignidade de ninguém... E aguentes o prejuízo que lhe vão dar, bem maiores que os que lhe damos, amigo!

Nas cantigas da antemanhã, a fuga se deu pela estrada que, atravessando o rio Canoas, ia bater em Curitibanos, com 15 léguas de viagem.

O tempo foi o justo para mandar, pelo mesmo índio barrigudo, recado a Canabarro: não havia como descer para Vacaria. O jeito era internarem-se bem na província. Depois, então, com melhores ventos, chegariam ao Rio Grande, dando volta por Campos Novos, pela estância do Trombudo, por Pinheirinhos ou até pelo Japão, se assim fosse preciso. O que não era possível era enfrentar, com menos de 200 homens, as tropas numerosas do general Antônio Albuquerque e do coronel Valentiniano, já bem-reforçadas com o povo desembarcado de fresco, vindo lá do Norte; ou, muito menos, fazer frente à soldadesca paulistana da coluna de caçadores do brigadeiro Cunha, paulista desempenado, mais chimango do que o diabo.

115

Apenas iniciada a jornada difícil, Anita-algazarra se agastou com os cuidados exagerados do gringo:

— Ah, Papin, quando me encararás como um soldado farroupilha em lugar de me fazeres uma boneca mimada? Vamos, chico: como tu, eu também sei topar uma entestada braba, cuê! Também sei mirar a dar tiros, amor... — Como Garibaldi começasse a se queixar a Rossetti de sua imprudência em expor, e permitir que a mulher se arriscasse, aos azares de uma guerra que já começara assim tão desigual, Anita pediu:
— Mira, Rossetti: acalma o gringo que eu, descobrindo que começo a apoquentar-lhe a vida, sumo de uma vez. Quero o meu Papin duro. — E, acariciando o amante de cima de seu cavalo sem que nenhum dos três diminuísse a marcha, falou-lhe com licor na voz: — Quero de volta aquele tipaço que passou os barcos por cima da restinga, na lagoa dos Patos... E passou-os à unha, o dente-duro! Agora, mire vancê, Rossetti, só porque topou com uma china que o adora, está todo avoado e poltrão! Mira, chico: está até apavorado de entrar num entrevero vagabundo! — Anita segurou as rédeas ao Fidélis que tropeçava num formigueiro. — Não é o fim do mundo? Claro, gringo adorado, que havemos de topar fogo a qualquer momento... Cuida de ti e deixa-me guerrear que também sei onde tenho o nariz...

— Mas... bestia adorata! Te ponhas mais pra trás! Proteja-te, amorino, pelo menos enquanto não encontrarmos com a força do Canabarro. Então, seremos mais fortes com o reforço. Pelo que o Mendonça soube, o general aquele sobe a serra pela outra vertente. Havemos de nos rever em Campos

Novos ou por ali assim... Então, teremos boas condições para chegarmos a Vacaria, Cruz Alta ou São Gabriel... Enfim, onde estiver o Bento Gonçalves. Agora, bela, passa para trás e se abrigue durante a caminhada entre o primeiro e o segundo esquadrão.

— Tu mandas... — Anita-zangarilha obedeceu, contrariada. — Tu és o marido... Que posso fazer eu, pobre chinoca de um marujo encantador que me ama e eu o amo mais perdidamente do que codorna perseguida por cães perdigueiros.

Garibaldi ainda alcançou a mulher com a fala:

— Per Dio Santo, strega... Não te enfureças que só tu me és cara, amor!

116

Quatro dias antes desses acontecimentos, Albuquerque e Valentiniano conversavam efetivamente, no Posto de Fiscalização do Gado do rio Lava-Tudo, derruído pelo incêndio que Garibaldi ateou antes de seguir para Lajes.

— Por aqui, paramos um pouco. Nem a pressa há de favorecer-nos no ataque ao Garibaldi e ao traidor do Teixeira Nunes... O melhor é deixar passar o Natal. — Era Albuquerque traçando planos ao colega tão feiamente batido pelo demônio do gringo. E falavam enquanto examinavam as sepulturas improvisadas na margem esquerda do riacho sem suspeitarem sequer que num dos túmulos, precisamente aquele que ficava entre sambacaetás já floridos, estava o corpo do velho Teixeira Nunes com o ventre arrombado à bala...

Valentiniano desmanchou com o pé um torrão de terra, ouvindo o superior.

— Na noite de depois de amanhã, terão missa de meia-noite. O Alano, o sacristão Candinho Alano, nosso informante lá, como tu sabes, mandou-me avisar. Depois da ceia, terão bebidas, certamente... No dia 25, estarão de ressaca, sem nenhuma garra para brigar. Todos, mesmo a peonada e os voluntários, orçam por cento e poucos leguelhés desavergonhados que, por dois nacos de carne, se passam para o nosso lado... Aí é que entramos nós, Valentiniano. O Alano ficou de vir esperar-nos fora, no campo do Touro. Só nos pede para não deixarmos escapar o Cláudio Mendonça, um emporista rico que é o maior protetor dos farroupilhas. Com tão grande patriotismo — Albuquerque completou com ironias sarcásticas —, o homenzinho pretende bispar os empórios do outro. Assim como assim, é-nos útil o traste. Mais tarde, terminada a coisa, é meter-lhe cevada ao rabo que tão boa bisca será um como outro.

— E marchamos quando, general? — Valentiniano queria saber da forra que, agora, com as costas quentes, sonhava tirar ao gringo, pouco se importando com o juízo que o colega fazia dos espiões. — Saímos pela madrugada de 25 ou à noitinha de 24?

Albuquerque considerou por um minuto. Então, chamou um sargento que areava um sabre descomunal, daqueles que, ao tempo, chamavam rabo-de-galo por via do arqueado da lâmina:

— Que te parece, Osvaldo? Tu, que és o guia, em quantas horas nos levas até Lajes?

Osvaldo avaliou, suspendendo por instantes a labuta com o sabre:

— Serão 9 léguas, no más! Tomando cautela com tropeços de mau jeito, que não há fiar em farroupilhas, barbaridade!, comemos a caminhada num dia. Depois, cortando por dentro da capoeira da meia-serra, ganhamos, al meno, uma leguazita...

Albuquerque consultou Valentiniano:

— Visto? Que tal se prepararmos o rancho geral às três da matina do dia 25? Às quatro, metemos a tropa na estrada. Osvaldo — chamou de novo pelo inferior —, onde faremos o primeiro alto?

— Na estância Bela Vista, comandante. Daqui, levo o batalhão em hora e meia. Depois, até Cerro Frio, mais duas horas, para não exagerar. Mais duas ou três, estaremos em Passo Feio, lugar que conheço mui bem. Lá, tenho uma meia-irmã. Também, no Passo, se vai encontrar boa água. A melhor da região.

— E do Passo a Lajes? É perto, não?

— Duas horas, indo de espacito.

Albuquerque fez as suas contas para o companheiro legalista:

— Amanhecemos em Bela Vista. Ao meio-dia, faremos alto em Passo Feio onde tem a tal água melhor de toda a serra. Depois, teremos toda a tarde para mandarmos ao diabo o Teixeira Nunes, os gringos seus amigos e mais a puta do Garibaldi que, segundo fui informado, o traidor aquele roubou a moça de um pobre remendão, para servir-lhe de vaca e de escudeiro, em suas desprezíveis andanças de arrenegado.

117

Muito mal para os farroupilhas terminava o ano de 1839 e pior ainda havia de começar o seguinte.

Os homens de Garibaldi (Ferrabraz, negrinho livre feito lanceiro, trotava alegre, suando vaidades, em seu cavalo baio, presente de Anita), os homens de Garibaldi, conforme se viu, forçados a mudar de rumo, tiveram outra decepção com o extravio do gado que Cláudio Mendonça despachara diretamente para Vacaria.

Felizmente, e por muita sorte, o rebanho, em lugar de cair em mãos inimigas, encontrou, bem antes de chegar ao rio Pelotas, com os soldados de José Gonçalves, um major meio adergado para cigano, tipo de enormes bigodes e grande devorador de testículos de carneiro que comia, estalados nas brasas, a qualquer hora que os topasse, fosse dia alto ou noite fechada.

Zé Miau, como o militar era conhecido em todo o Rio Grande, embora ainda não falado nesta novela mas que, desde o princípio do salseiro contra o trono, se tornara forte amigo de Garibaldi, fazia sua guerra em separado, se limitando a cruzar campos e serras, florestas e pastos, a modo de bandoleiro errante, hostilizando os do governo, libertando escravos à força, requisitando armamentos, gado, gêneros e ouro, destruindo fortificações ocasionais dos legalistas e angariando simpatias e braços do povo sofrido para a causa farroupilha. Como falava bonito como a rapaziada de Alegrete, usava também da prosa para atochar nos tipos do interior promessas gaiteiras de um futuro mui lindo para a República do Piratini.

Mas, sobretudo, Zé Miau gostava era de esculachar o Império e toda a Corte do Rio de Janeiro.

Completando sua figura excêntrica, Zé Miau só andava de chinelas de feltro, completando o uniforme bizarro, do talhe mais absurdo. Apesar de tudo, era excelente cavaleiro.

118

Voltando atrás em nossa historinha, interrompida pelo aparecimento do Zé Miau, lá se ia o regimento de Garibaldi pela estrada de Curitibanos, doido por fazer junção com os homens do Canabarro que, naquela hora, já deviam vir subindo de Torres. Então, de onde estivessem, tomariam o caminho do Rio Grande para unirem-se, todos, em volta do chefe-geral, o Bento Gonçalves.

Só depois disso haviam de decidir sobre a melhor maneira de estender a revolta pelo Norte da nação.

Apesar dos últimos reveses (como a retomada de Laguna pelos legalistas), havia otimismo nos pelotões. Que a estrela farroupilha andava pobre de gás, reconheciam. Mas, mesmo os peões, que só almejavam por uma vida menos sacrificada, estavam certos que o insucesso seria coisa passageira. Quanto aos negros que iam sendo libertados do cativeiro, na medida em que os revolucionários avançavam pelo interior adentro, então, nem se fala!

119

Era o dia 29 de dezembro, ainda do ano de 1839. Havia de ser uma hora da tarde. Ou quase duas. Fazendo quatro dias de marcha, desde a saída de Lajes, ia a divisão militar dos revoltosos atravessando uma zona de pinheiros, cheia de depressões e patamares, coisa que dificultava — e muito — a marcha dos animais.

Então, já acontecera a entrada do general Albuquerque e do coronel Valentiniano naquela cidade. Não encontrando mais ninguém dos inimigos em fuga, só se demoraram o tempo de tomar informações com Alano do caminho levado pelo gringo; fuzilarem o emporista Cláudio Mendonça e o próprio Alano (que espião é bicho perigoso...) e se despencarem, com vasta sede de vingança, para tocaiar, cortando caminho (que, nisso, sargento Osvaldo era mestre), os farroupilhas miseráveis na passagem do rio.

Pelo cálculo do sargento andador, o esperado confronto teria lugar exatamente naquele dia 29. Isso, com tempo bastante para o general levantar seu bivaque a capricho, com o material saqueado dos armazéns do velho Cláudio Mendonça.

120

Obedecendo ordens do marido, Anita não se afastava do meio da tropa. Ia entre os dois pelotões, zangada com a inércia a que era obrigada pela posição na marcha, só conversando com Fidélis que, pelo jogo balançado das orelhas, levava jeito de entender muito bem a prosa solta da ama.

Mostrando ao animal querido as cotias silvestres, atrevidotas na festa da gula, a disputarem os pinhões caídos das árvores, sem se importarem com a passagem da cavalaria quase a pisarem-nas, Anita, de repente, começou a ver multiplicarem-se inexplicavelmente as pinhas arrebatadas que coalhavam o chão.

A princípio, deixando ficar os olhos para trás na observação dos frutos e das cotias, espalhados pelo caminho percorrido devagar, achou a coisa divertida. Experimentou repetir a brincadeira olhando, dessa vez, para diante, mas sobreveio uma tonteira macia e a vista lhe escureceu por rápidos instantes.

Logo, teve ânsias de vômito.

Mesmo assim, cresceu-lhe de súbito uma grande vontade de comer um punhado daquelas bagas maduras, mesmo cruas e sujas de terra. Trincar nos dentes a casca rija e devorar as amêndoas cor de castanha... A saliva de aceitação ao convite escorreu-lhe por um canto da boca.

O pensamento, fora de guerras e outras violências, na certeza de que toda a razão de sua vida, desde os primeiros anos ainda passados na serra, se resumia naquele preciso instante de magnífica revelação, fê-la exclamar muito suavemente:

— Meu filho!

Ao segurar o ventre com as mãos já de mãe, fez com que Fidélis diminuísse ainda mais o passo protetor, se deixando ficar para trás.

Então, sem porquês, deu de se comover ante a paisagem cheia de encantamento. Na verdade, além das pequenas cotias e da multidão de pinhas derramadas no chão, só se via era aquele infinito de pinheiros a se perder de vista, como candelabros verdes, numa monotonia de dar sono.

Intimamente, rejeitou logo a ideia que lhe acudiu: comunicar a descoberta ao gringo. Aquilo, naqueles momentos difíceis, só serviria para afligi-lo ainda mais, quem sabe até prejudicando alguma luta iminente. Pensou em Rossetti, lá na frente: é que havia urgências em extravasar a notícia, grande demais para ser guardada por ela sozinha. Mas a dianteira da tropa já ia bem distante.

— Meu passado é este filho! — repetiu a exclamação orgulhosa como repetiu a mansidão lunar do gesto, apoiando as mãos em conchas de amor sobre a barriga.

Foi quando Anita se deu conta da realidade: era a última cavaleira do regimento, que já marchava bem longe, por entre macegas em ásperos obstáculos, atingindo o aceiro de grande mata, dessas rudes florestas serranas.

Nem por isso Anita-madonina apressou o passo ou se assustou. Era bom deixar-se levar, sem nenhum cuidado, pelo instinto amigo do velho pingo brasino que tão bem a conhecia.

Deixando-se distanciar cada vez mais dos seus, prolongou o gozo que lhe encharcava a alma. Debruçando-se sobre o pescoço do animal, falou-lhe numa orelha, assoprando carinhos:

— Putcha vida! Mira, chico velho, que tua querida china vai ter uma criança... Te alegra, amigo! A ti, digo, e ainda não disse a mais ninguém... Tu mereces, meu irmão! Cuê!
— Mas sentindo na boca um gosto amargo que nem dos pinhões crus, vomitou de jato, se rindo de tanta felicidade.

121

Quando Anita tomou embocadura para encurtar o estirão que a separava dos seus, já não localizava mais nem a poeira da cavalhada. A proximidade da floresta inculcava que o rio não havia de estar muito longe. Mas por onde havia de ir?

Estava ainda na dúvida, ante tantos atalhos que se perdiam por dentro da mata, quando ouviu forte tiroteio.

Empinando Fidélis nas patas traseiras, como a tomar impulso de garra, Anita-amazona apagou a ideia do filho, de chofre, e partiu a toda brida em direção ao burburinho. Nem teve mais tempo de examinar o remexido da terra, o que havia de lhe dar o rumo tomado pelos seus.

Sem moderar o galope, a guerrilheira foi destravando o cão à espingarda alemã, de repetição, que trazia a tiracolo, sempre brilhando garantias e caprichosos cuidados no cano curto. Os olhos muito alertas buscavam algum fumo que, se levantando dentro da mata, desse-lhe sinal do lugar da emboscada em que, certamente, teria caído a gente de Garibaldi.

Agora, com o gringo tomando-lhe, na mente, todo o espaço que a certeza da existência do filho inundara, Anita enveredou decisões por uma picada que descia fortes rampeados e que, naturalmente, levaria quem a utilizasse em direituras à barranca do rio da traição.

No descostume da carreira lançada em puxados esforços, Fidélis começou a se alagar num mar de espumas, ressumadas da boca, das ancas e entrepernas.

Não obstante o atravancado de galhos e ramas que começavam a empatar os vãos da picada, Anita-improviso, acendendo rápidas virilidades — a arma já em posição de fogo —, se despencou por ali além, num desespero, com a colunazinha de fumaça que estava se levantando do centro da luta dentro dos olhos impacientes por chegar.

— Vamos Fidélis... vamos, chico! — Deitada sobre o pescoço do animal, a mulher não percebia que, no labirinto natural da mata, distâncias, ruídos e rumos são terrivelmente enganadores para o descostume dos homens da cidade.

Quando viu, estava, efetivamente, não dentro do combate, mas na margem do rio. Não havia como explicar por que o fragor da batalha ficara para trás, muito de viés.

Em sua frente, cercando a descida para o rio, juntaram-se, aos berros, quatro ou cinco legalistas, sentinelas da passagem, surgidos de repente dos socalcos esboroados pelas cheias passadas.

Já agora não havia mais como regressar, arrepiando carreira. No impulso que trazia, Anita fez Fidélis saltar por entre os inimigos, atirando com sua repetição alemã.

Antes de se meterem água adentro, na travessia da torrente, por sorte, pouco profunda naquela época, cavalo e cavaleira não vacilaram: avançaram decididamente.

Caídos por terra, ficaram para trás dois soldados, cabeças em sangue pela felicidade dos tiros.

Balas em quantidade, porém, levantavam grossos respingos em volta dos fugitivos. Mas, ainda por muita sorte, afundavam, inúteis, no leito em vazante. Logo, as balas foram rareando, separadas pela distância que se dilatava. Por fim, tomando terra com a mesma facilidade que traziam de trás, Anita e Fidélis barafustaram-se por entre as touceiras e macegas mais espessas, na proteção de uma provável perseguição.

122

Hora depois, já em relativa segurança, embora intranquila pela sorte dos seus, sobretudo de seu Papin querido, o pai daquele filho assim revelado em tão duras contingências, Anita estava impossibilitada de tentar novamente um contato urgente: se já não mais ouvia um único tiro a romper silêncios do outro lado do rio, no chão, sobre o fofo de alguma folhagem ajuntada ao azar, Fidélis se desmanchava em sangue, com uma bala que lhe torara uma artéria, no grosso da coxa.

Retirados os arreios, só agasalhado no chairel suado por via de não resfriar o corpo demais, poupando o sangue que ainda lhe restava, o cavalo esquecia os olhos inteligentes na ama aflita.

Fidélis sofria. Era evidente. Anita constatou o irremediável:

— Não, meu amor! Quero que te vás com carinho... Quero que descanses pelas mãos que muito te amam e não pelo seco de um tiro largado pelos chimangos, filhos da puta! Lembra-te, chico?, um dia, quem sabe o que, então, se passava dentro de mim, dia aflito tal qual o de hoje, só que sem este filho na barriga revelado, abraçada a teu pescoço nobre, rezei-te um salmo com toda a minha ternura... Naquela noite, desejei-te como se desejasse um homem! Tu eras Holofernes e eu, vestida apenas com a noite e com o vento, era Judite. Antes que a lua sumisse, deixei-te logo, com a sua imensa solidão, porque "é coisa vergonhosa que uma mulher se retire de um homem, à noite, obrando de modo que se retire dele isenta..."

Um tiro ecoou certeiro, rompendo de novo o silêncio da mata.

Fidélis arreganhou os beiços negros, mostrando todos os dentes como se mostrasse sua enorme surpresa. Ergueu-se espantado para, logo depois, ajoelhar e colocar as mãos no peito ferido. Em seguida, deitou serenamente a cabeça bonita sobre o solo onde outra poça de sangue foi-se abrindo, como uma vitória-régia vermelha...

Anita-fatalidade esperou que tudo se acabasse muito pacientemente. Então, devagar como o sopro da morte, levantou os olhos para o pinheiral sem-fim, já não mais cheio de encantamento, e se comoveu de novo. Triste a paisagem! Os olhos de Anita se abriram, enormes no negrume das pupilas, para se fecharem depois, lentamente, sem nenhuma lágrima.

123

Foi precisamente aquele tiro que, dado na margem oposta ao campo de batalha, traiu a presença procurada de Anita.

Imersa em sua desventura, os olhos fixando sem tempo o corpo do brasino amado, a mulher de Garibaldi não podia perceber que aqueles pequenos estalidos intermitentes de folhas pisadas a seu redor, tão longe de sua vigília como a lembrança dormida do filho apenas suspeitado, ou a preocupação com o destino do marido, eram precisamente a aproximação por certeiras trilhas dos pedestres do general Albuquerque.

Quando, por uma intuição inexplicável, Anita saltou para agarrar a arma abandonada no chão, só atinou em tentar arrancá-la de sob as rudes botas de um voluntário feroz que se havia antecipado ao gesto. Mesmo assim, Anita cresceu em forças, procurando derrubar o inimigo. Tal seu ímpeto que talvez o tivesse conseguido, não fosse a velocidade com que mais dois soldados saltaram sobre ela, ainda agachada na luta pela conquista de sua espingarda.

A violenta dentada com que abocanhou o antebraço que a estrangulava em volta do pescoço, todavia, não lhe restituiu a liberdade: é que mais outros peões chegavam para imobilizá-la com a brutalidade do ódio. Vingavam-se dos colegas que foram sacrificados pouco antes, na passagem do rio pela sua repetição alemã.

Assim, sem qualquer movimento livre, Anita começou a ser arrastada, em severas torturas, pelos boçais.

Respirando com enorme dificuldade, ainda assim tentava inúteis protestos e reações impossíveis para não ser levada mato adentro.

Coisa de meia hora, se tanto, chegou, sempre arrastada selvagemente, ao bivaque do general inimigo que, apenas vendo-a chegar, veio-lhe ao encontro, ordenando, na severidade de um gesto, que a soltassem imediatamente.

Apanhando uma cadeira de lona, ele mesmo ofereceu-a à prisioneira, de maneira seca mas digna.

— Não fale nada, agora! — recomendou militarmente.
— Descanse um pouco, primeiro. Queira sentar-se. Já estou bem-informado sobre sua pessoa, dona Ana de Jesus Duarte...

— Ana Garibaldi — a mulher corrigiu com voz ofegante, irritada por ouvir o sobrenome do marido.

— Seja! Peço que me faça a justiça de não me julgar capaz de ter mandado prendê-la, ou prender alguém, dessa maneira. São muito estúpidos esses voluntários... nada se poderia esperar melhor de sua ignorância. Creia que a tenho como inimigo nada desprezível... Honra-me o fato de tê-la sob minha guarda!

Albuquerque falava devagar, de modo inflexível, apunhalando Anita com a severidade incrível de seus olhos tirantes a verde-escuros.

Vendo que Anita descalçava uma bota ainda molhada e esfregava saliva na canela de onde corria um filete de sangue, o general chamou uma praça e mandou que viesse logo o cabo enfermeiro.

Enquanto o cabo pensava o ferimento bastante esgarçado com uma tira de pano embebida em arnica, Anita se conservou calada, esperando que o general lhe dirigisse a palavra de novo. Mas o militar, braços cruzados, assistia o curativo absolutamente calado. Então, Anita não se conteve mais e perguntou:

— Acabou? O entrevero já terminou? Que foi feito de minha gente? Do meu marido?

Albuquerque considerou antes de falar:

— Temo que não possa lhe dar boas notícias. Nem mesmo notícia alguma, em detalhe. Mal terminou a refrega, recolhi-me aqui para acertar pormenores urgentes. Estamos esperando pelo coronel Valentiniano, que ainda está providenciando mil coisas atinentes à guerra, do lado de lá do rio. Ele nos trará informações precisas.

Anita insistiu, sem baixar os olhos, não obstante a força do olhar de Albuquerque. Este era um tipo de duelo que, em qualquer circunstância, sempre lhe agradava:

— Garibaldi morreu?

Albuquerque manteve o olhar mas já não tão seguro. Mesmo tendo percebido o jogo de sua prisioneira. Impressionante o jeito de Anita! Sua coragem... sua altivez!

— Não sei! A luta foi rápida. Muito rápida. Tínhamos enorme superioridade de gente... de armas... Quando os farroupilhas se viram cercados, de inopino, foram valentes.

Tenho de confessar. Atiraram para todos os lados. Para derrubar-nos. Com isso, provocaram cerca de 30 baixas em nossas fileiras. Mataram poucos cavalos que, por causa do terreno ruim, desmontei, antes, meu pessoal. Apesar de tudo, foi o que nos valeu. Dos seus, dona Anita Garibaldi — o captor frisou, agora, o nome certo —, dos seus, lamento informar que houve muito mais baixas. Não sei se algum chefe maior... se Garibaldi. Mandei grupar os feridos numa charneca próxima, muito bem-guardados. Os nossos e os seus.

Anita cresceu interesse, falando depressa:

— Vancê me permite ir lá? Me permite identificar meus mortos? Meus feridos? Vou como sua prisioneira, é claro... — O pensamento fervia na figura do gringo. — Com guarda à vista! Peço que me deixe enterrar meus mortos... os seus também... cuidar dos feridos... Como mulher, sei cuidar melhor! — A voz tremia mas os olhos não baixavam. — Por favor, senhor! Será uma caridade... Sei que vancê é o general Antônio de Melo Albuquerque... que seu irmão, Agostinho, é dos nossos... Também é farroupilha!

Albuquerque, penalizado, passou-lhe a cuia do mate, abastecida com água nova:

— Agora, ainda não pode ser. Rogo que a senhora tenha um pouco de paciência. Temos de esperar o Valentiniano para, então, pensarmos no que fazer. Ademais, uma guerreira como a senhora saberá ter mãos em seus impulsos como qualquer outro oficial de patente superior. Desejo, com sinceridade, que seu marido não esteja perdido. Agora, se lhe aprouver, acho que podemos conversar um pouco sobre nossas posições... — Só que os olhos puxados a verdes do general haviam baixado muito paulatinamente...

E foi ele próprio que, terminado o curativo no tornozelo de Anita, abaixou-se e, num requinte de cavalheirismo e galanteria, ajudou-a a calçar de novo a bota molhada da travessia violenta.

Dolorosa foi a operação. Ainda que o general, temperado nas crestaduras da profissão, procurasse ser gentil e usasse todos os meios que se lhe afiguravam como mostras de delicadeza, fazia Anita sofrer, sem nem dar por isso. É que a terrível farroupilha, fervendo brios guerreiros, escondia o sofrimento por detrás de um sorriso de fantasia, permitindo que a bota lhe fosse ajustada ao tornozelo ferido. O couro, muito úmido, fazia o sacrifício ainda mais cruel.

— Barbaridade! — Anita gemeu, fazendo logo inexpressiva a exclamação, envergonhada da fraqueza momentânea.

Conseguindo manter o sangue-frio e a serenidade necessária para a difícil prova, Anita conversou sobre tudo aquilo que o militar provocava, numa inquirição de quartel. Cuidava, apenas, de bem escolher as palavras, próprias para a sua posição de prisioneira.

Foi o general que encaminhou a conversa:

— Não estou de acordo em que a guerra seja uma boa ocupação para uma mulher.

Anita procurou pelos olhos baixos do militar:

— E para os homens? Então... — Anita ia dizer a palavra *chico*, tão de seu costume, mas conteve-se a tempo. — Que diferença faz? As mulheres só servem para cozinhar, lavar roupas, fazer bordados certinhos... ninharias?... Não podem ter seus ideais também?

— Não! — Albuquerque apressou-se em apagar uma possível má impressão deixada naquela mulher tão diferente por suas palavras, talvez avoadas. — Não digo que as mulheres devam ficar em casa, só fazendo coisas de negrinhas...

— Coisas de negrinhas!? — Anita cresceu, interrompendo abruptamente a frase do general. — Peço que o amigo me perdoe mas... o que o senhor quer dizer exatamente com isso?

Não vê que esse danado de preconceito... Me perdoe, chico.
— Agora, saiu o chico. Sem querer, mas saiu. Anita não se preocupou. — Não vê o general que essa implicância para com os negros não pode conduzir a nada de bom? Sobretudo, se partindo de um homem justo e educado como o senhor... Me diga, general: que coisa faz o negro agir como negro, senão o fato de os tratarmos como negros? Putcha vida de tropeadas! Digo negros no sentido de que os tratamos pior do que aos animais... Senzalas que nem cocheiras é o que se vê por toda parte. Fazemos os pobres trabalharem de sol a sol, sem direito a nada... nem mesmo à esperança de, um dia, serem livres! E os coitados têm mulher... têm filhos...

Num disfarce, Anita desamarrou a bota molhada. A dor não a deixava perceber, inteiro, o espanto de Albuquerque:

— Há gente que tudo vê através da bondade... — o general arriscou uma frase de cordialidade.

— Eu não sou boa, general. Mira que eu sou justa!

— Os negros são falsos. Creia-me a senhora que os conheço bem. São madraços, indolentes... são boçais. — Na verdade, o conceito íntimo do general sobre a índole dos cativos não era tão severo. O que ele pretendia era ouvir Anita falar mais; ouvir sua voz bonita nas energias, em roucos sensuais.

— Os negros mentem, sim, meu general. Mas mentem quando percebem que dizer a verdade termina em açoites! Ademais, chico, se nós comêssemos o que lhes damos para comer e trabalhássemos só a metade do que os fazemos trabalhar, seríamos bem mais preguiçosos do que os piores deles. Também, me desculpe vancê, seu general, são ignorantes porque ninguém os deixa aprender nada além de labutar. Ninguém quer que eles saibam nem mesmo que são homens, criaturas de Deus como nós outros! Isso, amigo, não pode durar mais tempo... que te parece? Trazem os escravos para cá em barcos ou tropas imundos, sem ar ou sem comida... Morre mais da metade pelo caminho... E os homens que lidam com essa carga de *peças* se dizem cristãos! Que vergonha, São Crispim!

Albuquerque estava atônito. Foi sincero:

— Dona Ana de Jesus, creia-me: a senhora me perturba! A senhora... é estranha. Profundamente estranha!

Anita, totalmente alheia ao que lhe ia em volta, inflamava-se mais, fazendo mais rouca e sensual a voz que, apesar de tudo, avolumava-se também em feminilidade, afogando Albuquerque em incompreensões:

— Estranho, chico, é o mundo em que se sucedem tamanhas barbaridades! Isso, sem que todos gritem. Mas na realidade eu... — Anita parou de sopetão como se apagassem uma luz numa sala. De repente, transformou-se como que num animalzinho submisso, terrivelmente desejado. A voz, que tanto impressionava o general, arredondou-se em humildades, nem por isso menos quente. — Na realidade... caramba, general!, sou uma simples prisioneira! *Sua prisioneira*. Espero que o senhor general me perdoe por ter me esquecido do meu lugar. — Só então Anita-minúscula baixou os olhos vencedores.

Albuquerque estava inteiramente entregue. Vontade era abraçar Anita. Beijá-la com ternura e paixão. Sem achar uma única palavra em tão perdidos desencontros, conformou-se em ficar olhando mil desejos, que adivinhava impossíveis, nos cabelos soltos da moça, revoltos desde a prisão brutal. Duma feita, aventurou-se timidamente a retirar-lhes pequenos detritos vegetais, ali ficados da luta e do arrastamento, pelo mato, de seu corpo cansado e ferido.

Sempre com o filho e Garibaldi pregados no subconsciente, Anita aproveitou o vão na prosa para pensar: "— Afinal, o diabo não é tão feio como se o pintam!"

Ali estava um homem cujo nome aterrava em volta. Homem acusado das maiores iniquidades como decepar mãos e vazar olhos aos revolucionários encontradiços pelos caminhos do Sul. Mas um militar que, com um empurrão jeitoso e com a aliança do irmão Agostinho, um tipaço macanudo, havia de dar em farroupilha, sem nenhum trabalho! Albuquerque — Anita descobriu com facilidade — era liberal, era contra a escravidão, contra a interferência do clero na política e, sobretudo, na administração do Império. Por outro lado, era favorável a maior emancipação das províncias realmente produtoras. Seria até republicano o general!

— A senhora está certa, dona Ana de Jesus! Cada qual tem o direito de ter a sua política, desde que com boas intenções. O que não se pode admitir é velhacaria... — Em certo ponto da inquirição, Albuquerque chegara a concordar. — Afinal, todos estamos brigando por uma coisa só: por um Brasil melhor! Não entendo como querem vocês, os farroupilhas, a separação do Sul do país. Com isso é que eu não posso concordar, nem mesmo com meu irmão Agostinho.

— É que o amigo — Anita explicou seriamente — sabe que, se não se pode carregar a carga inteira, começa-se por levar pelo menos uma saca. Depois se providencia o resto. — Só então os dois se riram, muito discretamente.

Quando Valentiniano regressou ao acampamento, dando com Anita ali, ferveu despeitos pela derrota sofrida no Passo da Fiscalização do Gado do rio Lava-Tudo. E piorou nas iras depois que viu o superior servindo serenamente uma costela às brasas a sua prisioneira. Ainda com rancor, percebeu, de imediato, que o general estava gloriosamente rendido a tão complexo amontoado de coragem, determinação, sexo, inteligência e tudo mais — inclusive aquela voz de fluência — que, apenas suspeitado, faz de uma mulher bonita um foco solar de sedução. De longe, o coronel aferventou revoltas, mas, tão prudente como rancoroso, lembrou-se que era ainda coronel enquanto que Albuquerque, para ventura de Anita, ostentava os símbolos do generalato...

124

Como a prometida volta ao campo onde havia se desenrolado o combate, no outro lado do rio, só poderia ter lugar na manhã seguinte (Valentiniano chegara tarde, exausto das mil labutas da batalha e de após-batalha), aquela noite Anita não conseguiu dormir, com o amante sumido no pensamento e o filho presente na barriga.

Também com a personalidade terrível da prisioneira a encantar-lhe a vigília, sobre uma torturante castidade forçada que já se prolongava sem-fim, general Albuquerque não atinava em adormecer no seu catre severo, mesmo na salutar descontração de uma batalha vencida.

125

Ainda não rompido o dia de todo, Anita impacientava-se para visitar o campo de combate da véspera, onde o marido teria jogado a sua sorte.

Pelo caminho, foi percebendo mais que o general, além de guerreiro, era homem galante, mui experimentado em tricas de amor. Embora ainda muito bem-apessoado nos seus cinquenta e poucos anos, havia se certificado logo de que sua prisioneira, principalmente no desnorteio que a consumia quanto ao destino do marido, não seria jamais uma conquista possível. Mesmo porque, era evidente, Anita amava o marido. E (bem sabia o general) não há mais perfeito aval para a honestidade de uma mulher, ainda que china de galpão, do que um verdadeiro amor.

Sem muito esforço, Anita, por sua vez, penetrou fundo na alma do homem como se ele a externasse abertamente, ao procurar envergonhadas simulações nos pequeninos gestos de grandeza.

No campo, infelizmente, poucos vestígios permaneciam da batalha que fora tão desastrada para os farroupilhas: sapadores, aproveitando-se da noite e do luar, haviam enterrado, já, todos os corpos de um e de outro lado.

Quanto aos feridos, ainda durante a noite, foram transferidos da charneca para uma estância distante, mas onde encontrariam melhores recursos.

Somente algumas armas espalhadas, ponchos, botas e miudezas ainda coalhavam os arredores num melancólico abandono. Maquinalmente, a mulher procurou aqui e ali alguma peça que identificasse Garibaldi. Gozadora, muitas vezes, é a esperança...

Incontida pelo desespero que voltava a fermentar-lhe no coração, Anita ia recriminar o general por não lhe ter dado ocasião de procurar seus mortos e feridos quando Albuquerque começou a falar baixo, como que a lhe contar reservadamente ninharias sem importância.

Logo, Anita pressentiu planos. O militar contou:

— Soube que os farroupilhas sobreviventes fugiram para um lugar chamado Campo Verde... — A voz era ainda mais lenta do que de costume. — Esse Campo Verde fica a 9 léguas, talvez, para o noroeste de onde estamos... Vamos ver. — Da algibeira, sacou uma pequena bússola de mão e, muito naturalmente, mostrou-a a Anita, pedindo que a segurasse um pouco enquanto acendia um palheiro forte. Muito discretamente, evitando, sobretudo, os olhos irados do Valentiniano, o general prosseguiu, falando tranquilamente.

— ... 9 léguas. Mas, me parece, há uma estanciola ou duas pelo caminho. Gente do campo. Gente que nada sabe sobre governo ou Revolução, me entende? Gente que nada pergunta a ninguém. Às vezes, pessoas de lá vêm até aqui, passear no rio. Embora disponham de cavalos, preferem, para atravessar essas macegas, caminhar a pé. É mais rápido e mais desapercebido. Há certos chãos que o cavalo atrapalha. Vancê também não pensa assim?

Enquanto o general levantou a voz para chamar um pedestre, Anita agradeceu só com os olhos: "— Obrigada, chico! Tu és um grandão, putcha!"

— Osvaldo! — Já Albuquerque dava sua ordem: — Pode providenciar a retirada dos homens para o bivaque. Leve todos. Já deve estar na hora da boia... Eu vou depois, e não preciso de bagageiros. Diga, lá embaixo, ao coronel Valentiniano, que comande, por favor, a travessia da tropa.

Satisfeito com o rápido cumprimento da ordem, o último pedestre já escondido pela galharia dos arbustos fechados, no mergulho, rampa abaixo, em direção ao rio, o general bateu na testa, como a se recordar, de súbito, de algo muito importante:

— E eu que ia me esquecendo de falar ao Osvaldo... Olha!, espera-me um minuto que eu já volto. É um instante!

— Seguindo pela ladeira por onde haviam descido os seus homens, recomendou de longe, num apertar de passos: — Cuidado com a minha bússola!

Escondido por trás de um tronco seco de cinamomo, Albuquerque se ria, satisfeito ao ver a carreira com que Anita, agradecida, jogando um beijo na direção em que o vira sumir, afundava na mata, pelo lado oposto.

— Grande mulher! Pena que não seja pra mim! Muita sorte teve o Garibaldi... Ainda que esteja morto — protegido pelo tronco velho, o general aprovava —, o certo é que andou comendo um grande rabo!...

Depois, ficou triste porque, afinal, bem podia ter aproveitado melhor aquela oportunidade que lhe caíra do céu... Era só ter sido um pouquinho mais covarde. Ou canalha...

126

Durante alguns minutos, o tempo justo para se pôr a salvo de alguma traição ou ataque por parte dos legalistas em posição mais avançada; ou mesmo de algum peão voluntário, perdido por aqueles rumos; Anita, apenas deixada só por Albuquerque, abalou apurada sem muito destino. Nem mesmo chegou a consultar a bússola que tinha nas mãos, pois o altiplano sem-fim se prolongava, doendo nos olhos ao sol de dezembro, desde o rio da tragédia até o horizonte além, entre charnecas áridas e matas distantes, já nos socalcos da serra. O pior é que os vãos mais limpos do macegal inóspito onde ela tinha de caminhar, já que a viagem pela floresta era impraticável, eram cobertos de tufos de ásperas capimbebas, uma gramínea agressiva, de folhas cortantes ao menor contato. E os tufos, à proporção que Anita avançava, mais se colavam uns nos outros, na aridez bruta do chão.

O primeiro pensamento da fugitiva foi de gratidão ao general por mais esse ato: o insinuar-lhe a vantagem de fugir desmontada. Realmente, em terreno assim formado, qualquer animal correria todos os riscos, inclusive de, mesmo em trote moderado, partir uma perna numa das enormes panelas de formigueiros abandonados, encobertas pela barba-de-bode crescida nas alegrias da terra revirada. Essas covas — que os chirus chamam de taliscas — são como que verdadeiras armadilhas, até mesmo para quem anda a pé, sem muita atenção onde pisa. Logo que Anita encontrou um sítio onde moitas mais espessas protegiam-na de ser descoberta por ainda algum inimigo que vigiasse de longe, sentou-se, descalçou a bota que lhe magoava o tornozelo ferido e procurou meter um pouco de ordem em seus pensamentos tumultuadíssimos. Antes de mais nada, precisava arranjar uma roupa que não a identificasse como guerreira e não estivesse manchada de lama e sangue. Pouco importava a maneira de arranjar a roupa: bombacha de peão ou saia de dona. Precisava, com a mesma pressa, comer e beber, já não falando em descansar um pouco e pensar melhor o ferimento da perna que a impedia de disparar, largando mais distâncias dos legalistas. Anita amargurou-se: senão distância do general (afinal tinha sido grandão, o chico aquele!), pelo menos do vingativo e despeitado Valentiniano que, descobrindo a fuga, era bem capaz de sair por ali em seu encalço... E, apanhando-a, desconfiado como andava do general, naturalmente não havia de zelar demais por sua vida.

Sem vontade de se levantar, o pé folgando fora da bota, Anita ficou brincando com a bússola. Depois, sempre automaticamente, mordeu a raiz de um capim-canudinho. Gostou do amargo que lhe veio à boca, aliviando a sede. Nesse justo momento, pensou no filho, já sem amargura. Ninguém, no mundo terá tido revelação mais maravilhosa em situação tão difícil e singular — refletiu, fazendo o pensamento saltar, rápido, para o marido ausente, quem sabe onde... se vivo ou morto!

Vontade era tornar atrás até descobrir a estância onde se encontravam os feridos, segundo lhe informara o general. Mas isso seria impossível se, antes, não fosse um suicídio. Garibaldi, se não estivesse ferido, estaria morto ou teria fugido. Também de nada adiantaria ir procurar-lhe o corpo entre os sepultados na véspera. Melhor seria acreditar que o gringo houvesse conseguido fugir com os outros. Bom seria ter fé! Acreditar nem que fosse no infinito dos números do senhor vigário de Laguna, o padre Manuel Ferraz Cruz, a quarta dimensão de Deus.

Ferido ou em fuga, que terríveis preocupações haviam de consumir o amante amadíssimo pensando nela! Era desesperador mas irremediável.

Sem conseguir se dominar, Anita-entregada começou a chorar. Achou bom estar chorando e não se apressou em tomar qualquer decisão.

Quando levantou os olhos, começava a escurecer. Só na serraria, longe, ainda havia algum sol.

Pela primeira vez — e desde que resolvera acompanhar o gringo, vinha descobrindo coisas — sentiu um aperto na alma, como que um respeito profundo pelos fenômenos naturais que a cercavam e à solidão torva que afogava sua capacidade de agir. Sentia-se suja, pegajosa, a pele parecia-lhe melote.

Levantou os braços suados e cheirou por sobre a roupa. Lembrou-se dos galanteios de Escobar, não obstante toda a aflição do momento: "— ... cheiras a não-sei-o-quê da mata virgem..." Pois sim! Essas coisas são bonitas na cidade, a gente tomando um chimarrão descansado... Se fosse possível, mais pra diante, achando brecha segura, tomaria de novo o caminho do rio para um banho. Então, o bivaque dos governistas teria ficado bem mais pra baixo e não haveria perigo de a descobrirem... Ademais, tinha fome e sede; trazia magoada a perna que inflamava e doía, impedindo-a de avançar; morria de saudades, de amor e de falta de seu querido Papin; urgia proteger aquela criança que mal dera seu primeiro sinal de vida...

Mas Anita não chorava mais. Certeza é que era absolutamente necessário resolver logo e sozinha tudo aquilo.

E havia de resolver!

Mas, cheia de curiosidade por mais aquela revelação, certificou-se de que o esquisito aperto na alma que sentia pela primeira vez era um sentimento estranho, de inexplicável prudência — ou coisa parecida com prudência —, e que esse sentimento assim inoportuno chamava-se medo.

127

Era noite fechada quando Anita chegou, arrastando-se, à tapera onde morava um dos peões da estanciola colocada em sua rota pela bússola de Albuquerque.

Ao mestiço que a atendeu, mais espasmado do que vendo cavilação do demônio, perguntou, antes de explicar coisa alguma:

— Vancê viu um bando de homens passar por aqui a noite passada ou durante o dia de ontem? Mira, chico, responda sem medo que eu sou a mulher de um deles. É que me desgarrei na passagem do rio...

O mestiço desconfiou:

— Ninguém não esperou vancê? Foi tudo s'imbora?

— Pensaram que eu tinha me afogado. A correnteza me levou pra longe... Mas deixa isso pra lá! Me responda: passaram?

— Passaram.

— Quantos?

— Não sei. Não tomaram chegada. Passaram na carreira. Eram muitos. Algum deles ia ferido. Acho que eram desses revoltosos que dona Rosa falou outro dia...

— Falou o quê? — Anita se interessou, orientando-se como proceder, no dia seguinte, ao chegar na fazenda de dona Rosa. Ou, caso fosse preciso, passar de largo.

— Diz que é gente boa. Tava dizendo que, por ela, também se acabava essa Corte que só faz besteira...

— E tu? — Anita criava alma nova. — E tu? Viste, entre eles, algum gringo? Um ou dois?

— Que qui é gringo, dona?

— Gringo é um homem louro, grande, vermelho... É povo diferente de nós, sabe?

O mestiço se riu:

— Todos eram diferentes... Barba crescida... ponchos e bombachas grandes... muitas armas de cano comprido. Veja vancê: pra mim, eram todos como gringos!

— Tá bem, chico! Mas tu não sabes para onde se botaram? E a dona Rosa não falou com eles? Não sabe?

— Sei não, senhora! Eles passaram... era manhãzinha e, pelo jeito, não tinham parado pra dormir em canto nenhum... Passaram e sumiram!

Anita se conformou. Sem esperar convite, foi entrando pelo rancho do homem:

— Tu, como te chamas?

— Carlindo, um criado da senhora!

— Bem... vá, chico. Me ajude!

— Chico, não senhora! Meu nome é Carlindo.

— Carlindo, depois vou falar com essa tal dona Rosa. Tu me apontas o caminho. Agora, vá! Tens alguma coisa pra botar nessa perna? E onde tomar um banho?

— Banho, só na cacimbinha da estância. Lá tem uma tapada pra vancê tomar seu banho. Não adianta ir buscar água porque é muito longe e vancê deve estar com fome também... Eu tenho um arroz com orijones e um pouco de rins de carneiro assados. Dá pra nós dois que meu menino não volta hoje. Tá pra casa grande cardando lá... Ele, mais a mãe.

Carlindo ajudou Anita a descalçar a bota. Examinou o talho que apostemava:

— Tá feio! Cruz... Mas amanhã tá melhor.

Deixando Anita sentada na cama de vento em que dormia, saiu para voltar, em seguida, com uma bacia de água morna e algumas folhas de saião. Lavou os pés da mulher com habilidades de enfermeiro. Depois, sarjou as folhas, amoleceu-as no vapor que saía da chaleirinha do mate e, quentes ainda, colocou-as sobre o ferimento.

— Tá doendo, dona? — Carlindo perguntou com interesse.

— Tá é queimando, chico!

— Mas amanhã tá bom! Saião quente é um santo remédio pra pisaduras, principalmente se estiverem corrompidas...

128

Carlindo tinha razão: dia seguinte, a perna de Anita estava melhor. Mas não havia jeito era de calçar a bota.

De maneira alguma Anita ia se arriscar em demoras. Ademais, tinha de procurar seu gringo, nem que fosse na Argentina!

— Olha, chico: será que essas botas cabem no teu pé? Fique com elas que eu já me vou. Vou levar é um pouco de saião...

— De pé no chão, dona? As botas não servem pra mim, não. Talvez pro menino. Meu guri já tá com 15 anos... Mas se vancê há de deixar as botas, leve, pelo menos, esses chinelos para proteger o solado das pedras e das barba-de-bode... Tão velhos mas sempre servem...

Anita vestiu os chinelos enormes, deformados. Achou graça. "— Quando o Papin me ver assim..." — pensou se rindo.

Despediu-se de Carlindo e se meteu na direção dada.

Hora e meia depois, sol ainda baixo, viu, de longe, a cacimbinha. Pouco se importando com o frio fino da manhã, tirou a roupa e se meteu dentro da tapada onde encontrou uma grande cuia presa a uma correntinha de latão.

Estava se deliciando com o banho quando, pelas frestas da tapada, viu umas roupas num arame, a enxugar. Roupas de mulher. Uma blusa pintada e uma saia vermelha, entre outras peças menores. Não estava longe a roupa pendurada. Ninguém por perto. Anita saiu correndo e já estava apanhando a saia quando percebeu aquele meninote de seus 15 anos, cardando um monte de lã.

O menino se espantou:

— Pelada!? Vancê é china de estrada? Onde está sua roupa?
Anita improvisou:
— Tá lá. Tava tomando um banho, sabe? Mas vi vancê tão bonito... Agora, tô com vergonha... — Procurava dar à voz a entonação de mulher da região.
— Tu veio me chamar? Pra ir pro mato?
— Vim...
— Quanto que é?
— Conforme... quanto tu tem?
— Dois cruzados. Serve?
— Tá bom demais! Vai andando e me espera lá atrás daqueles pinheiros...
— Eu demoro um pouco... vou botar a roupa e disfarçar que...
— Não precisa disfarçar que não chega ninguém, não. Eu é que acordo cedo.
— Então, vá andando. Vou só me vestir, sim?
O filho do Carlindo disparou mocidades, se rindo do presente que a manhã de sol lhe dava...
Apenas começou a carreira, Anita passou a mão nas roupas da corda, vestiu a saia e foi abotoando a blusa pelo caminho, em direção oposta à casa da sede, por trás da qual se estendia o pinhal onde o piá esperava, indócil, para uma explosão de amor.
Com os chinelos debaixo do braço, para não entravar a carreira, Anita sumiu na direção dada pela bússola: onde estaria aquele Campo Verde encantado, de mil esperanças?...

129

Antes do meio-dia, mas já confiada na segurança que a distância lhe dava, Anita desviou-se do caminho para chegar a um outro rancho, isolado, também derruído pela miséria.

— Oh! de casa! — foi gritando.

Ninguém respondeu, mas o ruído de patadas vindo de uma banda fez com que Anita esperasse pela chegada de um homem ainda novo, naturalmente o dono do rancho.

— Ainda que mal lhe pergunte, dona, que deseja por aqui?

— Ando perdida... desgarrei-me dos meus, não vê? Falando nisso, viu vancê um troço de gente armada que nem desses revoltosos? Pois foram eles que levaram meu homem pelo cabresto e me largaram assim como que viúva... Vancê terá alguma coisa que eu possa comer?

O homem apeou-se. Então, Anita ficou olhando o cavalo: "— Bom garanhão!" — aprovou intimamente: "— Lindo! De um bicho desses é que precisava!"

— Mira, chico: será mui difícil montar num pingo que tal? — perguntou como que desinteressada.

O homem parou olhos em Anita, cheio de pasmo. Pensou: "— Que diabo de mulher seria aquela, assim quase nua, solta, sozinha, em canto tão isolado!?" Os olhos não lhe sossegavam, subindo e descendo da blusa à saia encarnada.

Quis saber se ela nunca tinha montado. Mas a pergunta vinha envolvida em malícias e curiosidades: "— ... e os revoltosos que lhe levaram o marido pelo cabresto? Teriam-na deixado sem tocar?"

— Já! Já montei uma vez... Meu primo me segurou, sabe? — Anita se riu pensando se, algum dia em sua vida, havia tido um primo. — Foi de brincadeira... eu acho que essas coisas são mais pra homem, não é mesmo?

O peão concordou, preocupado por descobrir se Anita trazia mais alguma roupa por baixo daquela saia rodada. Desconfiava que não! A blusa estava pura. Isso, via-se logo. Ninguém podia ter dúvida. Evidente que a blusa não era dela. Grande demais. Os seios, embora miúdos, ficavam balançando lá dentro. Soltos, o homem reparou.

Anita perguntava de novo se podia fazer festa no alazão. Mas o homem não estava ouvindo. Em todo caso, respondeu no rumo das falas:

— Melhor não... O cavalo pode estranhar. Não vê que é bicho inteiro?

Mesmo assim, Anita entremeou conversa comprida, bem percebendo aonde o homem queria chegar, afundado em tanta perturbação. Começou dando tapinhas na anca do alazão enorme. Depois, passou-lhe a mão lentamente pelas crinas compridas e pelo nariz, em resfolegos de impaciência.

— Inteiro, não é? — Fingia sensualidade em examinar os baixos do animal. — Vê? Ele está gostando de mim... Quem sabe o senhor pode me ajudar a montar um pouquinho? Só pra ver como é... pra ficar parada! Deus me livre de andar... Com o senhor me segurando, não há perigo, não é?

O homem ficou vaidoso. Estava era pensando que, na hora de levantar Anita para colocá-la na sela, ia desvendar o segredo da saia vermelha. Não conseguia era encobrir seu desejo estofado de ter uma mulher, há tanto tempo sonhada, naquela solidão de macegas e pinheiros iguais. Fingiu ainda resistir, prorrogando um prazer que já tinha tomado corpo de realidade. Quando entrassem no barracão para comer...

— O animal é de uma senhora que tem uma estância aí pra cima... Vancê deve ter passado por lá, não se alembra?

— Dona Rosa? Uma que é simpatizante desses homens que levaram meu marido?

— Justo essa! Ela que é a dona do animal. Dona Rosa tem uma filha se pondo moça. Menina especial, por nome Adília.

— E essa filha? — Anita indagou, pensando na sua fome.

— Cavaleira formada que nem peão de verdade, sim, senhora. Pois veja vancê: Adília não tem coragem de montar nesse alazão! Tire a dona por aí. Como vancê quer experimentar, se não tem costume dessas coisas? Vai é quebrar o nariz no chão bem-redondinho... — e desandou a rir como um idiota. Mas se arrependeu imediatamente: não fosse a moça se amedrontar e desistir de montar, fazendo-o perder a oportunidade de agarrar aquela cintura bonita para colocá-la na sela, fazendo rodar bem alto a saia vermelha.

— Embora, dona... Mas, cuidado! Não vá se machucar — pediu com humildade —, segure-se bem, viu?

Anita não perdeu tempo. Já estava com as mãos sobre o homem, oferecendo-lhe a cintura ambicionada — apanhando-se sobre o dorso do animal, sem que o homem ansiado conseguisse ainda descobrir o mistério de sua pouca roupa, fingiu não se ajeitar direito no selim pequeno. Para não o permitir baixar a cabeça, apertava-lhe o pescoço. Aproveitou para excitá-lo:

— Segurando no senhor eu não vou cair, não é? Pode me dar as rédeas... só um pouquinbo, sim? Mas fica tomando conta, hein? Se eu cair...

Procurando não olhar para o ferimento da canela da mulher, ainda feio, aberto em coágulos de sangue pisado e restos de folhas de saião, o homem só se preocupava com o moreno quente das coxas que Anita, com uma habilidade irritante, teimava em resguardar.

Mesmo assim, de tal modo Anita acariciava o pescoço do animal e o do homem que lhe plantou muita confiança na ingenuidade de campeiro simplório.

Esperando que aquela moça diferente se cansasse logo da brincadeira do cavalo, e resolvesse entrar para comer, o que seria o início de uma jogada amorosa que, pelo jeito, estava parecendo bem fácil, passou-lhe as rédeas, rodeando a cabeça do alazão.

Ideia era apertar-lhe as rédeas nas mãos, por cima das pernas que haviam de ser extremamente macias e boas de apalpar. Enquanto isso, cingia com força a cintura de Anita, com o braço esquerdo. Esse abraço é que estava atrapalhando o plano de Anita. Demorasse ela um pouco mais na decisão de fuga já tomada e o homem, forte como era, havia de colher seu corpo de cima da sela, ainda que atribuindo o acidente ao medo e à falta de firmeza em se manter montada.

— Me solta um minuto... por favor!, quero me sentir sozinha aqui em cima...

Mesmo que atolado em cuidados, o peão obedeceu, pensando conquistar inteiramente Anita-impostura para quando entrassem no barracão. Mantendo os olhos no pedaço de coxa que aparecia por debaixo da barra da saia presa no selim, o homem largou-a sem, contudo, afastar um passo. Anita ainda teve de baixar-lhe, fingindo brincadeira, a mão que ficara no ar, para a emergência de uma segurança. Então, sem esperar mais nada, a fugitiva largou um soco firme no freio do alazão, sapecou-lhe com energia descomunal a tala numa anca, fazendo-o empinar em toda a altura de encontro ao homem: logo, com mãos firmes, fez com que o cavalo saltasse de lado e, como um raio, largou-se num galope desesperado. Como cavaleira completa, sabia ajudar cada galão das patas enormes do alazão com um elegante jogo de corpo.

Em menos de dois minutos, sumia numa nuvem de pó, pouco se importando com os tropeços do terreno ruim para cavalhadas...

130

Sol ainda era bem alto quando Anita teve de sofrear seu galope bonito, ainda que o perigo não estivesse tão longe para um descanso sossegado. Sabia. É que sua perna, escalavrada pelos sacanas que a haviam arrastado pelo mato até o acampamento de Albuquerque, debaixo de muito maltrato, tinia no auge da dor. Junto a uma moita mais alta, de rudes folhagens, sem muita escolha, apeou-se com dificuldade e amarrou o pingo numa touceira de gravetos. Não fosse o animal arrepiar caminho e se despencar para o rancho, de volta-cara, estranhando a cavaleira...

Como não havia água quente, Anita mascou duas folhas do saião, mimo dado pelo Carlindo, e colocou a pasta sobre o tornozelo.

Tão fatigada vinha que, vencendo sua aflição em procurar o gringo, sem esperar pelo efeito da mezinha e debaixo daquele sol de planalto, adormeceu de imediato sobre os pelegos, a manta e o serigote (que o alazão vinha bem-aparelhado, graças a Deus!). E adormeceu apesar da fome, pois que o roubo do cavalo não a permitiu compartilhar o almoço do peão do segundo rancho da estância de dona Rosa.

Embora, ou por causa da berraria dos quero-queros a se perseguirem, num chouto engraçado, pelos rasteiros do campo, Anita sonhou. Num pesadelo-quase-visão, viu claramente Garibaldi e Rossetti barbaramente estaqueados, ainda com restos de vida, num descampado terrível, os dois entre seus companheiros mortos, espalhados pelo chão vermelho de sangue, e os inimigos em festa. Então, o chiru Adalberto, um como que ordenança de Rossetti, gritava-lhe de longe, dentro da noite: "— Sá dona!, o general aquele quedou-se o dia todo a matutar e neres! Lá no galpão, onde estávamos de espera, doidos pelo grito de carregar, murchamos o fandango, pois sim! Mire, dona, que lástima! E havia de ser uma rusga de se contar pelo Rio Grande inteirinho, por miles e miles de anos!..." E o chiru mostrava-lhe a bússola de bolso: "— Esta, roubei ao bigorrilha do Valentiniano..."

Raios e trovões interrompiam a prosa do índio.

Quando Anita acordou de todo, entre gemidos e lágrimas, foi para um sobressalto maior: ela e o cavalo estavam cercados por um pelotão de tipos imundos que nem seria preciso meter reparo para identificá-los como governamentais, filhos da puta.

131

Primeiro, tomaram-lhe o cavalo, para que Anita, amarrada à silheta de um dos lanceiros paulistas, trotasse a pé, arrastada no trágico ridículo de uma escrava fugida, apanhada por um capitão de mato. Pouco adiante, porém, não por nenhuma caridade assentada no sofrimento da guerrilheira ofendida, mas porque não seria mais possível ninguém avançar com aquela mulher assim machucada e derruída na humilhação sem o perigo de matá-la, fizeram-na montar no alazão bonito.

Com a queixa nos ouvidos ("— Roubou o cavalo... farroupilha... os outros passaram por aqui, ontem, na carreira..."), os legalistas trouxeram Anita de volta à estância do Rancho do Ipê, de dona Rosa, a gorda.

132

Voltando um pouco atrás em nossa narrativa, para que nada fique obscuro, conforme recomenda a obscura Bíblia, o que acontecera foi que o brigadeiro Cunha — o paulista desesperado, mais chimango do que o diabo — vinha descendo de São Paulo com sua força de 400 homens para, junto com Albuquerque, limpar de uma vez a província dos guerrilheiros de Bento Gonçalves. Mais tarde, era do plano, haviam de preparar o ataque final ao Rio Grande, já então com a mediação meio grossa do duque de Caxias.

Foi assim que, chegando naqueles sertões de ásperas misérias, o brigadeiro paulista resolveu dividir sua gente para, assim espalhados, procurarem mais rapidamente gado e gêneros com que se alimentarem. O combinado é que se encontrariam, depois, com o que pudessem conseguir. O ponto do encontro seria dali a dois dias, nas margens do rio Canoas, quando aquele rio faz confluência com o dos Macacos. Daquele ponto, então, seguiriam, todos, para se incorporarem ao acampamento do rio Pelotas, em busca da gente do general Albuquerque.

A perna do pelotão que, justo naquele dia, foi dar às terras de dona Rosa, ao passar pelo rancho do homem que teve o cavalo roubado, ouviram as acusações à moça.

Mas como, quando já de volta, com Anita cativa, não encontraram mais o queixoso no rancho, resolveram levá-la diretamente à rica estancieira, como brinde de muita valia. Assim, até haviam de predispor a dona, por gratidão, à liberalidade na concessão de gêneros a serem requisitados.

Só por isso, não fuzilaram logo Anita, junto à moita onde a descobriram...

133

Desde o começo de tudo aquilo, como se fosse o prosseguimento do pesadelo, Anita como que perdera a fala. Aceitando tudo passivamente, por absoluta falta de condições para reagir, Anita não proferia um gemido sequer. Apesar dos trompaços que lhe davam, nada respondia à boçalidade das perguntas nem mesmo com monossílabos ou gestos.

Já o comandante do esquadrão dava-a como louca ou imbecil.

Por isso, conformaram-se em trazer a prisioneira, assim muda, até a casa-grande da fazenda onde dona Rosa, com sua enorme gordura, fartos buços e um princípio de corcunda, esperava no alpendre o regresso da comitiva.

De longe, antes de reconhecer seu bonito alazão, já a estancieira percebera a saia encarnada e a blusa da filha, a que andava na fazenda de baixo, tratando da carda de umas tantas ovelhas.

Chegando, ainda sem desmontar, ajudada pelos safanões dos brutos, as duas mulheres se olharam nos olhos.

Logo, atirada ao chão, Anita conservou a mirada que não foi desmerecida pela estancieira:

— Não! Nunca vi esse cavalo em minha vida! — dona Rosa esclareceu aos da tropa, fingindo um exame demorado. — Essa mulher mesmo... vive por aqui e por ali, faz muito tempo. Não tem família... Conheço-a, como não? É uma pobre... — Fazendo, como para que Anita não lhe percebesse o gesto, girar o indicador em volta da fronte, indicando que se tratava de uma idiota inofensiva. — Compreendem, não? Tenho lhe dado, vez por outra, uma saia ou um prato de comida... Não é pessoa de fazer mal a ninguém!

— E o cavalo? Olha a senhora que, isto, é papa-fina... — arriscou um soldado.

— Sim... é! É um bom cavalo. Agora me lembro: foi minha filha quem lho deu. Não é assim que a menina tomou birra do animal por ter lhe dado uma queda...

— Onde tu moras? — o soldado insistiu numa pergunta, fiado em que, com a presença da velha, a estúpida deixasse transparecer alguma pista que a identificasse como farroupilha descarada.

Anita demorou um tempo olhando dona Rosa. Depois, fazendo uma cara absolutamente imbecil, falou com voz apagada:

— Minha casa é na Corte... É no castelo do rei... Eu sou a rainha do Brasil e da Argentina...

Dona Rosa não pôde deixar de se rir por dentro:

— Agora, Rita, cumprimenta esses senhores e vá lá pra dentro. Peça a tia Júlia que lhe arrume um banho, trate dessa perna e lhe dê um prato de canja. E vê se toma juízo, hein? Não te largues mais por esses campos solita, com essa perna assim arruinada que, um dia, nem poderás voltar, nem poderás ir para parte alguma... Vai!

Anita obedeceu muito passivamente, agradecendo à estancieira por a ter livrado dos porcos legalistas.

134

Com Anita já resguardada da brutalidade, dona Rosa foi cedendo, de boa cara, ao que lhe era exigido pelos legais, "para que pudessem prosseguir na caça aos perversos revolucionários que andavam infestando a província com terríveis saques e outros malefícios" — concordava, fervendo, por dentro, as mais quentes iras.

Livre, afinal (que a corja tinha pressa em se juntar aos demais), a fazendeira entrou e já encontrou Anita lavada e quase feliz, não fosse o pensamento no seu gringo extraviado ou morto...

— Bueno, menina! Seus farroupilhas passaram por aqui, ontem. Eram uns 70 ou 80, não mais! Pararam, talvez meia hora, para comerem alguma coisa... Iam apurados os moços aqueles!

Ouvindo a notícia, Anita — que estava sendo servida de um prato de sopa quente por tia Júlia, uma fronteiriça alegre, e um naco de fruta-pão assada, com manteiga da casa — estacou como se estivesse vendo um fantasma. Fechou os olhos no jeito de quem ia desmaiar, tão pálida ficou. Logo, abraçou-se com dona Rosa, chorando sem parar. E meio rindo também:

— A senhora viu... viu bem... entre eles, um...

— Vi. Vi, sim, minha filha! — A estancieira não tinha pressa no conversar. — Um gringo enorme, vermelhudo, bonitão... um que me pareceu o chefe de todos... O pobre vinha tão desesperado atrás da mulher que se perdera deles, na beira do rio, que até me deu pena... — Dona Rosa fazia carinhos na cabeça de Anita. Fungou, com força, como era de seu velho sestro, e prosseguiu: — Veja lá: um homem tão grande e tão valente, chorava mais do que tu, agora! Tem cabimento? Chamei-te Rita lá no alpendre, mas logo percebi que tu eras a Anita, a mulher por quem o gringo tanto chorava... Espera um pouco que vou te mostrar uma coisa que vai te secar essas lágrimas...

Quando dona Rosa voltou, já vinha falando, antes mesmo de chegar à sala onde Anita comia:

— Tão tonto vinha o tipo que se esqueceu disto aqui, pendurado num prego do galpão.... — Dona Rosa apareceu com o horrível poncho de oleado preto que tanto cobria de ridículo a figura marcial do amante.

Anita se atirou à peça abraçando-a e beijando-a como uma louca.

— Vá! Trata de descansares um pouco, minha filha! Pelo menos até essa perna melhorar... Então, poderás ir sossegada para o teu castelo, na Corte, ou, se preferires, para Campo Verde onde, na certa, encontrarás teu gringo e todos os teus amigos. Só que não irás mais no alazão que furtaste do Cipriano. — Dona Rosa se ria, transbordando satisfação. — Os ladrões do governo, por ordem do ladrão maior, carregaram com todos os meus cavalos melhores... Paciência... um dia, tu e os teus farroupilhas saberão devolver a paz e a felicidade à província. Outra coisa: poderia mandar-te acompanhar por um ou dois peões. Mesmo o Cipriano que, no fim, é tipo fiel. Mas, com a tua independência, acho mais prudente ires mesmo solita. Vá pelas macegas. É duro mas muito menos perigoso. Levas um rosilhão velhusco mas de passos largos. De mais a mais, a distância não chega a 4 léguas. O pior já ficou para trás... E desde já te digo: Deus te abençoe e guie, minha filha!

Dona Rosa saiu da sala fungando suas emoções.

135

Oito dias depois dos acontecimentos da barranca do rio da emboscada de Albuquerque e Valentiniano, já com seu tornozelo quase cicatrizado por via da força do saião receitado pelo peão Carlindo, Anita vinha direta a Campo Verde. Mais do que a bússola, valiam-na as informações de dona Rosa.

O solo, que se modificava aos poucos como a cavaleira constatou, agora cobria-se de lajedinhos soltos e de um areião seco que não dava nenhuma estabilidade à marcha do rosilhão velhusco, ótimo presente da estancieira gorda, toda farroupilha em seus votos de mandar a Corte pro diabo!

Mas se aquele chão assim árido não facilitava a viagem do animal, era sempre melhor — e bem melhor — do que as macegas da charneca, as barbas-de-bode e os formigueiros-taliscas que tomavam toda aquela área alta de entresserras.

Pelo jeito do lugar e pelo tempo da caminhada (iniciada desde a madrugada, ainda escura), o arrampadouro que principiava a cercar o horizonte em frente, com a regularidade das bordas de uma bacia, indicava que Campo Verde estaria já bem perto.

Chegando ao sopé da rampa que, sem outros pontos de referência, pareceu demorar uma eternidade, Anita se impacientou, solicitando mais picado ao passo do rosilhão pachorrento que, como ela própria, já vinha exausto de tanto comer a monotonia daquelas bárbaras extensões.

Por isso, foi difícil ao cavalo vencer o aclive inconsistente ao peso das patas. Só passada hora e meia de mais labuta Anita atingiu um pequeno cômoro de terras mais agregadas, dessas que anunciam proximidade de campo aberto. Satisfeita, afrouxou um pouco a marcha, mas prosseguiu caminhando por entre capões alegretes que começavam a infestar agradavelmente a trilha da encosta.

De repente, o rosilhão estacou de soco, cruzando as orelhas como que pressentindo alguma serpente ou qualquer outro perigo ali por perto. Foi quando Anita, meio se levantando de cima da sela, esticou o pescoço para procurar a razão da parada brusca. No movimento, descortinou, por entre dois arbustos, toda a baixada do outro lado da vertente.

Uma beleza, e a explosão de uma surpresa sem limites, ainda que esperada: como potro novo que, descobrindo égua no cio escondida no meio do mangueirão, se atira nas inseguranças do sem rumo por qualquer vereda ou precipício que se vá pela frente, Anita esporeou o rosilhão e se largou aos gritos pela descida estrompante em tropeços e trompadas, ao encontro de sua gente, acampada lá embaixo, junto a um bosque de jambeiros, no agasalho seguro do Campo Verde falado e sonhado.

— O bambino... sabes? O nosso filho... Cuê, gringo adorado! — Antes de qualquer pergunta ou outra notícia, essa tinha de ser atropelada, ainda de longe; gritada ainda no galope da chegada; difundida aos berros para ser ouvida por toda a sua gente, por todo mundo... — O bambino vai lindo, cuê!

Ao vê-la se despencando no rosilhão estourado pelo declive abaixo, um lanceiro de sentinela chegou a alertar o grupo, supondo ser um mensageiro avançado, com feias novas. Ao grito de alarma, uns poucos por ali chegaram a pegar em armas para a defesa da tropa. Mas, reconhecendo o berreiro de Anita, a apreensão virou-se em festa.

Entre aquela escassa centena de farroupilhas desarvorados, alguns ainda feridos, todos errantes como ciganos sem lei, a vinda de Anita foi saudada com enorme escarcéu.

— Putcha a la fresca! Cuê, gringo queridão! Por São Cipriano que tu estás vivo, chico de minha alma! Sabia eu por este nojento poncho que deixaste no Rancho do Ipê, da dona Rosa aquela! Poncho nojento mas que, já agora, faz parte de minha vida e será do piá que vai nascer... Lindo!

— Bruxa de ouro! Amorino... te adoro... te adoro como... — E Garibaldi, agarrado a Anita como para nunca mais a deixar, tornava a chorar copiosamente como quando da passagem pela estanciola do Rancho do Ipê, da gorda dona Rosa.

Ali de junto, também agarrado às pernas de Anita, passando-lhe as mãos em leves carinhos pela cicatriz rostra do tornozelo, Ferrabraz também chorava, inundado em felicidades.

136

Janeiro de 1840 se ia de tranquito para a Revolução. Já a força de Campo Verde "estava pronta para outra...", no diz-dizendo de Rossetti. De fato, os feridos, mesmo o negro Abel Assunção, um cabo enveretado que havia perdido, na guerra do Lava-Tudo, uns poucos dedos da mão direita (além de outras escalavraduras no derradeiro combate), já trazia os tocos cicatrizados e começava a atirar de novo, com seu velho bacamarte, feito na fronteira, mirando os jambos mais altos.

Anita, refeita das entunas em que se metera, desde a beira do riacho onde teve de sacrificar seu brasino haragano, enchia o tempo, enquanto não vinham notícias do Canabarro; ou proseando com os lanceiros, incluso Ferrabraz; ou aprendendo a tocar viola com um tipaço traquejado, chegado por último, mais ou menos fugido de algum banzé, depois de uns tantos desarranjos por ali assim. Malvibrando as cordas do instrumento, cantava a menina com a voz que era uma carnada para segurar os homens:

"— Eu sou china sem governo,
minha lei é o coração..."

E brincava com o italiano que não a deixava um minuto, empatando-lhe o dedilhado e a canção.

— Pois foi assim, gringo, que falei ao general: vancês, que só têm guerra na cabeça, espiam uma de nós fazer essas coisas e pensam logo que é maluquice. Mas, chico, disse-lhe eu, é paixão! Te cuida, tchê! O que tu nunca viste foi uma fêmea de garra apaixonada deveras!

Garibaldi, namorado e galanteador, interrompia-lhe as palavras com beijos sem-fim. Mas andava mui preocupado:

— Acho que vou te largar numa estância onde tenhas pelo menos uma cama para teres o bambino! Um lugar assim como o rancho da tua amiga dona Rosa...

— Furo-te um olho, matarrango descarado! O que tu queres é te veres solto de mim pra te enrolares com as valquírias serranas, velhacaço de gringo sem-vergonha!

Já os dois rolavam, aos tapas de amor, quando a festa foi interrompida pela chegada de mais um voluntário a querer se alistar contra o governo da Regência.

Deles, nos últimos dias, vinham chegando aos três e aos quatro. Este vinha de longe. Mas podia ser de perto porque, para o ingresso na legião, não se faziam indagações. Apenas, como Anita o visse desmontado, perguntou por curiosidade, como havia chegado até Campo Verde.

— Pois é, dona. A gente vem vindo... vem vindo...

Foi só. Não precisava mais nenhum esclarecimento. O viajante já estava engajado.

137

Sol mesmo, só havia aquele, de resto, dourando frio os altos da serraria. A tarde se findava na paz de um todo-dia que já estava aborrecendo, num prolongamento sem-fim.

O verão vinha seco, levantando, dos pinhais distantes, uma reverberação de copas castigadas numa ardência de estorricado.

Então, chegou a carta de Canabarro.

Anita, pregando um botão na bombacha do gringo, levantou o trabalho para ler.

Canabarro contava que, saído de Torres sem novidades, havendo cruzado com os gaúchos nômades de José Gonçalves, o major Zé Miau, comedor de testículos de carneiro estalados nas brasas, já estava acampado no vale do Caí, a caminho de Vacaria, com 800 homens bem-armados, bem-montados e bem-alimentados, graças aos restos da boiada fornecida pelo saudoso Cláudio Mendonça. Estava, segundo escreveu, também muito a par das andanças do brigadeiro Cunha, o paulista desesperado, mais chimango do que o diabo; tipo que Garibaldi devia evitar a qualquer custo, ainda que dando voltas. Por boa ventura do gringo, em caso da fatalidade de um entrevero, o general dizia que Cunha não contava nem com 500 homens em armas. E homens mui pouco afeitos a guerra no planalto — a carta explicava.

Como, pela nova ordem, Garibaldi teria de inverter novamente seu rumo para o Sul, "fugisse de atravessar o rio Pelotas, pelo menos até a latitude de Vacaria, onde deveriam se reunir todos, para descerem ao encontro de

Bento Gonçalves" — era a recomendação muito prudente de Canabarro.

Embora transbordando entusiasmos pela causa difícil, apesar de já tantos anos de luta (a Revolução começara em 1835), o missivista militar não conseguia esconder as divergências que continuavam a fermentar entre os chefes maiores do movimento emancipatório. Isto, além das vantagens crescentes que o governo imperial vinha obtendo com o fechamento da costa marítima sul, desde a cidade de São Francisco, sob o comando do general-chefe Jorge Rodrigues — baluarte da Regência colocada na boca da lagoa de acesso a Pelotas e Porto Alegre —, até a altura do Desterro, ilha-sede da província de Santa Catarina. Felizmente, aquelas duas cidades do Rio Grande ainda estavam em poder dos farrapos.

Levando obediência na rota a seguir, dia seguinte, aí pelas dez horas, depois de um rancho mais reforçado de carne e vinho, a legião de Garibaldi se meteu a caminho.

Junto com Anita, desta vez, marchavam outras mulheres que, como os novos recrutas, também foram bater no acampamento de Campo Verde atrás de aventura, cada qual procurando fazer a vida por si. Até Rossetti, sempre patusco, resolvera proteger com maior ternura uma pardinha de peitos sacudidos que, possivelmente, bem andava precisada de proteção de valor, caso preferisse esquecer o pelourinho de Curitibanos.

Entre todas aquelas mulheres, porém, mais se destacava por sua voz extremamente grossa, modo esquisito de se vestir com uma enorme bata e loucura para topar uma guerrinha pela frente, para ver como era, vinha a velha Vacareana, como toda gente conhecia demais uma prostituta já de cabelos brancos, mas destemida como 100 perros.

A noite que caiu depois, já apanhou os farroupilhas de Garibaldi transformados outra vez em guerrilheiros guaxos, aprontados e dispostos a qualquer sacrifício, desde que para botar abaixo o governo constituído...

138

Sem perder de vista as recomendações do companheiro de luta, o gringo buscava atingir as margens do rio Pelotas em sítio muito abaixo do ponto recomendado. Mesmo aumentando a volta, preferia aumentar, por igual, a margem da segurança.

Com seus pouco mais de 100 guerreiros — contando com os novos recrutas incorporados à tropa em Campo Verde —, Garibaldi também, como Canabarro, não julgava prudente enfrentar os pelotões do brigadeiro Cunha.

Caso contrário, mesmo que a vitória fosse dos seus, apesar da disparidade de forças — comentava com Anita —, haviam de sair da refrega bastante desfalcados de homens, animais e armas. E, isso, sem nenhuma necessidade — Anita apoiava.

Mas a coisa saiu ao revés. É que o militar paulista, sempre diligenciando suprir suas precisões de arrebanhar voluntários, conseguir comida e, sobretudo, requisitar, onde pudesse, algumas onças de ouro, tomara a resolução de descer o rio indefinidamente, sem contudo se afastar muito de seu leito, por via da água, aliada indispensável a qualquer bando guerreiro.

Por isso, Garibaldi, trazendo quatro dias de viagem, se aproximava fatalmente do inimigo que tanto tentara evitar.

Por volta de meio-dia, vindo conversando despreocupações com a mulher, ambos bastante adiantados de Rossetti, no momento, como piloto de quarto a bordo de seu barco, na direção da tropa, deram os dois com um bonito rasgado na mata. Através do rasgado, descortinaram, lá embaixo, um largo trecho de banhado. Mais além, o rio corria suavidades de pura paz.

Desde algum tempo o gringo vinha percebendo que a vegetação do altiplano substituía-se, aos poucos, por árvores ribeirinhas de maior porte. Desse modo, a chegada ao rio não seria surpresa e poderia acontecer de uma hora para outra.

Espanto incômodo foi a observação de Anita:

— Mira, gringo: vê tu aquele chão!... Aquele remexido não foi feito só por alguma meia dúzia de homens. Uma tropa gorda deve ter passado por aqui de recém. Talvez esta manhã... — Com efeito, o solo apontado por Anita, muito pisado em todos os sentidos, ainda deixava ver toda sorte de resíduos, abandonados de pouco, e algumas fogueiras mal-apagadas. Numa trempe, tinha sido esquecida uma chaleira de ferro. — Mira, chico, se isso fosse restos de ontem, o sereno da noite já havia de ter desmanchado o vivo da borda dos...

Mas tempo não houve para um exame de Garibaldi: uma bala, silvando de dentro da mata, fuzilou estardalhaços entre os cavalos que os dois montavam.

O tiro assanhou Rossetti que, aos gritos, aproximou-se instantaneamente com seu pessoal já atento e ultimado para qualquer tipo de combate. Puta Vacareana e moleque Ferrabraz eram dos primeiros a seguir o galopão de Rossetti, num rocinado alegre de festa.

As pragas contra o inimigo é que iam ficando para trás, nos berros de um ódio frio, de parlenda impostora.

139

Antes que outros tiros se repetissem, vindos da traição da mata, Garibaldi avaliou a distância que os separava do banhado, embaixo: talvez 400 braças.

Sem permitir que Rossetti moderasse a carreira com que vinha puxando a tropa, emparelhou seu cavalo ao do patrício e foi gritando sua ordem: mandou que o patrício conduzisse todos os homens pelo altiplano afora, a todo o galope, em direção sempre paralela à subida do rio. Logo, tornou ao foco maior do perigo, a cabeceira do rasgado na mata de onde havia descoberto a margem do rio nas falsidades de uma tranquilidade, para assistir Anita que, sem qualquer vacilação, ajudava seu povo na passagem, em seguimento ao cavalo de Rossetti.

Havia enorme pressa em que a totalidade dos farroupilhas cruzassem a extremidade superior daquela perigosa transversal.

Louco de coragem, Rossetti crescia na correspondência imediata às ordens, numa obediência inteligente.

Bonita e patética era a visão de Vacareana, com seus cabelos brancos soltos ao vento da carreira, sua bata estranhamente branca e sua rapidez nas idas e voltas precisas dentro do escasso do tempo, auxiliando os menos rápidos na travessia.

É que, após um ligeiro silêncio dos legalistas, trégua natural para o início de um ataque maciço (sobretudo porque ainda estavam ocultos na segurança do bosque à beira-rio), a fuzilaria do brigadeiro paulista recrudesceu, embora ainda não com toda a força. Com isso, foram derrubados alguns poucos retardatários. Estes, mesmo feridos com maior ou menor gravidade, foram montados novamente, ou arrastados de qualquer maneira, por Anita, Ferrabraz e Vacareana, auxiliados por mais alguns companheiros.

Coisa de meia légua distantes do foco de ataque inimigo, se tanto, já todos reunidos, Garibaldi mandou que se preparassem para atravessar o rio, a nado, as montarias pelo cabresto e os mais hábeis na direção dos demais.

— Te cuida, querida. Tu, que tão bem nadas, cuidado com o bambino... Per Dio! Se não me encontrares mais... — O gringo ainda achou dois segundos para a despedida, com um beijo mui terno e mui destoante naquele local com cheiro de morte. Felizmente, tudo foi tão rápido que tempo não houve para emoções maiores.

Antes, porém, do início da operação ordenada, uma sentinela de emergência acusou a aproximação dos inimigos que, pelo banhado e já de peito aberto, vinham cortar qualquer possibilidade de uma passagem tranquila do rio.

Um minuto foi o tempo máximo que a situação permitiu para uma decisão a todo risco: 100 homens, desmontados, avançariam ao encontro dos guerreiros do paulista Cunha. Atacar ainda é uma forma de defesa! O resto do pessoal, cerca de 40 peões, dirigidos por Rossetti, atravessariam o rio com a cavalaria e os feridos, conforme o combinado, e sem preocupações com o combate que ia ser travado, dali a pouco, quase ao alcance do fogo.

Fosse qual fosse o resultado do entrevero — isso ficou absolutamente assentado —, os sobreviventes da batalha deveriam também tentar a travessia do rio a nado, em seguimento aos que já se encontrassem na outra margem e, de lá, retomando seus cavalos, deveriam partir ao encontro de Canabarro, sem qualquer demora.

A ordem deveria prevalecer ainda que Rossetti assumisse o comando, no caso de Garibaldi não voltar.

Como, depois, não haveria nem a sombra de uma possibilidade para a recuperação dos extraviados, mortos ou feridos mais gravemente, os que escapassem deveriam se pôr a caminho sem esperas inúteis, sentimentais, ou palavras vãs.

Tudo resolvido, Garibaldi atirou-se com os homens que ficaram para o combate, pelo banhado além, na direção do inimigo. Não mais olhou para trás, a ver se o companheiro começava sua tarefa de atravessar o rio. Por isso, não percebeu que era seguido por Anita, arma em punho e muita garra para enfrentar a refrega.

Também desobediente, Ferrabraz vinha colado ao corpo de Anita, o clavinote aperrado e muita disposição, mais ainda para defender seu ídolo como para fazer guerra marrufa.

Vacareana é que, por ser nadadora de qualidade, teve de ficar no segundo pelotão, o de Rossetti. Mas, por decisão íntima, só esperava terminar a baldeação para regressar ao banhado e se engajar direto na luta final. Sim! — pensava a mulher de todos os desabusos —, eu que não vou perder a oportunidade de ver esse come-pau de perto!

140

Somente no repiquete dos primeiros tiros foi que Garibaldi deu com Anita, a seu lado, já disparando sua arma nova, e aos gritos de grande entusiasmo:

— Mirem que não creio em fantasmas, corja de covardes, cascudos de merda! Venham, sem medo, velhacos governistas! — E atirava... e matava... Logo, enchia Garibaldi de ânimo. — Não te preocupes comigo, Papin de minha alma! Vá em frente, chico, que esses porcalhões não são de subir ladeira... — E fuzilava... e derrubava... Mas, percebendo que Garibaldi, perdido e sem fala, começava a se acovardar, deixando a batalha acéfala, temendo principalmente pela insegurança dela e do filho anunciado, repetiu-lhe velhas palavras aprendidas com o general Albuquerque, quando sua prisioneira: — Gringo, oiga que, nas mãos de um comandante, está a vida de todos os seus homens! Que se passa, chico? Tu não podes afrouxar que matas todos nós, incluso teu filho, tchê!

Os tiros se multiplicavam de um e de outro lado. Já havia mortos... feridos... Sem deixar de atirar (Ferrabraz municiando-lhe as armas — que Anita atirava também com o clavinote do moleque), vendo que o comandante começava a reagir ao pequeno lapso de inércia que o tomara ao vê-la ali, incentivou-o definitivamente:

— Lembra-te, amor, que foste tu mesmo quem me disse, quando morreu o Nunes: "Na guerra, amorino, quem perde a cabeça da alma, perde a do pescoço também..."

O gringo, ouvindo Anita, atirou-lhe um beijo com a mão antes de se refazer de todo. Imediatamente, assumindo a execução de um plano improvisado, deu ordens para que seus homens abrissem um grande leque, desde a beira d'água até o final do banhado, já no aceiro da mata.

É que — o gringo raciocinou —, depois, com um movimento envolvente e uniforme da ala direita do leque (a do aceiro), pretendia, apesar da fartura do fogo, forçar o inimigo, cinco vezes mais numeroso, a se refugiar mais para a beira do rio.

Já perfeitamente conformado e confiante com a presença de Anita ali, esclareceu à mulher sobre a pretensão, em quatro palavras entrecortadas pelas balas que zuniam de todos os lados: era que a força dos paulistas, pouco afeita a guerrilhas dentro d'água, perdesse, de imediato, a vantagem numérica, deixada além do banhado. Para isso, contava Garibaldi que muitos daqueles lanceiros que combatiam sem vontade, abandonando a luta, buscassem segurança no esparso da mata.

Tão bem Anita entendeu-lhe o plano que, em seguimento, apenas gritando-lhe que mais vale um guerreiro disposto à luta do que dez forçados a ela, assumiu o comando da ala do aceiro e, deixando Garibaldi às voltas com a sua, a do lado do rio, introduziu seus comandados, não na extremidade da formação inimiga como fora ordem do gringo, mas no meio dela para, assim, facilitar-lhe as deserções.

Tão bom resultado deu a iniciativa da mulher que Garibaldi, observando, lá de onde já começara a forçar os inimigos a combaterem com água pelas canelas, repetiu, ele também (ao inverso, por causa da posição), a tática de Anita. Com a manobra, obteve, por igual, quase outras tantas deserções.

Já os farroupilhas começavam a sentir a diminuição da vantagem numérica, tão apavorante para quem está no fogo. Mas, de igual modo, já crescia, no solo, uma quantidade de baixas, de um e de outro lado, os feridos se arrastando sem outro rumo senão o dos próprios gemidos.

— Vancês pensam que estão brigando com negros escravos, seus caga-sebos do diabo! — Era a voz de Ferrabraz, já sangrando por uma venta, na retranca de Anita; alternando-lhe as armas que recarregava depressa, em lindas habilidades. — Vejam vancês que eu não sou escravo, não, sacanas! Farroupilha não tem dono! A gente é livre... tem é muita...

Foi o tranco de um balaço no vão do peito que rodopiou o moleque, estatelando com ele no chão, olho de espanto no branco-azulado, rasgado bonito em roda de adeus pras nuvens pesadas que já se enroscavam no céu de verão, largando ameaça de grossa tormenta comum na província, no mês de janeiro.

Vendo o afilhado tombar, Anita abaixou-se, doendo por dentro. Atropelou pensamentos sem tempo pra pensar:

— Por São Cipriano! Que povo covarde! — gritou pra um peão, pedindo socorro sem saber para quê. — Foi pena o guri! Agora, menino, é vingá-lo com garra que, legalista, a gente, como está, putcha!, mata até a pau!...

Mas não havia como esperar mais. Anita-relâmpago ergueu-se de soco para atender, ali mais adiante, uma ruptura na linha de ação.

No chão, principalmente na beira do rio, já havia tanto corpo caído que fazia horror. A cena, todavia, ajudava os farroupilhas porque os inimigos, mal-acostumados a violências, desertavam em cada vez maior número.

Meia hora de combate e já, pela terceira vez, Vacareana, engajado no pelotão comandado por Rossetti, atravessava o rio com outro magote de cavalos puxados pelas rédeas. Pouco se importando com a violência incrível do combate, travado ali mesmo, ao alcance de sua voz grossa e rouca como uma grosa comendo madeira, ia berrando uma canção obscena em que entravam, de parceria, uma garrafa suspicaz, uma donzela não tanto e um velho rico, muito mais corno do que broxa.

141

Fazia quase duas horas que a peleja começara.

Na verdade, não teriam sido duas horas inteiras de refrega dura: vez por outra, sem que ninguém mandasse, a coisa esfriava por si, o ímpeto amainava e escaramuças ralas, frias, quase individuais, se travavam entre pequenos grupos isolados, por toda a extensão do banhado.

Balas é que não deixavam de zunir, avulsas, sem outro rumo senão o de atingir a moral da tropa.

Mesmo assim, nesses momentos menos tensos, caíam por terra mais alguns contendores, tanto de um como de outro lado. Era a guerra!

Durante essas paradas só explicáveis pelo excesso de fadiga de todos, Anita e Garibaldi sempre conseguiam trocar duas palavras íntimas de ternura e cuidados mútuos. E aproveitavam para dirigirem o resgate dos feridos por último, baixas que os comandados por Rossetti diligenciavam pôr a salvo, na outra margem do rio, substituindo a precariedade dos socorros por apenas atenção e carinho.

Mas, nos dez minutos seguintes, a contenda exacerbou-se de súbito, de tal maneira que Anita, recrescida na garra, não teve mais um fio de tempo, nem para buscar com os olhos aflitos a figura de Garibaldi.

Exausta, completamente rasgada, os pés descalços de tanto atolar as botas na lama espessa da beira do rio, molhada até os cabelos soltos (que o gorro usado desde sua passagem pelo Rancho do Ipê sumira na peleja), o corpo coberto de arranhões e equimoses, as mãos, o rosto e o pescoço sapecados de pólvora, Anita não afrouxava no ataque. Agora, sem o Ferrabraz a lhe preparar os cartuchos, era obrigada, a cada minuto, ela mesma, a recarregar sua arma, atrasando uma vitória que, afinal, começava a se fixar como uma viabilidade.

O que não deixava mais dúvidas é que, no campo do combate, já não se via mais nem a terça parte dos inauguradores do entrevero. Inúmeras tinham sido, e continuavam a ser, as baixas dadas por morte, ferimentos e deserções, sobretudo dos subordinados ao brigadeiro Cunha.

E a guerra prosseguia!

Quando mais fervia o corpo a corpo travado nos derradeiros minutos, Vacareana atravessou mais uma vez sem conta o rio, cantando como sempre:

> "Eu tenho uma preta, na minha gaveta,
> não sei o que lhe faça...
> não sei o que lhe meta..."

E a gargalhada explodia em canalhices.

Chegando na margem da briga e não vendo mais cavalos ou feridos para transportar, a mulher passou a mão numa espingarda e num punhado de balas das que se espalhavam no abandono provocado pelo caos; tirou a bata ensopada enrolando nela mais balas, apertou bem a tampa de chifre do polvorinho por via da umidade, e se largou, resoluta, pro meio do barulho que, conforme já ficou dito, não distava nem um tiro, rio abaixo:

— Agora, filhos da puta, a bargantaria é comigo! Venham! Venham que arrebento as suas bolas, seus punarés de sangue podre!

Logo, foi acertada por uma bala perdida. Caindo de joelhos, ainda gritou:

— Comandante! Comandante! Dona Anita... Uns desses fugidos foram bater do outro lado do rio com a novidade que o tal do Cunha, o porra do brigadeiro, morreu afogado, fugindo de... Ora, fodam-se!

Constatada a notícia — e já nada mais tendo que levar para o outro lado —, o gringo deu ordem aos que ainda guerreavam para atirarem-se no rio e se juntassem, todos, do outro lado, dando a batalha por terminada.

Dez minutos depois, foi feita a chamada: dos cento e muitos que entraram na batalha, 76 responderam. Mas, assim mesmo, valeu a pena!

142

No acampamento improvisado, noite baixou fervendo mistérios em lutos sofridos: Ferrabraz, Vacareana...

Tão estourados estavam os sobreviventes que, apenas comeram um rancho maneiro, atiraram-se pelo chão, sem muita escolha, dormindo sobre ponchos, mantas ou qualquer outro pano que lhes caíssem às mãos. Até mesmo os arreios encharcados serviam de travesseiros.

Nem do amargo se serviram demais!

Garibaldi e Rossetti, revesando-se numa vigilância só útil para acolher mais algum desertor do governo, retardatário, mal se aguentavam, de olhos abertos, nos respectivos quartos de guarda.

Por isso, nenhum dos dois viu quando Anita se ergueu de seu canto, devagar, fazendo um grande esforço (mais por cansaço do que por cautela) e se dirigiu para uma picada no mato que, daquela margem, subia para a outra vertente.

Tempo foi só o de encontrar uma clareira pequena, mas à feição.

Topando com a clareira procurada, coisa de 200 braças do acampamento, Anita abaixou-se com um gemido de dor. Com dificuldade, limpou o chão a *grosso modo* dos gravetos e folhas secas. Escolheu uma vara fina e procurou localizar a lua, entre árvores e nuvens, com os olhos vermelhos da faina do dia:

— Que eu não podia morrer, sabia! Não podia nem ser ferida! No dia de hoje, nada pode acontecer no meu corpo. Para mim, todos os caminhos estão abertos por Obaluaê. Meu receio era a vida do gringo! Era o meu filho!

Levantando os braços sem pressa, as mãos para cima, bem alto, os dedos esticados com força (a varinha presa na palma pelo polegar), Anita jogou seu pensamento nas sangas de Omolu.

Depois, despiu toda a roupa, agachou-se no meio da clareirinha e, com a mão esquerda, mão dos lubambos, sobre o umbigo já se dilatando pela gravidez (a fonte da vida mais do filho, mais dela...), começou a riscar fundo, na areia do chão, o trapézio, o garfo e a lança do ponto maior do seu orixá.

Terminado o desenho, ergueu-se, por fim, e com o dorso das mãos cruzadas na testa, as palmas viradas pro chão, Anita-alegoria dançou pra Xaponã as coisas-mistério que tinha aprendido da amiga Licota que, por sua vez, recebeu o recado na cuia do mijo, em noite de lua de cornos pra baixo, do velho Animbá, o que atravessa os anos a fio, pulando do corpo de um negro pro outro, morrendo e nascendo no tempo sem-fim, mas sempre Animbá na vera pessoa do seu protetor.

Aninha-menina, Anita-guerreira, Ana-Olofim, dançava de indunga, banhada de cheiro das ervas do mato, pros seus orixás.

O resto era luto de efum-cubandama.

143

Dias depois, poucos, cinco ou seis, tempo justo em que a tropa de Garibaldi, tão desfalcada, se recompunha, resgatando o que fosse possível entre feridos e material; consertando armas e arreios; reparando canastras e capangas; secando pólvora; recuperando o rancho em desordem, usando o rio como balneário e lavandaria; avaliando e taminando reservas, enterrando mortos e tudo mais que se tem de providenciar após uma grande refrega, o comandante achou que já era oportuno tomarem a direção de Vacaria.

Antes, com alguns dos seus, fez uma última incursão à outra margem do Pelotas, onde se havia ferido a grande luta.

Como das outras vezes, Garibaldi não encontrou um único inimigo por ali. E, como nada mais havia de valor para levar como despojo, o gringo visitou o cemitério improvisado, um pouco mais acima do banhado, para prevenir ofensa das enchentes naturais.

No cemiterinho quase pitoresco ficariam para sempre, entre amigos e inimigos anônimos, pessoas queridas como Ferrabraz, a Vacareana e Gabriel, um velho índio chiru até agora não falado mas que, sempre em segundo plano nas carreiras e canseiras — como tantos outros desaparecidos no silêncio das crônicas —, fora uma presença real, amiga e segura.

Do brigadeiro Cunha, o paulista desassombrado, mais chimango do que o diabo, nunca mais se soube o destino certo, embora a notícia de sua morte, gritada pela boca de Vacareana e confirmada por um dos 26 desertores do regimento legalista que atravessaram o rio para se apresentarem a Rossetti, em boa hora já incorporados aos farroupilhas.

Dia seguinte à visita final ao cemitério, aproveitando o ainda-sem-sol da manhã de verão, a divisão de Garibaldi deu início aos trabalhos e perigos de mais uma pesada caminhada de 30 léguas, através de bocas-de-serra e ramparias sem-fim, rompendo florestas e macegas, tomando temporais pelas costas e sol de janeiro pela frente, passando por estâncias e lugarejos às vezes amigos; outras vezes inimigos, mas sempre desconfiados; viagem que levava aquela gente sofrida até Vacaria onde, finalmente, haviam de encontrar Canabarro.

144

Atravessada definitivamente a fronteira do Rio Grande, travessia feita em festa apagada — que as mossas da guerra ainda traziam muitas feridas abertas —, os guerreiros do gringo, como já ficou registrado atrás, chegaram a Vacaria, na paz do Senhor, embora as dificuldades também já faladas. Mas chegaram para receber a decepção na forma de um novo recado do Canabarro, o general grosso e troncho que era a âncora das mais vivas esperanças dos revoltosos e do povo em geral de todo aquele Sul, consumido nas ardências e anseios de um futuro melhor.

O general deixou escrito com o pároco Almeida Rocha: "— Com a perda da costa marítima, fechada em São Francisco pelos navios do Greenfell, um mercenário filho da puta, não havia mais como esperar pelos companheiros que já tardavam a chegar." O bilhete dizia mais: "que os chefes maiores da Revolução, de acordo com Bento Gonçalves, haviam decidido mudar mais uma vez a capital da República do Piratini, agora de Caçapava para Alegrete." Essa era a razão que não permitia ao missivista esperar pelo gringo e Anita em Vacaria, conforme o muito combinado. Como consolação, o Canabarro ajuntava suas desculpas, fechando o bilhete: "— Em Alegrete, já se haviam até reunido, pela primeira vez, os valentes constituintes da nova e heroica nação verde, amarela e encarnada que já estava até reconhecida politicamente pela oposição do Uruguai."

O jeito melhor, agora, aconselhava o general, era não se demorarem em Vacaria: prosseguissem logo até Viamão, embora com um pouco mais de sacrifício de todos. Lá, por certo, teriam um descanso merecido, bastante longo, enquanto não recebessem novas ordens para se juntarem a Bento Gonçalves, talvez em Cruz Alta, talvez mais pro sul.

Pelo caminho, e chegando a Viamão, havia a recomendação — requisitassem tudo o que fosse necessário ao bem-estar da tropa, dando como aval de muita honra as assinaturas dos dois italianos.

— Papin, será que nossa guerra não anda se perdendo? — Anita ficou desapontada com o imprevisto. — Será que...?

Garibaldi não teve ânimo de responder. Também ele estava mergulhado em seus maus pressentimentos.

Só Rossetti não se abateu:

— Quem diz que tudo não vai melhorar de uma hora pra outra? Nada mais imprevisível, minha gente, do que uma guerra! Tudo pode acontecer...

— Mas uma guerra, tchê!, só se vence com armas... com tropa... com dinheiro. — Anita foi prudente e realista —, mas, sobretudo, com muita união.

145

Viamão tinha sido recém-batizada pelos farroupilhas: agora, com aquela mania de dar aos lugares o nome do mês em que os fatos aconteciam, a Assembleia dos Constituintes da República, vaidosa em suas organizações, mandou que a pequena vila, ainda quase que um povoadozinho, distante 4 léguas de Porto Alegre, tomasse o nome pomposo de Cidade Setembrina. Isso, por via de que, em setembro anterior, uma tropilha ali estacionada, sem muita ordem, ofereceu uma resistência braba, de tirar couro e cabelo, à cavalaria do pavoroso coronel Moringa. Ninguém deve esquecer que foi aquele legalista que, antes do final da guerra, por causa de suas famosas e lucrativas razias, ganhou as importâncias de um título imperial: barão de Jacuí!

Exatamente o dito Moringa, que trazia por nome coronel Francisco Pedro, era o caramuru que mais odiava o gringo Garibaldi, por ter, fazia tempo, levado uma carreira sem tamanho dos seus lanceiros. Doido andava ele para apanhar o inimigo de bom jeito para uma desforra em regra, mesmo em igualdade de condições, porque valente era o gordinho.

Pois foi no Viamão, naquela ocasião já chamada Cidade Setembrina, conforme se viu, que Garibaldi, obedecendo ao conselho de Canabarro, enquanto esperava a ordem para seguir em qualquer direção, coisa que, também de acordo com a carta deixada em Vacaria, com o pároco Almeida Rocha, havia de demorar, tinha alugado, pelo preço de um toco de vela — como se dizia então —, um casinhoto de pau a pique, numa ponta de rua.

Ali, de uma ou de outra maneira, o gringo e Anita haviam de esperar pelo nascimento do bambino. Fosse homem, havia de se chamar Menotti, para lembrar o italiano macanudo, companheiro de Garibaldi nas guerras da Europa; se viesse uma guria, então seu nome seria Maria Quitéria, cujo retrato já andava pendurado na parede, em lugar de honra, ao lado da Madonina, trazida de Lajes.

Apontar como ponta de rua aquele sítio onde os dois foram morar, na verdade, seria um exagero de classificação. O caminho, o único que atravessava toda a vila, era ainda menos caminho do que uma trilha torta em toda a sua extensão. A largura variava conforme o trecho, muitas vezes intransitável por causa de tanta lama que as chuvascas acumulavam e os animais amassavam com suas idas e vindas. Ademais, a rua, apesar do longo comprimento, contava com menos casas do que uma simples praça. Resumindo: era um estirão triste e desabitado!

146

Sete meses depois, o ramerrão monótono dos dias — assim como um exílio — continuava correndo, sem relevo, enchendo Anita de tédio, só olhando o barrigão cada dia maior, já muitíssimo farta daquela inércia mole, daquele lugar assim parado no tempo, daquele povozinho que os cercavam com ingênuos carinhos e amabilidades, mas ainda mais paradão do que o tempo, farto em nada-o-que-fazer.

Anita-pousada, sobretudo às tardes que já caíam em frias melancolias, dava de pensar saudades avoadas em Morrinhos. No padrasto só depois compreendido; na mãe, longa e triste como uma vela acesa num corredor vazio; em Licota, a dos alegres "*oigarés*", nas distâncias perdida; no doutor Teodoro ("— Companheiros, não lhes conto nada..."), em todos, afinal.

Da morte do velho Chaves soube, já em Lajes, e ficou triste: "— Lá se foi o nosso Chaves, o de Orleães e Bragança, o bigorrilha aquele..." — Anita lastimou sinceramente o falecimento do droguista amigo, ainda que mais realista do que o rei.

Anita-desencanto, mesmo se preocupando com a marcha da gravidez e com o amor de seu gringo, não conseguia vencer as horas estagnadas da vilazinha morta que nem o Chaves. Não se divertia mais, nem mesmo com as aulas de italiano em que fazia progressos de espantar, já aprendendo receitas de doces, polentas e massas; já exagerando, em cômicos falares de puro sotaque romano, as aventuras de Rossetti, o amoroso intemperante, com as chinas do arruado e das cercanias. O lado bufo da coisa é que as aventuras do jornalista e secretário perpétuo da República do Piratini terminavam invariavelmente em fugas precipitadas, em fracassos engraçados ou em malogros infelizes, o que dava assunto para novos comentários de Anita, em italiano já agora pornográfico, que Garibaldi corrigia, paciente:

— Querida mia, tanto aprendes amores e embrulhadas com o Rossetti que bem já podes ler as *Memórias de Casanova*, no original...

Mas Anita, sempre em sua luta morna para ver passar as horas do fastio, lia realmente. Não o Casanova, mas tudo o que Euchenique Rosas, notário da vila, lhe emprestava de sua biblioteca alguma coisa sortida. Anita lia, sobretudo política e assuntos que se referissem às sociedades em geral, às guerras da humanidade, à Revolução Francesa...

Um dia, fuçando novidades nas prateleiras do notário amigo, Anita descobriu Machiavelli. Foi uma festa! Ficou tão contente como quando ganhou do padrasto o daguerreótipo apagado de Maria Quitéria...

147

Estava por poucos dias o nascimento do filho.

Areando suas armas, limpando escorvas e caçoletas, arejando pólvoras e chumbo, tudo pra passar o tempo, um dia Anita explodiu impaciências:

— Sabes, gringo: não fosse esse piazinho descarado e eu já me havia largado por aí, ao encontro de uns tirozinhos que me sacudissem um pouco... Mira, chico: embora te pareça esquisito, digo-te que um entrevero já me faz falta. É engraçado como a gente começa a brigar, um dia, por uma causa... um fim. Realmente, pensando bem, por nada muito importante. Afinal, Papin, que nos deve interessar uma coroa ou a libertação de mais um escravo?

Garibaldi suspendeu a almotolia com que oleava sua espingarda para dar maior atenção à crise depressiva que ameaçava envolver sua mulher:

— Filha — começou com amor —, a vida é para ser vivida sem muitas indagações, visto? Devemos deixá-la correr, guiada pela fatalidade. A gente só a dirige até um vero ponto! Tu pensas que a guerra me agrada? Não! Mas que fazer se nasci para guerrear? Que culpa tenho eu?

Anita estava escutando sem muita atenção:

— Não sei. Realmente eu nunca pensei, em toda a minha vida, em me transformar numa guerrilheira. Um dia, cheguei ao teu vero ponto. É! Tu tens razão, meu amor. O que te digo é que, quando a gente se afunda num barulho de fogo, e começa a ouvir o zunido das balas passando junto do nosso cavalo... e sabendo que uma delas pode acertar nossa cabeça ou nosso coração de um momento para o outro, então, chico. Putcha cuê! A gente como que cresce num prazer diferente. A gente tem medo, eco! Mas, mira, Papin, o medo também é um prazer. Um prazer esquisito. Uma batalha tem começo, tem meio e tem fim... É como quando tu me amas como homem. Dizem os caçadores que bem sentem quando o chumbo penetra na carne das aves, mesmo voando em grande altura... Eu sinto quando acerto um tipo dos legalistas... Parece que ouço até o barulho da bala entrando nele. Na boca, sinto o gosto do sangue que começa a correr... o cheiro do suor da morte que o faz cair do cavalo... É uma delícia! Sabes, tenho vergonha de dizer, mas penso que gozo como se estivesse numa cama...

— Tu me assustas, amorino! Terás febre? Olha que já há tanto tempo sem lutas serás capaz de atirar-me para sentires a loucura desse gozo de que falas!

— Sem guerras e sem cama que o guri exige respeito, cuê!

— Pior ainda! — Garibaldi caçoava para aliviar tensões. — Mas, fala: quando guerreias, não pensas em teus escravos? No teu ódio ao trono, às leis, à Regência?...

— Acho que penso nos negros... nos cavalos... Penso que apanhar uma bala no coração não deve ser muito ruim...

— É o fim do gozo! — o gringo acoquinou com uma risada. — Veja, Rossetti: a Anita diz que goza à bala! Que me dizes a isso? Fala tu que tens outros meios menos violentos...

Anita estava longe da brincadeira. Agora falava como para si mesma:

— Penso... nos cavalos. Em Fidélis... Em Gabriela...

— Em quem tu pensas? Gabriela? Quem é Gabriela? — Garibaldi despertou a mulher para a realidade do presente.

— Gabriela!? Eu falei em Gabriela? — Anita espantou-se como se tivesse levado um beliscão de repente.

— Falaste. — Quem afirmou foi Rossetti. — Olha que esta guerreira não conheço. Nem mesmo da Antiguidade...

— Ah! Sim... Era uma amiga minha... só gostava de brincar de guerra... de dar tiros. Dizia que era a mulher do Napoleão... — Anita mentiu mas, já dentro da hora, foi preparar um café com uma beleza de matafã, receita da velha Garibaldi, na Itália ficada com seus desassossegos de mãe. Mesmo porque já estava passando da hora da merenda e Rossetti comia tão desesperadamente como gostava de amar.

148

Volta e meia, Anita tornava ao assunto de sua predileção. Por último, conversava apenas quando estava só com Rossetti. Sabia que aquela prosa não agradava a seu querido Papin, só largado para o amor, desde que estando com suas armas ensarilhadas.

Enchendo o porongo do mate que passou ao italiano, Anita falou, séria:

— Em casa, Rossetti, sinto-me como uma potranca despilchada, só esperando um não sei o quê que sacuda a gente, tirando o bolor do fogão e do tanque de lavar roupas. Dona de casa, amigo, é muito bom para quem não conheceu, ainda, os abalos de uma briga. Oiga, chico, te digo que o descanso da paz cansa mais do que carregar um saco de aborrecimentos. Amo o meu homem como uma doida, tu sabes disso!, mas o duro é levar pra diante esta vida paradona e sem relevos. É um fastio descolorido, cuê!

— E o guri? — Rossetti quis saber, com interesse. — Tu não sonhas ter, um dia, um garotão desimpedido que dê para se virar em doutor de respeito, em lugar de andar em correrias contra o governo... a libertar negros... a proclamar Repúblicas por aí além, como nós? Afinal, tu, às vezes, nessas andanças perigosas em que temos vivido, eu e o teu marido, tu não te sentes o seu tanto vagabunda, à caça de aventuras, nem sempre usando os meios mais limpos... — Rossetti ia terminar a pergunta quando Anita interrompeu, vivaracha:

— Exatamente! É isso exatamente o que sinto. Não às vezes, mas sempre! De manhã à noite, putcha! Uma vagabunda à cata de aventuras! Tu, Rossetti, deste no vinte! Por isso, amo a desordem... a guerra! Amo os negros vingativos... os valentes que... Lindo, Rossetti! Lindo! é a gente não saber aonde vai dormir hoje, ou se vai dormir de novo, algum dia. Sim! Quero muito bem a meu filho. Sobretudo, pelo pai que tem, mas, digo-te, amigo, não sei se, desencontradiça como sou, vou dar em mãe que preste. Quanto a ele, amanhã, ser um doutor importante, prefiro que, em lugar de andar mexendo em tumores nojentos e corpos sujos, mexa no sangue quente, a escorrer do peito dos pelejadores ativos, não importa de que lado político! Juro! Prefiro meu filho que seja, antes, um Garibaldi, tchê! E que Deus lhe dê muitas batalhas...

— Basta! Tu és a encarnação da própria guerra, Anita! Puxa vida! Não foi à toa que, em menina ainda, até padres botaste pra correr...

Foi uma gargalhada que encerrou a conversa. Mesmo porque Garibaldi chegava com uns cueiros de lã que a mulher do notário mandara, a prevenir os frios do inverno. E Garibaldi chegava com notícias urgentes e de funda preocupação para quem, como ele, esperava o nascimento de um filho por aqueles dias.

149

Farejando por toda parte — e ajudado por uns tantos delatores —, Moringa já sabia tudo o que acontecera à força de Garibaldi acantonada em Viamão. E como trazia pra mais de 700 homens, vinha feito, numa corrida só, desde lagoa Vermelha, onde havia feito a última carneada.

Questão de dias e estaria dentro e dono da vila.

A um informante, de passagem, disse, ao saber que Anita estava para ter criança a qualquer hora:

— Melhor, amigo! Assim, sangra-se de uma vez o varrasco, a porca e o bacorinho! — A gargalhada canalha é que ficou estalada no ar.

Como Porto Alegre, por aquele tempo, ainda estava em poder dos farrapos, o coronel-barão Francisco Pedro de Abreu tinha a maior pressa em esbagaçar a gente do gringo antes de se pôr ao fresco, de novo, fugindo para o interior. Temia, com razão, algum possível reforço revolucionário pedido nas urgências da ameaça.

Com 700 homens, Moringa podia muito bem, sem nenhuma dificuldade, destroçar Garibaldi, mas atacar Porto Alegre já não era empresa tão fácil para sua hoste de voluntários, como eram chamados, por uma revoltante ironia, os pobres peões apanhados, como que a laçadas, na pacatez de seus ranchos.

150

Ouvindo a notícia que Garibaldi trazia, por um primeiro momento, Anita abriu festa de euforia:

— A la festa! Por São Cipriano que vamos ter fandango de assustar!

Foi preciso que Rossetti cortasse-lhe o entusiasmo de gaúcha, lembrando-lhe a enorme barriga a ponto de rebentar de sua figurinha miúda.

— Tudo o que peço, Papin adorado — a mulher atirou-se, inesperadamente lépida, ao pescoço do marido —, tudo o que peço é me deixares derrubar o Moringa aquele! Putcha, lindo! Não foi à toa que me apurei na pontaria esses meses todos...

— Apenas, amorino mio — Garibaldi deitou água fria na fervura —, ninguém vai entestar com o diabo do legalista covarde. Seria um suicídio, claro! Seus esquadrões trazem dez vezes mais gente do que a que temos nós. Sabes, Rossetti, são 800 ou mil homens...?

Anita gabolava nos exageros:

— Se cada um de nós lutar por dez deles, estaremos empatados! E, com o empate, venceremos, sem nenhuma dúvida!

Rossetti intrometeu-se:

— Veja, Garibaldi: cada hora, para nós, está valendo um tesouro. Se for possível, devemos é deixar isto aqui ainda hoje. Veja que, em Porto Alegre, Anita bem pode esperar o filho, já que não pode mais se demorar aqui. Lá, estará em segurança... Depois, mais tarde, conforme correrem as coisas, nós podemos tomar o rumo de Canoas. Justo?

— Justo! — Garibaldi aprovou. Mas resolveu consultar a mulher. — Se tu, Anita, puderes tocar bem essas 8 ou 10 léguas, chegaremos amanhã a Porto Alegre. Esta noite, paramos na estância do Euchenique para descansares a criança... Agora, vamos nós também tratar da viagem que o Rossetti resolve tudo em meia hora. Para alguma coisa vale o exercício duro em que trouxe os homens por todo esse tempo de folganças pra nós!

— Notaste, gringo, como o teu amigo vem se virando em chefe militar? Ainda será um general que nem o Canabarro, tu hás de ver!

— Sim... O Rossetti tem-nos sido um braço direito! Mas avia-te, amor. Não devemos levar nenhuma carga que não seja absolutamente necessária. Não precisas levar o teu carmim e os teus pós d'arroz... — O gringo achou brecha para a brincadeira. — Só o indispensável! Eu levo as armas e as munições; tu tratas de levar essa barrigona. E, olha, que já fazes muito!

— Então, Papin — Anita estava decepcionada deveras —, não vamos ver o Moringa? Nem mesmo de longe?...

— Queira Deus, não, amor! Nas condições em que estamos, sem gente e, já agora, às voltas com a tua gravidez, não desejo ver nem a sombra do gajo.

151

Rossetti era pronto no decidir. Ademais, como se viu, durante os sete meses largos em que se demoraram no Viamão, não deixou passar um só dia, mesmo com o minuano soprando uma barbaridade, que não obrigasse seus homens a marchas forçadas e pesadas prontidões. Além disso, armas e montarias eram passadas em revista semanalmente.

Assim, tudo providenciado, os 70 homens que restaram ao gringo, já armados e montados, algum rancho no coice e os cunhetes abarrotados no meio da tropa; o gado em pé, bem-vigiado nas pontas do lote por algumas mulheres cavaleiras que acompanhavam seus homens no êxodo, cantando suas modinhas brejeiras como se fossem, de patuscada, num divertido passeio; ainda não eram as quatro horas da tarde e já, todos, se punham a caminho.

E as mulheres iam cantando aos berros:

"Meu marido tem uma coisa
que é grande, comprida e grossa...
Tanto dá em casa,
como dá na roça..."

E outras mulheres, se arrebentando de rir, terminavam, explicando:

"Não é nada! Não é nada! Não é nada!
É o cabo de uma enxada..."

Dentro de duas ou três horas, ainda com a claridade do dia, embora de inverno, haviam de parar para o pernoite na estância do Boi-Só. Isso, caso Anita aguentasse um trote maneiro.

Plano de Garibaldi era deixar Anita em Porto Alegre, em mãos amigas para o descanso do parto, e se botar logo a caminho de São Gabriel, mais de 40 léguas dali.

Em São Gabriel, contava como certo encontrar Bento Gonçalves, dirigindo de lá, ou de Bagé, o destino e o futuro da República turbilhonária.

É que, daquela capital provisória, o general-chefe-geral da Revolução não só ficava mais perto dos aliados de Pelotas, como dos inimigos da boca da lagoa dos Patos, fortificados no mar e no porto do Rio Grande.

Difícil mesmo era convencer Anita de aceitar a separação por algum tempo.

— Não vês, gringo safado, que os tigres nascem no mato e nem por isso as fêmeas deixam de caçar? De pelear? De ajudar os machos nos seus cansaços?

152

Mas pouca serventia teve tanta gauchada! Meia hora de marcha e Anita, ou pela excitação do dia, ou pelos solavancos da sela, ou por ter a gravidez chegado a seu termo normal, tempo não houve nem para escolher lugar mais à feição.

Na beira da estrada, velho Jurandi, um peão já no toco, tinha sua cabana a coisa de 300 braças da cabeça da tropa. Foi um chiru do pelotão da frente que viu.

Pelado, o cachorro de olhos mansos de Jurandi, como que entendendo o separado singular daquela tarde recém-caída dentro do frio de invernasco, nem mesmo latiu ao ver o mundo de gente e de animais que, de repente, invadiam o pequeno terreiro em frente ao barracão, e toda a cercania em volta.

Jurandi, só pedindo calma "àqueles guerreiros que não se assombravam com tiros ou facas, mas se embaraçavam por causa de um simples parto", foi logo deitando a menina numa enxerga e apalpando-lhe o ventre:

— É... tá pra já! Não demora. Vancês podem ir lá pra fora cuidar de seus trastes que, isso, não é coisa de atravessar a noite. Dois de vancês vão me apanhar alguma lenha por aí. Outro vai na cacimba... aquela ali — mostrou da porta —, traz um balde d'água e bote pra ferver. Aqui mais pra baixo, coisa de 20 minutos a pé, tem um acampamento de ciganos. É gente ladrona mas, numa hora dessas, ajuda. Um de vancês vai lá e dê o aviso... O resto, deixem comigo que, nascer uma criança é um pau por um olho!

Garibaldi, acovardado, ainda que Anita só deixasse transparecer as dores por inevitáveis esgares, estava inteiramente mudo e absolutamente confiante na sabedoria do velho Jurandi. Rossetti, calado também, só fazia caminhar em frente à cabana, volta e meia agachando-se para acariciar a cabeça magra de Pelado com quem conversava, em voz baixa, ninguém podia saber o quê.

Logo, logo, chegaram duas ciganas, em suas saias de mil cores, trazendo um pouco mais de sossego ao pai aflito.

Seriam talvez oito horas de uma noite bastante fria quando o resto da tropa de Garibaldi (inclusive a ponta de gado em pé tangida pelas mulheres que nem tanta falta fizeram às habilidades de Jurandi, depois ajudado pelas ciganas e sob os olhos mansos de Pelado) veio encontrar Menotti já do lado de fora, muito bem-lavado e envolvido nos cueiros de lã, presente da mulher do Euchenique.

O que nenhuma história pôde registrar, mesmo levando em conta as precisões mais responsáveis dos historiadores profissionais, foi a alegria ingênua, as patetices e os planos inconsequentes com que Garibaldi abarrotou a cabana do velho Jurandi e de seu cachorro, o Pelado. Ninguém imaginaria melhor bufo, numa ópera cômica.

Durante 15 dias a loucura do gringo fez com que aquela gente toda ficasse acampada entre a estância Boi-Só, o arraial dos ciganos e a barraca onde Menotti começara a viver.

Anita, por muita vivacidade, procurava demorar a estada com Jurandi. É que, com o filho mais durinho, tinha esperanças de que Garibaldi não a deixasse em Porto Alegre. Ora — pensava consigo —, que dificuldades podem aparecer em dez ou 12 dias de viagem, sem a proximidade de inimigos, e já no final dos grandes frios de inverno?

Pretendia prolongar o mais possível sua conversa com o marido. Havia sugerido até que o grosso da tropa, com a maior parte do gado, fosse tomando caminho para não atrasar mais o encontro com o Bento Gonçalves. Poderiam partir logo, sob o comando de Rossetti.

Garibaldi concordara. Dois dias depois, porém, duas cartas importantes chegaram-lhe às mãos, de diferentes procedências: um bilhete disfarçado, dentro de um jacá de uvas temporãs, de Euchenique, avisava que Moringa havia chegado à vila, punindo o povo por ter dado hospitalidade a farroupilhas criminosos, ameaçando misérias e exigindo delações. Desapontado pelo insucesso, preparava-se para seguir a "cachorrada gringa", muito alegre por saber que "os ladrões levavam mais bois do que gente..." E prometia, nas mais rútilas tintas: "— Não vai ficar um só! Nem a vaca do Garibaldi, com a sua cria..."

A outra carta, embora não exigindo medidas tão urgentes, preocupava por igual. Longa, trazia a assinatura de

Bento Gonçalves e a data de Bagé. Logo de início, o gringo percebeu que o chefão estava enganado quanto ao pequeno número de homens sob o seu comando. Bento Gonçalves, estranhamente, pensava que sua força atingia a, pelo menos, mil lanceiros. Depois, em largas quatro páginas em que expunha ao amigo a situação real da guerra, queixava-se pateticamente da saúde arruinada e do cansaço; das ingratidões e dos desentendimentos que lavravam entre os republicanos. Só queria — dizia com sinceridade — era passar o cargo a um substituto legal, que, mais jovem e disposto, pudesse levar a República do Piratini a seus gloriosos destinos: libertar a pátria de todas as formas de prepotência e injustiça social, moral e militar. Só o que pretendia, depois de tudo, era terminar os seus dias lutando em campo aberto, como um soldado qualquer, pelo seu ideal revolucionário. Mas a carta tinha por fim principal explicar a Garibaldi que, naquele ano terrível, fora perdida definitivamente a ofensiva sobre o Rio Grande o que, equivalia dizer, perdida a barra. Quanto à situação em Porto Alegre, caso não fosse possível Garibaldi reforçar a praça com seus mil homens, seria outro caso perdido. Por outro lado, só o braço de Deus seria capaz de "ainda sustentar o edifício da Revolução que pende para um lado, mui perigosamente..."

Lamentava Bento Gonçalves que as Câmaras Municipais, os procuradores-gerais e o próprio exército farroupilha entravavam seus atos, sempre tomados no interesse exclusivo daquele povo sulista que, espontaneamente, aderia ao movimento. Terminava a carta falando com melancolia das dissidências que, cada dia maiores, levando o desânimo à tropa, haviam de fazer desmoronar de uma vez a República nascida de tanto ideal.

No mês seguinte ao que estava escrevendo sua carta, Bento Gonçalves avisou que estaria, de novo, em São Gabriel, esperando por Canabarro, que havia de chegar sem demora, "de um ponto qualquer da província", para, juntos, tomarem novas deliberações para grandes efeitos.

153

Novembro ia a meio e, ainda que ali perto, a situação de Porto Alegre era de forte apreensão.

Por mais que fizesse ou procurasse saber, Garibaldi não fazia a menor ideia de quem, agora, estava no poder da cidade.

Que tinham de se meter a caminho, imediatamente, não era novidade. Sobretudo o bilhete do notário não deixava vãos para adiamentos.

Mas como passar em Porto Alegre para deixar Anita nos seus resguardos, entre companheiros de luta? E se a cidade já estivesse inteiramente em mãos legalistas?

Foi Anita quem decidiu:

— Vam'bora, homem! Vamos pra Canoas. Claro que temos de costear Porto Alegre. Não há outro caminho. Mas passaremos por fora... E depressa! Se sairmos daqui agora, mesmo fazendo um ranchozinho ligeiro no Boi-Só e acampando, mais tarde, no Paulo Ferreira, estaremos amanhã em Canoas. De lá...

— Paulo Ferreira? Que terras são essas?

Anita olhou Garibaldi transbordando rancores:

— Muito bem conheces tu o Paulo Ferreira, cachorro de gringo sujo! Lá, antes de ires para Laguna, namoraste descaradamente uma das filhas dele. Uma que chamam de Manuela. Se me negas, furo-te um olho, sandeu de merda italiana! Só tenho pena da tua mãe que... — Rilhando os dentes com incrível ferocidade, e deitada como estava ao lado do pequeno, esclareceu num parênteses, lascando um violento petaço na barriga de Garibaldi: — Sei eu da história que me foi contada pelo negro Procópio, meu bigorrilha das dúzias!

— Arre, linda! — Garibaldi beijou-lhe carinhosamente o pé agressor, sobre a larga cicatriz da canela. — Tens força nesta pata, crioula medonha! Não foi por acaso que o bambino nasceu com essa mesma marca no tornozelo, essa que lhe legaste na gravidez, após te ferires no entrevero com o Albuquerque... — Os dois, já esquecidos da desavença estourada pelos ciúmes da mulher, antes de prosseguirem na conversa, examinaram pela centésima vez a mancha vermelha que descendo pela canela do pequeno Menotti tomava-lhe todo o tornozelo e o peito do pé...

154

Despedindo-se do velho Jurandi, agora um grande amigo deixado para trás como tantos outros ficam nas caminhadas e na vida, a pequena tropa de Garibaldi, ainda mais desfalcada dos que foram adiante, ganhando tempo, levando o lote de reses para o corte, começou uma viagem difícil, já não tão tranquila (com o Moringa atrás); já não tão segura (com Menotti recém-nascido).

Naquela mesma noite, passaram por Porto Alegre, sem parar, por muita prudência.

Dois dias depois, ainda sem muitas novidades além do passo, suficientemente picado (para a fuga das hostes do Moringa) e bastante lento (para os cuidados com Anita e o filho), encontraram, nas cercanias de Canoas, com a parte da tropa que seguira adiante.

Também aí, tiveram notícias de Moringa: estava de partida no encalço de Garibaldi. Mas como estavam tendo dificuldades em movimentar a tropa, muito grande e com muito pouca vontade de marchar, Euchenique avaliava que, antes de uma semana, o coronel-barão não havia de deixar Viamão. Antes de uma semana ou duas, corrigira no bilhete.

155

O mês de fevereiro daquele ano desastrado para os farroupilhas já começou encontrando, na estrada que descia para o sudoeste da província, às vezes seca e poeirenta; às vezes pantanosa; mas sempre ruim, a sofrida gente de Garibaldi. Nas raras estanciolas que encontravam, nem mesmo milho havia para a ração dos animais. Felizmente, como levavam cerca de 30 cabeças de gado, entre algumas vacas para leite, Garibaldi ia avançando à proporção que o gado diminuía, sacrificado à fome do bando.

Com alguns dias de viagem, embora sem abatimentos, Anita constatou que o filho ardia em febre. Foi o negro Procópio que atalhou a temperatura com um chá muito aguado, para não ofender o corpinho ligeiro do guri.

— Sabugueiro-do-campo! — explicou o negro a Anita, sobre a galhada de florezinhas brancas que forneciam o chá.

A febre que começou no anjinho — ainda foi Procópio que descobriu — foi a mesma que se alastrou, depois, por quase toda a tropa. Quem poderia convencer o negro da ignorância de suas deduções? Foi só com a ineficácia do sabugueiro que Procópio resolveu achar outras causas para a epidemia ambulante, a consumir os homens. Quatro dias de marcha e houve necessidade de fazer um largo alto na caminhada.

Garibaldi e os seus amigos esfalfados tiveram de sepultar quatro companheiros e uma das vivandeiras que os acompanhava desde Viamão, todos mortos pela ferocidade da febre repentina que os assaltou, apanhada naturalmente na umidade insalubre das grutas ou nas águas partidas dos socavões da serra. Senão, nas poças estagnadas do altiplano, repletas de miasmas.

Debelada a crise geral, sobretudo das diarreias, já os convalescentes se amparando no lombo dos cavalos, também magros, todos tratados a muita carne e muita erva-mate pela medicina de Anita, o gringo deu ordem desanimada de reencetarem a viagem tão mal-interrompida.

Foi quando, a substituir o tormento das doenças e da febre maligna, começaram a cair as grandes chuvas de verão, a transformarem os caminhos em pântanos difíceis de atravessar; a empaparem as roupas e os panos da criança; a provocar incômodas recaídas nos ainda malcurados; a estragarem sacos e canastras dos alimentos já desfalcados; a ameaçarem a pólvora que precisava estar sempre bem seca e pronta para qualquer imprevisto ou tocaia.

Ainda por cima de tantas desventuras, outros recados se sucediam nas pegadas da tropa, a esporear a tropa, a ferir fundo...

E os bilhetes: "— Moringa largou-se afinal de Viamão"; "— Moringa passou ao largo de Porto Alegre"; "— Moringa pernoitou em Canoas onde saqueou tudo"; "— Moringa já descera a última vertente, assassinara 12 tipos que simpatizavam com os farroupilhas, e entrara, em sadios triunfos, nas pastagens que anunciavam os pampas sem-fim"...

Sem febres a consumirem-lhe a tropa, sem crianças, sem mulheres, o coronel de todas as vinganças encurtava, a olhos vistos, o estirão que o separava dos seus perseguidos.

Só as chuvas, imparciais, começavam também a perturbar um pouco tão garbosa avançada.

Com tudo isso, Garibaldi apenas alcançara o meio do caminho! As privações, os imprevistos, as contrariedades, as doenças, os desânimos, as mortes, as deserções (que vinham se avolumando), se sucediam por todo o percurso. Quarenta e cinco homens ao todo, com nove vivandeiras, Anita e o menino, era tudo o que restava da tropa garibaldina. As mulheres, já sem gado para conduzir, vinham engajadas no corpo dos voluntários, em silêncio, deixando para trás a alegria das canções marotas...

Na travessia do rio Pinheirinho, Rossetti deu ordem para que abatessem a derradeira cabeça de rês que levavam para a reserva do corte. O boi, muito magro e já empesteado, escapara por acaso da morte pelos martírios da viagem.

Terminada a carne — que havia de durar, no máximo, uns dez dias mais —, Rossetti avisou ao chefe amigo que só restariam duas vacas de leite que, de tão maltratadas, apenas forneciam o alimento do bambino e mais da mãe.

Foi quando, por um milagre de San Sepê, o negro Procópio conseguiu passar a mão numa ovelha recém-parida que, no descampado, defendia a cria morta da rafa dos urubus.

Procópio não remanchou em atravessar a ovelha numa balsa, em seguimento aos seus, que o esperavam no outro lado do rio.

Logo, trataram de destruir as canoas e balsas encontradas e usadas pelo bando, para dificultarem a travessia dos do Moringa.

Assim, vinham procedendo em todos os rios que venciam, desde o Jacuí.

Com esse procedimento, sempre conseguiam alguma vantagem, ainda que logo inutilizada.

O Jacuí, desembocando em frente a Porto Alegre, é importante em suas águas, ainda que na seca. A travessia é feita em muitas embarcações dos mais diferentes tipos: lanchões, pranchas presas a cabos retesados, de uma a outra margem, como as balsas maiores e menores, barcaças e veleiros.

Dessa maneira, sendo os transportadores neutros, por terem de servir a uns e outros, conforme as oscilações da guerra, não se atrasaram em transportar a enorme gente do Moringa. Mas, atingida a margem direita do rio, com a tática dos farroupilhas, se tornava difícil vencer os afluentes mais consideráveis daquele lado. Essas demoras é que davam aquela vantagem a Garibaldi. Não fosse isso, já os legalistas perseguidores teriam desbaratado totalmente a tropa do gringo.

156

Como tudo tem seu fim, ainda que nas mais duras penas, Garibaldi, passando entre Barro Vermelho e Caçapava, terminou por chegar com sua mulher, seu filho e sua gente estrompada às margens do último afluente do Jacuí que tinham de atravessar, antes de entrarem em São Gabriel, mais 12 léguas apenas de marcha.

O rio tinha um nome macanudo: chama-se San Sepê, e Anita alegrou-se com isso. Naturalmente, haviam de incendiar as quatro barcaças que encontraram amarradas do lado bom. Era só o tempo de usá-las para atravessarem a corrente. Então, pela primeira vez em todo o percurso, Garibaldi falou de suas esperanças:

— Puxa! Agora, Anitinha, chegaremos certamente a São Gabriel! Parece mentira, linda! Que Bento Gonçalves nos dê 15 dias de férias para gozarmos a nossa lua de mel...

— Do jeito que as coisas vão, Papin, acho que a lua de mel será na Itália...

Enquanto a retaguarda de Garibaldi chegava na margem oposta, no último batelão (logo incendiado como os outros três), Rossetti redigia um pequeno relatório aos aliados de Caçapava e Barro Vermelho. Terminava por pedir auxílio, caso houvesse tempo de interceptar a força de Moringa que, por certo, não ousaria tentar uma entrada em São Gabriel.

Tudo pronto para começarem a etapa final de tão pesada viagem, um lanceiro veio correndo ao encontro do chefe:

— Ali! Mire vancê mesmo... — e apontava mil aflições para a margem que haviam deixado.

Apesar de toda a coragem e disposição da tropa, sempre prevenida, o impacto foi bárbaro! A vanguarda de Moringa vinha descendo a barranca para o rio...

157

Antes que a surpresa permitisse fossem tomadas as primeiras providências, Anita em labaredas de excitação, entregou Menotti, metido em seus cueiros, à mulher que lhe estava mais perto. A vivandeira apanhou a criança por sobre a sela mesmo, galopando, em seguida, pela estrada que fugia ao rio.

Anita, sem nem olhar o rumo que a criança tomava, no colo da mulher, chamou Procópio e mais dois dos seus que, curiosos, se atrasaram observando o movimento hostil do povo do Moringa. Sem perder tempo, mandou que os homens preparassem suas armas, desaperrando ela a sua espingarda, numa ânsia de festa. Os olhos, em rápidos dardejos, não perdiam um só dos movimentos inimigos. Certos de sua força, os homens de Moringa pouco se importavam com os poucos farroupilhas que, em lugar de tomar distância, voltavam-se para vê-los.

Fingindo não ouvir os chamados inquietos de Garibaldi, desobedecia à ordem de se resguardar dos tiros que, a qualquer momento, haviam de romper do outro lado. Por certo, esperavam apenas a ordem do chefe para abrirem fogo, cruzando as águas. Ao menos até perderem de vista os fugitivos que, de maneira alguma, aventurar-se-iam a aceitar o duelo.

Por intuição, Anita mostrava aos companheiros um legalista gordote que, buscando observar a retirada, protegida pela falta de embarcações (a balsa que trouxe a ovelha ainda em chamas), lhe parecia o Moringa.

— Vai ver que é mesmo o homem! — Procópio concordava, aguçando a vista.

— Ele sim... pelo jeito... — o que já engatilhava a arma, concordou.

— Putcha cuê, dona Anita! Aquele a gente mata! Todos a uma: fogo em cima dele! — o terceiro homem apressou-se, cheio de coragem.

— Sim... sim... vamos, amor. — Anita impacientou-se por Garibaldi tomar-lhe o braço com energia, para obrigá-la a se resguardar entre os retirantes, estragando, assim, o plano do terceiro homem. — Mas, antes, me diga, Papin: aquele baixinho, dentro daquela folhagem, não é o Moringa?

— Não importa, querida! Tratemos de nós. Aproveitemos a demora deles em improvisar uma travessia e vamos ganhar distância de segurança definitiva. O bambino? Onde está?

Nisso, Procópio e os dois outros largaram uma salva em cima do baixinho. Foi a senha para que, da margem oposta, uma saraivada tremenda rompesse sobre os de cá, derrubando o cavalo do negro.

Anita, imediatamente, voltou-se na sela e atirou com seus dois canos antes de ser arrastada por Garibaldi.

Procópio, desmontado, saltou para a garupa do terceiro homem, e todos desabalaram para a trilha que os levaria a São Gabriel.

— Não sei não. — Procópio alegrava-se, enxugando os bagos da chuva que apertava e que inundavam sua carapinha. — Matar, a gente não matou, não, dona Anita, mas ferido tenho esperança de termos deixado o tipo.

Já longe do perigo, Garibaldi ainda ralhava:

— Guerrear, minha querida, não é fazer loucuras! — As palavras saíam por entre as patas dos cavalos em galope. — Veja que as armas deles terão muito maior alcance do que as nossas. Que nos adianta vocês se exporem para fazer duas ou três baixas entre eles? Com isso, corremos muito maiores perigos. — Uma légua já vencida, das 12 que os separava da paz de um reduto seguro.

Garibaldi prometendo a seus botões só descansar dentro de São Gabriel, embora a preocupação com o filho e com a mulher, calculava: com tanta gente, armamento e tralhas, fora o rancho que deveria ser grande; sem a possibilidade de encontrarem barco algum por perto, Moringa teria de perder pelo menos meio dia — isso, vindo-lhe tudo à feição — para atravessar o rio com toda a sua gente.

Era tempo suficiente para não serem apanhados mais nunca! — Garibaldi tranquilizou-se, ouvindo as queixas da mulher que teimava em manter um trotezinho, nem que fosse para esquentar um pouco daquela chuva que caía cada hora mais forte.

— Então, amorino — o gringo brincava —, não conseguiste chegar ao teu orgasmo, não foi? Olha... sabe?, ainda não atino entender como tu podes misturar duas coisas tão diferentes...

— As duas são formidáveis! Queres saber, chico? É isso!

— Sim... acredito. — A fala do gringo saía estropiada pelo galope do animal. — Mas o que ainda não atinei foi com a relação... como tu relacionas uma com a outra!

— A la fresca, gringo burro! Em São Gabriel, far-te-ei compreender... hê, quê! Agora, deixa-me ir lá na frente, a ver o bambino como passa com tanta chuva por cima... — Esporeando energicamente o cavalo, logo sumiu numa nuvem de água e lama borrascada por toda parte...

158

Sem que o tempo houvesse melhorado acentuadamente, depois de nove horas de marcha, descontando os altos dados para a recuperação de forças e outras pequenas necessidades, Garibaldi e sua gente entraram finalmente nas ruas de São Gabriel. Estropiados, mendigos, em estado de miséria total, assim mesmo entraram sorridentes, com jeito de grandes vencedores. Afinal, era um alívio!

Logo numa das primeiras casas, Anita tratou de desmontar e abrigar Menotti, que ainda trazia uns restos de febre. Um médico, o doutor Ivo Amorim, chamado imediatamente, chegou para constatar que a criança estava com uma pneumonia.

Num abrir de olhos, Anita, esquecida de todos os cansaços, de todas as batalhas e privações passadas, transformou-se em mãe e dona de casa como se, em toda a sua vida, não fizesse outra coisa senão lavar panos e cozinhar comidinhas...

Deixando a tropa aos cuidados de Rossetti, que bem saberia cuidar de seus homens a bom preceito, quanto mais que, na cidade, toda gente era farroupilha dos quatro costados, Garibaldi não se demorou em ir ao encontro de Bento Gonçalves.

Amparando suas fraquezas e decepções, traduzidas em impressionante magreza, o chefe maior esperava-o, já, com um grande sorriso e um forte abraço, na soleira de sua porta.

Sempre abraçados, transbordando amizades antigas, os dois entraram para a sala maior onde o gringo encontrou um poncho seco e um mate bem quente.

Contadas suas últimas aventuras, Garibaldi começou a tomar conhecimento do pé em que se encontrava a situação política da República e da guerra em geral.

E soube...

159

... que já não havia mais Regência no Brasil. Pedro II fora declarado maior e assumira o governo.

O fato era da maior importância para a Revolução. É que, logo depois que aconteceu a entronização, aumentaram as crises políticas por toda a nação.

No Rio Grande, Álvares Machado, menos de um mês depois da mudança governamental, foi substituído pelo veterano Saturnino de Oliveira. Machado fracassara redondamente em suas negociações pacifistas com os farroupilhas, por sua vez já bem-cindidos entre si.

Desagradando uns e outros — e até mesmo os militares de altas patentes, da Corte —, o conde do Rio Pardo, um português de nascimento, foi designado comandante-geral das operações, no Sul.

Mais agravando a coisa, cedo, caía o primeiro Gabinete formado pelo imperador.

A ocorrência deixava o poder aos absolutistas, deslavados caramurus.

— Com isso — Bento Gonçalves explicava a Garibaldi — o nosso companheiro terá panos para as mangas! Não faz oito dias, estabeleci o nosso quartel-general aqui em São Gabriel.

Garibaldi, muito interessado no assunto, fazia um grande esforço para se manter em guarda. Vontade era descalçar as botas encharcadas e se atirar no chão para dormir um dia inteiro.

— Como companheiro de lutas, amigo, te peço um favor. — Bento Gonçalves, apesar de visivelmente abatido pela doença e pelos aborrecimentos e preocupações, ainda sabia conservar, erguida, a cabeça nobre como a de um potro novo. — Tu deves assumir agora mesmo a incumbência de construir as fortificações e alojamentos necessários. A coisa é urgente, por isso sei que tu, novo e forte como és, hás de te refazer em dois ou três dias. Requisite, além dos teus, trazidos de Viamão, os mais que tu precisares. Rossetti partirá, também logo que possa, em busca de meios e materiais. Leva cartas minhas para o Uruguai. Lá, agora, será tudo bem mais fácil. Lavalleja ainda é um grande amigo nosso. Anzani... O Anzani é um patrício teu. Está de volta da Europa, onde foi defender o trono de dona Mariazinha da Glória contra o seu tio, o dom José... um impostor e usurpador... Esteve a soldo de Pedro I.

Bento Gonçalves calou-se para enrolar um crioulo forte na palha de milho. Acendeu o cigarro com evidente delícia. O gringo estava doido para que o chefe o liberasse. Urgia ver o filho e a mulher... pensar em tudo aquilo mas, sobretudo, agasalhar-se, alimentar-se e descansar. Foi quando Bento Gonçalves levantou-se perguntando por Anita e pelo filho, em palavras muito afetuosas.

Sem interromper suas falas, retirou de um prego na parede, como de uma panóplia, um velho sabre enferrujado:

— Embora um sabre de cavalaria não assente bem a um marinheiro, ofereço-te este. Guarde-o. Foi um presente do Lavalleja. É um caudilho que bem sabe o que quer. Quando Frutuoso Rivera bateu o meu compadre, teve ele de se refugiar aqui no Brasil. Foi quando me deu esta peça... Tem valor, não te parece? Tu o mereces.

160

— Não te dizia eu, gringo de minha alma — Anita recordava, nem uma semana ainda passada desde a chegada da tropa a São Gabriel —, que a nossa lua de mel só poderá ser na Itália? Ao pé da mama?...
Enfiada novamente nos aborrecidos quefazeres domésticos, contente porque o bambino reagia bem e já andava quase curado, Anita e Garibaldi despediam-se do italiano amigo:
— Mira, Rossetti — Anita brincava, já na casa nova, bem mais confortável do que o rancho da ponta da rua de Viamão —, não te vás embrulhar com o Moringa longe de mim! Falando naquele saco de merda, por onde andará o bicho aquele? — perguntou, afirmando que, se houvesse um encontro, ela ficaria cheia de inveja por não ter ocasião de terminar a obra dos seus companheiros da beira do rio San Sepê, fuzilando o baixinho pra valer...
Garibaldi esclareceu:
— Certamente, amore, vendo que não nos apanhava mais, nem chegou a atravessar o rio. Aquilo é guerreiro experimentado e não joga o tempo fora. Despencou-se de cara-volta que as chuvas não estão de oferecer brindes nem prendas...
— Mas, de qualquer maneira, pedia prudência ao patrício, já pronto para a viagem. Rossetti ia como um simplório comprador de gado e couros, acompanhado de quatro tipos fingindo peões. As fantasias estavam perfeitas. Até no jeito de falar cantando.
— Ora, Giuseppe Pane — Rossetti lembrou-lhe o apelido com que se alistara na facção revolucionária, a Jovem Itália —, quanto mais cambamos para o sul, menos perigo encontraremos na rota...

— Nunca é bom facilitar — Procópio, ali presente, a esperar ordens, aconselhou: — Vejam vancês: se numa cesta cabe, justo, uma dúzia de ovos, a gente insistindo em colocar 13, um se espatifará no chão...

— Procópio quer dizer, Rossetti — o gringo completou —, que não deves meter nem mais um ovo na cesta de instruções que levas...

A despedida foi ruidosa, bem à italiana.

161

Logo na segunda madrugada que Rossetti voltava a passar no mato as coisas tomaram um rumo diferente. E nem por isso foi porque ele tentasse meter mais um ovo na cesta das instruções recebidas, pessoalmente, das mãos de Bento Gonçalves. A noite fora fria, mas de tempo seguro. As nuvens rolando altas no claro do céu, rompido em luar, assanhavam os vaga-lumes na várzea junto do rancho onde o homem pernoitara.

Sorvido com satisfação o amargo quente, Rossetti saiu para fora, ainda escuro. Ia urinar mas, como o sol ameaçava chegar, rompendo por detrás das elevações do Este, ficou distraído, vendo as teias de aranha prendendo o sereno nas ervas rasteiras... nas moitas miúdas de barba-de-bode; as gotas de orvalho, virando cristais, no chão, derramados; o gado mascando passados nas bocas meladas de baba, em doces sem-fim, na marcha do tempo... no chão do caminho; os olhos dos bois guardando pedaços da noite passada, em frios molhados, de ventos corridos por toda a coxilha. Em ventos tinhosos que vinham do Sul, que vinham do mar, que vin...

O tiro que veio, maluco, do oco do mundo, soluçou duro no vão das costelas do italiano. Foi a golfada de sangue, o bambeio do corpo, o espanto nos olhos. Foi só.

162

Um dia, fazia tempo que Rossetti dormia sua noite grande no cemitério de São Gabriel, Bento Gonçalves mandou chamar o gringo.

Garibaldi atendeu logo. Mesmo antes de comer, que a hora era da ceia, foi à casa do chefe. Encontrou-o na sua mesa de trabalho, cheia de correspondências, notas, livros e o mais. Tudo bem coberto de relaxamento.

Bento Gonçalves estava meio longe, como se estivesse acordando naquela hora:

— Buenas, amigo! Sente-se. Vamos ter uma conversa comprida.

De fato, passava da meia-noite quando Garibaldi se recolheu à casinha nova, recém-pintada de cor-de-rosa, que dava frente para o largo principal de São Gabriel. No jardim pequeno do lado havia um monte de flores campestres, nas janelas de madeira pura, cortinas de fustãozinho alegre acusavam a presença de Anita-mulher, zelando pela raridade, em suas andanças, de um lar aquecido.

Então Garibaldi levou o resto da noite a contar à mulher de seu encontro com o chefe maior:

Bento Gonçalves começou por dizer do interesse governamental do Império em terminar com a Revolução. Oferecia todas as garantias dentro de uma anistia geral e completa, só não se responsabilizando por indenizações. Claro que nem havia como relacionar os gastos ilegais feitos ao corrido de tantos anos de violência e desmandos. Se houvesse união entre os farroupilhas, Bento era de opinião que a oferta nem deveria ser levada em consideração. Mas, era evidente, que lavrava discórdia incontornável entre os segundos chefes. E discórdias geradas por mil e um motivos, alguns até sem pé nem cabeça. O que sobrava era orgulho, era vaidade, era vontade de mando, rivalidades, ninharias, coisas que deixavam brecha para dúvida sobre a sinceridade e o idealismo daqueles homens. Por outro lado — Bento prosseguiu explicando num transbordar de mágoas —, parecia-lhe que, como chefe-geral, começava a perder a confiança dos demais. Isso porque se manifestara muito favorável a aceitar a paz que lhes era oferecida tão vantajosamente.

Afinal, com a maioridade (disse Bento Gonçalves, a terminar sua explanação), já estavam a meio caminho da libertação dos escravos, de uma nova Constituição liberal, de... até de uma República! E Roma não se fez em um dia! Ali estavam as metas de Piratini... Era dar uma oportunidade ao Império, ensarilhando armas. Com esse comportamento, não se queria dizer que se afrouxasse na vigilância ao Gabinete do imperador, fosse ele qual fosse ou que cor política tivesse. O general foi honesto com seus imediatos: por ele, aceitariam a anistia ampla, com as garantias oferecidas. Com os desentendimentos que proliferavam entre os revolucionários (e de todos os males esse era o maior), não havia mais qualquer esperança de sucesso. Continuar com a guerra seria um sacrifício inútil.

Por causa dessa opinião, que tão sensata parecia a Garibaldi, Bento Gonçalves bem sabia que estava sendo acusado até de traidor. Assim, contou ao gringo, entre dois goles de café, que acabara de pedir um substituto. Entregue o cargo, preferia se tornar, apenas, um soldado obediente. Escrevera todas essas coisas ao Canabarro, o mais revoltado com a ideia de um armistício. O parrudo garantia que, mesmo no caso de todos os farroupilhas acertarem o passo com os do Império, ele se transformaria em bandoleiro e, com seus asseclas bem-armados, prosseguiria em guerrilhas devastadoras... Havia de se transformar num segundo Zé Miau! Agora — Bento continuava a expor a situação ao gringo —, uma vez liberado do grave encargo de chefe maior, havia de se afundar em suas terras, então abandonadas. Não queria mais nada, não esperava mais nada, mais nada idealizava: nem anistias nem garantias... Sonhava, isso sim, de ver chegar sua hora final entre seus prados e sua gadaria, apenas com a certeza de que o Brasil, se ainda não de todo democratizado, percorria já a trilha de um futuro político aberto, nos moldes civilizados da França ou dos Estados Unidos da América do Norte.

Mas o cravo da questão e a razão principal do chamado do gringo a sua casa, Bento Gonçalves explicou (e já Anita se afligia por saber): era para libertá-lo também de todos os seus compromissos para com a Revolução:

— Elogiou-me discretamente porque, como tu sabes, amorino, o homem é parcimonioso no falar. Disse que eu, desde o começo de minha ação aqui, tanto como marinheiro como soldado, sempre fui digno, corajoso e inteligente...

— Putcha a la vida! E isso tu chamas de parcimônia?! E eu que não sabia que tu eras inteligente, chico? Vá! Que mais te disse o velho Bento?

— Que eu servira lindamente à causa e que hoje, com família, não merecia nem podia prosseguir preso a um destino que nada mais podia dar-me em troca do meu devotamento e outras palavras bonitas e agradáveis de ouvir. É! — exclamou com modéstia. — Foi nesse ponto da conversa que eu, embaraçado com os olhos do velho a se encherem de lágrimas malcontidas pelo medo de aparentar fraqueza — que o guerreirão aquele é vaidoso —, procurei fazer pilhéria. Não vê, amor, que lhe disse: não te incomodes com isso, amigo! Eu não preciso pagamentos... Depois, se não estiver metido em enrascadas, não sei o que faça! Se mandas-me embora, acho que termino como mercenário do bei da Tunísia... E como o velho me perguntasse por ti, afirmei: aquela, meu general, ainda é pior do que eu. Imagina vancê que me prometeu acabar com o Moringa um dia desses... E queria sair em campo! Sobre batalhas... tiroteios... tem uma como que filosofia de arrasar um homem...

Anita assustou-se:

— Tu não tiveste coragem de dizer a ele que comparei um peleio a... tu bem sabes!

— Não! Não disse por pudor, que tu és uma deliciosa desavergonhada, mas não me faltou a vontade. Ao menos arrancaria um sorriso ao pobre coitado aquele! Vê tu como já ando gaúcho? Como, sem querer, coloco o demonstrativo no fim da frase? Depois do nome?

Acariciando, num alheamento, os cabelos muito pretos da mulher, ainda molhados do banho de ervas silvestres, Garibaldi contou mais, que Bento Gonçalves declarou-lhe que os cofres da República estavam totalmente arrebentados e que, "se tivesse de me pagar pelo que fiz durante todos esses anos, nem todo o dinheiro que pudesse arranjar, mesmo ajuntando com o de Alegrete, daria!"

— E tu?

— Não sei! O velho sugeriu-me que fosse para o Uruguai. Lá, há possibilidade de me pagarem melhor. Logo na fronteira, ao longo da faixa que fica perto do rio Jaguarão, temos amigos lutando pela oposição É a velha pendenga entre Cobrados e Brancos... o Oribe, parece que desta vez engole o Frutuoso Rivera. Andam aos trancaços faz mais tempo do que nós, aqui. O Anzani. o Rabeccari, também estão na banda de lá...

— De que lado estão o Anzani e o Rabeccari? — Anita perguntou, interessada.

— Claro que estão com o Oribe...

— Então, chico, está tudo da cor que eu gosto! Contra o governo, não é?

Garibaldi assentiu com a cabeça. Depois, seguiu falando:

— Disse-me o Bento que levasse, como pagamento, desculpando o ridículo, uma ponta de gado. Tanto rebanho de ovelhas como manada de bois, diz o velho que tem bastantes. Ademais, o couro, no Uruguai, está valendo uma fortuna; o gado está caro embora os carneiros não alcancem preço. Disse que eu posso levar também — e, nisso, lhe ajudo nos gastos — os homens que quiserem ir com a gente. Quantos quisermos levar.

Como se já não estivesse ouvindo mais nada, Anita levantou-se e foi dar uma espiada no Menotti, na caixa que, sobre duas cadeiras, lhe servia de berço.

Mudou-lhe os panos encharcados de urina pelo frio da noite e tornou a se deitar:

— ... Oribe... oposição... tá bem! — murmurou antes de perguntar em voz mais alta: — Diz o Bento que os nossos, de lá, estão lutando pela oposição? Contra o governo Frutuoso? Mira, chico: acho que eu tenho um pouco do sangue do padre João Antônio. Lembra-te dele? O da botica do falecido Chaves que, mesmo caramuru, Deus tenha lhe dado o céu pra tomar vergonha... A gente deve de ser sempre contra a legalidade. Ainda quando ela esteja certa, Papin! Ora, vamos nos tocar pro Uruguai. Vamos, sim. Se ficarmos mais longe do Brasil, já que não se pode sair pela lagoa, ficaremos mais perto da Itália, tchê! Com gado ou sem dinheiro, às armas! Vamos às armas de novo, chico, porque, do que não gosto, é de jogo de prendas, é de lavar roupas, é de varrer casa...

Pela camarinha acanhada estourou uma porção de gargalhadas, como prenúncio moleque de uma batalha das mais terríveis de quantas os dois, sozinhos no quarto, já haviam travado no estirão engraçado da vida.

163

Afinal, a ponta de gado oferecida em pagamento por Bento Gonçalves não era tão pequena assim: 900 reses, se não gordas (o que atrapalharia a grande marcha projetada), eram, pelo menos, sadias e limpas de couro.

Com Procópio, iam ainda 18 homens e duas mulheres, das vivandeiras trazidas do Viamão. Delas, a Mariana era a viúva de um peão que a febre maligna comeu na viagem anterior; outra, a Alzira, era a china da turma. Por muita virtude dela, nunca foi causa de brigas, desavenças ou rivalidades entre a peonada tão falta, sempre, de fêmeas. Alzira sabia distribuir seus *almores* — como ela mesma dizia —, sem predileções e com uma tal habilidade que, brincando, brincando, já era a menos pobre da turma, inclusive o gringo e o Procópio, que jamais deixava de usar seus dois grossos argolões de ouro, os dois no mesmo dedo indicador, afora outros aneizinhos menores.

Pelo visto, Garibaldi se apressara a aceitar o alvitre de Bento Gonçalves.

Aceitou, na verdade, não tanto por ele como para tranquilizar o caudilho amigo e por muita excitação de Anita.

A china Alzira, além de diligente praticante de suas artes travessas, revelava-se uma perfeita segunda mãe para Menotti. Isso, a ponto de merecer um convite para lhe ser a madrinha, assim parassem em algum povoado ou grande estância onde houvesse uma igrejota e um pároco, ainda que xucro no seu latim. Garibaldi exigia, apenas, que houvesse também um sino, mesmo pequeno, que anunciasse ao mundo o nascimento cristão de mais um guerreiro...

Também excelente cavaleira, habilidade vulgar entre pampeiras, Alzira passava a maior parte do dia com a criança na sela: a caixa, com o balanço da marcha só doce para quem gosta de montar, embalava o guri que, deleitado, dormia o tempo todo, desde que o sol não lhe clareasse demais nos olhos ou que a chuva não encharcasse tudo.

Embora não fosse provável algum encontro com tropas governamentais regulares, que a zona era sossegada, por precaução do gringo, iam todos tocando seu gado vestidos como miseráveis peões e as armas, embora prontas para qualquer eventualidade, bem-enroladas em panos velhos e sacos sujos, junto com enxadas (as lâminas aparecendo propositadamente pelo lado de fora), permaneciam metidas por debaixo da mesa da carreta chiadora que conduzia os alimentos para o rancho. Caso — e apesar de tudo — encontrassem com a soldadesca do conde do Rio Pardo, o novo comandante-geral das operações no Sul do país, estavam todos avisados: eram pacíficos comerciantes de gado e seus empregados, sem qualquer partido político ou conhecimento da guerra.

Assim, sem novidades, além dos pequenos fatos de rotina que atormentam os viajantes em maiores distâncias; fatos insuperáveis para aqueles que, no retirado do tempo, não estivessem familiarizados com o desconforto primitivo das longas caminhadas pelo interior; passou-se a primeira semana de marcha.

— Papin querido: esta noite, enquanto cochilava, estive pensando. A gente vai indo... vai indo... mas me diga, chico, vai ao encontro de quê? Quando fico triste, tenho a impressão de que estou sendo expulsa da minha terra... Expulsa, não por nenhuma força dos homens, mas pela fatalidade! Olho pra trás: o horizonte de onde estamos vindo, principalmente quando está chovendo manso, me parece que está dentro de uma moldura como uma daquelas da casa de minha mãe... E eu, puxada por um poder estranho, vou me afastando do quadro. O que me dói, amor querido, é que eu vejo, na pintura, o Brasil. Mas o Brasil inteiro a se ir embora... desde aqui até o Amazonas...

Como resposta, Garibaldi aproximou os cavalos e, mesmo de cima da sela, enlaçou a cintura fina da mulher. A voz de Anita era ainda só melancolia:

— ... e eu vou indo embora... para onde?... para quê?... Só a carinha do Menotti me faz apagar a tela... esquecer tudo... É uma merda!

O gringo beijou-lhe muita ternura na boca, demoradamente, até que os lábios da mulher se alegrassem de novo, como as asas de uma gaivota.

164

Foi ao pôr do sol do 24º dia de viagem — que a marcha era extremamente penosa: animais desgarrados, homens doentes, a criança a exigir cuidados, o sol ardente ou a chuva aborrecida, o rancho pobre... a roupa pouca — que os retirantes avistaram as promissoras margens do rio Negro, já bem ao sul de Bagé.

Bonito o riozinho, visto de longe, as águas correndo penteadas pelo capim-bambu que se debruçava, alastrando por toda a beira-d'água.

Já era quase a fronteira. Fosse ainda cedo e dava para atravessá-la ainda naquele dia. Légua e meia, se tanto...

Enquanto caminhavam para acampar, pela última vez, mais próximos do rio, o gado desfalcado já se volteando para o pernoite em um campo mais seco, começou a escurecer.

Mesmo no fusco da noite caindo, Anita, Procópio, Alzira e mais três ou quatro companheiros da chusma surpreenderam-se com a rápida aproximação de um grupo de homens, alguns montados, outros a pé. Cerca de 60 deles.

— Uruguaios a tomar conta da fronteira não seriam — raciocinou o negro inteligente. — Para isso, ainda estavam longe do Uruguai. Depois, o número era suspeito. Para que, ali, tanta quantidade de gente?

— Dona Anita — pediu —, deixa tudo por minha conta. Não se espante que a gente vai se sair bem. Mesmo que sejam legalistas...

Anita ainda estava pensando se obedecia ou tomava alguma iniciativa quando os homens chegaram ao alcance da fala. Não esperaram mais: sempre caminhando ao encontro dos viajantes (Procópio em expectativa, desde que Garibaldi, do campo onde estava guardando o gado, nada poderia ver ou ouvir), uma voz gritou em ásperas durezas:

— Quem são vancês aí? Fazem o quê? Vão pra onde?

Procópio, mais ligeiro ainda, confirmando, por um sinal, seu pedido para que Anita não se movesse, mandou, quase que só por gestos, um dos camaradas avisar Garibaldi lá atrás, com a recomendação que não descesse enquanto não fosse preciso. Ficasse tranquilo o mais possível! Logo, erguendo-se na sela, respondeu alto:

— Somos do Uruguai. Compramos gado, no más! — Para enorme surpresa de Anita, o negro falou no mais puro castelhano.

— Tens licença para atravessar o rebanho?

— Em Bagé, íamos apanhar — prosseguiu, tranquilo, em castelhano —, mas, lá, um coronel nos autorizou de boca. Deu a senha. É que nos requisitou algumas cabeças o pobre amigo. Nós, sabendo como a guerra de vancês tem sacrificado a força do governo, não aceitamos o papel para a indenização. Foi um brinde que lhe fizemos! Bueno... servimos a um amigo...

— Também nós somos da força imperial! — A resposta foi inútil desde que o negro Procópio e todos ali já estavam fartos de saber com que tipos canalhas estavam tratando.

Já todos reunidos, Procópio desmontou ligeiro, cheio de deferências e acintosas submissões:

— Com muito gosto peço licença para cumprimentar os bravos soldados brasileiros. Viva o imperador dom Pedro II! Às ordens de vosmecês!

Em terra, puxou Anita da sela e abraçou-a com inesperado carinho:

— Minha mulher! — apresentou descontraidamente. — É filha de um empregado meu... um rapaz das Missões... Por isso é branca, mas uma pobre china, no más. Anita percebeu, de imediato, a sagacidade do negro. É que toda a província já sabia que Garibaldi andava com uma china roubada a um sapateiro de Laguna, carbonária como um tigre na guerra! Foi necessário dizer que o pai era das Missões... Lá, havia muitos estrangeiros a justificar-lhe a cor clara de já mulata branca. Só pedia a Deus que o gringo tivesse mão em si e se controlasse, obedecendo ao pedido de Procópio. Distante como estava, perdido na mancha que a boiada abria dentro da noite, quem o poderia reconhecer? Ficou contente quando cruzou seus olhos com os de Alzira: a china estava representando divinamente bem o seu papel. A criança dormia...

165

O diálogo entre Procópio e os dois oficiais que falavam, no grupo, ia firme, sem vacilações. Anita se preocupou um pouco foi quando percebeu que o tipo mais velho, evidentemente de patente inferior, furava suas roupas com os olhos canalhas. Seria um sargento. Talvez um tenente desses de mui mala suerte.

— Ora, mais essa! — Ela, que jamais baixava os seus, deu de olhar pro chão, timidamente, como que enleada. Com o pé, fazia e desfazia montinhos de terra. Ouviu que os diabos dos ladrões queriam se apossar de uma parte dos bois.

— Pois não! É muito natural... — Procópio era todo diplomacias. — Claro que a manada está toda às ordens dos amigos. Afinal, combater revolucionários assassinos e desordeiros é ato do maior patriotismo e eu, mesmo não tendo a honra de ter nascido cidadão desse grande Império, peço licença não só para botar meu gado à disposição e sob a proteção dos senhores, como também para felicitá-los e agradecer, em meu nome e no do meu patrão, o general Anzani...

Mesmo ainda tensa, sobretudo com o peso dos olhos do sargento velhote a magoarem-lhe os seios, Anita não conseguiu esfumaçar um sorriso pelo atrevimento do negro. Apertou o braço que, desde o começo da farsa, os trazia unidos como marido e mulher. Lembrou-se de que, dias antes, ouviu o tratante se gabar que, em qualquer tipo de jogo, a gente deve de arriscar tudo. Depois que se entra numa roda, tanto faz como tanto fez! — Procópio afirmava com a maior segurança. E Anita gostava e sabia dar valor a pessoas seguras de si. Por isso, não se molestou em se entregar confiadamente às decisões do negro.

Na sabatina em que os legalistas o apertavam (o diabo do sargento com os olhos pregados nos peitos de Anita), Procópio não se atropelava tendo de contestar a mil perguntas idiotas, sempre no mais puro castelhano. Mas enfrentou a prova com a maior classe de um empregado que reconhece bem o seu lugar. E respondia se referindo, cada minuto, a seu patrão, o ilustríssimo general Anzani, também um grande legalista uruguaio. A inquisição prosseguia, irritando Anita, já fervendo em impaciências, só segura pela pressão do abraço do negro: não! não levavam mais dinheiro graúdo — Procópio respondia, sem largar Anita para que ela se contivesse —, porque gastaram todo com a compra dos bois. Aproveitou para se queixar que o gado andava caro e pouco lucro deixava com a revenda no Uruguai. Também, com a graça de Deus, nenhum revolucionário, daqueles que, no Brasil, eram chamados de farroupilhas, haviam encontrado pelo caminho. Isso, nem na ida, nem na volta, o que estavam fazendo agora, o seu tanto apurados para chegar em casa no dia seguinte. Tanto assim que, depois de tão feliz encontro, o que lhes garantia um resto tranquilo de viagem, já estavam resolvidos a não mais acampar ali, como era intenção de há pouco. Também esclareceu que, para comprarem aquele gadozinho modesto, não foi preciso irem muito além de Bagé onde, por muita ventura, deixaram, no oficial falado, um amigo desses que a gente só tem é de guardar por toda a vida...

Felizmente — e Anita, mesmo no fogo cruzado em que estava metida, não podia deixar de se divertir —, nenhum dos dois truculentos inquisidores lembrou-se de indagar a senha que permitia o trânsito livre da gadaria nem o nome daquele bom protetor que eles acabam de deixar em Bagé. A requisição dos bois, para os perguntadores, bastava para identificar qualquer oficial que estivesse naquela cidade.

Se perguntassem — Anita fantasiou, como exercício para descontrair-se —, o sacana do negro era bem capaz de dizer que o oficial era o conde do Rio Pardo ou o Saturnino de Oliveira em pessoa; e inventar que a senha fosse uma molecagem tão engraçada que a fizesse arrebentar de rir, derramando todo o caldo.

Por fim, sempre com os olhos vigilantes nos bois que, lá distantes no rodeio, escondiam a figura enorme do gringo entre os peões de verdade, percebeu que o mau encontro estava chegando a bom termo: os legalistas, abrandados pelas manhas e pícaras sabujices de Procópio, exigiam, apenas, nas cores de uma camaradagem, 30 ou 35 cabeças, isso mesmo só por muita necessidade (senão nem pediriam nenhuma a amigos tão reconhecidos pelo sacrifício que faziam garantindo a paz e uma boa viagem aos que transitavam por terras assim conturbadas...). O gado pedido era para o rancho de alguns poucos dias, que a patrulha era pesada, conforme muito bem compreendia o amigo uruguaio...

Ajustado o preço da liberdade, Procópio chamou com energia:

— Clóvis, anda daí! Eleutério! Ubaldino! — Procópio nem uma só vez tropeçou nos meandros de seu castelhano bonito. — Sim... venham vocês aí! Separem depressa 30 cabeças para estes senhores. Das mais gordas, hein? Vejam que é para altas patentes do governo do Brasil.

O sargento, que não tirava os olhos pontudos de cima de Anita, mandou, engrossando a voz para rechear autoridade:

— Sim... vocês entreguem o gado lá trás. Quarenta cabeças, vejam bem! — (Ou o homem seria oficial? Naqueles tempos desencontrados, os fardamentos eram bem mais confusos do que o soldo que o Império pagava a seus defensores.) — Entreguem aos presos que estamos levando. São cinco descarados que pegamos em boa hora, fugindo para a terra de vocês. Naturalmente, farroupilhas safados! Em Bagé, os nossos hão de apertá-los até que espirrem alguma coisa. Para esse serviço, lá temos gente boa... — Abrindo seu leque de lentejoulas verbiágicas para impressionar Anita, mostrou-se bem-informado. — Pelo menos hão de desembuchar o que sabem sobre o Garibaldi, aquele cachorro! Certamente, vocês já ouviram falar: é um gringo velhaco e nojento que mais parece um bicho de goiaba! — Deu uma gargalhada chula, pretendendo fazer Anita rir. — Dizem que o infame anda cá pelo sul da província, sempre trazendo pelo cabresto uma china ordinária, roubada não sei onde, mas muito mais feroz ainda do que ele...

Ouvindo o homem, Anita sentiu como uma dor de dentes. Mas sorriu no jeito de pessoa desentendida que finge estar entendendo tudo o que se fala.

No auge do cinismo, Procópio traduziu para o castelhano o que o homem dizia, catucando com o polegar da mão que a enlaçava pelas costas:

— Por favor, não reparem. Coitada da minha mulher: não há meios de aprender a falar como vocês, do Rio Grande...

166

Depois das despedidas mais cômicas e mais cínicos protestos de largos servires; e de amizades inesquecíveis; de gratidões exageradas e votos para as mais arrasadoras vitórias contra os farroupilhas, perversos e irresponsáveis; Procópio fez Anita montar de novo, erguendo-a pela cintura, já com a ideia de, assim que pudesse, sem despertar suspeitas, modificar qualquer plano de acampamento nas margens de cima do rio Negro. Por isso, muito contra a sua vontade, teve de retardar um pouco a partida, aguardando que Garibaldi se aproximasse, já livre da guarda forçada aos bois, para examinar sua sugestão: o que urgia era atravessarem o rio, correndo, inclusive com a boiada (agora ainda mais resumida), aproveitando-se da seca que abria fácil passagem a vau para cavaleiros e animais.

Procópio só estava com receio de que os idiotas resolvessem voltar às perguntas ou fossem despertados por alguma suspeita provocada pela digestão de algum furo aberto na conversa.

Já desfilando em direção oposta, já levando os bois do saque, os últimos elementos da corja governamental, inclusive os prisioneiros farroupilhas do coice da tropa, abriram curiosidade em Anita. Querendo dar uma última olhada nos inimigos e nas cabeças de gado que lhes estavam sendo roubadas, sob a guarda dos presos infelizes, Anita não conseguiu segurar o maior gesto de espanto de toda sua vida:

Como se seus olhos a estivessem levando, por dentro de um túnel, há 100 anos, mergulhando num passado que já nem mais era dela, esbarraram assombros no olhar de um dos prisioneiros. O homem mirou-a também maravilhado, durante todos aqueles 100 anos, num só momento.

O preso era Tancredo Escobar.

Anita, comovidamente agradecida por tão bela e difícil prova de discrição, suspirou fundo como se precisasse, com urgência, de todo o ar que a cercava.

Seu primeiro impulso foi tentar, por todos os meios e a qualquer risco, a libertação do estancieiro de Ijuí.

Pensou em correr para a carreta das armas, desenrolar os sacos, distribuir as espingardas aos homens, abandonar os bois na campina e fazer Garibaldi, sempre tão generoso, comandar um ataque de rijo sobre aquela malta de bandidos. Estava tão emocionada que nem ouvia as risadas largas do negro, narrando ao chefe, em alegres pormenores, seu atrevimento e o aperto que acabavam de passar.

— ... e eu amarrado de pés e mãos para não entornar o caldo, conforme teu aviso. — Garibaldi aproveitava para ressaltar a presteza de ação do camarada. — E eu, sem saber nada, sem ouvir nada, sem ver nada do que se passava, só esperando ouvir um tiro... um grito... um chamado! Que estava acontecendo alguma coisa esquisita, todos nós, lá junto aos bois, tínhamos certeza. Não fosse a confiança em ti...

Quando Anita voltou a si, estava, do outro lado do rio, com todos os seus, soterrada por um mundo de beijos, carinhos e ternuras do gringo aflito.

Mesmo assim, só muito de longe continuava a ouvir as risadas abertas de Procópio, gozando com os companheiros a cena em que, afinal, pelas circunstâncias, se tornara a personagem principal.

Então, logo que Papin deixou-a livre de seus exageros e loucuras, ela levantou o braço esquerdo, como num ritual, e cheirou com força a cava da blusa. Sorriu divertida. Repetiu o gesto com o braço direito:

— Cheiro de mata virgem... de ervas silvestres... — falou baixinho como para si mesma. — Será!?

Era uma recordação-homenagem a Tancredo Escobar; à vida passada nas larguras despreocupadas de Morrinhos... ao tempo que lá se tinha ido para sempre...

Prisioneiro o pensamento no preso perdido, Anita foi caminhando em trote macio pela monotonia da charneca, por todo aquele recomeço de noite, pois o combinado entre o gringo e o negro foi que só acampariam em sossego quando chegassem na estância do Toscano, um companheiro pra valer de todos os farrapos.

A propriedade do velho ficava a pouco mais de 2 léguas da fronteira buscada.

167

Dia seguinte, céu carregado, ameaçando borrasca feia dos lados do nascente, um bando de emas fugiu, quase atropelando os cavaleiros. Logo, Procópio apontou com o dedo carregado de anéis e argolões de ouro. Deu o aviso:

— A fronteira!

Como vidro que se esfarela, uma alegria enorme, geral, sem limites, se derramou por todos os lados.

Hora depois, as vivandeiras Alzira e Mariana, de novo cantando suas coplas marotas, todos atravessaram a linha simbólica em todos os sentidos.

Já em terreno uruguaio, Anita-de-adeus fez uma parada. Virou seu cavalo devagar até ficar de frente para o Brasil deixado. Ainda devagar, girou por toda a barra do horizonte os olhos que se orgulhavam de jamais terem baixado diante de qualquer outra pessoa. Nem de Papin.

O giro, muito lento, foi abrangendo desde o poente, ainda com uns últimos claros de sol, até esbarrar nos remotos lados do mar, de onde vinha chegando uma chuva pesada de verão.

Durante a longa mirada, o olhar foi-se-lhe turvando, tal como a mudança do tempo, até terminar dentro do redondo de suas lágrimas.

— Oiga, gringo: se um dia, embora que longe, o poder largar de tanta opressão e prepotência, esse meu país, com os alguns homens de verdade que andam espalhados por aí, vai ser a maior nação do mundo. Por São Cipriano! — Anita tremia nas palavras. — Acho que nunca mais verei o Brasil. No entanto, putcha!, ninguém saberá nunca, apesar de tudo, apesar dessa guerra tão malparada, da escravidão que ninguém sabe quando terminará, desse governo imundo... ninguém saberá, chico, como me custa deixar pra sempre esta terra que... que...

Garibaldi interrompeu com uma risada devassa:

— Também, linda? Também queres a pátria como queres os combates contra os legalistas, crioula adorada? Também a pátria te recorda amor de homem? Amor que nem as correrias de tiros e de sangue? Amor de cama?...

Anita bem reagiu ao remédio. Agradeceu:

— Tu lá podes entender o que é pátria, marujo venal, filho da puta! — De cima de seu cavalo, atirou-se em chamas de paixão sobre os joelhos do amante muito amado que, largando as rédeas apressadamente, colheu-a nos braços em ruidosas pompas.

— Mas, a ti, sim! A ti. — A fala de Anita era de extrema suavidade. — A ti, gringo, amo desesperadamente. Amo como ao Brasil. Amo, apesar de tudo. Amo calada, em silêncio... Te amo aos berros... Amo da maneira que tu dizes que amo a guerra, chico adorado... chico da minha vida...

A chuva voltou.

Pingos grossos, muito separados, começaram a cair, abrindo medalhas no barro do chão.

168

"... e aqui porei fim à minha narração. Se ela está bem-organizada, e como convém à história, isso é o que desejo. Mas se, pelo contrário, foi escrita com menos dignidade, deve-se-me perdoar porque, assim como beber sempre vinho ou sempre água é coisa danosa — mas agradável é fazer uso alternado de ambas essas bebidas —, assim também se o discurso for sempre limado não será grato aos leitores."

Segundo Livro dos Macabeus XV — *38/40*
(Século II a.C.)

Brasília, março de 1976
Rio, setembro de 1978

Glossário

Acetilene — Acetileno. Método antigo de se obter luz de gás produzido pela ação química da água sobre o carbureto de cálcio.
Adarrum — Palavra africana. Toque de tambor (urucungo) místico, excitante, rude e ininterrupto, para fazer baixar os orixás nos terreiros. Urucungo é o maior de todos os tambores africanos. Um batacotô sagrado só percutido em momentos de grande luto ou de maior solenidade.
Afurar — Corruptela de "afuroar": pesquisar, empenhar-se em ver alguma coisa, procurar descobrir.
Alcácema — Termo náutico arcaico. Câmara dos tripulantes de uma embarcação, colocada, nas caravelas, junto ou em frente ao camarote do mestre ou capitão.
Amargo — Chimarrão. Erva-mate preparada no porongo (cuia) e servida por uma bombilha (canudo de prata ou metal com um crivo numa das extremidades).
Amouco — Homem vil, desavergonhado e bajulador.
Aralifagem — Fanfarronice. Termo muito arcaico só registrado por Viterbo. No Nordeste, se diria, hoje, "presepada".
Aricungo — Termo do interior de Santa Catarina. Cavalo velho, doente e imprestável.
Arreglar — Espanholismo. Ajustar, acertar, pôr em ordem.

Bigorrilha — Homem descarado e desprezível que pretende passar por honesto e leal. Vigarista.
Borçada — Termo náutico muito arcaico. Algumas embarcações antigas traziam um pequeno timão auxiliar a que chamavam de "roda da proa". Borçada era o pequeno espaço vazio que circundava a peça.
Botica — Antigamente, farmácia. Drogaria.

Cambarito — Regionalismo da fronteira sul. Desconfiado, precavido. "Cabreiro", na gíria carioca de hoje.
Cancelário — Muito arcaico. Representante de categoria superior. Chanceler. Guarda das insígnias reais.
Canzenze — Arbusto de flores vermelhas (Frei Veloso) cujos ramos, mesmo ainda verdes, queimam lentamente como fachos de luz fria e fumacenta.
Capiscado — Homem pouco entendedor de um idioma.
Carbonário — Termo do fim do século XIX. Revolucionário exacerbado. Hoje seria "terrorista".
Cartão de marmelada — Expressão antiga, portuguesa. Caixeta de madeira ou papelão, sem tampa, para doces secos.
Cascudo — Governista. Chimango ou caramuru. Em contraposição aos revolucionários ou farroupilhas.
Chantar — Regionalismo do oeste de Santa Catarina. Servir sexualmente.
Chatim — Homem desonesto. Comerciante ladrão. Traficante. Cigano que rouba o que pode.
Chico-puxado — Bailarico ingênuo do interior gaúcho. Espécie de fandango.
China — Moça. Nos ranchos das fazendas ou estâncias: prostituta. Termo muito usado pelos peões. China do ganho. China de estrada.
Chiru — Índio civilizado.
Churupitar — Regionalismo puramente lusitano. Talvez originado de "chupeta". Sorver de mansinho.

Cuerudo — Cavalo defeituoso, portador de "matadura", ou ferida aberta pelo roçar constante dos arreios malcolocados no fio do lombo. Cavalo escarmentado, prudente na marcha.
Cuia — Órgão sexual feminino.
Cuidavames — Neologismo expressivo: "Cuidados e gravames."

Dar um queijo — Expressão gauchesca muito empregada por Simões Lopes. Arriscar qualquer coisa para atingir determinado fim. Pagar caro, sem regatear.
Deflorar — Expandir-se. Abrir-se em flores. Espalhar, na zona central do Rio Grande do Sul.
Doble — Dobla, dobra, o dobro. Também uma velha moeda portuguesa de valor muito variável. "Luz e Doble!" — Exclamação de alegria: "Tudo bem!", "À maravilha!"

Efum-cubandama — Longo e complexo cerimonial iorubano para o sepultamento de um chefe maior (régulo).
Entonce — *Entonces*, então. Influência castelhana como *"después"*, por depois.
Entrevero — Castelhanismo. Briga, peleio, guerra, luta.
Enveterado — Regionalismo do Centro-Oeste brasileiro. Duro, valente, destemido. Aquele que não mede consequências.
Esquinência — Termo médico de antigamente. Resfriado. Dor de garganta. Amigdalite.
Estância — Fazenda de gado. Estanceiro. Fazendeiro.
Estropigaitado — Idiota. Estúpido. Homem quase irracional. Modismo usado pela peonada da zona lindeira (Brasil-Argentina).

Fouveira — Desbotada, gasta, puída.

Garrafão — Por analogia: forma bojuda do casco de embarcação.

Hafalgesia — Termo médico arcaico. Dores histéricas.

Haragano — Potro ou cavalo velhaco e cheio de manhas. Indomável.

Lançante — Ladeira numa coxilha ou cerrito. Descida longa.
Licorne — Aldrava em forma de quimera; cabeça fantástica feita de ferro ou bronze, bastante usada nas residências do século XVIII.
Lombo do fio — Tira de lombo cortada na parte superior e ao longo do corpo do animal. O melhor do lombo do porco.

Macanudo — Influência castelhana. Homem excelente. Formidável em tudo. Admirável.
Malevo — Malévolo, malebra. Castelhanismo. Coisa ruim. De má índole.
Manapança — Matafã. Broa italiana feita com trigo ou milho moído grosso, gordura, ovos etc. Também "mata-fome".
Mancornar — Segurar e derrubar o touro pelos chifres: "De mão nos cornos."
Mandalete — Menino agregado a uma estância ou residência para serviços ligeiros.
Mandubas — Marandubas, maranduvas. Canções ou casos faceciosos dos negros bantos. Histórias compridas.
Maranho — Comida grosseira. Esparregado de tripas. Figuradamente: embaraço. Chateação.
Marrufa — Suspicaz, marota, patife.
Matarrango — Tipo vagabundo. Sujeito sem préstimos. Termo castelhano.
Moleques-quirelas — Termo sulista. Quirela é a parte mais grossa de qualquer coisa que fica na peneira, de resto. Moleques-quirelas são moleques rebeldes que, figuradamente, não se deixam sessar.
Morocha — Mulher da cor dos mouros. Para os gaúchos: morena queimada.

Oigaré! — Exclamação peculiar aos camponeses fronteiriços. Talvez originado de "Oiga, olaré!" (Veja, ouça! Ora se...!)

Oregones — Origones ou orijones. Forma acastelhanada de "origone". Fatias de pêssegos secos ao sol, muito usadas no Sul tanto em sopas, ragus e arroz como em doces e compotas.

Pango — Erva mirtácea não registrada na "Flora Fluminensis" mas que os negros gostavam de fumar como tabaco. Não confundir com "panda" ou "panga" (leguminosa africana), ou com a simples maconha nordestina.

Parranda — No Rio Grande do Sul, significa um grupo de ratoneiros velhacos que se organizam em quadrilha para praticarem ladroeiras.

Pelechado — O mudar de cor ou de pelo (o animal). Como regionalismo, é usado no sentido de envolvimento em algum assunto ou coisa.

Perau — Também usado para designar um tipo conquistador barato. Perigoso.

Perna — Perna de pelotão. Figuradamente, parte de um pelotão. Ponta. Qualquer mesnada também pode se dividir em pernas como em qualquer parte do corpo. Diz-se "abraço de rio", "pé de vento", "barriga de jornal", "olho-d'água", "mão de papel"...

Petaço — Pontapé. Empuxo. Empurrão.

Pilcha — Coisa de pouco valor. Também dinheiro, joia de fantasia, arreios, roupas. O termo é amplo.

Pingo — Pingaço. Nome carinhoso para designar um bom cavalo de sela.

Pipi — Pequena planta leguminosa cujo suco, ingerido seguidamente, provoca grande depressão e, misturado com outros vegetais, como estramônio, pode causar a morte. Esse veneno era usado pelos escravos, como vingança, contra seus senhores perversos e se chamava "amansa-senhor".

Refilão — Vocábulo muito usado nos pampas. Tropeços, dificuldades, sacrifícios, canseiras e caminhadas. "Refilar", segundo Mestre Aurélio: tornar a filar, a morder, a acometer... reagir.
Rodomão — Animal esquivo e que vive só. Por extensão: velho solteirão. Termo da região serrana do Sul.
Rosilhão — Cavalo de pelo avermelhado entre fios brancos.
Ruano — Rude. Áspero.

Saiol — Óleo de peixe não refinado que, ao arder, produz muito fumo e cheiro desagradável.
Sambacaetá — Arbusto da família das labiadas (*Hyssopus Spix*), conhecido como "alfazema-de-caboclo", muito comum nos altiplanos sulistas.
Sorva — Sorvar. Fermentar. Encher. Dificuldades ridículas ou fantásticas, no sentido usado pelo regionalismo da zona serrana do Rio Grande do Sul.
Sotas — Manhas políticas. Tretas. Safadezas.

Tampos — Hímen.
Tanglomanglos — Feitiçarias. Malefícios.
Tarreta — Pequena vasilha ou panela de ferro ou barro. É palavra vinda do castelhano e muito difundida no Sul do país.
Taura — Tauro. Diz-se, no Rio Grande do Sul, para identificar alguém forte como um touro.
Tchê! — Exclamação bastante regional do Sul do país. Sentido evidente tal como "Putcha!", "Putcha a la vida!", "A la fiesta!" (ou festa), "Bueno!", "Cuê!", "Mira!" e muitas outras, sempre de origem castelhana ou fronteiriça como "Lindo!", "San Sepê!", "No más!", "São Crispim !", "Barbaridade!..."
Teatino — Religioso recolhido a um convento. Animal ou coisa sem dono. Fora do mundo. Fora da realidade.

Vedeta — Também empregado como sentinela ou guarda avançada.

Vento-tingui — Vento que, no Sul do Brasil, vindo do mar, sopra após uma tormenta e que os pescadores afirmam que faz morrer os peixes. O termo será empírico ou, talvez, relacionado com a mirsinácea *Jacquinia Spix*, denominada por Frei Veloso de "Tingui-de-peixe". Tal erva realmente mata os peixes no Norte do Brasil, não os inutilizando para o consumo.

SOBRE O AUTOR

João Felício dos Santos nasceu em Mendes (RJ), em 1911. Começou a escrever em 1938 e exerceu a profissão de jornalista por mais de quarenta anos.

Sobrinho do ilustre historiador Joaquim Felício dos Santos, o escritor é consagrado por seus romances históricos, nos quais retrata fases importantes do Brasil, como o ciclo minerador, a chegada da família real portuguesa, a Inconfidência Mineira, a Guerra dos Farrapos, e resgata personagens que se tornaram célebres — Xica da Silva, Carlota Joaquina, Aleijadinho, Anita Garibaldi, Calabar, entre outros. Suas biografias romanceadas apresentam uma linguagem acessível ao grande público, sem perder a excelência no que diz respeito ao rigor memorialístico. Por sua força expressiva, os livros *Xica da Silva*, *Carlota Joaquina*, *Ganga-Zumba* (premiado pela Academia Brasileira de Letras) e *Cristo de Lama* foram adaptados para o cinema.

Também de autoria de João Felício dos Santos: *Ataíde, azul e vermelho*, *Major Calabar* e *João Abade*.

O autor faleceu em 13 de junho de 1989, no Rio de Janeiro.

Este livro foi impresso nas oficinas da
Distribuidora Record de Serviços de Imprensa S.A.
Rua Argentina, 171 – Rio de Janeiro, RJ
para a Editora José Olympio Ltda.
em fevereiro de 2011

*

79º aniversário desta Casa de livros, fundada em 29.11.1931